藤萍——著

目 录
Contents

楔　　子		001
Chapter 1	慕云山与钟昆仑	007
Chapter 2	无名的裆德	017
Chapter 3	朦胧的朱蒂	027
Chapter 4	婚礼之路	037
Chapter 5	紫花猫薄荷	047
Chapter 6	蓝色阴雨	057
Chapter 7	天方夜谭	067
Chapter 8	生菜与南瓜	078
Chapter 9	来历不明的鸡	088
Chapter 10	温柔珊瑚心	099
Chapter 11	深海狂想曲	109

Chapter 12	桃熏与章姬	122
Chapter 13	忧郁男孩	135
Chapter 14	纯真与撕裂	148
Chapter 15	匣子里的小王子	159
Chapter 16	华德植物箱	170
Chapter 17	公主与超人	181
Chapter 18	祖传的宝贝	192
Chapter 19	狗血淋漓	204
Chapter 20	薛定谔的猫	215
Chapter 21	黑魔术	226
Chapter 22	玛姬婶婶	236
Chapter 23	蓝色风暴	246

Chapter 24	柠檬马鞭草	256
Chapter 25	继承高氏的男人	266
Chapter 26	"前夫"和"前妻"	276
Chapter 27	芳草满花园	286
Chapter 28	梦中的森林	298
Chapter 29	如果你也听说	311

番　　外　　高冷冷冷的　　　　　　　323

楔　子

当她睁开眼睛的时候，眼前是一扇奶茶色木纹镶框的窗户，窗户上悬挂的白色窗纱正随风吹入屋内，在床前飘动。

窗外是一片林地，微风带来林木的芬芳，满山青翠几欲透窗而入。

这一切看来真是好极了。

然而她眨了眨眼，从床上坐起来，看了看自己——哦！她穿着一身雪白棉布睡裙，看来性别女，年龄不大，四肢齐全，动作灵活。再下床去照照镜子——镜子里的人五官端正，看起来很眼熟，一头短发。她觉得自己好像不应该是一头短发，但也没什么关系……

就是一时忘了自己是谁。

"啊！"背后传来一道尖细的女声，一个身材肥胖的外国白人大妈推门进来，看见她站在那里，惊喜地从背后抱住了她，"……#@%@%#￥……#……#%……"

她一句也没有听懂。

惊喜的外国大妈紧紧抱着她，用高低起伏、婉转嘹亮的各种声调说了很长很长的一串外国话，直到发现她一脸茫然，才露出疑惑的表情，停了下来。

"请问……这里有会说中文的人吗？"她看着仿佛和自己很熟的外国大妈，仍然一脸茫然,"我听不懂英语。"

外国大妈迷惑地看着她,按响了房间墙上的一个按铃。

铃声大作,在外面整条走廊上回响,几个穿着浅绿色制服的外国人冲了进来,看那架势像是要抢救危重病人。他们看起来也很像医生……

哦!她突然反应过来——他们的确是医生。

胖胖的外国大妈是护士。

这个看起来好极了的房间是个病房。

这里……是一家外国疗养院。

然而,她想:虽然我还没有想起来我是谁,但我显然是个中国人。所以……难道我曾经是个精通外语的富婆,生了什么大病之后在这里疗养,然后有一天突然失忆了?或者我是个黄皮白心的香蕉人,出生在外国,但是只会说中文,得了某种怪病,在这里疗养,然后因为病入膏肓突然失忆了?

几个外国医生对她进行了仔细检查,窃窃私语了一会儿,又通过与外国大妈的沟通,大概了解了发生的事。有个头发花白、看起来有点东方血统的医生微笑着递给她一本杂志,拍了拍她的肩膀,示意她可以看。

那是一本翻得微旧的中文杂志,她感激地接过来,心想这难道是国外治疗失忆的最新技术——看杂志?

医生和护士们见她接过了那本杂志,便体贴地离开她的病房,关上房门,给她留下私人空间。

"我只想知道我是谁,我为什么会在这里,老娘没有心情看什么杂……"内心深处无名火起、自称"老娘"的少女将那本旧杂志翻了过来,看到了它的正面——

一张华丽的婚纱照。

照片上的主角是她……和一个帅得惨绝人寰但满脸不耐烦的帅哥。

我的妈呀!

她用颤抖的手,呆滞地翻开杂志的第一页。

旧杂志的第一页用加黑加粗的闪电字体写着触目惊心的巨大标题——慕云山以死相逼,钟昆仑奉"命"成婚!

这什么鬼?失忆的少女匆匆翻看这娱乐圈花边杂志。这本杂志用三分之二的篇幅描绘了一场盛大的闹剧——当红小生钟昆仑的全球后援会会长慕云山小姐姐,在钟昆仑的巡回演唱会上以自己得了脑瘤不久于人世为由,要求钟昆仑娶她为妻,以完成她这一生最大的心愿。当时整个演唱会现场嘘声四起，无数人起哄，在求圆梦和求报恩的气氛中，钟昆仑一时"脑抽"，居然同意了。

这本杂志详细描述了慕云山小姐姐从一个脑残粉成功上位，最终踏上巅峰的漫漫长路。"慕云山"这三个字不像女孩的名字——她的双亲都是中学教师，从小家教严厉，不把她当女孩看待。从小学到初三，慕云山不但不是追星少女，还是个学霸，成绩在全年级遥遥领先。一切转变发生在中考过后的那个暑假，她的父母突然离婚。母亲辞去工作，和婚外情的男人闪电结婚，去了加拿大定居；父亲借酒消愁，在一个下雨的早晨离家出走，之后再也没有回来。慕云山在十五岁那年成为一个准孤儿，然而她并没有被现实打倒——她在人生最艰难的时刻，迷上了当时崭露头角的美少年组合"薄荷与茉莉"。

那时候"薄荷与茉莉"组合里有十一个小男生，十五六岁的年纪，个个都是甜蜜蜜的奶油小可爱。慕云山迷恋上了其中的钟昆仑，从此一发不可收拾。她在他还没有成名的时候为他组建后援会，为他组织各种刷票活动，为他宣传造势，为他在网上掐架……

她花光了失踪的父亲留下的财产，在钟昆仑事业成功后给他写信送花送礼物，在他陷入低谷时为他组织众筹捐款，并疯狂到抵押了父母留下的房子，贷款送钱给钟昆仑。

钟昆仑的事业越来越顺利，一改"薄荷与茉莉"组合时期奶油小可爱的形象，逐渐展露出桀骜不驯、叛逆帅气的一面，成了当红明星。

然而偶像事业有成，慕云山却被确诊脑癌。

她做出了最疯狂的事——在演唱会的送花环节向钟昆仑求婚。

然后钟昆仑同意了。

天哪！天天天天天天哪！

看着杂志的她如遭雷劈！她瞪着那张结婚照——那上面笑靥如花的女生是她。

她想起来了！自己叫慕云山。

她的确想起来了——

她记得自己在深夜爬过别墅的电网围墙，埋伏在灌木丛里偷看钟昆仑家的窗户；她也记得自己抵押房子匿名送给钟昆仑七百万，帮助他渡过了某个难关；她还记得自己选好了礼服，满怀期待去拍婚纱照的心情；记得自己强烈要求钟昆仑带她去塞班岛举办婚礼，圆梦之后，自己穿着婚纱跳进大海，还钟昆仑自由。

她穿着婚纱，捧着玫瑰，跳入大海，然而……

还活着的慕云山摸了摸自己的短发,摸到了头皮上的疤痕。

这里是个疗养院。

她好像做过了一场大手术。

脑瘤被治好了?

糟糕!脑瘤好了以后,她觉得天高云阔。世界那么大,身体倍儿棒,吃饭倍儿香,那位为了钟昆仑倾家荡产寻死觅活的……脑子有病吧?

哦,我的确是脑子有病,可是我现在治好了怎么办?

那位倒霉的、不幸被"脑子有病"的她逼婚的钟昆仑先生,她现在只想问他们扯没扯结婚证,如果没扯的话真是太好了,如果不幸扯了的话……他应该不介意火速和她离婚吧?

慕云山翻了翻杂志的出版日期,再看了看桌上的时钟——距离她结婚并跳海的那天,已经过去了整整一年。

两天以后,慕云山在玛利亚疗养院一位华人义工的帮助下,终于和医生有了深入的沟通。她的确是在穿着婚纱落海之后被人救起送到医院的。当时她深度昏迷,送入当地医院后检查出脑瘤的体积虽然不小,所幸是良性肿瘤,于是紧急手术,将其切除。之后,慕云山一直处于植物人状态,钟昆仑便把她转到了玛利亚疗养院。

从她转到玛利亚疗养院到现在,钟昆仑一直没有出现过,但慕云山治疗的一切费用都是由钟昆仑支付的。

慕云山听说钟昆仑从来没有出现过,心里松了一口气,但听说自己欠了一笔高额的医疗费,又忍不住心惊肉跳。那位华人义工用蹩脚的中文为她解释:"那是你丈夫出的钱,你不用还他,不是你欠的,是他应该付的。你是他的妻子,是他最心爱的人……"

不不不,这整件事就是一个由脑残引发的误会,那位不是我丈夫,不该是……慕云山忍住没有向热心的义工大叔解释。她刚才向医生询问了自己的情况,医生听完她的描述,向她解释了她大脑中那颗肿瘤的位置——那是一个管理情感的重要区域,那个区域发生病变,会导致情感偏执和错觉,而强烈的情绪波动有可能诱发这个区域的病变。

所以她很可能是在十五岁母亲离开自己、父亲失踪的那段时间,因为强烈刺激,诱发了脑瘤,而脑瘤让她偏执地"爱"上了钟昆仑。

现在脑瘤被切除了。

慕云山在玛利亚疗养院又住了一个月，在搞清楚自己究竟欠了钟昆仑多少债务之后，便离开疗养院返回了中国。

她离开中国的时候万众瞩目，仿若巨星。

她回来的时候静悄悄的，这世界上绝大多数人都不再记得她。

慕云山的父亲慕鹏仍然没有消息，他留给慕云山的房子已经被银行拍卖了。慕云山回到自己家楼下，仰头看着曾经的家，窗户上倒映出别人的影子，她房里的冷光灯被换成了暖色灯，看起来越发温馨，然而也陌生。

慕鹏和祁珊购买这套房子的时候，慕云山六岁，她仍然有印象——他们全家倾家荡产，在当时B市最好的地段购买了楼盘，为的是给她一个最好的成长环境。

后来她长大了，他们离婚了，房子……也变成别人的了。

她有一点迷惘，想到了自己的脑瘤，和做过的许许多多的蠢事……许多遗憾到了最后，不过一叹，还能奈何？她凝视着那扇窗户想：如果有一天赚到了许多钱，希望能把它买回来。

慕云山长大了，不再是六岁的女孩。

做错的许多事，终要独自承担后果。

她不知道怎样联系钟昆仑。当她不再迷恋钟昆仑之后，好像失去了过去那种对钟昆仑的行踪了如指掌的能力，她像一个普通人一样茫然失措，不知道怎样才能联系上一个如日中天的大明星。

慕云山在玛利亚疗养院留下了一封信和一张银行卡。信的内容是：

致尊敬的钟昆仑先生：

　　因为我的疾病和不理智的行为，对您的生活造成了极大的影响和不便，我本人感到极度抱歉和羞愧。欠您的医疗费我会尽快凑出，感谢您这段时间的照顾。

这封信的背后贴着一张离婚申请书，慕云山已经签好了字，并附上了身份证复印件。

但这封语气恭敬又谨慎的信，也许钟昆仑永远也看不到。

因为他根本就不会去玛利亚疗养院。

距离钟昆仑的"婚礼"闹剧已经过去一年零三个月了。当时钟昆仑被粉丝胁迫结婚，沦为娱乐圈的笑柄，没想到他还真的带着他的闹剧对象去塞班岛结婚，结果那个女人结婚结到一半突然跑去跳海自杀,让他丢尽了脸面——那之后很长一段时间,圈子里都在猜测是他不想和粉丝结婚,最后逼得她自杀。

原本事业如日中天的钟昆仑被这场闹剧害得差点退出娱乐圈,幸好有一部他参演的电视剧在这期间播出,为他挽回了岌岌可危的名声,让他勉强渡过了这场浩劫。

但"慕云山"这三个字,无疑成了钟昆仑心里见血封喉的毒药。

无论是谁提起这三个字,只要被他听见,都能感受到从钟昆仑身上逸散出来的腾腾杀气。

Chapter 1
慕云山与钟昆仑

B市近郊。

明富山是B市的最高峰，海拔虽然不到一千米，但在一个人口密集、繁华喧闹的大城市里，已经是世外桃源般的地方了。这座山上还有一口天然泉水，听说富含各种有益的微量元素，住在市区的人常常来这里踏青，顺便装一瓶回去养生。

这口泉水叫作碧灵泉。

明富山上有一处僻静的别墅楼盘，就以此得名，叫作听碧居。

听碧居盖得幽静精致，将碧灵泉的泉水引入小区，还有前后花园，于B市闹中取静……种种条件造就了此处别墅的天价。

别墅的天价使得住在这里的人非富即贵。

比如听碧居之"微泫"那一户，业主就是当红明星钟昆仑。

钟昆仑今年二十一岁，出道六年，会唱歌会演戏，有过不少代表作。比如说《重生之朕乃天下》，他演的风流十三皇子最终殉情，赚了少男少女们许多眼泪；又比如说《宇宙天使》，他演的外星人被地球人女友抛弃，最终离开地球返回家乡，又赚了少男少女们许多眼泪；再比如说《总裁你好你别走》，他演一个身患绝症还坚持撩妹的总裁，在得到妹子的真心后撒手人寰留下妹子痛不欲生……又又赚了少男少女们许多眼泪……

　　钟昆仑身材挺拔高瘦，长相俊美，无论行止动静，都光彩照人。以颜值论，他是天生要当明星的。但像他这样专职悲情戏一百年，演来演去总是不得好死的明星……真的没几个。

　　钟昆仑的黑粉称他为"钟死死"，每天互相打招呼就是"今天钟少是小死还是大死啊"，气得钟昆仑后援会的粉丝群起而攻之。在慕云山逼婚跳海事件发生后，大半个网络江山都在议论，是不是那些BE（悲剧）了的角色怨念太重，让钟昆仑遭了报应。

　　网络上的是是非非，可能会毁灭一些人，但那一定不会是钟昆仑。

　　"钟死死"是一个脾气很硬、颇以自我为中心的中二少年。

　　他十五岁出道，很快成名，在成名之后就没怎么认真上过学，所以直到二十一岁，钟昆仑对自己的基本认知还是老子天下第一。

　　论据是老子盛世美颜，全世界最帅。

　　纵然全网把他捧成一朵花，他也岿然不动；全网把他黑成渣，他也丝毫不惧。而这并不是因为钟昆仑有一身傲骨，他强任他强，明月照大江，而是他内心深处坚定不移地相信自己天下第一、全世界最帅。

　　当人类拥有了真信仰，便无坚不摧。

　　他喜欢带着浪漫色彩的悲情故事，喜欢生死相许却不得不分离的感觉。他有颗喜欢虐恋情深的少女心，所以接的戏都按照他喜欢的这种款式来。在"如何浪漫而唯美地死去"这个技能点上，钟昆仑拥有的丰富经验，大概可以写一篇学术论文——如果他有这个文字水平的话。至于演戏是不是总在自我重复、是不是不进则退的问题，不在钟少爷的考虑范围之内。

　　按道理说，像这种年轻又浪漫、自负又有钱的少爷，不是听碧居的客户群体。听碧居这样的养生项目，针对的是功成名就、即将退休或已经退休、拥有大把时间在家养生的中老年人。基本上这个社区除了"微泫"这一户，居住的都是各行业高管或高校退休教授。

　　"微泫"这套房子不是钟昆仑自己买的，是他曾经的队友、"薄荷与茉莉"组合中另一位功成名就的成员徐稚之买的。徐稚之喜好书法，经常穿汉服，深得古风圈迷妹的赞赏，他和钟昆仑不一样，在娱乐圈发展的同时念完了大学，考了古典文学的研究生，算是演艺圈里的学霸了。有一阵子徐稚之不知道为什么缺钱，要卖房子，钟昆仑听说后就把这座房子买了。

　　买了"微泫"之后，并不像大多数人想象的那样，这位明星一年到头在外面根本不回去。只要一有假期，钟昆仑基本都会回家。当年慕云山就经常爬听碧居的电网，试图偷看他在干什么。

别墅区外围的电网是为了阻拦野生小动物的，对人体并不会造成太大伤害，电压也不高，但除了慕云山，也没几个人有勇气去摸那些看起来很可怕的电网。自从电网被慕云山爬过，听碧居的安全保卫等级提高了几级，社区保安人数也翻了一倍。

逼婚事件发生一年零八个月后。

某日深夜，在家打游戏的钟昆仑接到了一个电话，他对着电话那边不耐烦地说："猪哥？什么事快说！我快死了……啊啊啊，这脑残没看到敌人残血了吗？跑什么！"

过了一分钟，他蓦然睁大眼睛："什么？那个女魔头跑了？"

在慕云山离开玛利亚疗养院大半年之后，钟昆仑从经纪人猪哥那里得到消息——慕云山醒了，没有死，还从疗养院跑了。

我的天哪！钟昆仑出了一身冷汗，连游戏里的角色死了又复活又被砍死了都浑然不觉，满脑子都是那个女魔头复活了，她又回来了！

他小心翼翼地拿出强光手电，对着窗外照了照。随即穿上一件黑大衣，用黑口罩蒙了面，猫着腰小心翼翼地从后门走了出去。

他一边走一边拨弄着自己家花园的各处灌木、草丛、树荫、墙缝……小声地喊："慕云山？"他用手电直射某处草丛，"慕云山你快出来！我看到你了！"

五分钟后他绕到了别墅区的外围电网附近，到处照电网的死角。

"出来！我看到你了！你就在那里！"

"快出来！今天你让我睡个好觉，明天我给你寄签名照！"

"你快出来……"

不远处有人快步走出来，拿着一个比他的更大的手电筒，高声喊道："你干什么呢！半夜三更不睡觉！有业主投诉半夜灯光扰民，我们这里是优质社区，你在干什么呢？"

"我……"钟昆仑张口结舌，"我在找……找猫呢。"

"我家母猫正好生了小猫，明儿一早我送你一只。年轻人快回去睡觉，别鬼鬼祟祟的。"对面赶来的保安大叔说。

"哦……"戴着口罩无法露出盛世美颜的黑衣蒙面男钟昆仑低低应了一声，拉低帽子，快速返回别墅，关上了门。

被钟昆仑遗忘了快半年的慕云山并不在钟昆仑家的草丛里。她的房子已经被拍卖了，刚入职没多久的工作也因为结婚跳海的打算辞了，回国之后，面对余额堪忧的存款，慕云山唯一的想法就是赶快找个工作。

首先，她要养活自己。

其次，她还背着巨额医药费。

但对一个就读于艺术大学高尔夫球专业、因为脑瘤而休学的女大学生来说，她真的没有多少选择。一般专业分文科理科，文员策划文案之类的招聘岗位偏好文科毕业生，工程数码电子规划之类的岗位偏好理科毕业生。但高尔夫球专业是……更何况她还没毕业。

听说在高尔夫球运动发达的国家或地区，高尔夫球专业是极其高大上的，而毕业生是供不应求的，但那显然不是B市。

B市只有一个高尔夫球场，在B市的远郊，一个叫惠林村的地方。那片草地原先想要盖商品房，后来房地产商没钱了，临时改成了草地，弄成一个不太正规的高尔夫球场。

慕云山在人才市场投了几份简历都杳无音信，她思来想去，坐了两个小时的公交车前往惠林村。她想去那个地方碰碰运气，看能不能找到和专业相关的工作。

惠林村距离B市市中心七十公里，是个有三百多年历史的古村落，许多房屋仍然保存着晚清时期的模样。只是论历史它没有别的古村久远，论建筑没有别的古村有特色，论人脉也没有别的古村出的名人多……以至于虽然木窗雕花，青砖历历，惠林村里的年轻人仍是一年比一年少。

大多数人去了B市发展，那里有更多的机会、更高的工资和更高效的服务。

慕云山到达惠林村站下车的时候，正是午饭时间。白色的炊烟混着米饭和柴火的香气萦绕着整个村落，有一只小狗沿着村道向外跑来，歪着头看着慕云山。

这看起来真是好极了。

她蹲下来，对着小胖狗伸出手。

吐着舌头的小胖狗动了动鼻子，围着她转了一圈，然后欢快地跑了，临走时汪汪叫了两声，声音很奶很可爱。

她想这一定是只被宠坏的宝贝，主人一定对它很好，以至于它根本不想讨好陌生人。

她站起来，面对这个长满常春藤和木瓜树的惠林村，心里突然有一种感觉——这里，有什么正在等着她。

惠林村的高尔夫球场非常好找，就在村后靠山的一片斜坡上。青草修剪得很整齐，在正午的阳光下看起来赏心悦目，青草地的尽头有一排铁皮房子，七零八落的广告牌上写着几个红色的大字"心木木口小夫××"。

"惠林村高尔夫球场"的牌子已经很旧了，房地产商并没有投入更多的精力和金钱修缮，所以只剩下了几个偏旁部首。

看守这个高尔夫球场的是一个头发花白但精神矍铄的老头，他看着慕云山越走越近、越走越近，脸上的惊奇比慕云山还多。

慕云山还没走到铁皮屋门口，老头就已经扯着嗓子喊了起来："姑娘啊，去农家乐往南走，这里不采摘水果蔬菜，也没有烧烤和钓鱼。往南走往南走，惠林村五星级农家乐在村口那里。"

"大爷，"慕云山满脸尴尬，"我不是来找农家乐的，我是来找工作的，请问您这里……缺球童吗？"

"啥？"老头瞪眼看着她。

"您这里缺球童吗？"

"啥？"老头仍然瞪着她。

"您这里缺球童吗？"

"啥？大声点！我耳朵不好，有点背。"

慕云山气运丹田，怒吼："您这里缺不缺球童啊？我找工作的！"

"你这么凶干什么？！我这么大年纪了，你看不起我的工作，看不起我是个看门的，也要尊重我活到七十了！人生七十古来稀，你对着七十岁的老人发脾气，你丢人不丢人？"老头勃然大怒。

"不……不是你说你听不见，叫我大声点吗？"慕云山张口结舌，"我是来找工作的。"

"你嘴里嘀嘀咕咕说什么？还在骂我？"老头撸起袖子，"你不要看我七十岁了教训不了年轻人，小姑娘家家的，不学好！"说着他从铁皮屋里拿了根长棍子，对着慕云山挥舞，"别过来，别过来！"

"好、好，我不过去，大爷您快把东西放下，小心砸到脚。"慕云山眼看他拿起了一截钢筋，吓了一跳，那东西不轻，而这个老头显然已经衰老。

"去去去，快走！"老头拿着钢筋对着她挥舞，咣当一声，长长的钢筋卡到了铁皮屋的门框，生锈的钢筋反弹起来，老头抓不住抖动的钢筋，咚的一声，钢筋脱手而出，砸到了老头的额头。

七十岁的老头扑通倒下，没了声息。

站在门外的慕云山呆若木鸡，傻了几秒钟之后，冲进屋里，小心地翻看了一下老头额头上的伤——钢筋敲出来的一大块肿包。他年纪这么大了，不知道有没有生命危险。情急之下，慕云山拨打了120。

一个多小时后。

救护车的喇叭声打破了惠林村的平静，村民们蜂拥而出，看医生将高尔夫球场的老头抬上了救护车，又看见有个年轻的女孩跟了上去。

"那是谁啊？"

"没见过。"

"是矣老怪的女儿吗？"

"矣老怪的老婆女儿早就和人跑了，他女儿如果还在，今年也有四十八了，你会不会看人啊？"

"那可能是外孙女，他女儿四十八，二十岁生个外孙女还算晚婚呢。"

"那如果是他外孙女，怎么还能拿棍子打他呢？我看见了，说是用棍子打了头，矣老怪都昏迷了！"

"哎呀！那可不好，都七十岁了，我看矣老怪这回悬了……"

村里的人窃窃私语，慕云山自然是不知道的。

她发愁地看着救护车里昏迷的老头，刚才医生检查过了，说没伤到要害，但最好还是去医院彻底检查一下。慕云山松了口气，看了一眼自己的斜挎包，仿佛看见了包里干瘪的钱包。她捂住了脸，觉得自己可能有某种特异功能——一种能把自己从很惨弄到更惨直到万劫不复的特异功能。

这大概就是报应。

矣老怪在医院观察了一天，睡了一夜病房，他虽然年迈，身体倒不错，额头上挨了一棍，除了肿了个大包之外，也没怎么样。慕云山跟着跑前跑后，晕头转向地付了许多检查费，又缩在病房的角落里坐了一夜，才彻底放心，相信这个老头真的没事了。

虽然根本不关她的事，可是拿钢筋吓唬人最终失手将自己打昏这种事……有谁相信啊？辩解无用，还是勉为其难地说服自己就是凶手算了。

慕云山叫了一辆车，将体检过后神清气爽的矣老怪送回了惠林村，至于应聘高尔夫球童之类的事，是想也不敢想了。

她是衰神附体，只求息事宁人，却不知道一场更大的风波正在悄悄向她袭来。

她送疾老怪进B市第三医院那天，有人认出了她，悄悄拍了她几张照片，又录了一段视频。她正辛辛苦苦送疾老怪回惠林村呢，一则《震惊！过气女主播当街殴打百岁老人，真相竟是……》的帖子已经在网上流传开来。

帖子上说，GM直播的女主播"慕云山慕昆仑"殴打百岁老人，致老人重伤昏迷，同时附上了疾老怪被抬下救护车的照片，慕云山就陪在旁边。发帖人看图说话，充分发挥想象力，说这位百岁老人在路边假摔，准备碰瓷，慕云山正好经过，将他扶起，受到老人的讹诈。结果不懂得尊老爱幼、一心迷恋明星的慕云山出手殴打老人，致其重伤昏迷。下面又配了一段视频，内容是疾老怪被推入急诊室的片段，视频里医生问了一句："怎么伤的？是摔的吗？"跟着进门的慕云山回答了一句："是钢筋打的。"

配合以上帖子的解释，简直毫无破绽。

这条新闻一开始没有引起多大反响，直到钟昆仑后援会的一个粉丝偶然点了进去。瞬间，这条新闻的流量开始暴涨，无数人开始在下面留言，表示震惊。

"我的天！慕云山不是死了吗？"

"慕云山不是死了吗？+1。"

"慕云山不是死了吗？+10086。"

"求真相，慕太后不是因为得了绝症，强迫昆仑以身相许吗？到头来，绝症是假的？还有这种操作？？？"

"难怪我们昆仑的婚礼进行到一半，贱人就跳海了。一定是昆仑识破了她的绝症是假的！东窗事发，那贱人走投无路了。"

"碰瓷者人恒碰之，难怪走在路上会遇到碰瓷老头，活该！"

"不敢相信我们前会长会打人，她是个温柔的人。"

"楼上被洗脑了吧？慕云山逼婚都做得出来，还有什么她做不出来的？不想活了就应该自己默默去死啊，爱一个人就应该让他开心，付出也是你自己愿意的，跑出来求回报是几个意思？何况看这情形，绝症也是假的。心机婊无疑，鉴定完毕。"

"心疼我们昆仑，遇到这种人。"

"心疼昆仑，遭遇骗婚。"

"心疼昆仑+1。"

慕云山在决定求婚之前辞去的那份"工作"，的确是GM直播的主播，她在平台小有名气，常年播一些她打听到的关于钟昆仑的小道消息，当时拥有众多粉丝，她退出主播行业时，还有许多人伤心挽留，舍不得她走。

然而经过一夜的发酵，"慕云山不是死了吗？"和"心疼我昆仑"两条关键词被刷上了热搜，当年关注她、喜欢她的粉丝们与她反目成仇，而本来就对她的逼婚行为万分不满的钟昆仑粉丝更是咬牙切齿、口诛笔伐，恨不能将这个女人就地正法。

而这场声势浩大的讨伐也惊动了正在撸猫的钟昆仑。

在他半夜瞎找慕云山未遂的第二天，说话算数的保安大叔给他送来了一只橙白相间的条纹小猫。钟昆仑和那只刚满月不久的小东西对视了很久，查了一整天的养猫科普，最终从宠物医院请了一位兽医来帮他养猫。

心心宠物医院是B市最大的连锁宠物医院，陈医师也是第一次接到因为顾客不会养猫而要求出诊的电话，哭笑不得。他为这位不会养猫但会花钱的顾客准备了所有自动化的投喂工具——自动喂水器、自动喂食器、撸毛手套、自动免铲猫咪厕所、遥控老鼠等等，在钟昆仑家里教了他一整天，才勉强教会他如何养猫。

陈医师临走时，钟昆仑仍然和他的猫一样，处于炸毛状态，彼此都对对方万分不满，毫无和解的可能。

这样的炸毛状态维持了三天，第四天钟昆仑出门参加了一个节目，等到第六天回来时，看到被丢在家里的小猫挤在自动喂食器旁边睡着了，变成了一摊小猫饼。房间那么大，它紧紧贴着喂食器，仿佛只有那里能给它安全感。钟昆仑蹲在它旁边看了很久，轻轻摸了摸它的背。

小猫翻过身来，迷迷糊糊地露出了肚子。

他又揉了揉猫肚子，神奇地感觉到他和这只猫和解了。

他给这只橙白相间的小猫起了个名字——"世界第二帅"。

撸猫的日子总是过得很快，因为慕云山真的不再出现，钟昆仑很快就把她跑掉的事抛在了脑后，直到猪哥给他打电话说……他又上热搜了！

钟昆仑仔细看完了那篇帖子，因为照片、视频和文字内容无缝对接，他真的震惊了——毫不怀疑地相信了其中的内容——在神圣的婚礼上丢下他去跳海的女人，有什么事做不出来？对于逼婚，他本人倒是没有像他的粉丝那样怒不可遏，但殴打老人，还把人家打到昏迷住院，这简直不是一个正常人能做出来的事情！

女魔头丧心病狂，已经从变态升级到发狂的境界了。

太可怕了。

如果说在那场结婚闹剧之前，钟昆仑对完美符合他"不得好死爱情观"的绝症患者慕云山还有那么一点点好感，那么在慕云山跳海让他丢尽颜面之后，他对她是又惊又怒、怀恨在心，在看见她殴打老人之后，则觉得简直是匪夷所思，令人闻风丧胆。

不行！他一定要做好更加严密的防范措施，这个发狂的女魔头一定会变本加厉地来骚扰他，可能会半夜从窗户爬进来……钟昆仑不寒而栗，如果他不就范，她是不是会拿出刀来？

他立刻给猪哥回了电话，要求增加保镖人数。

猪哥和慕云山斗智斗勇许多年，深知这位脑残粉的战斗力，对钟昆仑的要求颇以为然，立刻应允。

而倒霉指数每日涨停而不自知的慕云山，仍然在找工作，直到在暂住的快捷酒店突然被服务员指着鼻子狂骂的时候，才知道自己又出名了。

她本来打算找一份简单的兼职，然后去学校销假，安分守己地完成学业。虽然高尔夫球专业略奇葩，但也是未来新的希望和方向。可是突如其来的假新闻摧毁了一切，不仅同学可能会对她充满敌意，就是学校对像她这样全身上下都是破绽的问题学生肯定也会有所顾忌，在这个时候允许她入学无疑是给学校找麻烦。

上学的事还要再等机会，幸好她的病休假很长。

至于网上排山倒海的骂声，她也是见过世面参与过混战的，还不至于为此伤心……毕竟，被提及的事其中一大半确实是她做过的。侵犯隐私、逼婚跳海什么的脑残事她真的干过，也无从解释当年是真的得了绝症，不是套路，是脑残真爱，不是爱慕虚荣。

慕云山深深觉得，她这令自己万劫不复的技能太无解，连抢救一下的余地都没有。无可奈何时，她突发奇想，既然"慕云山"三个字已经无药可救，那么能不能改个名字，挥别过去，让自己以新的身份重新开始？

反正也没有工作，不如马上行动。

第二天一早，慕云山带着户口本去了户籍地派出所，要求更改姓名。

户籍室里坐着一个面容冷峻的小哥哥，剑眉星目，颇有气场。慕云山看了一下窗口放的牌子，他叫高冷……呃……是负责咨询和办证的协管员。

这年头协管员也长得这么好看了？

"什么事？"高冷冷冷地看了她一眼。

"哦，你好，我就咨询一下，如果我想改名字的话……需要什么条件？"慕云山谨慎地问，"我觉得现在的名字不太好。"

"户口本。"高冷拿走了她的户口本，在看到她名字的一瞬间顿了一下，"名字里没有冷僻字，也没有会引起歧义或带有侮辱性的名词，你又是成年人，不能改。"

"警察同志，我这名字真的不太好，我就想换个名字重新开始，找个工作什么的……"慕云山说，"你懂的。"她看见了他那一瞬间的迟疑。

高冷被"你懂的"三个字呛了一下："我不是警察，你强烈要求要改名字，如果有特殊情况，也不是不允许，但是你要考虑清楚，成年人的名字随便改会有很多麻烦。比如说你的学位证、毕业证、银行卡……这些全都会受到影响，你真的考虑清楚了吗？"

她真的没考虑清楚。

冷峻的小哥哥看着她，眉头一扬："如果你只是找工作遇到了困难，市政综合管理服务中心正在招人，可以去试试，他们要求很低的。"

"哈？哦……"慕云山恍惚地抬头看着他，"可是我大学休学了，专业也不太好。"

"没关系，他们缺人。"高冷不耐烦地说。

"可是我什么证书也没有。"慕云山一脸茫然地说，"市政综合管理服务中心，听起来就很高大上啊，不是一般的地方。"

"他们基本上什么人都要。"高冷说，"像你这种……他们不会拒绝的。"

"为什么？"

"因为工资低。"

钟昆仑看到慕云山的新闻后，为自己增加了两个保安，几乎二十四小时贴身护卫。

最终——

钟昆仑参加了一个旅行节目，原本人家是想请他来介绍旅行途中的风景和休闲乐趣，结果这位爷全程带着两个黑衣保镖，走到哪里都紧张兮兮，硬生生将休闲旅游节目拍出了"总有刁民想害朕"的既视感。

而慕云山并没有改成名字，不过她找到了一份工作，暂时摆脱了穷死的命运。

Chapter 2
无名的禤德

    B市行政综合管理服务中心,名字非常高大上,仿佛能够主宰城市普通民众的生老病死、悲欢离合,实际上它是个不管干什么都不太专业的大杂烩。政府每个部门都在里面开个窗口,然而每个来办理业务的人各有各的不幸,总有许多办不成事的苦主。

    慕云山在这里得到了一份工作,填表机辅助协管员,月薪税后一千九,以B市的消费水平,大概属于赤贫而不至死的档次。

    这个"协管员"并不属于政府编制,高冷的总结非常精辟,因为工资低,留不住人,所以对职员的要求低。而站在一台填表机旁帮助别人填表,好像也不需要什么专业技能,因此慕云山一来询问,马上就被录用了。

    她的人生前十五年单纯地在学校度过,后六年狂奔在非主流的道路上,人生做的第一份工作是网络女主播,并且从一开始就做得挺好,赚到了钱。所以对于"填表机辅助员"这份工作,她毫无危机感,还觉得很奇怪——都有填表机了,还要辅助员干什么?

    填表机不是自助的吗?

第二天，慕云山很早就来到了服务中心的填表区，趁还没有上班，市民还没有进来，她仔细研究了那些填表机——没错，每台机器上都有操作演示，有语音版的，也有图画版的。

所以要她这个辅助员干吗？她满心迷惑，不能理解。

距离上班还有十分钟，服务中心里陆续来了工作人员，纷纷步入自己的工作岗位。有个人走到她的面前，投下一片阴影。慕云山抬起头，入目是剑眉星目、挺拔的身材。

"咦？"她诧异地认出了这个人，"高冷？你怎么在这里？"

高冷双手插兜，没有穿协管员的制服，就只是冷淡地看着她："我就来看看，你会不会真的来上班。"

什么意思？慕云山莫名其妙，这工作不就是他介绍的吗？

"我当然要来上班啊！我很珍惜这份工作。"慕云山和高冷不熟，不知道他这副霸道总裁视察工作的姿态是哪里端出来的，说话尤其谨慎，万一他下一秒要开口说"这个服务中心是我开的，其实那天我只是在派出所户籍室里思考人生"，她也好有一些心理准备。

"我说过这里工资很低。"高冷凝视着她，仿佛想要从她脸上发现一些什么。

"但是能养活我。"慕云山说，"谢谢你给我介绍工作，我是认真来工作的，你……你还有什么事吗？"她看着这个莫名其妙的男人，他个子很高，相貌俊帅，的确不像一个普通协警。就凭颜值，也可以去做平面模特啊！

高冷盯了她一会儿，掉头就走："好好上班。"

慕云山屏息静气等着他说"这个服务中心是我开的"，结果他就这么走了。她心里不知道是失落还是松了口气，看着高冷的背影，心想真不知道这个人是来干吗的。

可能只是觉得稀奇，再次确认一下那天遇到的人是不是著名"网红"，哦不，著名"网黑"慕云山？

正当她胡思乱想的时候，上班时间到了，来办理业务的市民如洪水般冲了进来，狂奔到了填表区。站在填表机前的慕云山猝不及防，被一个大妈推到了一边。她傻傻地看着大妈十指如飞地在填表机上操作，迅速填好自己的信息，不到三十秒便弄好了表格，随即狂奔去了取号台。

这如风似火的操作，显然不是第一次来。

第二个年轻人就没有大妈这么熟练，看着演示视频磕磕绊绊地弄好了，也离开了。

慕云山无事可做，呆呆地站在许多台填表机中间，不知道自己该干什么。

就在这时，一个老人家拿着自己的身份证走了过来："我这个身份证，机器读不出来，不知道怎么回事，我老花眼看不清，你能不能帮我填一个表？"

哦！原来这就是填表机辅助员该干的事情！慕云山眼睛一亮，热血沸腾，终于找到了一千九百块月薪的存在感："没问题！"

老人家名叫禚德，六十二岁。慕云山三两下帮他填好了姓名拼音、身份证号，引导他去取了一个敬老号，告诉他坐着等叫号，叫到他的名字就可以去办理了。

禚德非常感激。他的腿脚有点问题，摇摇晃晃地走到等候区，在那里静静等候。

等慕云山回到填表区，那里正在进行一场大战。一个妈妈带着她的女儿排队填表，中途内急，这位妈妈去了一趟厕所，回来的时候，她后面的那位市民不乐意了，让她到后面排队去，不准插队。

这位妈妈的女儿还在队伍里，她当然也不乐意了，于是她踢了对方一脚。

然而后面那位不准她插队的……是一个孕妇，还是一个性格彪悍的孕妇。

于是一位妈妈和一位准妈妈在填表区开始撕扯，展开了一场女人之间的战争。

慕云山目瞪口呆，从来没想过会发生这样的事，小女孩在一旁哇哇地哭，她的妈妈提起拳头就要对着孕妇的肚子砸下去。

天哪！慕云山冲了过去，拉住那个妈妈："你们在干什么？"

"就是你们工作人员根本没在做事，这个人插队，还打我，根本没人管！我是孕妇！我要投诉你们！"那位孕妇推了慕云山一把，把怒火发在她身上。

"排队根本没人管理，我本来就站在这里，我的女儿还在队里，我就上个厕所凭什么不能回我原来的位置？还讲不讲道理了？那个谁，你不要仗着你是孕妇就了不起！我也是孕妇！我肚子里还有二胎！你打我啊！你打我啊！"那位妈妈说着一脚踢了出去，正好慕云山被身后的孕妇推了出来，踉跄了两步，那一脚就踢在了她膝盖上。

剧痛袭来，她觉得自己的骨头可能要裂了。

混乱中，有人拦住了那位狂躁的妈妈："这件事的确是我们处理不好，请这边来，我们不知道您是孕妇，老孕婴残我们都有绿色通道，请到这边来。"

这个声音冷淡而极富磁性，一入耳，仿佛整个世界都清静了。

跪在地上的慕云山看见换了制服的高冷将歇斯底里的妈妈引去旁边，而另外一位服务大厅巡查员也将那位孕妇引去了另一边。

一场大战消弭于无形。

只留下一瘸一拐的慕云山。

她踉跄地爬了起来，一脸惊恐地环视着填表区，不知道一会儿还会发生什么。

高冷将那位妈妈带去绿色通道办理业务，想着刚才看见慕云山一脸惊恐的样子，似笑非笑。

回到自己的柜台站了一会儿，他挂上了"请稍候"的牌子，去后台打了个电话。

上班第一天就被吓蒙的慕云山胆战心惊地站完了一上午，到快下班的时候，她突然看见早上那位叫禚德的老人家还坐在等候区！

她眼前一黑——怎么会！她不是给他拿了一个敬老优先号？看时间，他都等了快四个小时了？天哪！脑子还没转过来，慕云山的身体已经冲了出去："还没有叫到您的名字吗？"

老人家脾气倒是不错，很有耐心，他摇了摇头："我等了很久，一直没有叫到我的名字，我也有点奇怪。"

是不是错过了？慕云山去柜台小心翼翼地问有没有呼叫过一个叫"糕德"的老人家。柜台的人说"糕德"已经叫过好多次了，就是一直没看到人来，随即又按了重复呼叫的按钮。

坐在椅子上的老人无动于衷，没有反应。

慕云山说："已经在呼叫您啦！可以去办理了。"

老人奇怪地抬起头："这叫的是高德啊！我姓禚，不姓高。"

哈？慕云山不可思议地盯着老人手里的身份证姓名栏——禚德。

禚德？"禚"是什么字？

慕云山绝望地捂脸，她把人家的名字"禚德"填成了"糕德"，害老人家苦苦等了四个小时，就她这种业务水平，大概是要被拖出去枪毙的吧？

"对不起对不起，真的太对不起了！"慕云山向老人家赔了一百个不是，办完业务后又叫了一辆车，把糕德，哦不，禚德老先生送回家。

禚德的家很远，在惠林村。

对于慕云山的失误，他也不是很生气，笑呵呵地说："不要紧，我也没有急事。我认得你，你是救了矣老怪的那个女娃娃，在这里看到你，我很高兴。"

在得到宽恕的一瞬间，慕云山几乎要潸然泪下——这段时间遭遇的恶意与误解、挫折与诅咒仿佛都得到了宽慰，毕竟这世界上有人知道她并不坏。

生活不易，每个人都有每个人的苦难，所以像钟昆仑那样的人生，真是如梦似幻。他是生活的宠儿，而她这种还在为了生存苦苦挣扎的人，和钟昆仑怎么可能有交集？无怪乎相看两相厌。

上班的第一天，慕云山在填表机旁站到两腿肿胀，而被踢伤的膝盖更是疼痛无比。好不容易挨到下班，她一步一顿地往外磨蹭，走路虽然痛，但她更在意的是今天之后，她要住在哪里？

快捷酒店的住宿费太昂贵，今天晚上她必须去找一个廉价的出租房，好安顿自己惨淡的人生。

还没走到门口，挺拔的身影又拦住了她。

"高冷？"慕云山真是服了他，这人莫名其妙地缠着她，难道看稀奇还没看够，要像连续剧一样从头追到尾吗？

"受伤了？"高冷示意她跟上，"我有车，可以送你回家。"

哦！慕云山对他的总裁做派已经习惯了，就算高冷开了一辆劳斯莱斯幻影她也不稀奇。但在服务中心的停车场看到一辆白色特斯拉-Model X的时候，她还是惊呆了。

这个"协警"一定有问题，就是不知道是哪方面的问题——究竟是贪污受贿，还是体验生活，还是有家族企业背景，又或者是……

她看着高冷走向那辆白色特斯拉旁边的一辆……"小绵羊"电动车。

然后冷峻挺拔的高冷用"小绵羊"电动车载着她，在B市下班的人流中穿行，飞速超过一众轿车，不到三十分钟就到了她住的酒店附近。直到下车，她还觉得如梦似幻。霸道总裁作风的高冷说的"我有车"是指他有一辆"小绵羊"，比他开口说"这个服务中心是我开的"还不可思议。

因为满心的不可思议，她一时闪神，不小心告诉了高冷她在找出租房。

而无所不能的高冷告诉她，B市的出租房价格不低，只有惠林村附近价格最便宜。他知道那里有一套房子出租价格特别低，不知道她愿不愿意住。

慕云山听着那口气，又想想高冷的职业，打了个寒噤："不会是凶宅吧？"

"算不上是。"高冷说，"那是惠林村历史最悠久的房子，有三百多年了，房子的状况不太好。"

"还有呢？"慕云山敏感地问。

高冷想了想："房主在屋子里死了。"

天哪！慕云山问："他是怎么死的？"

"抑郁症死的。"高冷说。

那就是自杀的。慕云山缩了缩脖子,好奇地打听了一下房子出租的价格。

得到答案之后,她低头"透视"了一下自己干瘪的钱包,立刻决定租下这个房子。

惠林村那套总是租不出去的房子在村子最偏僻的角落,房子的背后就是山林。对慕云山来说,这套房子大得简直不能说是房子,这是一个院子。

这套房子有一个一百五十平方米左右的前院和一个三十平方米左右的后院,中间是晚清风格的屋舍,青砖飞檐。房门口原先的走廊已经坍塌,不过琉璃屋檐仍然完整,窗户和门上残余的木雕依然古朴好看。前院和后院的荒草比人还高,后院的屋檐下挂着一个马蜂窝。这地方走到村口至少要十五分钟,而从惠林村乘坐公交车前往服务中心大概要两个小时的车程。如果慕云山选择住在这里,她每天要五点半起床去赶六点的第一趟公交车,才有办法在八点赶到服务中心上班,而服务中心五点半下班,也就意味着她最快也要八点才能到家。

慕云山看着这套兼具危房和鬼屋特点的房子,犹豫片刻,仍然决定把它租下来。原因无他,她的脑瘤治好了,需要一个仪式来与过去的自己告别,给自己一个机会,过上与以前完全不同的生活。

而眼前……一个完全不同的开始,正在向她展开。

就在慕云山决定租下惠林村危房的同时,远在明富山听碧居的钟昆仑收到了一条消息:有人租下了他倒霉老爸留下的那座鬼屋。

沉迷撸猫不能自拔的钟昆仑很是震惊——是谁有这天大的胆量,居然敢住在一个自杀的神经病曾经住过的古宅里?要知道他小时候天天被他爸吓得魂不守舍,夜夜做噩梦,长到六岁就以"要做全村的希望"为名逃到外地念小学了,这么多年再也没敢回去过……结果,房子空置了十几年之后,居然租出去了?

是谁这么胆大包天?

当屋主钟昆仑看到租客的名字时,诡异地静止了三秒,随即松了口气,原来是她。

他一点也不奇怪了,怪不得雇了两名保镖都没蹲守到慕云山。她一定是从某种奇怪的渠道知道了钟书叁是他爸爸,然后想尽一切办法住进了旧宅,甚至不在乎那是凶宅,就为了接近他。她肯定是觉得脑瘤被治好了,没了缠住他的借口,所以病一好就找了另外一个借口来留在他身边!一定是这样!

如果是别人住进去,钟昆仑可能还会好心提醒那房子不吉利,但慕云山住进去……她最好在那里住到天荒地老,反正他永远不会再去那个地方,女魔头住在那里,永远也等不到他出现,这样他就自由了。钟昆仑想了想,兴高采烈地给中介打了个电话:房租再降三成,不不不,再降五成,对这位租客必须有求必应,有什么需要维修的家具费用由他出,务必保证这位租客长期住在那里。

当慕云山听到房租还可以再降五成的时候,整个人都蒙了。这基本上等于白住了——虽然这房子状况很差,但是可以"白住",这对穷困潦倒的慕云山来说真是雪中送炭。

她暗暗发誓,不管屋主是因为什么对她这么好,她都一定尽她所能保护好这座晚清古宅,尽量让它恢复往日的荣光。

离这座荒宅最近的邻居就是看守高尔夫球场的矣老怪,虽然高尔夫球场濒临倒闭,一年也没有一个顾客出现,但他仍然准时守在球场,每天按照要求养护草坪。发现慕云山要搬到惠林村来住,矣老怪很高兴。自从去了一趟医院,医生给他治了头还配了助听器,戴上了助听器的他像换了一个人,见人就说慕云山是个好娃娃。

荒宅的另外一个邻居是禚德,老人家很有涵养,见慕云山来看房,还委婉地提醒她这里死过人。但慕云山被惊人的房租诱惑,鬼迷心窍,仍然决定住在这里。

一个口袋里只有不到两千块的穷鬼,没有资格挑房子,何况这个房子这么大!

和不知名屋主签订了租房协议后,那位神秘的屋主雇人将房子里外打扫了一遍,简单维修了一些破损家具。慕云山实在没地方住,房子刚打扫好还没来得及维修,她就带着一点可怜的行李搬了进去。

她从玛利亚疗养院离开后,没有固定的落脚点,即使过了半年也没有置办太多的东西。第一天住进古宅,里面连张床都没有,她直接在地上铺了报纸和竹席,房子里外都没多看几眼,就这么倒头睡了过去。

这些日子她真的太累了。漂泊、失意、对未来迷惘、被误解被伤害……即使她已经死过一次,又治过了脑子,仍然感觉遍体鳞伤。只是离开了钟昆仑全球后援会后才发现,这么多年她连个现实生活中的知心朋友都没有交到,内心软弱和悲伤时,也不知道该说给谁听。

上班站到脚肿得像馒头一样,时时刻刻提心吊胆地维持秩序,疼痛的膝盖时好时坏……也正因如此,下班后坐两个小时公交车回到惠林村的她,累得对"凶宅"一点惧意都没有了。如果有鬼敢出来打搅她睡觉,哼!杀无赦!

在服务中心上了五天班后,慕云山才搞明白为什么高冷那天会特地来看她,原来他们派出所要到服务中心轮岗,她上班的第一天正好轮到高冷去服务中心坐咨询台。而到了第五天,高冷又轮到了服务中心的班。一下班,他又对慕云山说:"我有车,跟我来。"

膝盖痛得要死，全身仿佛筋骨寸断的慕云山乖巧地跟在他后面，坐着他的"小绵羊"，穿过繁华的B市，返回惠林村的住处。有那么一瞬间，她觉得有人关心真好。

正在她感动不已的时候，高冷说："你真的是慕云山？你和网上说的好像不太一样。"

啪嗒一声，慕云山的一颗少女心碎成了八瓣，没好气地说："你上班缠着我，下班还缠着我，就是为了观察我和网上说的一不一样？"

高冷骑着"小绵羊"，表情冷峻："我好奇。"

"那真是对不起了，真遗憾我和网上说的不太一样。"慕云山叹了口气，"闲着没事你可以加班为人民服务，不用特地围着我转了，我也没有什么新八卦可以提供给你。"

"我听说惠林村的房子，屋主给你降了房租？"高冷问，"房子怎么样了，弄好了吗？可以请我去看看吗？"

这……慕云山莫名心虚："真的要看？"

"嗯。"高冷应了一声。

一般人听到主人说"你真的要看吗"，正常反应难道不是回答"如果不方便就算了"？高冷居然一本正经地应了。慕云山策略失败，破罐子破摔，真的把人带回了"鬼屋"。

房子离村口有点远，村庄的道路有点黑，但两人到达惠林村的时候，月色皎洁，将一切照得清晰。

高冷的电动车开进村子里的声音扰乱了村庄的宁静，不少老人出来观望是谁家的孩子回来了，却见是钟家古宅的灯亮了——慕云山和一个高个子男孩一起走了进去。

高冷站在门口，环视主卧。

卧室里什么都没有，报纸还铺在地上，留着人睡过的痕迹。一张崭新的免安装学生床支在墙角，上面叠着一条新的薄被。地上放着一箱矿泉水，学生床的枕头边放着一包纸巾，除此之外，真的什么都没有。

高冷略震惊，他蓦地抬头看了慕云山一眼。她耸了耸肩："看完了吧？真的没什么好看的，深更半夜，你留在这里太久也不像话，回去吧！这里离市区也远，早点回去休息。"

高冷皱了皱眉头，仿佛想说什么，却最终什么也没说："行，我走了，你注意安全。"

"你快走吧！"慕云山挥了挥手，"谢谢你送我回家。"

高冷点了点头，骑车离开。

慕云山想高冷一定没想到她真的这么穷，但不要紧，会一天一天好起来的，就像前几天她连张床都没有，而昨天万能的淘宝已经把她的床送来了。

我有一套大房子，面朝山林，春暖花开，快递直达，外卖可送，这是多少人的梦想？她想她应该知足才对。

一切都会好的。

上班后的第六天，是周六。

这天慕云山起得很晚，足足睡到中午。睡眠仿佛修补了她的神魂，醒来的时候，慕云山感觉神清气爽，仿佛脱胎换骨，全身又充满了力量。

她终于有时间好好探索这套租来的神秘古宅。

坐起身打开窗，她站在窗前，放眼望去，满目青翠，山林仿佛映窗欲入，她突然想起了玛利亚疗养院的那扇窗户。

那个曾令她觉得"这真是好极了"的窗户。

打开了她人生的另一道门。

微风拂面，她闻到了一股极其好闻的香气，像是荔枝香，却比荔枝更清淡柔美。一低头，便见一朵浅黄色的花夹杂在齐人高的荒草中开放，被杂草挤到了窗边来。

慕云山伸出手，摸了摸那朵可怜的小花，又收回手闻了闻手指，那香气正是来源于它。

这是朵可怜的月季花，叶子得了病，已经全都掉光了，只剩下一朵营养不良的小花，在杂草中艰难地开着，硬生生把自己开得像一朵小菊花。

但凭借那股特有的香气，慕云山认得，这是一棵月季。

它叫"朦胧的朱蒂"。

十万八千里之外，钟昆仑正在参加一档综艺节目。

他今天特地戴了一对闪钻的耳环，脸上扫了淡妆，却比隔壁浓妆的艺人更加五官鲜明，顾盼神飞。

他还穿了一身红色的真丝紧身衬衫，配铆钉扣子，坐在一众艺人当中，看起来喜气洋洋闪闪发光，几乎把"家有喜事"四个大字写在了脸上。

主持人自然没有放过这位最近红得发黑的大明星："昆仑你好，我有个问题，相信也是广大观众和粉丝都迫切想知道的。你可以选择不回答，但我还是忍不住要问一下……"

"问吧！"钟昆仑眼里带笑，光彩熠熠。

"我们都知道去年昆仑举办了一场婚礼，婚礼过程中发生了一点小意外。"主持人的话可以说非常委婉了，"包括我在内都以为慕云山小姐已经离世了，并为此感到非常惋惜。但最近有人拍到了她的视频，关于她还在世或者说她其实没有得癌症这件事，昆仑你是知情的吗？"

"知情啊。"钟昆仑心情非常好，回答问题的态度也很好，完全不像之前一提到"慕云山"三个字就要翻脸，令人啧啧称奇，"她是真的有病，但病被治好了。"

"哦……也就是说不像网友想象的那样存在猫腻。"主持人依然很委婉，"那么我想替广大网友和粉丝问最后一个问题，昆仑你现在是单身吗？如果现在有人追求你的话，还有希望吗？"

钟昆仑想了想，坦然说："我和慕云山还没有离婚……"

这是现场直播的综艺节目，他就这么随便地说出了口。

一直很委婉的主持人猝不及防，坐在钟昆仑身旁的艺人们面面相觑，还有些人很不矜持地在偷笑。而网上再度因为他的话掀起轩然大波，"还没有离婚"五个字瞬间上了热搜。

坐在台下的猪哥无可奈何地捂住了脸——当年慕云山借着粉丝送花的机会跑上台求婚，他就是这样无可奈何地看着自己家傻艺人开口说愿意结婚的。

现在他同样坐在台下，无可奈何地看着自己家傻艺人开口说还没有离婚。

区别在于，他已经麻木了。

Chapter 3
朦胧的朱蒂

"对,就是这样,请您在表格底部签名。"

业务日益熟练的填表机辅助员面带微笑地提醒进入服务大厅的市民填表注意事项。

"是签我自己的名字吗?"

慕云山的笑容维持不变:"是。"

"是签今天的日期吗?"

慕云山的笑容依然毫无变化:"是。"

"今天是几号?"

"××××年××月××号。"

送走了一位,下一位仍然是:"是签我自己的名字吗?"

"是。"

"是签今天的日期吗?"

"是。"

慕云山笑得一脸僵硬,完全看不出她第一次听到有人问"是签我自己的名字吗"时内心的各种狂乱——签名不签你自己的你一般都签谁的名字啊?你今天填表不填今天的日期，要不你填明天的日期试试看？

"这位阿姨……"

慕云山看着前来叫她"阿姨"的大妈——大妈可能六十岁了，但笑眯眯的，见到女士都喊阿姨，"阿姨"在她那里似乎是个尊称。

大妈说："你帮我看一下我填得对不对。"

慕云山拿过来看了一眼，咳嗽了一声："这个……婚姻状况，阿姨您要填'已婚'或者'未婚'，不是填'还好'。"

大妈说："我哪里知道什么已婚未婚啊？这个婚姻状况我就觉得还好，说不准明年就离婚了，填'还好'还便宜了我家老头子。从1990年开始他就不扫地不洗碗，这种人也只有我嫁给他了，也只有我给他填个'还好'了……"

慕云山："……"

等听大妈将她那位从1990年就不洗碗的"还好"的老头子啰唆完，下班时间也快到了。慕云山顶着两团蚊香眼，摇摇晃晃地返回更衣室，坐在椅子上换鞋的时候，深深地觉得单身的日子真好。

当初她长脑瘤的时候，怎么会觉得人生只有和钟昆仑在一起才有意义呢？怪不得脑子有病。

简直无法想象，假如，她是说假如，她真的和钟昆仑在一起了，那么四十年后来抱怨某人从来不洗碗不扫地的，可能就是她了吧？说不定婚姻状况还混不上一个"还好"，可能是"绝望"吧？

幸好及时把病治好了。慕云山摸了摸头发里的伤疤，她其实是很感激钟昆仑的，至少是他出钱治好了她的病，让她还有坐在这里想未来的机会，而不是在四十年后，思考婚姻状况要填"不好"还是"绝望"。

更衣室外有人屈起手指，轻轻敲了两下门。

哦，今天又是周五，高冷又要来缠她了。

"来了来了。"慕云山不耐烦地穿着鞋子，换了舒适的便装，将制服收了起来，"我保证我已经买了桌子和椅子，也买了衣柜和烧水壶，绝对不会一个人饿死在惠林村，我保证不会出现'网红慕云山在惠林村饿死'这种新闻……所以我那里真的没什么好看的，你就不能不那么好奇吗？"

"不能。"更衣室门外高冷的声音清冷悦耳。

慕云山不能理解，这人本可以去卖颜值和卖声音，卖身犯法那卖身材当个模特也行啊！为什么非要当个派出所管杂事的协管员？然后连个女朋友也没交到，下班没事就来看网红!

　　换好了衣服,她愤愤地坐上高冷的"小绵羊",虽然被人观察的感觉并不好,但好歹坐"小绵羊"比转公交车快多了,还不要钱。

　　高冷把电动"小绵羊"开出了哈雷摩托的气场,载着慕云山在周末堵车的长龙中穿梭。上次在荒宅看到慕云山的家当只有一张床后,第二天他就在微信上给慕云山发了一堆桌椅板凳、锅碗瓢盆的链接——慕云山"十动然拒"——见鬼的高冷看上的桌椅板凳锅碗瓢盆都是以"万"为单位计价的,她这税后一千九的月薪,一年不吃不喝都买不起一个!这根本是发来嘲讽她的吧?

　　即使两个人的心思南辕北辙,"小绵羊"还是稳稳地载着两人到达了惠林村。高冷将电动车停在院子里,看了荒草丛生的院子两眼:"这么高的草,晚上你不怕有人躲在里面?"

　　慕云山起了一阵鸡皮疙瘩,警告地瞪了他一眼:"你不要吓我,我本来没想那么多,以后每天晚上都觉得草丛里有贼怎么办?"

　　高冷顿了一顿,不冷不热地说:"有贼很光荣啊。"

　　"光荣……"慕云山冷笑,"我采访一下高冷高协管,你见过几个遭贼的苦主觉得光荣的,介绍来认识认识?"

　　高冷想了想:"我见过去小卖铺偷两罐可乐的,苦主觉得还可以。"

　　慕云山噎了下:"还有呢?"

　　"还有偷古董的,后来古董追回来了,经鉴定是假货,苦主的心情很复杂。"高冷的表情依然冷冷清清的,语气相当认真。

　　"噗……"慕云山没有抵挡住高冷的冷笑话,也不知道他说的是真是假,耸了耸肩,"看在你会说话的分上不和你计较,我就是这么穷,没什么好笑的。如果你闲得慌的话,明天来帮我除草,我可不想每天晚上想着这些草做噩梦,事情是你提出来的,你要负责。"

　　高冷笑了一下,他很难得笑,笑意刚到达眼角,便见顾盼神飞,不知道放开笑起来会是多么俊朗清隽。

　　"你挺有趣的。"

　　"来不来?"

　　"来。"高冷说,"你真的挺有趣的。"

　　远在两千公里之外。

钟昆仑穿着多达五六层的厚重棉布长袍,正在拍摄古装戏中的一场雪景。

他手握长剑,吊着威亚从冰湖上一掠而过,然后杀向湖边的一堆群众演员。其间随着导演一声吆喝,众群演要纷纷倒下,以烘托钟昆仑扮演的某大侠武功与格调之高。

然而由于众群演"死"得不好,或过早或过晚,或浮夸或敷衍,钟昆仑已经来回跳了四次了。他虽然少爷脾气,却能从表演中找到乐趣,所以几乎不用替身。为了感受那种种虐恋情深的死法,钟昆仑的表演也一直很用心。

然而在第五跳的时候,威亚绳突然断开,"钟大侠"持剑一头撞向了冰湖。

湖水虽然结冰,却并不厚实,只听一声巨响,钟昆仑和长剑一起不见了踪影。

岸边的工作人员大吃一惊,幸好应急工作做得到位,五六个人一起下湖,短短两分钟内就将钟昆仑拖上了岸。

钟昆仑并没有昏迷,但零下十几度的湖水冻得他脸色惨白,瑟瑟发抖,最惨的是撞破冰层的时候冰层划破了他的脸,此刻让钟昆仑引以为豪的盛世美颜上血流满面,触目惊心。

整个剧组瞬间陷入惊恐和混乱之中,如果钟昆仑因此毁容,不但这个剧不知道还能不能接着拍,而且剧组也不知道要承担多大的责任,后果之严重简直无法想象。

高冷在慕云山家逗留了一会儿,检查了慕云山刚买的简易家具,也没有表示行还是不行,就准备走了。

他从来没有留下来吃饭的意思,慕云山也没有饭请客。

正当高冷要走的时候,他的手机叮咚一声,跳出了一条推送。

他打开来看,微微皱眉。慕云山看他没有避讳,好奇地凑过去看了一眼,随即吓了一跳——钟昆仑掉落冰湖,重伤毁容?

正当她震惊之际,她的手机响了起来,一个压抑着怒火的声音在电话那头说:"是慕云山慕小姐吗?"

"我是。"慕云山还没回过神来,有点恍惚。

"我是朱月,叫我猪哥就行了。"钟昆仑的经纪人在电话那头说,"你现在马上坐飞机到F市,我给你订最快的一班飞机。"

"啊?"慕云山惊呆了,这是猪哥的电话,这就是当年她超级想得到然而想尽了办法也得不到的人的电话。

"啊什么?!"猪哥怒吼,"昆仑没有死,不要哭,也不要傻了,他的眼皮

030

被冰划破了，需要做缝合手术。没人要你殉情，做手术要家属签字，他就你一个家属了！"

"哈？"慕云山仍然处在震惊的状态中。只是划破眼皮？她真的以为钟昆仑要死了呢！她眨了眨眼睛，反应过来，"哦好的，我会尽快赶到机场，到时候给你电话。"

"快点！"

"是是是。"慕云山挂了电话，看向高冷，"快快快，送我去机场。"

高冷疑惑地看着她："怎么了？"

"钟昆仑要做手术，据说需要签个字。"慕云山说，"叫我马上飞过去。"

"他没有其他家属了？"高冷诧异。

"我只知道他爸爸好像去世了。"慕云山推着高冷去开"小绵羊"，"这还是我费了好大功夫才打听到的，他的宣传都说他是富二代啊，是贵族王子。"

高冷轻笑一声："怎么你看起来，居然不是很担心？"

慕云山看了他一眼，心想：这要怎么说呢？我的脑残被治好了？我现在是个正常人了？这和她的网红人设不符，可能会严重打击到看爱八卦的高冷。顿了一顿，她郑重地说："我很担心啊！他的眼皮割破了。"

高冷噗的一声笑了，他转过头去，慕云山没看到他笑的样子，只听他说："你真的很有意思。"

钟昆仑的手术做完后，眼睛敷着纱布，因为麻醉还没有退，所以还不知道情况怎么样。

湖冰割伤了他的眼皮，有一部分划入了他的眼睛，不过伤得不深，理论上可以自愈。身上其余零零碎碎的划伤与眼睛的伤势相比，虽然数量众多，但并不危险，可以忽略不计。但猪哥为了抢救钟昆仑的盛世美颜，要求紧急手术，所有的伤口都必须以整容的标准来处理，这才导致钟昆仑需要全身麻醉，慕云山需要飞来签字。

慕云山悄无声息地坐在钟昆仑的病床旁边，试图让自己化为空气。

猪哥在F市第一医院里选了最好的VIP病房让钟昆仑暂住，此时他关上病房门，拉了个凳子坐在慕云山面前。

"慕小姐，"猪哥说，"好久不见。"

其实他们并没有那么熟，即使当年匆匆忙忙和钟昆仑举办了婚礼，猪哥也因为极其讨厌她，一直在幕后坐镇指挥，从头到尾几乎没有出现。慕云山在心里默默吐槽，脸上勉为其难地露出一个微笑："朱先生你好。"

"我收到了慕小姐在玛利亚医院留下的文件。"猪哥开门见山地说，"很欣慰慕小姐的病能够痊愈，我们本来是皆大欢喜的，因为昆仑对这场婚姻不是那么心甘情愿……我也想和慕小姐好好聊聊，但是一直没找到机会。"

难为你了，这么委婉。慕云山想了想过去的自己，很是同情地看着猪哥："我是真心实意要和钟先生离婚的，从前的事都是我的错，我不该因为自己的私心，随便打搅别人的生活。"

"我相信劫难会令人成长。"猪哥仿佛有些欣慰，"慕小姐还年轻，完全有能力追求自己的幸福，相信昆仑并不是你所等候的那位。"

慕云山连连点头，随声附和，心里想：其实我并没有等候哪一位，我觉得当单身狗挺好的。人生那么短，说不准什么时候就要得脑瘤，我干吗要"等候"哪一位驾临我的生活，然后围着他忙得团团转？显然其中的乐趣没有麻烦多。

"收到离婚协议书，我非常欣慰，真的。"猪哥说，"我们都是真心为昆仑着想，希望他的事业能更上一层楼。"

所以你铺垫了这么长，到底要说什么？老娘协议书已经签了，你还要怎样？慕云山茫然地看着猪哥，难道还要我给青春或名节补偿费吗？想要从月薪一千九的人身上敲诈点什么出来，也是相当考验想象力的啊！有心赔偿，无力回天，请看我真诚的双眼。

"但现在出现了一个问题。"猪哥终于说到了那个重点，"原本我们可以发布一个声明，说慕小姐的病在昆仑的资助下痊愈了，因为心愿圆满，并且你也认识到了错误，所以和昆仑和平离婚。你也知道，在上一期《彩虹茶话会》节目里，昆仑已经帮你洗白了名声，说你没有装病骗婚。你可以发布一些感谢词，说昆仑对你非常好，虽然你们之间没有感情，但是他默默陪你治疗，直到你痊愈。你非常感动，了解到结婚这件事对昆仑的伤害，所以主动提出结束婚姻关系。昆仑虽然并不爱你，但是也从来没有抛弃你，一直等到你自己想通。"他叹了口气，"我原本的设想是这样的，可能不大周全，但对你们双方都好。"

慕云山默默地听着，连连点头。

好吧，欠人的无以为报……虽然默默陪她治疗直到痊愈的钟昆仑不知道在哪里，且根本不符合钟昆仑的人设，但在逼婚这件事上，她站在邪恶的一边，正义在钟昆仑那里，因此不管他要求如何赔偿都有道理，她可以接受。何况钟昆仑的确善良大方，居然没有任她跳海淹死，还支付了巨额医药费，也算是天使级别的好人了。

"但昆仑现在出事了。"猪哥揉着眉心,"如果现在宣布你们要离婚,可能网上的舆论要往不利的方向走。"他直言不讳地说,"比如说因为昆仑可能毁容,所以你要离开他。更难听一点,就是他可能不红了,于是你就抛弃了他。"

慕云山瞪大了眼睛:"啊?"

"所以现在你们不能宣布离婚。"猪哥说,"我不能让昆仑的形象变成一个突然被女人抛弃的可怜虫,他的伤势还不确定会不会影响到他的脸,就算他的事业可能真的要受到影响,也不能从'颜值没了不红了被粉丝抛弃'这样的话题开始。"

我……我我我……我不过是为了大家都好才提出了离婚,结果分分钟就要变成始乱终弃大难当头我先飞的黑寡妇?慕云山整张脸都黑了,果然那把自己搞得没有最惨只有更惨的技能还在:"不不不,我完全没有这个意思。"

"你们不但不能宣布离婚,还要继续和他在一起,比以前更疯狂地追求他、爱慕他,你要发动你全部的力量表明昆仑充满了魅力,最好像以前一样闹出一些无关紧要的小新闻来,证明无论他伤成什么样,你爱他如初。"猪哥严肃地说,"舆论环境是能被制造的,形成了粉丝不离不弃,相信他、鼓励他积极向上的氛围,对昆仑来说是一件好事。你是昆仑粉丝群里最有代表性的人了,我们要避免'他毁容了,不好看了,没有前途了'这样的言论出现。"

慕云山张口结舌,所以说钟昆仑为什么要走盛世美颜流量小生这样的路线,如果他走的是演技派老戏骨的路线,就算脸上划了一百道疤也无关紧要吧?你看你们自己吊死在颜值一棵树上,还、还要人陪葬,这强人所难的奇葩任务我不……

她看着猪哥严肃的脸,意识到他没在开玩笑,的确是在为钟昆仑的事业忧心,只好把拒绝的话吞了下去,惨白着一张脸:"我要做什么?我已经在法律上和钟先生结婚了,爬墙偷看什么的,半夜潜入什么的,已经不能做了。"

"你还半夜潜入过昆仑家?"猪哥瞬间惊呆了,"犯法的你知道吗?"

慕云山恨不能把自己的话吞下去:"我、我我……我知道那时候他在外面拍戏,"顿了一顿,她捂住脸,"谁让他自己不锁门。"

猪哥被慕云山居然还潜入过钟昆仑家这种恐怖的事实震惊了,呆了好一会儿,差点忘记自己要说什么,半晌之后才说:"你不能和昆仑住在一起,不能把名义上的婚姻弄成事实婚姻,我们要让粉丝知道昆仑的身体仍然是纯洁的。"

慕云山神色复杂地看了猪哥一眼,你妹的纯洁!是,人人都知道上次她结婚仪式走完之后就跳海了,和钟昆仑没有肉体关系。这也是许多粉丝在他"已婚"后仍然可以安慰自己的地方,但从猪哥嘴里说出来怎么就这么欠揍呢?

"但是你仍然可以偷拍,你发布一个声明,说昆仑帮助你,陪伴你治好了癌症。"猪哥说,"你觉得逼婚这件事自己有错,就主动离开了。现在昆仑出事了,你试图回来陪伴他,当然我们会假意阻拦你,然后你继续偷拍,发布一些昆仑在家养伤的照片。记住,照片一定要美图!要让大家看出来他仍然好看,状态很好,很快就可以恢复工作。"

你真不考虑改行当编剧?慕云山看着正沉浸在剧情中不可自拔的猪哥,叹了口气:"可以,我对不起他,这些我都可以做,但是你确定事情一定会像你计划的那样发展?万一大家的反应不是那样的呢?"

"我会引导。"猪哥对如何引导不想多谈,"你要做的,就是继续疯狂地爱他,展示给别人看,多拍他好看的照片。"

"好。"慕云山有气无力地应了一声。

"等这件事结束,事态不会失控的时候,你就可以宣布为了支持他的事业,愿意和他结束婚姻关系,然后道歉。"猪哥说,"我知道委屈你了,但是我们都很爱昆仑,为了他的前途,我们一起努力。"

"是。"慕云山瞟了一眼身旁自己曾经的白月光,深感自己曾经挖下的坑是如此"深邃感人",仿佛粉身碎骨都填不满。

在钟昆仑受伤后的第三天,他从F市返回B市明富山听碧居的家里养伤。猪哥并没有向他提起慕云山要和他离婚这档子事,他认为现在不是提离婚的好时机。而慕云山变得如此乖巧识相,简直像换了个人,猪哥也隐隐约约觉得似乎有哪里不太妙。

慕云山在和猪哥"密谈"之后就被他火速送回了B市,被轰走的时候钟昆仑甚至还没有醒。她在周六下午返回了B市,到家的时候发现高冷居然说话算数,他正在院子里除草。

他穿着一件浅褐色和米色交错的格子衫,挽着袖子,手里推着一台除草机。那对着杂草横扫的动作看起来非常熟练,居然颇有美式乡村的范儿,仿佛贵族少爷在自家院子里玩儿。

"高冷!"她大叫了一声,"哪里来的除草机?"

"跟对面的大爷借的。"高冷指了指高尔夫球场的方向,"邻居不错。"他停下手里的活儿,"钟昆仑毁容了吗?"

你这么积极帮我家除草,不会就是想知道大明星毁容了没有吧?

她犹豫了一会儿,说不清钟昆仑那样子到底算毁容了没有。

高冷嘴角微微一勾:"真的毁容了?"

慕云山老实地说:"我没有看见。"

高冷惊奇地看着她:"你大老远飞到两千公里外,什么也没看见?"

"他全身都是纱布,绑得像个木乃伊一样,鬼才看得见毁没毁容啊……"慕云山不耐烦地说,"你真是无聊透顶,钟昆仑毁没毁容和你有什么关系?你又不看他的电视剧。"

"我好奇。"高冷说。

慕云山对着他翻了个白眼,无言以对,看了看杂草几乎全被齐根切断的院子,叹了口气:"我这里又不是高尔夫球场草坪,你把草根都留下了,下一场雨还不是满院子长草?这样没用的。"

"那怎么办?"高冷摸了摸手里的除草机,仿佛还恋恋不舍,觉得它挺好玩,"对面的庆大爷就是这样弄的。"

"他那里是专门的草,我院子里的是杂草,完全不一样啊!"慕云山不可思议,"就像钟昆仑和徐稚之,那根本是两个品种!"

高冷想了想,颇以为然:"有道理。"

"为了拯救被你祸害的院子,挖草根吧!"慕云山把出远门的背包放下,从屋子里找出一双铁筷子,那是屋主抽屉里留下的,看着挺漂亮,筷子的尾部刻着一个线条形的山水图案,时髦且文艺的样子。她分了一支给高冷:"挖!"

高冷看了看手里的铁筷子:"哇哦!"扬了扬眉,没多说什么,跟着慕云山蹲在院子里,挖萝卜一样挖草根。

不挖不知道,一挖下去,他才知道原来三叶草的根挖出来居然像个透明的萝卜,看起来挺好吃的样子。

钟家古宅的院子土质干燥,里面夹杂着许多砾石,杂草的根又细又长,扎入又干又硬的土层里不知道多深。分明挖草根是个累人的活,高冷却玩得挺高兴的。

她果然是挺有意思的,高冷想。

周末两天过去。

古宅的前后院杂草都清空了,只留下院子里曾经种过的几株植物。

一株是种在主卧窗下的"朦胧的朱蒂",那本来是一株灌木,应当沿着墙面盛开浅黄色的花朵,散发出荔枝般的老玫瑰香气。但多年来,这株月季在缺肥少水、无人照料的环境中衰败,如今只剩一根细细的旁枝光秆,其他的部分都已黑化枯死。

另一株的情况完全相反,那是从后院爬到屋子顶上的金银花,又叫忍冬。金银花在这个季节里花已经谢了，留下一屋顶群魔乱舞疯狂生长的枝条，几乎淹没了原本的琉璃屋瓦，像在这座三百多年的晚清古宅头上戴了个鸟窝。

而高冷和慕云山的辛勤劳动还有意外收获——他们在院子中间的泥土里发现了一条蜿蜒的碎石小道。看来屋子的原主人并不像传说中那么孤僻古怪，也曾经颇有情趣，对生活充满热爱与期待。

Chapter 4
婚礼之路

  慕云山在古宅里挖草根，钟昆仑则在明富山听碧居自己家里休养，日子过得并不像外人想象的那般愁云惨雾。

  在"钟昆仑摔落冰湖，重伤毁容"的新闻曝出来后，不计其数的吃瓜群众各种猜测钟昆仑到底毁成了什么样，是两只眼睛只剩一只呢，还是鼻子被切成了两半？经纪公司发了一个辟谣的声明，说钟昆仑只是眼睛受伤需要静养。但这种声明必须反着看，只有眼睛受伤的意思很可能就是眼睛受了重伤，而其他地方受的伤只是比眼睛轻一点……

  钟昆仑粉丝团里哀号一片，心碎绝望的比比皆是，还有不少正在观望，考虑是否要移情别恋爱上另一个对的人。

  然而在钟昆仑这里，他浑然不觉自己右边眼睛的眼皮被割开又缝上有什么可自卑的，也不觉得浑身都是伤痕有什么不好，反正不管怎么样，老子盛世美颜，全世界最帅。在这种谜之自信面前，粉丝幻想中的惊恐、失落、悲伤、迷惘……都是不存在的。

  一个星期过去了，慕云山在猪哥的催促下，慢吞吞地去听碧居展示"烈火般的真爱"，准备开始"偷拍"钟昆仑，而此时，钟昆仑正抱着他的猫吃薯片。

  其实钟昆仑的住所并不是秘密，在他受伤后，明富山的山下，包括听碧居周围都明里暗里布满了想要采访的记者。但听碧居的物业非常老练，拦截了绝大多数，猪哥请的专业保镖也逮住了一些，以至于报道钟昆仑的现状成为一件有点难的事情。

但就在明富山下，蹲点的记者发现了一个熟悉的身影：那个人走进听碧居大门时，门卫突然打了个喷嚏，低头去擦鼻涕；那个人进入小区后，巡逻的保安刚好换岗，在岗亭交接工作；那个人消失在听碧居青翠花草中的时候，钟昆仑请的保镖们刚刚从男厕所里出来。

记者们面面相觑，有一个人弱弱地说："那……那好像是慕云山。"

众人齐齐点头，满脸敬佩地仰望着听碧居。

不愧是粉丝中的战斗机！

佩服佩服。

慕云山打着哈欠，被猪哥安排的安保团队一路放水，径直放进了"微泫"附近。她毫无兴致地爬进了钟昆仑家的一处灌木丛，蹲在这个角度，可以看见"微泫"厨房的全貌。

钟昆仑家厨房的色调是浅米黄色，配原木色的橱柜，地板是拼花仿古的小碎瓷砖，看起来温馨而明亮。她曾经不止一次幻想自己在里面做面包和果酱的情景，当钟昆仑一觉睡醒，她端着刚烤好的面包，上面涂着自己做的果酱向他走去……那情景如梦似幻。

慕云山的膝盖伤周五又发作了，痛得要死，周六本想好好睡觉，结果早上六点就被猪哥的电话吵醒，说钟昆仑状态可以，叫她来展示真爱。她困得两眼发花，转了三趟公交车才到明富山下，在车上差点睡着了两次。

熟练地钻进自己的固定角落，她看见钟昆仑抱着猫，一双长腿架在厨房的餐桌上，餐桌上放着一包拆了的薯片，他一边吃薯片，一边试图拿薯片喂猫。

钟昆仑的脸，好像也没什么区别嘛……

慕云山瞟了他一眼，打了个哈欠，趴在灌木丛的石头上，直接睡死过去了。

不知道过了多久，她突然惊醒，从灌木丛里坐了起来。

星光自头顶洒落，居然已经是深夜了。

令她惊异的是身前站着一个黑衣人，那人拿着一根棍子，遥遥对着她，咬牙切齿地说："慕、云、山！我看见你了！你、给、我、出、来！"

钟昆仑并没有怎么毁容，他在右眼上方贴了一块很潮的花色创可贴，那创可贴是大号的，遮住了状况未知的眼皮。脸上有些轻微的浮肿，但并不严重，肤色依然好看，嘴唇微微发红，大概是伤口仍有发炎，却显出另外一种病态的风情。

这种风情在钟昆仑身上很少见，如果慕云山仍然迷恋这个人，说不定会为之尖叫，并真心实意地觉得他依然是全世界最帅的。

然而这个钻进灌木丛就睡着的慕云山，显然是视红颜如白骨的升级版。

她揉了揉眼睛，对如临大敌的钟昆仑说："太累了，不小心睡着了。猪哥叫我来拍你的美照，他没有告诉你吗？"

"他当然告诉我了，他什么都会告诉我。"钟昆仑说，"我不需要他搞这些，但是你呢……"他非常愤怒地指着慕云山的鼻子，"就没见过比你还不可理喻的女人！以前不让你来捣鬼你天天来，什么奇怪的地方都有你！现在叫你来，你却坐在那里睡着了！有这么不敬业的吗？我真不明白我是哪里对不起你！你得了脑癌和我有什么关系？说得好像我不和你结婚就对不起你似的。好了我都同意和你结婚了，你又突然跑去跳海，你是神经病啊？结婚那么重要的事，一生只有一次，我钟昆仑同意和你结婚，你……"

"你结过很多次婚了……"慕云山本能地说，"每一部戏你都要结一次婚，有时候结两次。"

"那是假的！"钟昆仑气得脸色发青，暴跳如雷，"你是神经病啊？那是假的！"

"你和我结婚也是假的……我是说你可以当作是假的。"慕云山说，"那时我真的是'神经病'，神经病人思路广，我也没办法。真的是很对不起你，但是你又不爱我，我老老实实和你结婚再去死，那才是害了你啊！好歹……好歹现在人家知道你的肉体是'贞洁'的……"

"谁在乎那些人想什么啊？"钟昆仑简直要发狂，"那是我一生只有一次的婚礼！"

"你完全可以有很多次婚礼，你想要几次就可以有几次！"慕云山想也没想就说，"就算受了伤，愿意嫁给你的人也不计其数，就算你想早上结一次、下午结一次，我看也没什么难度……"

"你果然是神经病！"钟昆仑愤怒到癫狂的情绪越过了制高点，反而慢慢缓和下来，"婚礼是神圣的。"

"相爱的婚礼才是神圣的。"慕云山叹了口气，"我们那是闹剧。"她下午睡了一觉，精神好了很多，和钟昆仑说话居然对答如流，条理清晰——天知道之前她只要看钟昆仑一眼，就能花痴好几天，哪里敢随便和他说话？

她说："我是真的很对不起你。但是猪哥说得也有道理，这次风波过去之前，都不是提离婚的好时机，等事情过去了我们就离婚，我不会再耽误你，也不会再来烦你了。"

钟昆仑冷笑一声，想起她鬼鬼祟祟租了自己家老宅。这肯定是她以退为进的新伎俩，为了刷好感度。离什么婚？他很是高傲地看了她一眼，用棍子指着她："快出来！你以为这里是自己家，居然能睡着？！"

"我太累了。"慕云山一瘸一拐地从灌木丛里出来，全身都是草屑和蜘蛛丝，"又不是人人都像你，可以随时抱着猫睡觉。"

钟昆仑用来指她的东西是一根逗猫棒："什么意思？你以前也在那里睡过？你以为睡了我家草丛就能代表什么吗？"

"我没有！"慕云山的眉头跳了跳，自己只是睡了钟昆仑家厨房花园远角的一撮灌木丛，被他说得好像玷污了钟昆仑的肉体，她以前是怎么喜欢上这种智商欠费的花瓶的？作孽啊！"我今天就是来赎罪的，帮你拍美照。猪哥让我发出去，真实地反映你的状态很好，没什么可担心的。我真的没有别的想法，如果我有，我就不会睡着了，不是吗？我真的没有……没有登堂入室，把你家当作我家，或者暗戳戳想在你家睡觉的想法。我没有！"

钟昆仑哼了一声，心道：你没有？你都已经住进我家古宅快一个月了，信你才有鬼。

慕云山觉得，能衍生出"睡在钟昆仑家的一株灌木下就代表睡到了钟昆仑家里"这种奇葩思路的钟昆仑也是相当有创意了，难怪这位少爷是奇幻言情剧界介于一哥和二哥之间的一点五哥，其他剧根本装不下这种脑洞。

两人四目相对，毫无默契，徒有火花四射，根本不知道对方在想什么。

"你说你是来拍照赎罪的，那照片呢？"钟昆仑又哼了一声，"在哪里？"

"呃……"慕云山为之语塞，她还没拍照就睡死过去了。

眼看钟昆仑高傲地扬起了下巴，仿佛战胜了恶龙的骑士，她那顶"意图登堂入室把你家当作我家"的帽子，怕是摘不下来了。

二十分钟后。

钟昆仑继续坐在厨房里撸猫，慕云山则蹲在厨房玻璃木门外，拿手机对着他。

她的手机开着外放，在通话中。

"你的脸向左转过来一点，不要低头……对……"

"哎呀，你的猫挡住你的下巴了，让它过去一点。"

"这张糊了，光线不好，你能把储藏柜里面的灯打开吗？"

"你能有点感情吗？你不是很喜欢那只猫吗？不要用杀人的眼神看着它，猫是无辜的。来，用杀人的眼神对着我……"

手机里终于传来钟昆仑忍无可忍的声音："你拍好了没有？老子拍杂志也没有你这么麻烦！到底会不会啊？"

"人家那是专业工具，我就这么台破手机，配合一下，来，快看猫……养猫很好，就算你不好看，也有猫来救场……"

"你到底是拍猫还是拍我啊？慕云山我告诉你，三秒钟之内你还没搞完，我马上关灯睡觉。"

"行了行了，心胸要宽广，不要烦躁，烦躁就不美了。你现在好歹算个病美人，要有病气才好看……喂！我要看到的是病气，不是死气！"

那天晚上，慕云山在坐车回惠林村的路上编辑好了自己潜入听碧居偷拍钟昆仑的故事，用尘封了大半年的账号把钟昆仑的美照发了出去。

橘黄的灯光下，略带病气的钟昆仑仰躺在厨房的长摇椅上，一只橘白花纹相间的胖猫趴在他的肚子上，露出一脸任君抚摸的呆相。仰躺的姿势显得钟昆仑身高腿长，长摇椅又让人感觉得到他还在养伤。背景是钟昆仑家奶茶色瓷砖墙上挂的一排锃亮的食器，有奶锅、平底锅、大汤勺、捞面勺、量杯，以及一系列马克杯。

照片在这样的角度下拍摄，虽然看不清钟昆仑的脸，但他优质的皮肤和弧度完美的下巴彰显出他的"天生丽质"。

照片发出去没多久，帖子下成群的妹子开始尖叫跪舔这张猫照。

然而没过几秒钟，嘲讽怪就出现了："果然昆仑一有事你就要出来蹭热度，不要以为我们昆仑帮你洗白、说你不是装病你就是无辜的，自私自利的贱人！"

"又见蹭热度。"

"这个女人真是不要脸，我们昆仑从来就没有爱过她，还好意思一直缠着人家，心疼我昆仑。"

又有人说："哎呀！厨房里都是名牌厨具，讲究！"

"餐桌目测三米长，材质讲究！"

"睡衣扣子开三个，微露腹肌，角度讲究！"

"纯种双色短毛直耳中华田园猫，讲究！"

这是"讲究"怪。

"这张照片拍得太完美了，我昆仑果然没有毁容，相信没过多久就能重新出现了。"也有痴心女子对美照深信不疑，喜极而泣。

"这个时候想知道钟昆仑的消息，果然还是要靠慕云山。"

慕云山看了几眼帖子下的评论，耸了耸肩，觉得真是难以置信。

就没人发现钟昆仑的皮肤是她修过的，腰部的线条是她拉长的，睡衣的颜色是她调过的，就连那只猫的胖瘦也是她调过的？不然一个把冰湖撞出大窟窿的人，怎么可能只休息一个星期，就养出一脸完美无瑕、不干不湿、气色美好的皮肤来？

钟昆仑身上到处都是皮肤贴，就是医用黏合小伤口的那种仿皮肤贴片，远看还行，近看像全身打满了补丁似的。这人本来就懒，肚子上根本没有腹肌，受伤之后瘦了几斤，就更没有了，睡衣下那一点点腹肌的痕迹也是慕云山帮他画的。至于那只胖猫，个子不大，然而很胖，慕云山为了让它显得正常一点，把它的肥肚子拉扁了。

有这些明显美化痕迹的照片居然没几个人怀疑，可见钟昆仑的粉丝们滤镜有多厚了。

猪哥的曲线救国大计显露出了一点成效，公告函或官方声明什么的总是欲盖弥彰，效果的确不如慕云山这种资深私生饭的小道消息来得好。照片发出去之后，连之前害"大侠"掉进冰湖基本无望复活的那个剧组，都战战兢兢地来问钟昆仑究竟什么时候能回去拍戏，"钟昆仑未毁容"的消息也在热搜二三十名徘徊。

然而慕云山并没有继续关心这些，她在服务中心的填表机辅助协管员工作升职了。大概是主任发现她说话字正腔圆，且总带有战战兢兢、疑似兔崽子的软蛋气场，故而升她为服务中心咨询电话接线员。

也就是说，她不用再每天站在填表机旁边站到腿肿，下班后奄奄一息地指望高冷的"小绵羊"了。

高冷最近两个星期没有在服务中心的窗口出现，据说他们派出所有为期三个月的停休，每天晚上凌晨一点至三点在辖区夜巡，以降低犯罪率、提高见警率。由于最近两次周四晚上都轮到高冷去巡逻，导致周五来的人都不是高冷。

慕云山觉得有点奇怪，这犯罪分子犯不犯罪，和人民警察停不停休有什么关系？难道医院的医生停休，病人就不生病了吗？难道人民警察停休，穷凶极恶的犯罪分子就闻风丧胆不盗窃不抢劫了吗？可能是她思想觉悟太低，总而言之……大概也许……如果半夜巡逻的不是她的朋友，她不但不会这样愤愤不平，还会拍手叫好。

但高冷那人浑身上下除了霸道总裁气质之外就没有半点靠谱，更与安全感毫无关系，她真是想不出像他这样的八卦怪面对犯罪分子能有什么用？

升职为接线员后，她不再是孤零零的协管员，开始拥有了"同事"这种生物。

这种生物和她从前熟悉的"网友"完全不属于同一物种，比如说她的同班同事是一个四十五岁的大妈，叫作阮英，是钟昆仑的妈粉，就是母爱泛滥的那种。但阮英并不懂粉圈，也不上网，所以完全不知道"慕云山"三个字在钟昆仑粉丝群中意味着怎样的腥风血雨。

但她前一班的接线员是个二十岁的妹子，年纪比她还小，一看到慕云山就两眼冒星星。慕云山知道这个妹子，她叫郑州洲圳，是真名不是网名。她是徐稚之的粉丝，并且在慕云山上班没几天之后就认出了她，还找她签了个名。

郑州洲圳的搭档叫作杨牧。

如果说阮英平凡得无话可说，郑州洲圳可能只是命中缺撒，那么杨牧就真的是一个有故事的女人。

她今年三十岁，身材婀娜高挑，皮肤白皙，说话轻声细语，极有气质。单看本人，无论如何也不能相信她是一个接线员。

杨牧看起来就像一个雍容华贵的名门闺秀，或者富贵人家养着的少奶奶。

她的确出身于一个好家庭，听说父母都是大学教授，是书香门第。她是B市本地人，上学的时候父母就给她买了一套市中心的房子，可谓前途无量的有产阶级白富美。然而杨牧在上大学的时候和一位凤凰男同学相恋，那男生刻苦、自律、痴情，还长相俊秀，杨牧和他抵死相恋，无论父母怎么反对都不肯分手，最终和父母决裂。他们大学一毕业就结了婚，杨牧把房子卖了，搬去男方租的房子住，将卖房款当作男方的创业基金。男方也的确争气，依靠启动金开了一家不大不小的公司，过上了中产阶级的生活。

这仿佛是个爱情神话，并没有什么不好。

然而现实与神话，总是南辕北辙。

那位励志男姓洪，叫洪百姓，出身于某省偏远县城外的洪家村。洪百姓从小成绩优秀，从不调皮捣蛋，一直是全村的希望。洪家村并不富裕，洪百姓的父亲早亡，母亲种地收入微薄，于是这位优等生是全村老小一起培养长大的，在他求学上进的路上，父老乡亲都付出了所能付出的心血。

洪百姓的确是个知恩图报、勤勤恳恳的人，也是个百依百顺的孝子，不仅仅是对母亲，洪家村全村人都是他的亲人、他的长辈。

所以他稍有成就后，就把母亲接出来和自己同住，又将父老乡亲轮流邀请到B市来过好日子。洪家村凡有所求，洪百姓必有所应，且无不尽心尽力。

在洪百姓的母亲和乡亲们眼里，洪百姓自带金光，是全村的骄傲，完美无缺。

而杨牧……她爱的只是一个上进、勤恳、聪明、俊秀的男孩，并不是洪家村的神。她无法招架那个"神"的身份，在洪百姓母亲眼里，她的孩子是如此优秀，儿媳妇居然不肯洗衣做饭扫地，没有好好伺候洪百姓吃饭穿衣，甚至还要她的孩子削苹果！是可忍孰不可忍！这种女人，怎么配得上她的孩子！作为媳妇，就应该洪百姓说什么就是什么，钱是她儿子赚的，人是儿子娶进门的，怎么能不安分守己？居然有时候还不听洪百姓的话，必须教训！

婆媳大战无声地展开，杨牧不知道如何应对被圣光笼罩的婆婆，兵败如山倒。每次她身心俱疲，希望洪百姓带她出去走走、散散心的时候，洪百姓总是带她回他长大的山村，忆苦思甜，讲述他小时候的每一次考试……而杨牧面对的则是几百个婆婆，每一个都无法得罪，每一个都要孝顺听话，每一个都必须小心伺候。他们都是洪百姓的恩人，她丈夫欠别人的恩情永远还不完。

后来杨牧生了个女儿，不久以后洪百姓开始打她，还婚内出轨，弄大了别的女人的肚子。

故事的最后，杨牧离婚了，自己带着孩子过日子。

她没有去找薪水更高的工作，因为服务中心隔壁有个不错的幼儿园，所以她就在这里工作。她不怎么说话，也从不发火，无论什么时候，都是姿态端庄，姣好而平静。

慕云山之前就听过她的故事，在看到她本人的时候却深深觉得，也许故事里听来，杨牧是那个悲剧了的炮灰，可是在生活中，她其实是一个真正的强者。

敢于直面惨淡的人生，步过荆棘，浴火重生。

慕云山特别敬畏杨牧，心里很想和这位浴火重生的前辈交个朋友，但在杨牧那好看的仪容面前，她自惭形秽，蠢蠢欲动而不敢。

"那个人又来了。"服务台里，阮英踢了慕云山一脚，低声说，"你看，就是那个。"

"啊？"慕云山反应过来，这个在服务中心名气很大的人，就是杨牧的前夫，洪百姓。

洪百姓长得并不禽兽。他三十多岁了，事业有成，面貌依然俊秀，身姿依然挺拔，依稀可见少年时的风采——那时候杨牧爱上他不是没有理由的，长这个样子基本上是校草无疑了。他穿着一套端正整齐的西装，扎着紫色领带，衣冠楚楚地走进了服务中心。

他径直走到咨询台这里。

阮英很熟练地当作没看见。

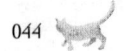

慕云山还是新手，不敢藐视人民群众，站起来勉强微笑："您好。"

"杨牧在吗？"洪百姓问。

"不在，您是哪位？有什么事吗？"慕云山问。

"我是她丈夫。"洪百姓说，随即提起很大一袋东西放在咨询台上，"我带了点东西给她，如果她来了，帮我交给她。"

"我们这儿不能收申请人的礼物。"慕云山把袋子推了出去，"头上有监控，你这样会让领导以为我收了什么贿赂呢！还是你自己给她吧。既然你是她丈夫，拿回家给她就好了，难道你要出差回不了家吗？"

洪百姓的脸色白了白，慕云山低眉顺眼，仿佛刚才说的话都是误会，她是一棵清白无辜什么也不知道的小白菜。

阮英坐在一旁笑："回去吧！今天她不在。"

"这里面是一点水果，我听说她最近身体不好，给她送点水果。"洪百姓说，"也没什么见不得人的，可以拆开。"他真的当众打开了袋子，里面装了十七八种进口水果，"如果她真的不在，你们吃了吧。"

慕云山还没想出来什么对策，阮英说："哎呀这么大老远的送水果，我看一下，杨牧在这里留了个信封。"她从抽屉里拿出一个白信封，"她知道你热心，但我们有规定不能收啊，这是她放好的钱。"阮英从里面抽出三百块，丢在洪百姓面前，"拿走吧！给了钱就不算送礼了，她买的东西总是会吃的，放心吧。"

洪百姓的脸色红一阵白一阵，握了握拳头，转身就走。

慕云山和阮英趴在咨询台里偷笑，直到洪百姓真的走了，才抢救回差点笑死的肉体。

"英姐，还是你厉害！"慕云山悄声说。

"这畜生经常来。我还不懂这些男人？是老婆的时候嫌老婆太厉害有压力，出去找小三找存在感，回头老婆走了，后悔了，天知道后悔的是什么……"阮英说，"天天表忠心求复合，谁理他谁脑残，我说牧牧就是早该找个人嫁了，让他死了这条心，也省得我们天天看着这人伤眼睛。"

"他打过牧牧姐吗？"慕云山低声问。

"听说是打过，牧牧从来不说这些。其实牧牧没说过他半句坏话，人家有涵养，水平高，谁像他啊……"阮英对洪百姓万分嫌恶。

慕云山回想起刚才那个男人的样子，又想想听说的八卦，洪百姓并不像一个会打老婆、婚内出轨的男人，但是这世上的人形形色色，大部分的人你只看见了他的盔甲，看不见他真正的脸。

就像她自己，也和传说中的并不一样。

这世上盔甲和脸长得差不多的人不多，钟昆仑可能算一个。慕云山看了看自己发照片的那个帖子，评论已经好几万了，钟昆仑根本不是表里如一的典型。他是根本没有长"表"，只长了个"里"。

他是个没有盔甲的人。

慕云山叹了口气，简而言之，傻子啊。

Chapter 5
紫花猫薄荷

　　钟昆仑在"毁容"的第二个星期自己发了个直播，在视频中露了脸。他的脸虽然算不上毁容，但在右眼皮上方，一般女生画眼影的位置，还是留下了一道长长的疤痕。这疤痕令他具有了几分邪魅神秘的气质——前提是不知道这是摔冰湖摔的，误以为其中饱含英雄救美或虐恋情深或悲惨身世的深刻内涵。

　　猪哥还在头痛要怎么给他找一个最好的整形师把那条疤痕完美去除，这位少爷就把自己曝出去了。幸好猪哥心如死灰死着死着也就习惯了，继续苟延残喘地看少爷作死。

　　见了钟昆仑的新造型，那大侠剧剧组犹豫了两天，战战兢兢地发来新消息——他们觉得钟昆仑现在演那个和大侠作对的邪教教主比较合适，不知道钟少愿意否？

　　猪哥勃然大怒，邪教教主那是男二，戏份和男一比自然是不一样的。但邪教教主在微服私访时和大侠的好妹妹之一有一段情，最后为情倒戈，出卖了自己的组织，妄图洗白身份和好妹妹双宿双飞，最终被好妹妹一剑刺死。这套路显然正中钟昆仑下怀，所以钟昆仑欣然接受，毫不介意自己从男一变成了男二。猪哥为之气结，关了手机，整整两天对钟昆仑不理不睬，到寺庙里茹素焚香，净化身心去了。

　　被放飞的钟昆仑懒洋洋地躺在家里。世界第二帅长胖了两斤，比他还爱玩手机，只要钟昆仑一拿出手机来，世界第二帅就扑上来拨弄那玩意儿，一再企图把它带进猫窝里。害得最近钟昆仑手机游戏的战绩一落千丈，十几连败也就算了，还被队友投诉，被敌方点赞，被系统判定为恶意挂机……最终获得禁赛一百小时的史诗级成就。

不能玩手机可能位列钟昆仑的人生十大悲剧之首，他想来想去，给猪哥打电话，猪哥不接，于是打了兽医。陈医师拒绝为和猫抢手机的钟昆仑出诊，但告诉他：可以找一些更能吸引小猫注意力的东西。

当徐稚之给钟昆仑打电话问候伤情的时候，电话里传来喵喵两声轻柔的奶猫叫，饶是镇定如他，也愣了一会儿。

"昆仑？"徐稚之问。

电话那边乒乒乓乓，仿佛手机自己绕着屋子跑了一圈，过了好一会儿，才听到钟昆仑气喘吁吁的声音："什么事？"

"身体还好吗？"徐稚之声音柔和地问，"我在国外拍戏，一时不能回去看你，今天才有机会私下给你打个电话，情况怎么样？"

"什么情况？"钟昆仑莫名其妙。

"眼睛。"徐稚之说，"视力怎么样？"

"哦……"钟昆仑眯着左眼，用右眼看那只多毛的世界第二帅，"我不知道，还行吧，没发烧没发炎。"

"自己的眼睛怎么能不知道？"徐稚之哭笑不得，"你原来视力怎么样你不知道？现在呢，和原来比有什么差别？"

"我原来就看不怎么清楚，现在也还是看不怎么清楚，"钟昆仑满不在乎地说，"哪有什么差别？"

"差别很大。"徐稚之感觉没法和他沟通，"我真没见过有人像你这样的，唉……有个事，不知道你感不感兴趣？有一个大型文化节目，属于百科问答类型的，节目组想邀请很多组明星分期参加节目，通过考明星的知识量，向社会大众推广有效阅读。"

"什么叫有效阅读？"钟昆仑问。

"就是鼓励社会大众阅读一些有用的读物。"

"我最近在看一本书叫作《绝代毒医在古代》，这本书就很有用。"钟昆仑兴高采烈地说，"很好看，番茄炒虾是剧毒，我以前都不知道。"

徐稚之额头上的青筋跳了跳："番茄炒虾不是剧毒，是传统菜，那是个谣言……所以说，推广有效阅读是有意义的。他们邀请我参加古典文化组，然后希望我选择一个好朋友一起参加,我……"他深吸一口气,"我最好的朋友,也就是你了。"

"好啊。"钟昆仑想也不想就答应了。

"你不用和猪哥商量一下?"徐稚之真想为猪哥洒一把同情泪,"我参加的是古典文化组,如果晋级了,可能还有下一轮。"

"为朋友两肋插刀。"钟昆仑说,"你想要我去,我就去。"

徐稚之停顿了一下,叹了口气:"节目的名字都还没定下来,他们讨论好了,我让节目组把合同发给猪哥,这是个公益活动,价格不会高,收看的人可能覆盖全年龄段。我会从这几天开始好好复习,你……你也找个人辅导一下,不要太快被淘汰。"

"没问题!"钟昆仑信心满满,"我也是每天看书的。"

是,你每天都看《绝代毒医在古代》。徐稚之和他聊了几句,挂了电话,为自己找了这么一个猪队友感到万分绝望。

但要让他找个皮笑肉不笑的别人,他又不想。

钟昆仑虽然不学无术,但是是一个坦诚的人。

《绝代毒医在古代》也是个很热门的网文,钟昆仑看它并不奇怪,它有几亿阅读量和数万条评论,目前正写到假冒御医的毒医半夜和公主在御花园里谈人生,轻罗小扇扑飞蛾,并发现那只飞蛾竟然是某股势力的刺客放进宫来的剧毒之物!

这文的作者叫"却忆红楼半夜灯",钟昆仑很喜欢,经常挂个小号给它打赏。今天他看完更新又要打赏的时候,突然看见有条最新评论,账号名叫"吱吱"。那个"吱吱"说:"番茄炒虾不是剧毒,一盘番茄炒虾中番茄所含的维生素C和虾里的有机砷在锅里不可能合成砒霜,谣言止于智者,不要以讹传讹。好好读书。"

钟昆仑眼睁睁看着这个"吱吱"被"却忆红楼半夜灯"的粉丝掐成了一只死老鼠,才想到——这好像是徐稚之。

瞬间有一种被老师盯上的感觉,从十五岁开始就没摸过课本也没正眼看过老师几眼的钟昆仑背后有些发毛。

徐稚之是很认真的。

说不定他很想在那个竞赛里晋级?

钟昆仑沮丧地想,自己可能要背一背《唐诗三百首》?

而在他思考的瞬间,一只肉掌伸了过来,啪啦一声,钟昆仑的手机横飞出去,一道橘色身影一闪而过。不到二十秒,世界第二帅已经叼着他的手机,轻松地爬到了"微泫"花园里的一棵大树上。

"快下来！"钟昆仑气喘吁吁地赶到树下，"快点下来！"

世界第二帅悠闲地在树干上坐下，尾巴一动一动的，仿佛花豹刚刚抓住了一头羚羊。

它的爪子在手机上拨弄来拨弄去，无意中拨通了一个号码。

还在上班的慕云山接到了一个奇怪的电话。

钟昆仑给她打了个电话，电话里只传来喵喵的叫声。

思考了几秒钟，基于对钟昆仑的了解，加上上次见过躺在他肚子上的橘猫，慕云山猜到发生了什么事。

在被反复打了十四次喵喵叫电话后，基本无法上班的慕云山愤而请了个假，从单位花园里拔了一把草，怒气冲冲地赶向明富山。

天色渐晚，蹲在树下无计可施的钟昆仑绝望地看着自己的手机。世界第二帅叼着手机在大树上越爬越高，手机的光一直亮着，很快就要被玩没电了。他既不想手机掉下来，也不想自己的猫掉下来，想了半天，终于鼓起勇气，决定开始爬树。

七点三十分，只听"微泫"的大门砰的一声被人一脚踢开，慕云山赫然出现在大门口，身上的电话铃声响个不停。

钟昆仑的大脑瞬间一片空白——女魔头怎么来了？

却见慕云山一脸不耐烦地拿出一把草，对着树上的橘猫摇了摇，又揉了一把叶子。

树上的橘猫快若闪电般一跃而下，它的嘴里仍然叼着钟昆仑的手机，跳到地面后却马上把手机放下，一脸幸福地冲进了慕云山摘来的那些青草梗里。

翻滚，磨蹭，抱着啃，躺着啃，左边跳，右边跳……

世界第二帅围着那些青草团团转，十分痴迷。

钟昆仑看呆了："那是什么？"

慕云山一脸冷漠："紫花猫薄荷。"

"紫花猫薄荷？"钟昆仑啧啧称奇，"你从哪里弄来的？不对！"他陡然想起来，"你怎么又在我家！"

一瞬间，试图爬树未遂的钟昆仑背起了一个地球的偶像包袱，他愤然指着慕云山："你又藏在哪个角落？偷看了一下午是不是？拍了我多少照片？"顿了一顿，他本来接下去要习惯性地说"快点删掉"，突然想起偷拍是这个女人的任务，话到嘴边只好强行改口，"快点……拿出来看看。"

"我才懒得拍你。"慕云山冷笑，"手机不要再被猫叼走了，见过智商低的，没见过这么低的！手机都能被猫偷走，真是太可笑了。"

钟昆仑被她劈头盖脸数落了一顿，简直是比窦娥还冤，兼有从没见识过慕云山生气的稀奇："你干什么你，吃枪药了？"

"老娘今天心情不好。"慕云山面无表情地说，"没有心情哄巨婴，手机拿来。拜托你向后转，往前十三步，然后关门。"

钟昆仑往后看了一眼——如果他向后转，往前十三步，然后关门，那就正好滚进厨房去了。他一脸愤怒地回过头来："你是不是又疯了？"

他还记得这个女人在舞台上楚楚可怜的样子，她说她得了绝症，没有父母，希望在生命的最后时间得到一点点爱……于是他有一点被感动，想要成全她。

然后这个忘恩负义的女人，这个殴打老人的女人，现在居然敢指着他的鼻子说他是巨婴！还下令让他滚回房子里去？

她一定是疯了以后又疯了第二遍！

钟昆仑过于震惊，对慕云山那句"手机拿来"没有反应，于是慕云山自己捡起钟昆仑的手机，拨弄了两下，问："密码？"

"六五四三二一。"钟昆仑本能地说。

"哦……"慕云山没有看他，快速从钟昆仑的手机里把自己的号码删掉，从通话记录里把记录删掉，连微信联系人也删了。早上她已经把钟昆仑拉黑了，但电话仍然在响——世界第二帅一直是用微信拨她的电话，而她居然一时没有发现。

等全部删完，她也舒了一口气，心胸大畅，感觉出了一口恶气且永绝后患。她将钟昆仑的手机扔回去给他，想了想，露出一个假笑："我今天心情不好，如果有什么地方表现不好或者吓了你一跳，给你道歉了啊！对不起！请你大人大量原谅我吧！阿门！作为你的粉丝，我会永远爱你的！猪哥交代我的事我会努力的！但是今天没有拍照片，下周再说，我先走了啊！"

"等一下！"钟昆仑看她乍然变脸，差点以为自己记忆出错，"你刚才说我是巨婴了吧？"

"我没有。"慕云山眼睛眨也不眨地说。

"你说了！"

"我没有。"慕云山面无表情地说，"你有证据证明我说了吗？"

钟昆仑目瞪口呆，还能这样的？

慕云山说："那就是没有。"顿了一顿，顺便补了一句，"像我们爱你爱得要死，怎么可能随便说你是巨婴呢？你做什么都好美好努力，你是电，你是光，你是唯一的神话，我很爱你，you are my super star。"

这毫不走心的表情和敷衍了事的台词……钟昆仑惊呆了，浑身僵硬，一时间不知道该做何反应。

"拜拜。"慕云山挥了挥手，准备潇洒离去，突然膝盖一阵剧痛，她踉跄了一下，一咬牙继续站了起来，一瘸一拐地走出了钟昆仑家的大门。

那个被踢伤的膝盖好像又肿了起来，慕云山向听碧居的大门口挪动，小心翼翼不触动伤处，慢慢地向远处走去。

一只小橘猫悄然跳上墙头，跟着她往外走。

钟昆仑打开大门向外望了望，一脸茫然，摸不着头脑。今天的慕云山简直颠覆了之前在他心目中的形象，难道跳海以后那个脑子没有治好而是治坏了？这个疯女人到底是来干什么的？看他笑话的吗？哦！他想起来了，这女人删掉了他手机上的电话号码——这女人居然敢嫌弃他！她居然敢嫌弃他！

过了两分钟，反射弧很长的钟昆仑才分析出慕云山那毫不走心的"爱你爱得要死"言外赤裸裸的嫌弃。他到底做了什么？难、难道就是因为他眉毛下面多了一条疤？钟昆仑胸口一股闷气无处发泄，摸了摸右眼上的伤疤，平生第一次对自己世界第一帅的地位产生了极其微小的一点儿怀疑。

一条疤……真的有这么重要？

他觉得挺好看的呀！

男人有一道疤是勋章，是荣耀。从小到大，所有的男孩子都是这样被教育长大的，钟昆仑宝宝全然不觉这条疤有什么不好。

这是他努力工作的证明，有什么不好？全世界都看不到吗？这就是勋章，就是荣耀！

钟昆仑越想越气，反射弧一直很长的他打了个电话："贺叔叔，我爸爸家最近情况怎么样？"

电话那边的人语气温和："很好，租客生活习惯很好，房屋打扫得很干净。她还给院子除草，月季花上了花架，目前一切都已经步入正轨。"

"她有说什么时候要走吗？"钟昆仑狐疑地问。

"没有，我们签了五年的合同，她怎么可能走？"电话那边的惠林村村民贺慧春奇怪地问，"你认识那位租客吗？"

钟昆仑松了口气，在他爸爸的故居里表现很好，肯定是专门演给他看的，这女人不可能不爱他，她付出过那么多。慕云山可能是在使"欲擒故纵"的招数，先假装冷淡他、嫌弃他、误会他，然后引起他的好奇，反过头去接近她！

肯定是这样的！

"她……在家里一般都干什么？"钟昆仑犹豫了一下问，"有没有和邻居吵架，随便打人，或者对着墙自言自语什么的？"

"打人？"贺慧春惊奇地问，"她怎么会打人？她在村里口碑很好，禚德和癸老怪都很喜欢她。她给癸老怪修理草坪，帮禚德到小区门口摆摊卖字画，听说禚德最近赚了不少钱。"

"那有没有张贴海报啊，唱歌啊，看电视啊……"钟昆仑想了想，"或者买金碧矿泉水之类的？"金碧矿泉水是他最近代言的一款高端矿泉水，单瓶价格三十七块，瓶身上印有世界著名动物插画大师绘制的各种濒临灭绝的动物，并附有它们的最新状态科普，算是一款公益性和观赏性都比较强的矿泉水。

"少爷，我不是侦探。"贺慧春低声笑道，似乎对外甥的这个疑问觉得可笑，"我只知道，她每天回家在院子里团团转，种了一排葱。看她全身都是沙，在院子里刨土的样子，个人感觉不像会在屋子里贴广告追星的那种人。"

"她最近干了什么？"钟昆仑诧异地问。

贺慧春肯定地说："她刨了几天土，种了一排葱。"

种了一排葱？

钟昆仑躺在自己家厨房的摇椅上。真是想不通，葱这种东西，打个电话外卖准时送到家，还洗得干干净净切得整整齐齐，为什么要种？就算不想叫外卖，也可以让钟点工阿姨代买啊……

何况种个葱还要刨好几天土，也是笨得很了。

"微泫"这幢别墅里，他最喜欢的就是这个暖色的厨房，虽然什么也不煮，躺在这里和干净的锅碗瓢盆待在一起，全身就有一种暖洋洋的感觉。所以原本在卧室里的那把摇椅被搬到了厨房里来，专供他晒太阳和睡觉。

今天钟昆仑带着满肚子疑惑躺在摇椅上，围绕着"葱"这种东西思考了半天也没有睡着，快到九点钟时……他突然惊觉，世界第二帅不见了！

它跑出去了！钟昆仑浑身的毛发仿佛都乍了，那只躺在地上能摊成一张小饼皮的橘猫，好像跟着慕云山跑了！

他拿出手机，遭遇了第二次五雷轰顶——电话号码被慕云山删了！

浑身贴满胶布的"钟大侠"一跃而起，给猪哥打了个电话。然而猪哥这几天跳出三界之外，不在五行之中，不接。他给贺慧春打了个电话，贺慧春也没接。钟昆仑又给租住在小区其他别墅里的保镖打电话，结果也没接！

他有点蒙，还有点小小的茫然失措。

一瞬间，仿佛整个世界只剩下他一个人了。

那些围绕着他、簇拥着他、哄他开心的人仿佛都消失了，世界只剩下他自己，还有个声音冷冰冰恶狠狠地对他说："巨婴！"

钟昆仑从衣柜里翻出口罩、围巾，还有鸭舌帽，将自己包裹严实，套上了一件全黑的外套，偷偷摸摸从自己家里溜了出去。

他对于从自家小区溜走这种事，熟练得令所有熟悉他的人惊讶。

晚上八九点这段时间，大部分人家都已经吃完晚饭，正在享受家庭时光。有家有口的聊天或看电视，年迈的可能已经洗漱完准备入睡。所以并不是有谁故意和钟昆仑过不去，每个人都是独立的个体，每个独立个体的背后都有个家，人人都为家庭而工作，并不是钟少爷的全职奴才。

只能说一时间没有人接到钟昆仑的电话只是偶然。

钟昆仑熟练地从听碧居后山的某处草丛里钻了出来。不要问他是怎么知道这条路的，反正他曾经在这里逮到过慕云山两次。

他知道慕云山住在惠林村的钟家老宅里，如果世界第二帅是跟着慕云山一起走了，最好的结果是跟着慕云山回了家，而最坏的结果……就是它从此不见了。钟昆仑早就忘了一开始是怎样如临大敌，和它大眼瞪小眼，只想到当初那只抱着自动喂食器睡觉的可怜兮兮的小猫饼，心里火烧火燎地疼。

就算希望渺茫，他也一定要去看一下，也许，也许它真的在那里呢？就算他心底仍然对那个地方感到恐慌，但时过境迁，过去的事已经过去了，现在住在那里的不是父亲，而是慕云山。

夜晚气温骤降，风云汇聚，天气预报紧急发布了一条雷电橙色预警：未来两小时内，B市部分镇街有雷电活动，局部地区伴有强降水，请注意防范。

慕云山并不知道引发她膝盖疼痛的原因很可能是天气骤变，而不是钟昆仑。坐了快两个小时的车回到家里，她的膝盖肿了一圈，坐下的时候完全不能弯曲，只能把腿伸直，弄得自己像个僵尸。她坐到床上，将单肩包往床上一扔，整个人放松地躺了下去，长长吐出一口气。

今天真累，真是累得筋骨寸断。如果不是钟昆仑的猫……

"喵……"

慕云山整个人跳了起来，今天被这细细的奶猫叫弄得都要精神失常了。她惊悚地看着钟昆仑的那只小肥猫从自己的单肩袋里滚了出来。它是什么时候钻进去的？难道是半路她因为腿痛停下来休息的时候？它不大，但是很胖，也不轻，她居然一路愤愤地背着自己的包，把这只罪魁祸首背回了家？

世界第二帅滚到慕云山的床上，只是眨眼间，就抓住床幔蹿上了床架顶端，随即爬上了墙壁破旧不堪的古宅房顶，龟缩在老式横梁上，只露出个尾巴尖尖，轻轻地一动一动。

慕云山瞬间体会到了钟昆仑眼睁睁地看着自己的手机越爬越远的心情。

就在这个时候，外面的风力陡然增强，狂风吹过树叶发出古怪的啸声，即使是在黑夜，也能看到夜空中灰尘肆虐，地上的杂物旋转着飘起，越飘越高，像一场场小型龙卷风。

随即电光一闪，随后轰隆一声巨响，"炸"亮了半边山头。

暴风雨随之而来。

"我的葱！"慕云山惨叫一声，她单腿跳着一步一步出去，在十级狂风中检查她的菜。

其实慕云山并不会种菜，这一排小葱也是因为在超市里贪图打折一下子买了两斤。吃不完，那就只好种着了。

葱是非常好种的一种芳香蔬菜，基本没有什么病虫害，它是百合科的植物，喜欢蓬松透气的土壤，在不冷不热的环境中生长良好。但显然不包括百年一遇的超级降雨。

闪电过后，雷声隆隆，紧接着强劲闷热的风突变为冷风，随即暴雨倾盆。

今天下的雨简直不是雨，仿佛是有谁从天上直接往下倒水，或者是B市这块土地不小心钻进了上帝洗衣机的下水管里，被冲得七零八落，天旋地转。

钟昆仑大半个月没出过门了，好容易乔装打扮出来一趟，居然赶上了天降暴雨。

像他这个年纪的少年出门，就算看到天气变了，也是不会带伞的。

所以当他冒着狂风暴雨，鬼鬼祟祟地摸索到自家老宅墙边的时候，已经是一个浑身是泥的土人了。惠林村里的村道是土路，而雨水太大，地上泥沙横溢，深的地方没过膝盖。钟昆仑以惊人的毅力，凭借拍摄武侠片饰演刺客时的经验，以及小时候极其模糊的记忆，顺利找到了老宅。

后山上的雨水汇成了溪流，冲向距离自己最近的屋子。钟家的百年老宅在暴雨中摇摇欲坠，仿佛随时都会倒塌。钟昆仑很久没有回来，看着眼前的危房吓得魂飞魄散，下决心等雨停了一定要把老宅整修好。它本来就很吓人了，万一塌了压死了慕云山，她一定会变成厉鬼的。

惠林村的留守老人们都将门窗紧闭，没有人发现著名流量小生钟大明星正冒着险些引发泥石流的大雨，扒着自家墙头往里看。

他以为会看到荒草丛生的院子被后山的"河流"淹没，慕云山在家里瑟瑟发抖——但他主要是来找猫的！没错，就是这样！

但那是什么？！他震惊地看到自家的老宅院子里有一男一女。

一个年轻的男人撑着一把大雨伞，为慕云山挡着雨。

慕云山抱着一个土盆，正在从地上刨土往盆里装，抢救那几根疑似葱的东西。

院子里的草已经清理得很干净了，露出百年前的石头小路和排水渠道。后山的雨水流进院子，随即被院子里的地形分散，流进环绕院子的青石排水渠中，汇入了下水道。那些小路和排水渠都是最近清理出来的，钟昆仑当然知道它们曾经存在，但在钟书叁开始发疯之后，这院子里的东西已经很久无人打理了。

慕云山刨完那几根葱，抱着土盆，一瘸一拐地往屋里走。

那个年轻男人扶着她，非常自然地将她扶进了屋里。

钟昆仑看见，在打开门的瞬间，门口有一只橘色的小东西探了个头出来迎接。他倒抽一口凉气——他的猫！

他的猫还有他的……粉丝！

这个男人是谁？

Chapter 6
蓝色阴雨

　　大雨倾盆，地上的泥水蜿蜒成河，钟昆仑左看右看，周围一片空旷，没有遮挡物，唯一能用来接近屋子的，是那棵长疯了的金银花。他犹豫片刻，半蹲半爬，几乎是匍匐前进，从后院接近了那棵金银花，蹲在乱七八糟的纸条下往屋里看。

　　他一定要看清楚里面的人是谁。

　　那是个面容冷峻、姿态高贵，仿佛是哪家贵公子的年轻男人。慕云山坐在椅子上，一条腿的膝盖肿得像馒头，那个男人正对她说着什么，一脸的不赞同。

　　这人是谁？钟昆仑越看越怒，这是慕云山新迷上的偶像？刚出道的新人？还是她，她新找的男朋友？！

　　他突然想起来，他们还没有离婚！

　　钟昆仑像被闪电劈中，不可思议地瞪着里面的慕云山。

　　我们还没有离婚！你、你……你……他、他……

　　在他爸变成那吓人的样子很多年后，他的妈妈都没有离婚，她没有抱怨，没有憎恨，对他爸的爱一如从前……直到钟书叁自杀身亡。他的妈妈没有再爱上任何人，她的爱情只有一次，所爱的人也只有那一个。在钟昆仑浅薄的人生经历中，婚姻是神圣的，爱情是永恒的，他妈妈是这样的，他也会是这样的。

所以爱情一定不是慕云山这样的!

这时屋里的人正在说话,那个长得一脸富二代相的年轻男人自然就是高冷。

刚才下大雨,慕云山一瘸一拐地跑出去挖葱,正在被雨淋得晕头转向,什么也看不清的时候,突然有人给她撑了伞。

高冷冒雨骑着"小绵羊"过来,还特地带了一把大伞,来的时候冷峻地扬了扬眉:"我怕雨太大,屋子后面有山,万一出现泥石流,你被活埋了也没有人知道。"

受到救助的"残疾人"慕云山缩了缩脖子,感激涕零:"我真是感动死了。"

高冷一脸"我就知道会这样"的凉凉表情看着慕云山,扶着她回到屋里:"我记得上个星期就叫你去看医生?"

慕云山干笑了一声,上星期她在干吗?周末很珍贵,她在院子里种葱啊!两斤葱很多呢,还带着根,不种多可惜,外面那么一大片院子。

她心虚地辩解:"周末医院人太多。"

"你可以请假去。"高冷眼睛眨也不眨地说。

"牧牧姐请假了,我不能请。"慕云山弱弱地说,"人手不够。"

"杨牧请假了,人手不够,所以你不能请假去看医生,但是可以请假去看钟昆仑?"高冷动了动眉头,"你还偷走了他的猫?"

我既没有为了爱发神经也没有偷走他的猫……好吧,我的确是去发了个神经。慕云山看着高冷一脸"你不用解释我什么都知道"的表情,顿了一顿,觉得洗白自己无望。反正全世界都觉得她"应该",她对钟昆仑做什么都是应该的。

她气若游丝地说:"不是这样的……"

"玩物丧志,所以你膝盖痛是咎由自取。"高冷说。

玩……玩物丧志?慕云山被高冷的用词震惊了。

而刚刚潜伏到窗外,只听到"杨牧请假了,人手不够,所以你不能请假去看医生,但是可以请假去看钟昆仑?你还偷走了他的猫?"及之后内容的钟昆仑跟着三观炸裂——在他二十一年的人生中,被人说三道四的历史也不算短了,但还是第一次被人说成是"玩物丧志"里的那个"物"。

这个男人不但闯进了他家古宅,看起来和他的粉丝很熟,霸占了他的猫,还……骂人?他的粉丝来看他有什么不对?她以前就一直是这样子的,只是以前她又温柔又虔诚,就算钻草丛也是带妆穿裙子,现在又凶又懒,素面朝天就算了,西裤加花T恤这种奇葩造型也敢往他眼前送。

"虽然下这么大雨你还记得来看我我很感动，但是你这种说话方式很消费你对我的恩情知道吗？"慕云山委婉地说，"你有这闲工夫不如去另外一个妹子家里探望，说不定已经摆脱单身狗的种群，开启新的人生了。"

"我一直在追你啊。"高冷说，"你没看出来吗？"

啊？慕云山蓦然回首，简直是惊呆了："你说什么？你再说一次？！"

高冷双手插兜，用一种"我可以承包你余生所有饭钱"的平淡语气说："我一直在追你。"

啊？你说话前是不是要先摸一摸自己的良心？有人追女朋友的宣言是这么……狂妄自大眼高于顶坐等谢恩的吗？慕云山倒抽一口凉气，脑子里一片混乱，骤然听见窗外有个声音传来，咯吱咯吱的，像大雨夜里闹了鬼。

高冷和慕云山一起转头看去，破玻璃窗被人用力拉开，一个人湿淋淋地从外面爬了进来，灰头土脸，拖泥带水。慕云山大叫一声，往后退了一步躲到桌子后面，惊魂未定地看着那团东西。高冷也吓了一跳，碎碎念了一句不知道什么，才认出来那是个活人。

那人抹了一把脸，愤怒地指着高冷："我们还没有离婚！你是谁？你怎么能随便追求有夫之妇？深更半夜，你跑到我……粉丝家里干什么？"

高冷突然认出来这位居然就是花瓶流量小生钟昆仑，他既惊讶又好奇地看着这个传说中的生物。这人一般只能在傻白甜奇幻剧里看见，出现的时候都伴随着万千粉丝的尖叫和灯牌，像这种……水鬼般的造型，还真的没见过。

"钟昆仑？你是在拍戏？"高冷问。

"我没有！"钟昆仑愤怒地说，"这里是我家！我是房东！下这么大雨难道只准你回来，不准我回来？"顿了一顿，他也觉得自己好像有哪里说得不太对，于是气势汹汹地补了一句，"你到底是谁？"

"我姓高。"高冷面对盛世美颜的偶像明星依然很淡定，"本名高余寒，一般人叫我高冷，幸会。"

慕云山被这种霸道总裁接见客人的作风惊呆了，她眨了眨眼，等下，高冷刚才说了什么？

他说"本名高余寒"，也就是说他根本不叫高冷，高冷其实是个江湖小号吧？所以刚才说一直在追她的男人连个正名都没有告诉过她，而是告诉了一个和他第一次见面的男人？

他说一直在追她的时候有摸过良心吗？

还有这个半夜翻窗过来、自称是房东的钟昆仑,其实是假的吧?他为什么会在这里?这是他的房子?他是房东?

他是房东?

慕云山惊恐地看着眼前的两个男人,这都是什么事啊?大雨夜的,你们这两个糟心玩意儿能从我家滚出去吗?

轰隆一声,窗外电闪雷鸣,大雨并不管屋子里张三李四之间到底有什么仇什么怨,自顾自地越下越大,流水声渐渐响亮起来。

"高余寒?"钟昆仑狐疑地上下看了他几眼,随即指着慕云山的鼻子,"这个人是我的……粉丝,不管她有多烦,作为一个男人,大半夜闯进女孩子的房间都是居心不良。"

高冷神色淡定:"今天暴雨,我在追求她,担心泥石流。"顿了一顿,他也上下看了钟昆仑几眼,"作为一个男人,大半夜闯进女孩子的房间,都是居心不良?"

钟昆仑愣了一下,随即哼了一声:"我是房东!我是来……检查房子的。"他立刻被自己的理由说服了,趾高气扬地向高冷瞪回去,"下这么大雨,钟家的老宅可能不结实,我特地来检查房子!"

"是吗?"高冷似笑非笑。

"既然我亲自来检查房子,你可以走了。"钟昆仑傲然说,"我们还没有离婚,你追求她之前是不是没问清楚?就算你要追求她,也要等到我们离婚以后。现在你不准追求她。"

这种傲然不知道是从哪个剧本里学来的,如果搭配着白马王子的礼服和蔷薇花学院的背景,或者霸道总裁的办公室,又或者喜马拉雅山那般高的城堡,也许勉强还能听。

但从一个连脸都看不清的水鬼嘴里说出来,效果真是喜人。

"你们两个这种乐于助人的精神我感受到了。"慕云山面无表情地指着大门口,"现在你们房子也检查过了,并没有泥石流,所以一个两个的,都可以滚了。"她毫无顾忌地将那个"滚"字说了出来,"车我已经帮你们俩叫了,一辆在十分钟后到达村口,另一辆在十三分钟后到达村口,你们现在跑出去刚好。拜拜。"

高冷和钟昆仑一起回头看向脸色铁青的慕云山,钟昆仑再次看到她那张阴沉的脸,立刻就怒了:"你今天吃了枪药吗?我……"

"我很爱很爱你,你看我都帮你叫了专车。"慕云山眼睛也不眨地说,"还有你……"她看了高冷一眼,"你真是个好人,但不适合我,谢谢你的厚爱,我也帮你叫了个专车。"

被发了个标准好人卡的高冷有点蒙,他惊奇地看着慕云山,那样子不知道是从来没被拒绝过,还是发现钟昆仑的待遇居然和自己一样。"你真是有趣极了……"他喃喃地说。

"慕云山你就是个神经病!"钟昆仑暴跳如雷,"你凭什么这样对我?就因为我脸上多了一道疤吗?你这个脑残肤浅的女人!看人只看脸!"

你除了脸,还有什么值得看?慕云山奇怪地看了他一眼,想了想,答应猪哥的事还没有完成,这个人也还没完美复出,不能在这个时候对他不起。于是她回答:"哪有,你的内涵比脸还好看。专车还有九分钟到村口。"

"你……"钟昆仑真是出离愤怒,"慕云山你给我记住了!"他猛地指着她的鼻子,"我一定会比原来更好看!戏演得更多更好!绝对不会让你看不起我!我会比没有疤以前更红!我让你后悔今天这样对我!"说完,他掉头就走,还重重地摔了一下门。

女魔头!这该死的神经病女魔头居然还敢叫他滚!居然敢这样对他!居然叫车让他马上走!她忘了以前是怎样求着他多看她一眼的吗?有本事不要租我的房子啊!想到慕云山还住在他的老宅里,钟昆仑暴怒的心情缓和了一点,快速往村口跑去。

一边冒雨跑着,一边给猪哥打电话——他才不要坐慕云山叫的车!

"猪哥!"猪哥总算接了电话,在大雨中,钟昆仑大喊,"上次你说的那个整容医生还在吗?我现在要做除疤手术!还有,帮我买几十盒最好的面膜回来!派个保姆车过来,我……"

"你到底在哪里?"猪哥的声音压抑着愤怒,"我刚才打了十三个电话,你都没听到?"

钟昆仑愣了一下:"什么?"

"暂时别回听碧居。"猪哥说,"你走的时候,有粉丝在听碧居外围看见了,她们从你出来的那个狗洞钻进去,绕过了小区安保,闯进了你家!"

"现在什么情况?"钟昆仑的脸色沉了下来。虽然慕云山经常蹲在他家门外的灌木丛里,但是从来不敢闯进他家——今天发了神经的慕云山除外。

"她们拍了一些照片和视频发到网上,被保镖发现,然后保镖把你的两个粉丝打伤了。"猪哥的声音听着很心累,"也不知道谁报的警,现在听碧居乱糟糟的,进来了一大堆记者。暂时别回来,我在XL芬给你订了个房间,你去那里躲着,等处理好了再回来。"

"哦……"

钟昆仑有点蒙,他走到村口,不知不觉上了慕云山给他叫的车,深吸一口气,对司机说:"到XL芬酒店。"

那是B市最好的酒店,司机没认出来这全身是泥的人是钟昆仑,很是诧异——惠林村里不是老人就是懒鬼,居然还有人能去XL芬,也是能耐了。

不会是去偷东西的吧?

钟昆仑跑了,慕云山的目光就落到了高冷身上。

她说:"高余寒先生,你的车也快到了。"

高冷耸了耸肩,倒是没说别的:"谢谢。"他撑着自己带来的伞,慢慢走入了大雨中。

慕云山关上门,抬起头看着房里昏暗老旧的黄灯,慢慢地……吐出一口长气。

她想她只是需要一段安静而简单的生活,也希望有人真诚地关心她,但不是这种撩猫逗狗,或者自以为是的关心。不管高冷或钟昆仑本意如何,她感激他们在雨夜前来,热闹了她的家,但是……

但是……不如不来。

喵的一声,一只橘纹猫挤到她脚边,抬头温暖地看着她。

她不知不觉蹲下来,这只奶猫的眼睛是浅绿色的,清澈透明。

摸了摸猫的头,她想,这只猫也是幸运得很,它是钟昆仑的猫。

又过了五分钟,躺在床上撸着猫胡子的慕云山突然醒悟——为什么钟昆仑冒雨跑到他这老宅来找她,还不惜暴露自己房东的身份?

他是来找猫的!

她举着那只猫,感到头痛——还要把它还回去。

五分钟过去了,因为膝盖痛而思维缓慢的慕云山,终于把"房租一降再降的天使房东"和钟昆仑画上了等号。

接着她失眠了,可饶是她冥思苦想了一晚上,也没想通这里面是什么逻辑。钟昆仑应该恨不得和她撇清所有关系,欢欣鼓舞地等着离婚,那他鬼鬼祟祟地把老宅便宜租给她做什么?

日行一善。

救济……贫民?

大雨过后，屋外的花园又成了一片废墟。刚整理出来的小路和沟渠被后山冲下来的泥土覆盖，整个院子仿佛泡在了泥里。随着太阳出来，温度升高，各种各样奇怪的小虫子从湿淋淋的泥土中复苏，能飞舞的飞舞，能蠕动的蠕动，看起来实在不怎么赏心悦目。

曾经人生计划中除了钟昆仑之外空无一物的慕云山还没有来得及享受"我有一个院子"的满足感，就先享受到了"我有一个院子"带来的痛苦。

而她还是一个腿脚不灵活的半残，连蹲下都觉得很困难。睁着眼在床上躺到了五点，与自己斗争了很久。慕云山原本计划起来上班，毕竟杨牧请了年假，她再请假，剩下郑州洲圳和阮英就太辛苦了。

但在她五点半起床的时候，接到了杨牧的电话。

杨牧的声音很温柔："小慕，我听说你的膝盖受伤了，这几天我去上班，你就在家里休息吧。"

"牧牧姐，你不是要带小米出去玩吗？没关系，我也不是很严重。"慕云山对自己的膝盖的确不是很在意，她挣扎了半天没起来主要是失眠了一晚上，有点筋疲力尽。

"你那膝盖是旧伤了吧？"杨牧平时并不爱多话，聊她八卦的人已经很多了，她不想聊任何人的八卦，但不说并不表示她没有看在眼里，"小米和外公外婆出去玩了，我没有去，随时都可以去上班。你去看医生吧。"

"你没有和小米一起去？"慕云山觉得奇怪，杨牧计划这几天带杨小米去海南玩，已经计划很久了，连行程攻略都做好了，怎么突然不去了。

杨牧微微一笑："本来是计划去的，但听说小米她爸爸刚好也要去海南，我就不去了。"

哦哦哦，懂了！洪百姓花式追妻第三百六十六招——如影随形。慕云山跟着笑了一声，又赶快把声音收回来："你没有去，小米有没有很失望？"

"没有，她喜欢和外公外婆一起，和外公外婆在一起，她想要什么有什么。"杨牧笑了起来，在谈到女儿的时候，她才笑得最真诚开心，"我是她最讨厌的那个。"

慕云山知道杨牧的父母和她的关系并不融洽，在她执意嫁给洪百姓之后基本形同路人，她和洪百姓离婚之后关系略微恢复了一些，却也并不像一般人家那样亲热。她的父母都是知识分子，也许是太好面子，对杨牧整个人生都不满意，以至于见面无话可说。大概是因为对杨牧无话可说，他们的精力都投注在了杨小米身上，加倍的宠爱让杨小米坚定地认为外公外婆才是世界上最好的人。

那是因为她不知道她的妈妈有多强大,慕云山想。她还没有开口说话,杨牧又说:"反正我最近也没事,你休息吧,我去上班。"

"那……好吧!"慕云山说,"谢谢牧牧姐,我决定认真去看医生,早点把膝盖治好。"

"这才是。"杨牧微笑说,"一辈子很短,一辈子又很长,没什么比健康更重要。"

"是!"慕云山说。

重新躺回床上的时候,慕云山想杨牧真好。这么好的人,洪百姓居然不要她,跑去找小三……真是不可思议。想了一会儿,她仍然不能理解男人的想法,迷迷糊糊地睡了过去。

这一次她做了个梦,梦里没有钟昆仑,却有杨牧。

杨牧穿着雪白的婚纱,伴随着音乐向她走来,人比花娇,场景美轮美奂。

而她惊恐地看着杨牧,心想怎么会这样,我又不是百合,我没有要娶……没有要娶牧牧姐。

杨牧微笑着向她走来,手里捧着一束极其好看的杏色手捧花。

不不不,我和你是清白的,我没有要亵渎你,我又不是洪百姓那个禽兽……

就在杨牧走到她面前,向她伸出手来的时候,突然一只手伸了过去,握住了杨牧的手。

慕云山松了一口气,抬起头来,只见握住杨牧手的人身材高大挺拔,面容冷峻,浑身上下带着一种风雨欲来的气场。

然后他说:"本名高余寒,一般人叫我高冷,幸会。"

我的天!慕云山被自己的梦吓醒了,这个梦里虽然没有钟昆仑,但一样充满惊吓。她喘了两口气,坐起来,给自己预约了个下午的就诊号,发了半天呆,才向窗外望去。

窗外是一片泥地,乱七八糟的各种虫儿在湿泥上乱飞。

窗台上有一个大土盆,土盆里一堆葱绿油油地直立着。昨夜电闪雷鸣,这些葱从土里被移植到盆中,不但没有挂掉,反而长高了一截。

钟昆仑在当天半夜十一点半入住了XL芬酒店的豪华套房。

他虽然少爷脾气,在当花瓶明星这条道路上一帆风顺勇往直前,却也不是真的不分轻重。听碧居暂时是不能回去了,他可能要在这里住上一段时间,避一避风头。在他被曝出毁容传闻的当口发生保镖打粉丝这样的事,实在有损他的形象。

但能粉钟昆仑的人多半都不是很在意他的形象，只在意他的脸。

洗完澡，换好衣服，重新变回盛世美颜的钟昆仑大半夜对着镜子仔细观察眼皮上的伤口——那的确是一个伤疤，但不严重，远看几乎看不见。

他打开酒店的抽屉，XL芬酒店的抽屉里有一款法国产的简易装护肤品，属于高端旅行用品。钟昆仑出门的时候没想到回不去，什么也没带，于是满脸嫌弃地将包装拆了，看了看那全是外国字的小盒子，随便拿了一瓶出来，对着镜子涂眼皮上的疤痕。

嗡嗡嗡——

手机在桌上振动。

钟昆仑打开外放，继续对着镜子涂润肤乳，那奇怪的润肤乳涂起来白一块黑一块的，怎么弄都不均匀。钟昆仑一边咒骂一边涂——以他对自己盛世美颜的信心，平时在家里的确是什么也不涂的。

"昆仑，上次我和你说的那个节目你还记得吗？"打电话来的是徐稚之。

"啊？"钟昆仑想了一会儿，"记得，怎么了？"

"给猪哥打电话没通，他好像太忙了。"徐稚之说，"节目的介绍我发到猪哥和你的邮箱了，名字最终确定为《你问他知道——中国百科知识大赛》。"清了清嗓子，徐稚之有点发愁，"节目的设计改了一点，原来都是社会名流和明星参加，现在确定有百分之五十的素人参加。这些人都是通过层层选拔上来的，如果我们输给素人，那就很丢脸了。"

"如果素人都像你，输给素人也没有什么好丢人的。"钟昆仑耸了耸肩，"不怕，哥陪你去。"

徐稚之在手机那头沉默了几秒，感慨说："你心理素质真好。"

"这和心理素质有什么关系？"钟昆仑奇怪地问，"这是真的啊！是现实啊！"

徐稚之又沉默了几秒，觉得自己找钟昆仑搭档一定是被驴踢坏了脑子："你……需不需要一个老师？"他轻声说，"我听说李云子前辈要来，傅信雅老师要来，还有一些网络上有名的科普达人。"

"李云子是谁？"钟昆仑奇怪地问。傅信雅是圈里著名的古装戏大神，年纪不大的老戏骨，如果说徐稚之最适合演二十岁的翩翩公子，傅信雅就是从三十岁到七十岁无所不能，例如只要有戏拍到诸葛亮，基本都能求到傅信雅这里来，由此可见他的风采。但钟昆仑从来没听说过圈里还有李云子这号角色。

"李云子前辈是著名的国学大师，傅老师的老师。"徐稚之艰难地说，"也是我导师的老师。"

"哦！"钟昆仑恍然，"你师公。"

徐稚之苦笑。

"没关系，哥陪着你。"钟昆仑大义凛然，"我相信你，你肯定行。"

徐稚之默默吞下了一肚子话，憋屈地挂了电话。

而钟昆仑对着镜子涂的那个润肤露，在它干掉之前他终于搞清楚这玩意儿是个洗面奶，连忙像做贼一样匆匆洗了个脸，并努力把这档子蠢事忘记。

他钻进被子，习惯性地把空调调到了最凉，将被子卷成一团，开始睡觉。

Chapter 7
天方夜谭

那天下午三点钟,慕云山坐着公交车,慢吞吞地去了B市郊区的一家医院。这是B市第一医院的分院,平时这里没有太多人,大概是城里人觉得分院不正宗,在郊区的分院尤其不正宗,所以这里的号还是挺好预约的。

然而她一到医院门口,就看到前面乌压压一大堆人,一辆救护车风驰电掣般冲向门口,医生护士跳下车,推着一个人进了急救通道。门口围着的一大群人有些跟着挤了进去,有些举着相机不停拍照,医院的保安不停地推搡着人群,但人群还是不停地往里冲,场面一片混乱。

这是哪个大人物要死了吧?慕云山漫不经心地想,从一大堆乱七八糟的人中间挤过,保安拦住了她,她亮出预约就诊号码,保安就让她进去了。

慕云山顺利地找到了普通外科看她的膝盖,戴着眼镜的老医生慈眉善目地说:"这可能是滑膜炎,前几天可能有积液,但是来看得有点晚,积液已经被你自己吸收了。我开一点消炎药,你回去休息几天,不要给关节增加压力,它自己会好的。但是以后要注意,不要过度运动,不要受伤,不然它可能会复发,那就不好治了。"

"哦……"慕云山连"滑膜炎"三个字都是第一次听说,只会傻傻地点头。

"去拿点药。"老医生在电脑上点了几下，就把慕云山打发了。

慕云山在分院崭新的大厅里转了几圈，好容易找到了药房，药房的人又告诉她先交钱再拿药，于是她又晕头转向地去找缴费处。半个小时过去了，她才发现这家分院没有人工收费，都改成自助缴费了。

交完了药费，她又找不到药房在哪里了……

觉得自己可能不是伤了膝盖而是伤了脑袋的慕云山沿着挂了许多广告牌的白色墙面茫茫然乱转，转着转着，发现前面有一个小小的庭院。

引起她注意的是庭院里种着一片深紫色的薰衣草，这个季节薰衣草长得整整齐齐的，深紫色的花穗绽放了一大半，空气中有一点奇异的香味。薰衣草的味道算不上好闻，但大部分人并没有闻到真正薰衣草气味的机会，所以慕云山本能地走了过去，蹲下来闻了闻花香。

那是一种苦涩的香味。

抬起头来，薰衣草草坪中间种着一棵树，枝叶茂盛，慕云山看不出那是什么树，但她猜测那是棵果树。就在这片薰衣草草坪的后面，是几栋相对精致的小房子，有点像联排别墅。但在这些"别墅"的门口都挂着牌子：V101、V102……一直到V133。

慕云山恍然，原来这里是VIP病房。B市第一医院分院开在郊区，占地广，所以修建了传说中只供富人使用的VIP病房，听说收费高得离谱。不过看这里的环境，的确是比普通病房安静几百倍，还相当私密。

她也不记得自己是从哪里绕过来的，随之便发现自己误入了VIP病房区域，她好奇地往联排别墅那里张望了一眼。

V101里面有人，医生和护士来回穿梭，过了好一会儿才撤走，里面住的到底是什么人？她远远地望着，心里好奇万分，是位高权重的干部、退休的老教授，还是从外国回来的华侨，或是高深莫测的高级资本家？

"慕云山！"

她还没幻想出V101病房的故事，就听到里面有人暴怒地喝了一声，吓了她一大跳。她本能地往声音的来处跑了几步，才发现是屋里的人在喊她。

她迷惑地发现，站在门口的人是猪哥。

猪哥满脸怒容："我以为你已经懂事了，人死过一次，怎么样也要有点改变。你，你是怎么样招惹了他，让他冒大雨跑去你那里？你知不知道他全身的伤，就贴了个胶布？下这么大雨他全身是泥跑去你那里，你没想过有什么后果吗？我让你拍他，让他有最好的状态,你呢?你就是这样害他的!他有哪里对不起你?"

慕云山吃惊地看着猪哥。这里面的人是钟昆仑?

他不是几个小时前才蒙面翻了她家的窗户吗?那时候还活蹦乱跳趾高气扬的,怎么几个小时不见,就变成了这样?她有些心虚——她的确忘了钟昆仑全身是伤,只是默认他是男子汉大丈夫,这么点皮肉伤可以忽略不计。

不过有时候皮肉之伤有点多,就有点量变到质变的效果了。

"对不起。"她小声地说。

猪哥被她气得狠了,这其中大部分是被钟昆仑气的,但必须发泄在慕云山头上——

于是猪哥阴森森地说:"你既然得到消息找来了,就好好地伺候他,直到他好!这就是你展示忠贞不渝的机会!知道了吗?"

我,我不是得到消息找来的,我也是病人……我就是迷了个路……

慕云山心里叫苦连天,却不敢说不。

她欠了钟昆仑的,之前欠他承诺结婚的情,欠他巨额的医药费,这次又欠了他……如果她没有带着猫薄荷去"微泫",那只猫不会跟着她回家,钟昆仑就不会为了找猫,在大雨里淋了几个小时。

总而言之,都是她的错。

"他怎么样?"慕云山问,"严重不严重?我需要做什么?"

猪哥余怒未消:"他烧到了四十度,醒过来大概是个傻的……"

慕云山叹了口气:"放心吧!我会照顾他的。"

钟昆仑睡醒睁开眼,就看见慕云山的大脸在自己面前,他吓了一大跳:"你怎么会在这里?你要干什么?保安呢?"

"保什么安?"慕云山坐在一旁等他醒,哈欠打了无数个。这个高烧四十度的蠢材安安稳稳地睡到第二天早上,准时八点钟醒,就好像昏迷期间的四十度高烧对他来说并不存在。

"没有保安,只有我。"慕云山说,"你发高烧了,猪哥把你送到了医院。听说出救护车的护士是你的粉丝,第一时间把消息发到了网上,结果分院内外人山人海,都是你的粉丝在给你祈福,搞得好像你过两天就要死了一样。"

"我发高烧了?"钟昆仑满脸茫然,他果然早就傻了,"你怎么知道我发高烧了?猪哥呢?我怎么……"他东张西望地看着这个房子——这里根本不是医院!这里……这熟悉的破桌子破椅子，这破墙破窗户，这是惠林村钟家古宅！他大叫一声："我怎么会在这里？"

"猪哥给你打电话没人接，他过去找你，你已经烧得快傻了。"慕云山面无表情地说，"他把你送到医院时，医院门口就已聚集了五六十个粉丝，等你进病房，连病房的护士也是你的粉丝，女医生也是，她们还偷偷带了闺密去看你……不到三个小时我和猪哥就在VIP病房门口抓到了五个偷窥的。"

"我在剧组也没见过这么夸张的，"钟昆仑震惊了，"难道我最近又红了？"

"没有，你想多了。我猜大概是因为你经常死，剧里三天一小死五天一大死，最近摔了冰湖，又突然被救护车送进了医院。"慕云山说，"所以不明真相加母爱泛滥的她们觉得你伤得太严重可能真的要死了，要见你最后一面……"

"你还不是和她们一样？"钟昆仑警觉地说，"我为什么会在你这里？"他坐了起来，浑身汗湿，但还不算太难受，反而是眼前这些熟悉的破桌破椅破墙更让他难受。

"这里是你家。"慕云山说，"还有，我不是去偷窥你的，我是去老老实实看病的，谁知道你也要去？我是事先预约的，你是半路插队的，预约号可以证明我的清白。"

"什么鬼……"钟昆仑皱着眉头，"猪哥呢？"他试图下床，"我要回酒店，不要住在这里。"

慕云山拦住他："酒店和医院都被粉丝围住了，你是凌晨四点被猪哥从医院用救护车秘密转移出来的，现在谁也不知道你在这里，别乱跑了，猪哥叫我看住你。还有……"她从旁边抱了一摞大部头的书过来，往钟昆仑怀里一推，"喏！猪哥叫你老老实实在这里养病读书，下个月参加一个什么比赛。"

钟昆仑的眉毛扬得老高："读什么书？我不要读书！我要回家！"

"听碧居那里，已经有粉丝拍摄了可以进去的路。"慕云山叹了口气，那条路还是她千辛万苦摸索出来的，"现在物业在整改翻修花园，其他业主投诉你，说你打搅别人的生活，还有人挂横幅要把你赶出去，他们不想和明星住在一起，叫你搬走。"

钟昆仑满脸震惊。他可能从来没想过还有人不想和明星住在一起，从小到大他都是人见人爱的，他那么好看，居然有人要把他赶走？

"所以别闹了，好好读书，好好比赛。我去睡觉了，开水在那里。"慕云山打了个哈欠，指了指墙角的一个烧水壶，"不要乱跑，你的猫在那里。"她又指了指另一个墙角，随即睡眼蒙眬地走出门，进了隔壁房间。

钟昆仑本能地看了看烧水壶，又看了看另一个墙角，他的世界第二帅蜷缩在墙角睡觉，身下居然一块布都没有，它直接在地上睡的！这个该死的女人，居然连个毛巾都没有给它垫一下，果然是心理变态。

不过幸好它也在这里。钟昆仑看着地上那摊成一摊猫饼的橘条儿，心里隐约暖了一下，周围有熟悉的东西，慢慢也不觉得可怕了。往窗外一看，外面的杂草都被清除了，院子里覆盖着被雨水冲下来的崭新的淤泥，墙上并没有钟书叁那些可怕的画，窗台上放着一盆葱。

这个房间是他小时候的卧室，但大部分东西都没有了，连床都是新的。这里面空空荡荡，除了床，就只有对面墙角的烧水壶，而那个烧水壶也是放在地上的，连桌子都没有。

唯一的杯子放在泥盆种的葱旁边，那是个普通的玻璃杯。

映着青翠的葱叶，窗台上的玻璃杯，有一种……好看的感觉。

他微微觉得这屋子也不是那么破旧难看了。

慕云山睡在主卧，那是当年他爸妈住的房间。钟昆仑下了床，蹑手蹑脚地去隔壁看——他小时候几乎不敢靠近那个房间。钟书叁住在里面，在里面画画，他每次路过那个门口，都看见里面血色斑斑——他爸在地上、墙上、床上画各种鲜血淋漓的画，人头、人体、内脏……各种稀奇古怪的头、怪兽、线条、不知所云的色块……有时候他爸割了手腕，血洒得到处都是，钟昆仑每每都分不清那满墙满地的红色是颜料还是血。最后他爸就是割手腕流血过多死的。

他妈说他爸是个画家，就是还没有人欣赏。

当年他欣赏不来，被吓得魂不附体，他妈说那是因为他小。

现在他长大了，回想起来依然觉得欣赏不来。

但现在那个恐怖的房间里什么都没有，墙上干干净净，偌大的房间里也只有一张学生床，一个简易衣柜，一张普通的桌子。慕云山大概是累得要命，扑在床上就睡着了，也没盖被子，被子被她压在身下。钟昆仑看了一会儿，可能是这女魔头在的地方气场都不一样，他居然也不太能想起来这屋里当年具体是什么样的。

他又蹑手蹑脚地从慕云山的房间门口溜走了。

他的手机在房间里充电，钟昆仑看了看消息。猪哥给他留了十七八条留言，多半都是在骂他，有内容的只有几条：

一是猪哥最近忙于处理关于钟昆仑"毁容""病危"等乱七八糟的谣言，没空管他，让他安分守己；

二是他的粉丝对他空前关注，个个化身侦探，猪哥嘱咐他躲好，不要露出蛛丝马迹；

三是要求他好好读书，务必在《你问他知道》节目中扳回一城，恢复自己的正面形象。

读书？

钟昆仑的目光移向慕云山扔在他床上的那一堆书。

《儿童科学百科全书》《万物简史少儿版》《十万个为什么》《唐诗宋词元曲全集》《论语》《道德经》《中华上下五千年》《资治通鉴》……钟昆仑目瞪口呆。

这都是什么……

钟昆仑动了动床上的书，上面的一大堆轰然倒塌，露出最下面一本——《备考冲刺训练：古诗词百题过大关》。

慕云山一共请了三天病假，杨牧替她上这三天的班。

如果不是钟昆仑突然被送进自己家，她可能第二天就回去上班了，不会让杨牧一直替她的。自己能做的事，慕云山从来不喜欢麻烦别人，即使杨牧并不介意，她也会觉得自己特别不是人。

这段时间是杨牧的公休，她不该让一个原本开开心心计划去旅游的人跑回来替自己上班，何况她只是伤了膝盖，又不是伤了嘴。

但是钟昆仑这坑货住了进来，她不但要替他保密，还要给他做饭。慕云山很是烦躁，钟家的这座古宅没有现代化厨房，只有一个古老的土灶，还是要烧柴的那种。在一切花草树木都属于市政园林单位管辖的今天，她哪里来的柴烧饭？

难道要一日三餐叫外卖？钟昆仑的粉丝那么多，一天三次的暴露机会，说不定几天就被人发现了。

所以慕云山很烦躁，连带着看钟昆仑各种不顺眼，最终结果是钟昆仑一天吃了三顿泡面，口味还是相同的。

当然，钟昆仑从第二顿就开始绝食抗议，声称要吃水果、生鱼片、龙虾或清淡的海鱼。慕云山有求必应，恶意地给他提供了水果、芥末、龙虾口味的薯片。

出乎她意料的是，钟昆仑居然没有跳出来和她大吵大闹，反而安安静静地待在房间里。

在读书？

以她十五岁以来对这位明星的了解，那是不可能的。

慕云山故意从钟昆仑房间的窗外路过，看见钟昆仑拆了一大堆薯片摆在床上，正对着手机镜头做直播，幸福地表现自己淹没在了好吃的薯片堆里，快乐得要死。没出息的世界第二帅蹲坐在龙虾味的薯片旁边喵喵叫，钟昆仑一边捏住它的脖子防止它偷吃，一边一本正经地讲解猫为什么不能吃薯片。

我去！老娘千方百计帮你掩护，连个外卖也不敢叫，你个神经病竟然自己做直播曝光你不在医院。慕云山倒抽一口凉气，匆匆打开手机看钟昆仑的直播。

镜头拍到了一片略显陈旧的白色墙面，墙上有一片挂过画的影子，幸好没有拍到窗外。钟昆仑将薯片倒在床上，只拍到了他睡的被褥，没有拍到底下是简陋的学生床，他直播吃薯片，却还留了一丝智商在，没有说自己在哪里。

直播的弹幕画风是这样的：

"啊啊啊！昆仑吃薯片也好帅！"

"不怕胖吗？羡慕吃不胖的体质！"

"谁说我们昆仑毁容了，肤白貌美气质好，看着比前阵子更好看了！"

"钟死死你不是得了绝症吗？这是哪里的病房？怎么一副火葬场的样子？"

"啊啊啊小猫好可爱！"

"我看到书了！床角有一本书，我们昆仑病了也不忘读书呢！真是好努力！"

"只有我看到人了吗？有人站在昆仑窗外啊！"

"前面的哪里有窗？"

"前面的哪里有窗？+1。"

"小猫的眼睛反光里有窗，窗口有个人啊……"

"啊啊啊，我也看到了，好可怕！"

慕云山吓得赶快躲到墙边，差点忘了真爱会让人进化出特异功能。

"人影不见了。"

"昆仑，谁和你在一起？"

钟昆仑吃了好几片薯片，直视着镜头，眼神略带凌厉，却舔了一下自己修长的手指。那模样又撩又酷又玛丽苏，引发粉丝一片尖叫。他说："我在私人疗养院，大家看见了，我很好。下个月我会和徐稚之一起参加一个科普知识大赛，到时请大家多多支持哦！今天的直播要结束了。"

"必须的！"

"男神越来越有实力了！"

"一定一定！照顾好身体！"

钟昆仑的直播圆满结束，他很是满意，咬着一片薯片一回头，看见慕云山阴森森地站在门口，吓了他一大跳。

"你要干吗？"

慕云山指着满床满地的薯片碎屑，扬了扬眉头："你喜欢和薯片睡觉？"

"帮我买一床新的来啊！"钟昆仑理所当然地说，"这床拍过照了，不能用了。"他纡尊降贵地睡了一床浅蓝白条纹好像医院病号服的被褥，已经很对得起慕云山了，看她这品位！

"没钱。"慕云山哼了一声，她的钱能存的都存着准备还给眼前这位债主呢！猪哥的确是转了一笔钱给她，让她照顾钟昆仑，不过她计划把那笔钱也存起来，作为还债之用。

"你不会贪污了护理费吧？"钟昆仑怒了，"三餐也没有，被子也没有，要你有什么用啊！"

慕云山不理他，往门边放了扫帚："把自己的房间打扫干净，别想换被子。"

"这被子不能睡了！都是油！"钟昆仑瞪大眼睛，"都放过薯片了！"

"没人叫你往床上倒薯片！"慕云山说，"谁倒的谁负责，被子很无辜。扫干净了垃圾袋打好结拿给我，不然晚上蚂蚁蟑螂都跑来找你玩，我可不负责。"

钟昆仑一辈子就没扫过地，看慕云山的眼神像见了鬼一样："我要找我的助理！我有四个助理！你给小文和小秋打电话，让她们来！"

"你的小文和小秋在准备秋英市电影节，小戴和小君一个放假一个结婚。"慕云山一脸的冷酷无情，"你还是不要打搅别人的幸福生活了。"

猪哥特意没有把助理带来，就是不想节外生枝，好容易把钟昆仑藏在了这里，越少人知道越清净。慕云山虽然不怎么样，但好歹钟昆仑不喜欢她，他们之间不会生出什么事来，而作为多年的铁粉，慕云山肯定会对钟昆仑尽心竭力。

以上为猪哥本人的想法。

钟昆仑看着慕云山嫌弃的眼神，心下尽是茫然，她怎么会变成这样？他下意识地摸了摸眼皮上的那道浅浅的疤，突然很是委屈。

慕云山完全不想知道他在委屈什么，指了指墙角的那堆书："好好读书。"

"我晚上要练歌。"钟昆仑又是生气，又是委屈，他简直不知道要用什么表情面对慕云山——这个人曾经那么喜欢他，现在却如此讨厌他。

不就是眼皮上多了一道疤吗？

"练歌？"慕云山顿了一顿，练歌也算是正经事吧？钟昆仑勉强也算是歌手出身，只不过这些歌手实在……她神色复杂地看了钟昆仑一眼，表情难得柔软地叹了口气："那你记得把窗户关紧，声音小点。"

"你这儿没有伴奏，没有钢琴，什么都没有。"钟昆仑越发委屈，看着四面破墙，觉得自己比豆芽菜还可怜，"我要怎么练？"

"你会弹钢琴吗？"慕云山惊奇地看着他，"你又不会弹，要钢琴干什么？"她本来有些话不想说，看着居然还委屈起来的钟昆仑，"就凭你那个……唱歌像朗诵，根本不关心歌词只关心自己唱歌的样子美不美的'歌技'，还需要什么伴奏啊？你不是跟着做好的示范带唱的吗？用手机放就行了。"

钟昆仑简直是惊呆了。

什么叫"唱歌像朗诵，根本不关心歌词只关心自己唱歌的样子美不美"？！他是得过最佳新人奖，不计网络销量，单是实体唱片销量也能过十万的真歌手，慕云山这评论简直恶毒至极了！

"你……"他指着她的鼻子，一口气哽在胸口，"你说什么？"

"我说，你唱的歌都和儿歌差不多，唱歌的时候心思不是用在讲究怎么样字正腔圆上，而是用在用什么姿势我会更美上……"慕云山看过钟昆仑从出道以来几乎每一场演唱会，家里收藏了他所有的唱片，对他的歌技十分了解，随口点评说，"所以说你练歌哪里要什么高级装备！你只是在撩妹，又不是在唱歌。"

一直自认为是歌神的钟昆仑刹那间被万箭穿心，出离愤怒："你走！你出去！"他猛地把慕云山推出房门，砰的一声关上了门。

他怕下一秒钟，自己就会一拳砸在慕云山脸上。

从来没有人这样说过他。

就算是言语最恶毒的杂志或帖子，最多也就是讨论他是不是有绯闻，是不是有劣迹，又演了什么狗血脑残片，有没有和谁钩心斗角。从来没有人说过他唱歌不好，他是从"薄荷与茉莉"团队出来的，他们从一开始就是歌手，钟昆仑在舞台上散发的魅力为这个青涩的组合吸引了众多粉丝。他是主唱之一，虽然他们团体的主唱并不只有一个人，但作为主唱之一，钟昆仑一直自认歌神。

他的粉丝都很买账，演唱会场场爆满，唱片销量一骑绝尘，秒杀众多影视明星。

突然有一天有人漫不经心地说——你又不会唱歌，你只是在撩妹。

钟昆仑全身发抖，他分不清自己是气的还是怎样，突然觉得很恐惧——他那么笃信的事，被人随口就否定了。

他那么好看，他唱歌那么好听，现在却连曾经最爱他的人都征服不了了吗？

他真的不明白。

插了钟昆仑一刀的慕云山毫无所觉，她被关在门外，摔门的时候鼻子差点被拍肩,也吓了一跳。里面的盛世美颜大人一般都很懒,很少能看见他气疯了的样子,这还蛮稀奇的。慕云山揉了揉鼻子,也开始思考晚上要用什么办法弄个消夜,吃薯片什么的,确实不是事。

就在这个时候,有人打来了电话。

慕云山看着手机里的备注"高余寒",耸了耸肩:"喂?"

高冷清冷的声音传了出来:"饿吗?"

"不饿。"她吃了泡面的,不像屋里娇贵的那位,"什么事?"

"出来散步?看电影?"高冷挺认真地说。

"不约。"慕云山说,"我说过了,我们不合适。"

"你挺有趣的。"高冷说。

"高余寒先生,如果你以结婚为目的追求女孩子,就不该以'你挺有趣的'为起点。"慕云山说,"这让我感觉你在撩猫逗狗,你也挺有趣的。"

高冷说:"我没追过别人。"

"我感觉到了。"慕云山叹了口气,"我很荣幸,不过我们不合适。"

高冷顿了一顿,仿佛要说什么,最终却说:"好吧,你的膝盖好点没有?"

"医生说它自己好了。"慕云山说,"谢谢关心。"

"好,再见。"高冷很干脆。

这人虽然莫名其妙,但并不讨厌。慕云山往没有柴的厨房走去,一边走一边想,如果她没有生病,没有"爱"上过钟昆仑,没有怀疑过感情这档子事只是神经错乱,说不定也会觉得高冷"挺有趣"。

然后说不定两个互相觉得"挺有趣"的人是能过一生的。

可惜她的想法和高冷不一样。

还没走到厨房,就听到钟昆仑在唱歌。

我从不知道你的气味是那么香,
满足我所有梦想,
我想和你一起走,离开所有悲伤,
放开一切束缚,
朝着未知的远方,背叛所有过往……

天,又是这种歌!她踏进厨房,心里很是嫌弃。

这世界的中二病重症患者与日俱增，说不定就和这种歌有关，动不动忽悠别人背叛所有放开束缚向着十六七岁的爱情往前冲——

她就是相信了这种歌，感觉自己很伟大，才干出了不顾一切在演唱会上逼婚钟昆仑的蠢事。

结果是因为她得了"神经病"。

论世间多少英雄，往事皆不堪回首。

Chapter 8
生菜与南瓜

钟昆仑那首"我爱你你不爱我我就要背叛全世界跟着你跑掉"的情歌还没学会,慕云山的病假就到期了。天还没亮她就去赶公交车上班,以至于钟昆仑在睡到自然醒以后,只看见自己的门口贴着一张纸条。

纸条上写:"水煮蛋在大杯子里,保温杯里有菊花茶。"

钟昆仑挑了挑眉毛,这难道是留给他的早餐?

那大概是他吃过的最简陋的早餐了。鉴于他还很年轻,还没到发福的年纪,减肥这种事他还没挑战过。

从床上爬起来,他习惯性地看了看窗台上的葱。那些葱又长高了一点,绿绿的,还挺好看的。刷牙漱口以后,他开始找"大杯子里的水煮蛋"。

他简陋的房间里连个桌子都没有,自然没有水杯,慕云山睡的那间房他壮着胆子进去看了,也没有。最后上天入地在屋子里翻了个遍,气喘吁吁的房东终于在大门外那条塌了一半的走廊的栏杆上发现了一个白色的马克杯。

马克杯里有水,浸着两个暖橙色的鸡蛋,摸起来还是温的。

大概是以为钟昆仑会起来得早,特意放在院子里吹凉的。

然而,钟昆仑并没有她以为的那么勤劳。

敲开两个温温的水煮蛋，钟昆仑一边吃一边远眺，花园里寸草不生，花园外的野树野花也和很久以前截然不同。他记得很久以前院子里似乎有个水塘，但不记得在哪里，他曾经在里面抓过蝌蚪，后来他爸在水塘里倒了一锅不知道什么颜料进去，蝌蚪就都死光了。

这个什么都没有了的院子里，唯一剩下的还带有那时记忆的，大概就是后院那棵快要成精了的金银花吧？他吃完水煮蛋，又在厨房的简易桌上找到了保温杯，一边喝水，一边走到后院去，抬头看爬到屋顶上去的金银花。

这棵爬藤是钟书叁的夫人秦如月女士种的，她种的时候岁月尚且安好，听说钟书叁曾经为这棵金银花画过一幅画，但钟昆仑从来没见过。

时至今日，这棵植物还活着，他隐隐约约有一种幸运的感觉。

> 我从不知道你的气味是那么香，
> 满足我所有梦想，
> 我想和你一起走，离开所有悲伤，
> 放开一切束缚，
> 朝着未知的远方，背叛所有过往……

他突然有了一种心情，想要唱歌，于是随意唱了一首。

没有人注视他，没有人看到他的表情和姿态，只是为了享受心情、抒发心中所感而唱歌，真是件很舒服的事。

完全不必唱得很好。

只是当下微风吹拂，往事如烟，仿佛空气中有一首歌。

慕云山在七点五十八分冲进了服务中心，她们的打卡机比正常时间快了三分钟，于是慕云山去打卡的时候，系统显示迟到。

她叹了口气，无可奈何，反正这个月已经请了假，全勤奖肯定没了。

服务台那里，一位绾着整齐的发髻、面带微笑的美人儿正看着她，那就是杨牧。

杨牧长着一张古典的鹅蛋脸，皮肤白皙细腻，五官清秀，梳着整齐的黑发髻，即使穿着不怎么合身的制服，也有一种名媛的气质。她对人微笑的时候，很容易让人产生好感，所以在服务中心人称"灭绝师太"——只要有服务台柜员和申办人吵架的，杨牧过去调解，一般都能圆满解决。

"牧牧姐。"慕云山惊叹于她的美貌，然后问，"你怎么还在？我今天就上班了，你可以回去休息了。"

"阮大姐的儿子今天考试。"杨牧说，"我替她的班。"

"你真是活菩萨。"慕云山感慨，"有求必应，无所不能。"她知道杨牧不但咨询台的工作做得好，那些吵架纠纷她也能处理，有些部门的柜台缺人少材料之类的杂事她也经常帮忙，她似乎把一切琐事都当成了人生的历练，从来不生气。

服务中心的主任曾经找过她谈升职的事，不知道想把她调到什么部门去，被她婉拒了。

"没有，怎么会呢？"杨牧微笑，"今天来得有点晚？"

"迟到了。"慕云山说，"煮了两个水煮蛋，浪费了一点时间。"

"帮你倒了水。"杨牧递给她一杯温水，然后端起自己的杯子喝了一口，"今天高冷也有班，早上来送了你一束花，我怕影响不好，帮你收在更衣室了。"

她言语温柔，说话不紧不慢，慕云山却一口水喷了出来："什么？"

杨牧镇定地微笑："高冷送了你一束花。"

"我已经说得很清楚了，我和他不合适。"慕云山真是要疯，"他这是要干吗，神经病啊！下班我去还给他，不收他的花！"

"大概是没追过女孩子，没有经验吧。"杨牧抿嘴一笑，她一抿嘴，嘴角露出一对小梨涡，依稀可见青春可爱的痕迹，"高冷这人挺神秘，你真的不试试看，多了解了解？也许你们不是不合适。"

"对了！他说他真名叫高余寒，可是如果他本名叫高余寒，为什么工号牌上都写'高冷'？"慕云山真的有点奇怪，"这符合规定吗？不能这样的吧？就算是曾用名也不能这样。"

"不知道。"杨牧说，"他今天送你的，是一束蓝鲸派品牌店的魔果月季，不便宜。"

蓝鲸派是什么店？魔果月季又是什么鬼？

杨牧看她一脸茫然，主动解释："蓝鲸派是一家很小众的家居品牌店，以私人定制为主，主要做香薰、花艺、礼物和睡衣。"

"很贵吗？"慕云山皱起眉头。

杨牧坦然地点了点头："很贵。"

"有多贵？"慕云山的眉头皱得更深，"超过他的工资？"

"大概要半个月的工资吧？"杨牧说。

那就是价值千元的花束了？慕云山按了按太阳穴，这束花没有带给她开心和幸福,倒是带给她想杀人的冲动。

你一个骑着"小绵羊"的派出所协管员,花半个月工资给我送束不能吃不能喝的花,有病吧!

待她下班去灭了那个神经病。

咨询电话响起,拯救了她即将崩溃的神经,慕云山深吸一口气接了起来:"您好,这里是服务中心,请问有什么可以帮您?哦,要入党?入党不在我们这里办理,请咨询您附近的党组织,谢谢。"

杨牧看着她笑,这时另一台咨询电话响了。杨牧接起来,轻声细语:"您好,这里是服务中心,请问有什么可以帮您?您说您需要办理什么?护照?是本市户口吗?那携带身份证就可以办理……您在国外?那在当地的大使馆就可以办理……您说什么?"

慕云山看着杨牧那矜持的表情越变越惊奇,过了好一会儿,似乎是咨询人说了很长一段话,杨牧温柔地说:"对不起,我们这里不能代办机票,您需要机票的话,我可以帮您转接航空公司。"

"啊?"慕云山震惊了,不是要办理护照吗,怎么突然变机票了?等杨牧挂上电话,她好奇地问:"他咨询什么?"

杨牧整理了一下自己即将崩掉的微笑:"他说他在外国,要补办护照。"

"那找大使馆就可以了啊。"慕云山很不理解。

"不,他说他不想在外国办,他想回国办护照,所以要求我们帮他买一张最快的回国机票。"杨牧说。

慕云山的表情龟裂了。

杨牧挺认真地说:"他觉得我们有义务帮他买一张回国的机票,用来补办护照。"

她柔柔地感慨了一声:"这也算是我接过的最有想法的电话了。"她端正地坐回椅子上,"要淡定。"

钟昆仑吃掉了早餐,因为懒惰起床超晚,所以很快他又在屋里找午餐。

他本来以为会在某处又找到一张纸条,上面写什么肉什么菜在某处,就好像一个解谜游戏,还挺好玩的。但他并没有找到纸条,反而等来了猪哥和一个医生。

猪哥的脸依然无比的黑,他带来的是一个整形医生。这位英俊潇洒的医生看起来只有三十来岁,姓漆,名少。漆少出名很久了,钟昆仑也听说过这个人,知道娱乐圈中很多人找他做过微整形。由于他的职业,钟昆仑看他的时候情不自禁地觉得这人的一张整容脸下，曾经必然是一副骨骼清奇的面容，并在心里默算漆少究竟多少岁。

实际上只有三十五岁的漆少并不知道钟昆仑在想什么，他和猪哥是朋友，猪哥这次好说歹说，好不容易才请得这位整容界的高手出诊，来看钟昆仑脸上和身上的伤疤。

"钟少你好。"漆少对着钟昆仑微笑，"你可以叫我小漆。"

你这么老了好意思让我叫你小漆？钟昆仑吃了一惊："哦，你好。"

"钟少的五官真是得天独厚。"漆少看了他几眼，"可以把衣服脱掉吗？让我看看身上的伤口愈合得怎么样了。"

钟昆仑脱掉睡衣，露出全身上下的伤口，有些伤口已经痊愈结痂，有些还肿胀发红。漆少皱起眉头，沉吟了好一会儿："伤口感染得比较严重，我听猪哥说你淋了雨，又发了高烧，这些伤口拖的时间太久了，留疤是一定的。"他仔细地看着钟昆仑眼睛上方的伤疤，以及手腕处、脖子后面、腹部和后腰等比较容易暴露在镜头前的伤口，过了好一会儿说，"冰湖的冰面上可能带有细菌，这些伤口愈合得都不理想，如果想要恢复得完美无缺，可能要切除这些疤痕，让它重新愈合，或者要植皮。"

植皮？从小到大连感冒也没得过几次的钟昆仑吓呆了。

猪哥也是一脸震惊："植皮？"

"有些地方伤口裂开太多次，已经不平整了。"漆少说，"尤其是右手腕这里到这里，你看这些本来很浅的伤口，裂开一次、两次……现在正在愈合第三次，愈合好了以后中间就会鼓起来一块，就算他不是疤痕体质，也会有一点不平整，近景镜头下会很明显。而他右手臂这一整片，这类的伤疤太多了，非常密集，是一大片，肯定是摔进冰湖的时候他用手臂挡了一下。"

"从哪里移植皮肤？大腿吗？"猪哥皱眉。

"头皮。头皮生长得比其他地方的皮肤都快。"漆少说，"把头发剃掉一块，然后用一种特殊的皮肤扩张器让头皮鼓起来，再切下来移植在伤口上。右手臂这片范围不算太大……"

把头发剃掉，然后往头皮里塞个扩张器，等头皮鼓起来了，切下来移植在手臂上？钟昆仑整个人是蒙的，大脑一片空白。猪哥知道他反射弧很长，当下断然拒绝了这种恐怖的疗法。

漆少面带微笑，分不清他是故意说出来吓唬钟昆仑还是真的如此："爱美总是要付出代价的，圈里人拿了名利财富，就算是为了粉丝，也要有对得起幻想的脸啊……"

钟昆仑想了一会儿："如果有人因为我脸上多了一条疤就不再喜欢我了，那她喜欢的其实只是她心里的幻想。既然喜欢的只是幻想，我脸上和身上多了几条疤也没什么关系吧？又不是我，你说对不对？"他仿佛自行想通了天大的道理，整个人都松了口气，施施然看向猪哥，"只要我拍戏的时候仍然是那个幻想就行了，我是个演员，又不是模特。"

猪哥和漆少一起瞪着他，对他这番顿悟不知道说什么好。

"我以后用一整瓶粉底涂手就好了。"钟昆仑耸了耸肩，自以为解决了天大的问题，"放心，我能把自己演得很美的。我是个演员。"

猪哥和漆少面面相觑，漆少皱了皱眉头："我给你一些除疤痕的药膏吧，但药膏对这种疤痕的效果不会很明显。"

"不要紧。"打通了任督二脉的钟昆仑很轻松，"我有粉底。"

生意没有成功的漆少并不失望，他带来了日本料理作为钟昆仑的午餐。显然猪哥知道钟昆仑今天没有午餐，而善解人意的漆少就将他那整形医院最高级的餐盒提过来了。

漆少的整容院叫"樱飨"，听起来像个日料店的名字，不过据传这是"能向人提供樱花般的美貌"的意思——反正漆少说什么就是什么了。

樱飨里面提供日料便当，并且那里的便当还相当有名。

钟昆仑打开樱飨最高级别的餐盒便当，里面是一碗泡饭。

泡饭装在精致的方形小碗里，饭的周围有一层浅浅的淡橙色汤汁，看起来非常浓稠，不多的米粒上面放着几片淡青色的生菜嫩叶，生菜嫩叶上放着两块剥好的蟹钳肉，蟹钳肉旁边有一撮晶莹剔透的鱼子酱，最上面横放着一排嫩姜丝。

这伙食比慕云山提供的泡面和薯片优秀太多了！钟昆仑两口吃完，意犹未尽："太好吃了，这是什么套餐？"

"这是本店的'秋恋'。"漆少微笑说，"钟少要是喜欢，可以经常来。"

钟昆仑立刻拒绝："不，我没有那么想去。"想了想，他又问，"你们做外卖吗？"

"不做。"漆少的微笑更明显了，"不是我的客户吃不到樱飨的食物，这是我的规矩。今天破例一次，下不为例。"

"不送外卖啊……"钟昆仑很是遗憾，"那只能自己做了？看起来也不是很难。"

漆少也不反驳，他返回自己的车里，拿出几瓶药膏送给钟昆仑，然后潇洒地走了。

漆少一走，猪哥就阴森森地盯着钟昆仑："书看了没有？"

"什么书？"钟昆仑莫名其妙。

"《古诗词大突破》什么的……"猪哥一听就知道这位早就把读书忘到了九霄云外，虽然他也不记得那本给他留下深刻印象的书其实叫《备考冲刺训练：古诗词百题过大关》。

"啊？"钟昆仑想了好一会儿，恍然大悟，"哦……那本也要看吗？"

猪哥恨不能把他的脑袋掰开把那些书统统都塞进去："叫你好好准备，你都在干什么？玩直播？打游戏？少爷你二十一岁了，不是十五了，十五岁不读书不懂事在娱乐圈可以说是年纪小，二十一岁和十五岁时一样啥也不懂，你还能给人家说是因为年纪小吗？有点危机意识，你现在是个半毁容的，迟早有比你好看比你努力比你懂事的顶替了你！你看看人家徐稚之！你看看人家董慧！你看看人家傅信雅！"

钟昆仑想了半天才想起来董慧是谁，原来是那个摔冰湖的大侠戏里要演邪教教主的那位，选秀节目出身的，听说原本是个画家，很有气质。

"董慧怎么啦？"

"董慧接了你的角色。"猪哥阴沉着一张脸，"你受伤拖累了进度，董慧按照导演的要求，一个月内苦练武术，无替身上场，快把男一的戏拍完了。现在他们就等着你再好一点，去把男二的戏补完。"

"我很快就好了。"钟昆仑有点高兴，"男二的剧本呢？"

猪哥瞪着他，完全不想看他脸上高兴的表情，就好像这其中没有乱七八糟的黑幕，全是水到渠成。

"拿去。"他将花花绿绿的剧本摔在床上，忍不住又唠叨，"以后我们不接这种套路戏了吧？"

"我喜欢这个戏。"钟昆仑翻看着剧本，这个古装武侠剧叫作《醉残霞》，同名小说在网上连载的时候钟昆仑也是去打赏过的，"什么时候《绝代毒医在古代》要拍？我想接那个戏。"

猪哥一口老血哽在心口，只觉得再多看钟昆仑一眼都会被他气死，撂下一句"好好准备比赛"，就怒气冲冲地走了。

你妹的《绝代毒医在古代》！

猪哥走了。

钟昆仑其实还没有吃饱，回味着刚才漆少带来的汤泡饭的滋味，恋恋不舍。他翻了翻剧本，发现里面邪教教主的戏份少了很多，但被深爱的妹子一剑刺死的情节还在，也就不太在意了。屋外的太阳很好，祥和温暖，看着那样的阳光，他还是想唱歌。

在后花园里转悠的时候，钟昆仑发现前几天空无一物的泥土里发了一排小嫩苗。他蹲在那里看，那是黄绿黄绿的颜色，叶子边还带一点波浪。

小嫩芽有一排，数过去大概二十枚。

这是什么玩意儿？

他站起来，围着小嫩芽转了一圈，发现有几排脚印通向隔壁邻居的花园。抬头望去，隔壁老房子的围墙下，戴着老花镜的禚德正在看报纸。老先生用一个破旧的小凳子做花园桌子，矮小的花园桌子上放着一杯绿茶。茶烟袅袅，自玻璃杯的杯口萦绕散开，即使茶本身的颜色非常一般，却也一样能让人感受到温暖和放松。

禚德的院子里也种着这些小嫩芽，钟昆仑本来想掉头走，他不想让人看见他住在这里，但又觉得这老人家大概不会知道他是谁，所以迟疑了一下。

就这么迟疑了一下，禚德抬起了头，推了推老花镜："小伙子，是小慕的男朋友啊？"

钟昆仑呆了一呆，犹豫了一会儿："不是。"他对隔壁的禚德老先生其实有一点点印象，禚德是他爷爷的朋友。但显然禚德并没有认出他是钟书叁家的小孩。

"那就是小慕的亲戚了？"禚德乐悠悠地说，"我看她早出晚归，整理了这么大片院子也没空收拾，就帮她种了一点菜。你站的那地方是生菜，小心别给踩坏了。"

钟昆仑勉强认了"小慕的亲戚"这个身份："这些是生菜？大概多久会长大？"他很好奇地看着地上的嫩芽，这小嫩芽看起来和漆少带来的汤饭里的生菜完全不像。

"这是本地生菜，大概要两个月才能吃。"禚德说，"矣老怪那里种了一点外国生菜，是红色的，但是不好吃，很苦。我看小慕忙得很，院子里种点菜，吃泡面的时候补充一点维生素C才会健康。她懒得做饭，天天吃泡面，我天天看见她垃圾桶里的泡面盒子。"

"除了生菜，还可以种什么？"钟昆仑突然被禚德撩起了吃菜的热情，想一想在美食毒药"泡面"里放两片自家院子里种的生菜，再美美地加上热水盖上盖子，过三分钟捂出热腾腾的香味，实在不能更美味！他简直要等不及这些菜长大了，如果还能放两片番茄或者胡萝卜……

哇！

"可以种辣椒。"禚德老先生的回答和钟昆仑想的完全不一样，"辣椒容易喽！长得快，不生虫。"

"不能种番茄吗?"钟昆仑十分失望。他挺喜欢这种减肥美白的东西,很多女艺人怕胖什么都不敢吃,只有番茄能随便吃。在剧组,钟昆仑吃过同组女演员带来的各种各样品种的番茄,都很好吃。

"番茄这个东西不好种哇。"禚德说,"容易得病,我没有种,你喜欢吃的话村口水果店里就有卖,十块钱三斤。"

钟昆仑一门心思都在生菜番茄泡面上了,他放眼往禚德老先生家的菜园看了看,琢磨着虽然没有番茄,但那里郁郁葱葱的,肯定有很多别的蔬菜。

"老禚爷爷,你家里种了什么菜?"

禚德愣了一下,他以为是慕云山把他的名字告诉了钟昆仑,也没太在意:"都是普通的小青菜,还有南瓜。你想要南瓜吗?"他年纪大了,菜园其实没怎么打理。钟昆仑看到的绿油油的那一片,其实是一棵南瓜藤满地乱爬,占满了禚德大半个院子。

"可以吗?可以吗?"下午吃了点汤饭完全没吃饱的钟昆仑很是激动,"南瓜可以生吃吗?"

禚德又愣了一下,站起来打开菜园子的简易门:"嫩的可以,熟了不行,过来摘一个吧。"他想这孩子难不成从来没见过南瓜?

城里的孩子可能就是没见过南瓜吧?禚德把老花镜戴上,多看了隔壁新来的男孩子几眼——这个男孩子看起来有点眼熟,长得和隔壁老钟年轻时有点像。

钟昆仑当然是见过南瓜的,但他没见过这种南瓜。

禚德种的是本地南瓜,绿皮,粗壮,呈长椭圆形,一个足有几十斤重。

钟昆仑见过的大多是五星级酒店里用来当摆设的小南瓜,他记得那东西甜糯可口,可以当饭吃。想起蒸南瓜或者焗烤南瓜那香甜的滋味,钟昆仑表面装得礼貌又淡定,其实心里已经急不可耐了。

然而一看到禚德院子里的南瓜,他整个傻眼了。

禚德院子里只长了两三个南瓜。

然而每个都有将近半米长,直径少说也有三十厘米。

禚德老先生悠闲且大度,任由钟昆仑挑南瓜。五谷不分四体不勤的钟少伸手一摸,被南瓜藤的小刺扎得一手血点,痛得脸色发白。

五星级酒店和童话故事里从来没说过南瓜还有刺!这太不科学了!

最终钟昆仑从禚德家搬了一个三四十斤的南瓜回到自家院子,不过一百米的距离,禚德老先生帮他抬了两次,好不容易才把南瓜抬进了厨房。梦想中的蒸南瓜烤南瓜都没有出现,因为他根本不会煮。

慕云山下班回来的时候天已经黑了。钟昆仑在房间里睡着了，身周散落着一大堆书，她站在门口看了他一眼。二十一岁的巨婴在被窝里睡得很香，脸颊粉扑扑的，长得好看的人睡着了也好看，像个娃娃。慕云山想到他除了她之外就没有家人了，略微有一点感慨。

她其实是带了服务中心的盒饭回来的。提着盒饭进厨房，慕云山被厨房里突然出现的巨型南瓜吓了一跳。蒙了一会儿，猜不出是怎么回事，只好不管它，先热盒饭。

今天服务中心的盒饭一如既往地不好吃，因为晚饭在服务中心食堂吃的人很少，所以食堂的晚饭做得比午饭更加敷衍了事。慕云山提回来的两个盒饭配菜是紫菜炒虾米和蘑菇炒肉丝，一开盖就看到两碗黑漆漆的不明物体，让人毫无食欲。

她这里没有微波炉，只能烧热水，把盒饭倒进碗里，然后把饭碗放在热水盆里烫热。如果是她自己要吃，就根本没有烫热这种流程，然而钟昆仑是个巨婴，很难养。

就在她准备热饭的时候，脚边有个东西喵呜一声，慕云山低头，只见世界第二帅乖巧地坐在她脚边，抬起头看向她。

Chapter 9
来历不明的鸡

　　世界第二帅在惠林村的老宅这里温顺乖巧，大白天基本不见踪影。它本来就是田园猫，钻进后山的树林毫无压力，慕云山在房间的角落里放着猫粮，它会自己回来吃，有时候还带着它的野猫伙伴一起回来偷吃，慕云山和钟昆仑都不管它。
　　然而，现在蹲在她脚边的世界第二帅，带了别的东西回来。
　　它的旁边有一只湿漉漉的小鸟，沾满了猫的口水，站在地上东倒西歪，显然早就被吓破了胆兼晕头转向，内心深处大概以为自己已经进了猫肚子。
　　慕云山吃了一惊，赶快蹲下将那只奄奄一息的小鸟抓了起来，远离世界第二帅。仔细一看，这东西像一只鸡崽。再看第二眼，这东西除了像鸡崽之外，身上还有一些细微的斑点。
　　"世界第二帅，你从哪里抓来的小鸡？"慕云山不可思议地对着世界第二帅说话，"偷鸡是不对的，明天我问清楚了是谁家的鸡，马上给人送回去，以后不能再抓小鸡了。"
　　那只瑟瑟发抖的斑点小鸡被慕云山装进了一个纸盒子里，她小心地给纸盒子盖了块旧毛巾，再露出一条缝，以免小鸡闷死。想了想又在盒子里放了许多旧报纸，以防它拉屎。

即使是这样，这只被吓得灵魂出窍的小鸡也不知道能不能活。慕云山看了一眼仿佛很得意的小橘猫，它尾巴翘得很高，正在伸懒腰，有一瞬间它简直是钟昆仑附体。

钟昆仑又饿又无聊，不知不觉就在床上睡了过去。他发誓是想好好看书的，但书一打开，他几乎是瞬间就睡着了，还做了个游戏十连胜的美梦。正梦到关键打水晶的时候，突然闻到一股食物的味道，他猛然惊醒，诈尸般笔直地坐了起来。

"你这反应和前年那部恐怖片《僵尸回魂》也差不多了。"慕云山端着饭碗，在钟昆仑床前放了个矮矮的小木凳子，属于钟昆仑的那份盒饭就在凳子上。她自己吃得高兴，看着钟昆仑突然醒了，还颇有兴趣地点评了一下，"徐稚之演的那个僵尸道长从棺材里坐起来的样子真是挺吓人的，和你刚才差不多。"

钟昆仑瞬间就怒了："《僵尸回魂》既无聊，又没内涵，徐稚之是因为缺钱才演的，有什么好看的？"

"我觉得好看啊。"慕云山说，"本来我只看你演的，不过你的戏演来演去都差不多，不是殉情就是横死，太不吉利了……"

"我演的不吉利，难道你看《僵尸回魂》就吉利了？"钟昆仑瞪眼，"你什么逻辑？你有没有脑子？去年我演的《天星陨落》就很好看！"

"人家《僵尸回魂》虽然无聊，可是有趣啊！人家是个搞笑恐怖片啊！既恐怖，又搞笑，又刺激，又不太令人害怕，那不是挺好的？反正大家不是上课就是上班，压力很大，不想看费脑子的，看看《僵尸回魂》放松放松精神，挺好的呀！"慕云山对钟昆仑的反驳嗤之以鼻，"我的同事就很喜欢，她就是因为《僵尸回魂》里的小僵尸道长粉的徐稚之，一直粉到现在。"

钟昆仑只觉得一口气哽在胸口，张口结舌："《天星陨落》更好看。"

"我又没看。"慕云山耸了耸肩。她的脑瘤早就好了，没事看钟昆仑的脑残片干什么？

钟昆仑简直不可思议，像见了鬼一样看着她："你……你居然没看？"

"很好看吗？"慕云山差点脱口而出她不看科幻片，突然想起她还答应了猪哥要表现出"无论钟昆仑颜值高低，爱他爱到死不动摇"的人设，及时露出一个笑脸，"是说什么的？"

钟昆仑瞬间就来了精神："《天星陨落》是前年那部《云海怒涛》的续集。"

噗的一声，慕云山一口饭喷了出来："喀喀喀……"差点呛死。

"怎么了？"钟昆仑奇怪地看着她。

她边咳边摇头，眼泪都快出来了："没事，呛到了……你说你继续说。"

"故事就是说，云海派的大师兄沈星在青云寺一战战死之后，过去了一千五百年，故事时间变成了现代。沈星深爱的小师妹林雪转世投胎，成为一名小护士。而她当年的道侣杨云子因故失去了林雪的踪迹，一直在寻找她的转世。因为机缘巧合，林雪进入了沈星战死的遗迹中，唤醒了沈星……"

慕云山目瞪口呆。《云海怒涛》是个仙侠电视剧，里面的角色都是挂着破布条戴着白长直做衣袂飘飘状的剑仙。哪里来的奇才能把它的续集编成一部现代剧，还挂了个科幻剧的剧名害她以为是个科幻片……

"然后林雪和沈星之间产生了一段美好的爱情。"钟昆仑说，"在《云海怒涛》的故事里，沈星就深爱林雪，但是当年林雪只爱杨云子，所以沈星选择在青云寺战死。但在《天星陨落》里林雪爱上了沈星，后来杨云子出现了……"

这碰瓷般的三角恋！慕云山简直不知道从何吐槽，她啊了一声："然后杨云子又唤醒了林雪的记忆？"

"对！"钟昆仑兴奋地说，"林雪纠结于她这一世更爱哪个人多一点，后来……"

"后来她选择了谁？"慕云山无法猜测编剧的意图，她是真的很迷茫，"后来呢？"

"后来沈星和杨云子为了不让林雪为难，进行了决斗，谁赢了，林雪就和谁在一起。"钟昆仑非常兴奋地说，"但是……"

慕云山被这神一样的逻辑震惊，愣愣地看着钟昆仑。

"但是沈星深爱林雪，他记得一千五百年前的往事，林雪始终是爱杨云子多一点，他决定成全这对有情人，所以在决斗的最终死在了杨云子手上，将林雪让给了杨云子。"钟昆仑很认真地说，"我演的沈星。"

慕云山连饭都忘了吃，仿佛看神一样看着钟昆仑，过了好一会儿："你确定你说的这部戏是个现代剧？"

"是啊。"钟昆仑说，"是一千五百年后。"

"那……我们先不谈沈星和杨云子狗咬……不……为女人而决斗这件事逻辑何在，也不谈会做这种事的人道德品质以及智商情商在哪里。杨云子杀了沈星，那就是个杀人犯，林雪要怎么和他在一起？"慕云山震惊地看着钟昆仑，"这又不是仙侠剧。"

钟昆仑啊了一声："电视剧只演到沈星留下遗言让林雪和杨云子好好在一起，没有演到他完全死。"他又辩解道，"沈星在一千五百年前就已经死过了。"

"他如果死了，杨云子就是杀人犯；他如果没死，杨云子就是重度伤害犯。"慕云山说，"林雪连自己爱谁都搞不清楚，居然能接受谁打赢她就跟谁走的命题，说不定也算是杀人案或伤害案的帮凶。"她诚恳地说，"你演的这是一个社会伦理刑侦片吧？'女子失忆前后两次恋爱，新旧男友拔刀相向，谁是绝恋中的受害者？'"

"慕云山！"钟昆仑大怒，"你都没有看过《天星陨落》，凭什么胡说八道？你连一秒钟也没看过，还说你是我最忠实的粉丝？我以前演的每部戏你都说好的！就这部戏你还没看过，没看过你怎么知道不好？你怎么知道是社会刑侦片？你侮辱我！侮辱整个剧组的努力！你对得起我吗？"

"我看！"慕云山吐完槽，满足地吃了一大口饭，连声答应，"我晚上就看！保证从今天开始追剧，保证看完，看完我们再分析究竟是不是刑侦剧。你呢，你去好好看书，明天晚上我回来的时候抽考你。"

"什么抽考？"钟昆仑抱起他那份饭，也满足地吃了一大口，"你是谁啊！凭什么你来抽考？你会什么？"

"我爸爸是语文老师……"

身旁的纸盒子里，传来了微弱的啾啾声。

"什么声音？"

"你的猫抓来了一只小鸡，不知道是谁家的。"

"养起来，你说它会不会下鸡蛋？"

"万一是公鸡呢？"

"我相信它是母鸡。"

这只来历不明的小鸡最终没有找到妈妈，惠林村里养鸡的老人养的都是普通小鸡，没有这种身上长斑点的。转悠了一个晚上无人认领，钟昆仑高兴得很，回头就在老宅里翻了个更大的快递包装纸箱，把鸡养了起来。世界第二帅伸长着脑袋严肃地看着箱子里的鸡，大概是在思考要现在就吃了这只"储备粮"，还是等它长大一点再吃。

慕云山快要烦死了，她连自己都养不清楚，还要养鸡？这只鸡这么小，一天到底要吃几餐？她整天都在上班，要怎么养？而且钟昆仑的橘猫不知道会不会趁家里人不在，把它当成点心？看到一边蹲着看鸡一边傻乐的钟昆仑，她气不打一处来，简直想把他连人带猫都扔出门去。

一个痴迷脑残言情剧的花瓶，一只混吃等死的橘猫，外加一只来历不明的鸡崽。

这日子不能更糟心。

正在她烦得不行的时候,有人敲响了前院的大门。慕云山出去应门,已经是夜里九点多钟,前来敲门的是一位她没有见过的中年人。和惠林村的留守老人不一样,他衣着整洁,非常有气质,穿着一双灰布鞋。

"慕小姐吗?"中年人微笑,"我来找昆仑。"

"您是哪位?"慕云山疑惑地看着他,"您知道……他在这里?"

中年人和蔼地微笑着说:"我姓贺,也住在惠林村,昆仑叫我贺叔叔。"

慕云山想了想,姓贺?她恍然大悟:"房子出租的合同是您代签的?"她隐约记得明明租房合同的签字方不是钟昆仑,如果是钟昆仑签的字,她怎么可能认不出来?想当年她可是收藏了爱豆几百个签名的女人。

"是的,我叫贺慧春。"中年人说,"住在村口第一栋,平时不常住在村里。"

"哦……"慕云山茫然地看着这位不明觉厉的中年人,"您请进,昆仑在……"顿了一顿,她叹了口气,"在后院。"

贺慧春点了点头,他有事来找钟昆仑,这孩子很多年不肯回惠林村,十几年了,他能见到钟昆仑的次数屈指可数。

贺慧春和慕云山一起走到后院的时候,一开始并没有找到钟昆仑在哪里。这是个很小的后院,除了一棵巨大的金银花树藤之外什么也没有。贺慧春迟疑了一下,才发现钟昆仑钻进了金银花树藤中间,正在用那些又软又韧的枝条编东西。

"昆仑?"贺慧春诧异地叫。

当年钟家老宅发生的事,贺慧春很清楚,他当然知道钟昆仑对这栋房子有阴影,当年离开这里的时候,这个孩子面无人色,整身衣服都被钟书叁的血染红了。

不要说十几年不回来,钟昆仑永远不回来,也是正常的事。

但他居然回来了,不但回来了,居然还若无其事,适应得很好的样子。这让贺慧春不得不诧异,究竟是什么力量让他安心地住在这里?

"咯咯咯咯……"钟昆仑一边编一边回头,"贺叔叔?你怎么来了?"

贺慧春惊诧地看着钟昆仑——这个他最好看的晚辈一头乱发,头上沾满了落叶和蜘蛛丝,一脸快乐地抓着金银花枝条编辫子?"昆仑你在干什么?"

"我们家世界第二帅抓到了一只野鸡,我在给它做窝。"钟昆仑十分得意,"最潮流的小脏辫吊篮鸡窝!谁用谁知道!等它长大了在这个篮子里下蛋,肯定超酷炫!"

贺慧春和慕云山面面相觑,看着钟昆仑一边哼歌一边继续编小辫子,心情显然好得飞起。

"昆仑，我有点事找你。"贺慧春看着那小脏辫吊篮鸡窝，不知道该作何评价，苦笑了一声，"很久没见到你了，回到村里也没给我说一声，听你经纪人说才知道你在这儿。"

"哦？"钟昆仑跟着贺慧春到房间里去了。

慕云山在金银花树藤前蹲了下来。小脏辫吊篮鸡窝？她扯了扯那些新鲜的枝条，勾了勾嘴角，从头发上拆了发圈下来帮钟昆仑把编好的小脏辫绑住。低头的时候，斑点鸡就蹲在树下，橘猫躺在一边懒洋洋地扬着尾巴。她毫不怀疑，如果斑点鸡想逃，橘猫会一口又把它叼回来。

月光洒在不大的后院里。

她看见地上影影绰绰长着东西，惊奇地动手撩了两下——是菜苗。新翻的泥土松软潮湿，浅浅的脚印一直蔓延到隔壁禚德老人家的院子。她情不自禁地微笑起来，难怪钟昆仑扛了个南瓜回来，原来如此。

禚德老人在她后院的金银花树下种了两排二十来棵生菜。她小的时候住在商品房里，没有机会种菜，但那时，在妈妈和爸爸一起上班的学校里，曾经有很多花草是妈妈种的。她有一个充满梦想的浪漫的妈妈，她曾经那么深爱这样的妈妈。

在最坏的噩梦里，也没有想过有一天妈妈会不要她。

妈妈去了加拿大，有一个足够大、能满足她一切浪漫愿望的大房子，还有一个能陪她一起浪漫到老的人。

慕云山抬起头，让眼泪回到眼睛里风干，然后眨了眨眼。

她从金银花树藤下捡到了许多干枯断裂的枝条，慢慢把它们拗断，一根一根插在生菜苗的旁边，给它们搭建了一圈短短的袖珍篱笆。那并没有用，但看起来很有趣。

没有什么比"有趣"更能让人振作了。

她圈好篱笆摆件，突然觉得和旁边的小脏辫吊篮鸡窝很搭，情不自禁地又微微一笑。

娇小的斑点鸡慢慢踱到生菜边上来，从篱笆缝里伸出小嘴悄悄地啄了一口菜叶子。

慕云山没有赶它。

她干脆坐在地上看，用手机给它拍了张照片，再用软件搜了搜。

天哪！这是什么鸡？

分辨动物的APP说这是只鹧鸪宝宝！

所……所以刚才钟昆仑瞎蒙的居然是对的？他说这是只野鸡！

它居然真的是野鸡!

所以如果它真的是只母鸡,也许他们就有野鸡蛋吃了?慕云山的双眼陡然间闪闪发光!

野鸡蛋!

在城市里生活了二十一年的人,她深深知道这是怎样高大上的东西!这是比土鸡蛋还要牛的高端食材!所以,所以要怎么吃它?

身上毛还没长齐的无辜的鹩鸪宝宝在晚风中瑟瑟发抖,慕云山双手托腮在想:世界第二帅太能干了!

生菜可能不够!明天找禚老爷子要点种子。

明天可以把葱也栽回院子里去。

院子里还可以种点番茄当零食,再种点什么能吸引更多的鹩鸪就好了。能种什么?鸟喜欢吃什么?瓜子?向日葵?玉米?这些好像很难种……

但是钟昆仑这鬼屋院子里的土可能有点问题,过于黏稠和潮湿,之前长满野草,不够肥沃……她幻想了好半天,终于从天边的野鸡蛋薄荷番茄煎饼回到了现实,要种菜,还是先培养土吧!

明天去问问村子里养鸽子的老人有没有干燥的鸽子粪。

还有,先种一点豆科植物,也会让土壤肥沃起来。

那就先种简单的苜蓿和羽扇豆吧!

慕云山一边想一边微笑,对"明天"两个字充满了期待。

"这是你妈妈留下的。"

在钟昆仑的房间里,贺慧春看着满地的四书五经颇为惊奇。他是钟书叁的邻居,算是见证了钟家发生的一系列变故。钟昆仑成为大明星,贺慧春还感到忧虑——他不知道钟昆仑总是演那些横死的角色,是不是受到了钟书叁的影响,但今天看来,似乎是没有。

钟昆仑长成了一个快乐的孩子。

这可能就是秦如月最期望的样子了。

钟昆仑接过贺慧春手里的信封,打开信封,里面是许多文件,全是外文。

"这是什么?"钟昆仑一个字也看不懂,只看到有几张上面贴了他小时候的照片。

"我也看不懂。"贺慧春说,"这是你妈妈去美国前放在我这里的,是一些东西的副本。这些东西可能很重要,我觉得……你也该是收下这些东西的年纪了。之前觉得你年纪还小,但今天贺叔叔看见你,觉得你比我想象的要好很多。"

"啊?我一直挺好的。"钟昆仑说,"男生总是应该很坚强,我知道的。"

贺慧春用复杂的眼神看了他几眼,不确定他是不是真的知道自己在说什么:"是吗?贺叔叔很欣慰,很佩服你。"他轻轻地叹了口气。

钟昆仑的父亲钟书叁,是割腕自杀,死在这个房子里的。

钟昆仑的母亲秦如月,是在美国遭遇入室抢劫,死在美国的房子里的。

他们给钟昆仑留下了遗产。

然而遗产并不能照顾那个生在蜜罐中的小孩,让他好好长大。

然而他却自己照顾自己,好好地长大了。

钟昆仑那糟心的身世并没有多少人知道,即使是慕云山也仅仅知道他是个富家少爷,经纪公司给他打造了衔着金汤匙出生的王子光环,但没有说他是来自哪个童话王国的王子。

和钟昆仑在房间里鬼鬼祟祟地密谈了一个多小时后,贺慧春终于回去了。慕云山将鹧鸪宝宝塞进了那个小脏辫鸡窝后,抱着橘猫回了她的房间。她上网搜了一下钟昆仑的近况,发现这位宝宝红得发黑的趋势没有减退,反而越来越黑了——自从上次钟昆仑发烧在医院露了一面之后,猜测他重病要死的谣言就甚嚣尘上。猪哥发了个公告不痛不痒地解释了钟昆仑正在为新戏做准备,然而并没有多少人相信。

鉴于"钟昆仑重病",他之前演过的电视剧和网络剧热播,其中许多片段被剪成了凄美绝世的MV,博得一票迷妹的眼泪。随着他莫名其妙地火了一轮,一条阴谋论又冒了出来——为什么钟昆仑的威亚会断?这其中有问题。为什么突然重病?这其中也有问题。为什么重病之后从医院突然消失,隐瞒不说,避而不见?这其中必然有更大的问题。综上所述,钟昆仑或许是得罪了什么人,又或许是他私下里做了什么不该做的……

这条阴谋论说得含糊其词,非常隐晦,然而正因为它这如神棍般的隐晦,也有不少人相信钟昆仑可能真的"做了什么不该做的"。

至于什么是"不该做的",大概就是抢角色,抢资源,嫉妒别人或打压别人,甚至违法犯罪。人们纷纷看图说话,编造出不少"听说"和"我有一个朋友说"的故事。

慕云山看了一会儿,叹了口气,钟昆仑的粉丝暴跳如雷,与传播阴谋论的水军正面冲突，然而诸如《我爱豆他有多努力你知道吗？》《就算爱豆做了什么我们也能凑钱为他买单！》《爱豆这么好看你们就不能好好看脸不要说话吗？》《论我爱豆冷艳高贵超凡脱俗的证据一二三四五……》这类主题的论战并不能扳回钟昆仑的形象，只让人越看越讨厌。

钟昆仑真是遭遇了前所未有的危机。

之后他的每一次露面，都会是一场考验。

距离《你问他知道》百科知识比赛还有近一个月，而过两天钟昆仑就将飞去秦岭，重新拍摄那部将他摔毁容的古装武侠剧《醉残霞》。慕云山看着网上那见鬼的论战，又叹了口气。

第二天一早，慕云山上班去了。

钟昆仑照样睡到中午，网上的论战他当然知道，但是看了一点他就没心情看了。

和不了解他的人吵架有什么意思？

他又不是他们以为的那种人。

于是钟昆仑高高兴兴地去了后院，去看他最感兴趣的生菜长多大了。

后院的金银花树藤下面，一圈短短的小树枝围着一片微型花园，在这个长条形的小花园里，嫩青色的生菜苗舒展着叶子，阳光下奶油般质地的菜叶充满着生机。

那种颜色和见过的一切花草都不一样。

月季花的叶片是深绿色会反光的，薰衣草的叶片是干燥带有绒毛的，绣球花的叶片是硕大浓绿而粗糙的……

生菜则和他见过的一切花叶都不一样。

钟昆仑的眼睛熠熠生辉，他都没发现自己在那两排菜苗旁边蹲了有多久，最终忍不住偷偷地摘了一片菜叶丢进嘴里吃了——清脆、生嫩，有一点点甜。

真是太好吃了！

手机铃声响了，钟昆仑靠在栏杆上接起来："吱吱？"

"节目组的策划给了我一份简单的规则，我们的节目第一轮会分成四个组，每一组三个人。"电话那头传来徐稚之略有点忧心的声音，"我们和董慧一组。"

"董慧？哦。"钟昆仑说，"我正在和他演《醉残霞》，过两天我就见到他了，到时候给你看我们的合照。"

谁要看你们的合照？徐稚之每次给钟昆仑打电话都觉得自己要短命三年。董慧明明就是拿钟昆仑当假想敌，想要钟昆仑那个奇幻言情剧界一点五哥的位置。谁都知道现代正剧是要演技的，历史剧是要沉淀的，年轻小鲜肉想要快速出位，在天马行空的奇幻言情剧里卖颜值是最好的道路，他们演不了男一，就争取男二或男三。而这条道路之前几乎被盛世美颜的钟昆仑垄断了。

最近网上使劲黑钟昆仑的阴谋论说不定就有一些出于他的竞争对手团队，然而不知道钟昆仑是怎么想的，他居然还要和董慧晒合影。

尬照吗？

"我听说董慧很努力的，已经请了老师在补课了。"徐稚之说，"你最近在家里吗？我最近有空，给你带点书，如果你有什么不懂的……"

钟昆仑想起床上的那些《备考冲刺训练：古诗词百题过大关》，很认真地说："哦，我最近不在家，在一个神秘的地方，你不要来找我。"想了想，他补了一句，"谢谢你。"

天成功地被聊死了。

徐稚之怅然挂了电话，想起自己拉的队友钟昆仑，又想到节目组给配的队友董慧，一切滋味尽在不言中。

而在行政服务中心的慕云山正在规划院子。

前院比较大，围着围墙和栏杆种点爬藤什么的，除了好看之外，一定要能吃。她在白纸上写下：豆子？花？随即把"豆子"划掉，又写了三个字：蝶豆花。

这个东西，她妈妈祁珊种过。

这是一种开深紫色花朵，隶属豆科，蝶形花亚科，菜豆族，蝶豆属的爬藤植物。它的花朵能泡茶，富含青花素，能泡出蓝紫色的茶水，嫩芽可以炒菜，就算不拿来吃，单是它爬满篱笆开满紫花的样子也很好看。

在她小时候，满怀浪漫的祁珊就曾经采摘花苞，制成干花，放在奶油冰激凌上面，被冰激凌浸润的干花能把奶油色的香草冰激凌染出一缕好看的淡紫，仿佛云上的烟霞。

虽然蝶豆花的味道慕云山早就忘记了，但奶油冰激凌上的那缕烟霞，仿佛童年最好的记忆，它那么有趣，却又那么伤感。

慕云山发了一阵子呆，叹了口气。

一旁看着电话发呆的阮英转过来看她乱涂的图，来了兴趣："喂，心情不好？是不是因为姓高的小伙子最近不来找你了？我听说他……"

慕云山啊了一声："我没有……"

"别装了，高冷就是要追你，我们全都知道了。"阮英挥了挥手，"那什么玫瑰啊绣球啊送得我们更衣室一桶一桶的，多得不得了，杨牧都带回家插花去了。他除了穷点没什么不好，你为什么看不上啊？"

我完全没有在想高冷……慕云山黑着一张脸："他什么时候又送花了？不是叫他不要送了吗？"

"他天天送啊！就是你都不要，看也不看一眼。便宜了我和小杨小郑，怕浪费拿回家。我是比较良心的，刚好前几天十五要拜菩萨上香才拿的，那两个死没良心的拿得可多了！"阮英立刻把郑州洲圳和杨牧出卖了，"这几天你魂不守舍的，高冷送那么多花你都没看见。不过今天就没看到他送，可能是没钱了。"

慕云山悚然一惊。高冷这脑子有病的中二少年，说不定真的把工资花光了？

"高冷今天会来吗？"她决定认真地和高余寒谈谈。

"最近来的都不是他了，你得去所里找他。"阮英好像什么都知道，"可能是穷得没饭吃，天天在所里混食堂，小年轻爱面子，能理解。"

不会真的这么糟心吧？慕云山掐指一算，距离下个月发工资还有十九天。

这也太残酷了吧？

Chapter 10
温柔珊瑚心

高冷……不,本名高余寒的男人遭遇了一些麻烦。

并不是因为穷。

事情是这样的,前几天,高冷和同组的民警出了一起110警情,报警的内容是和平二路一民宅有夫妻吵架。

当时正是晚饭时间,高冷和同组的警官李玉华、张凯一起轮晚班,110指令说和平二路有夫妻吵架,于是他们赶到和平二路,远远地就看见一个男人手持菜刀正在追杀一个女人。旁边看热闹的路人说这是一对夫妻,男人好吃懒做,天天赌钱,女人在一家成衣厂上班,三班倒,每个月辛辛苦苦赚到的钱都会被老公抢去还债。

今天正是发工资的日子。男人喝醉了酒,忘了中午已经拿走老婆的工资,晚上又一次找老婆要钱。他老婆自然没有,于是就出现了醉酒男人持刀追杀女人要钱的一幕。

"快把刀放下!"李玉华看见这一幕,上前喝止。

可那个人生都活在麻将桌边的男人哪里会理他,继续追砍女人。

李玉华和张凯、高冷一拥而上,很快将男人制服,压到了地上。

高冷夺过男人手里的刀,突然那把刀就被女人抢了过去。

被自己老公压榨到年纪轻轻就满面皱纹的女人号啕大哭，一刀对着高冷砍了过去："不要打我老公！"

那一刀正中高冷的肩头，肩章被砍断，肩头瞬间鲜血直流。

李玉华和张凯都震惊了，立刻跳起来，将这女人也抓了，一并带回派出所。

然而高冷遇到的麻烦并不是一起夫妻吵架演变成的妨碍执行公务案，也不是这位长期遭受欺凌而得了斯德哥尔摩综合征的女人伤害了他的正义感，而是——因为受伤，他爸出现了。

B市第一医院分院的VIP病房里，高冷，哦不，高余寒坐在雪白的病床上，他肩头的伤并不重，因为有肩章垫着，伤口很浅，都不需要包扎，只涂了一层药水。

他眉头紧皱，一言不发。

他的对面坐着一个戴着眼镜的中年男人，衣冠楚楚，看起来不像他爸倒像是他哥。那中年人看起来只有四十多岁，面目和高余寒有七八分相似，身材挺拔，和"老"字丝毫不沾边。

任何人看到都会明白，这样的姿态和气质，绝对是长期的养尊处优和恰到好处的保养才能养成的——这个人肯定不是一般人。

肯定是有钱人。

还不是一般的有钱人。

他当然不是一般的有钱人，他是高氏集团的第一股东，董事会的董事长。高氏集团旗下有几个奢侈品牌，做珠宝生意，还拥有几家国际拍卖行的股份，在资本投资领域也收获颇丰，总而言之，非常有钱。

他叫高荼，高余寒是他唯一的儿子。

"你什么时候回家？"高荼淡淡地看着受伤的儿子，"中秋节快到了，你妈妈问你回不回来吃饭。"

"我中秋节值班。"高余寒眼睛眨也不眨地说。

高荼定定地看着他，过了好一会儿，慢慢地问："家里有什么不好？"

高余寒坐在床沿，支起了双手，也定定地看着他："家里没有什么不好，爸爸你挺好的，妈妈也挺好的。"

"那你为什么不回家？"高荼问，"你说你不想继承高氏，我同意，不勉强你。你说你不想读书，想环游世界，我也同意，让你去。别的小孩在读书中考、高考、上大学，你在环游世界。你说我赚的钱与你无关，我也同意，你要自食其力我也同意，没有给你一分钱，你还有什么不满意？"他脸上没有什么表情，仿佛对高余寒早已灰心，"高余寒，任性也应该有一个度，这次受伤还不能让你醒悟，你从小到大的一意孤行都是错误的吗？"

高余寒说："我没觉得我有什么错误。"

高茶说："我不知道你这种扭曲的观念是怎么形成的，但是你不读书，没有文凭，单凭你自己就只能找到这样的工作。像这种工作……这种能被脑子不正常的泼妇砍伤的工作，能给你什么样的自由和尊严？没有像样的学历和经济基础，你永远只能活在底层，你能找到你想象中的生活吗？"

"有钱人有有钱人的乐趣，穷人有穷人的乐趣。"高余寒回答，"钱的多少只决定个人自由度的高低，并不能决定幸福感。"他说，"你又没有穷过，你怎么知道我没有自由和尊严？"顿了一顿，他说，"我觉得我过得挺好的。"

"你是我的儿子。"高茶说，"任何一个父亲都不可能放任自己的孩子做一份随时会被砍伤的工作，你非要找你的自由和尊严我不管，但不准再在派出所里瞎混，去辞职，换一份工作。"他的语气听起来并不强硬，却毫无余地。

高余寒一点也不意外："每一个在派出所工作的人，不管是民警或者协警，都有随时被砍伤的可能，你知道这件事的后续吗？"他平静地看着高茶，"李哥和张哥为了保护我，被她泼了一身火锅底料，都烫伤了，不只是我一个人受伤。那里沿街有个火锅店，她砍了我以后，又掀了别人正在吃的火锅。"顿了一顿，他说，"你坐在你的办公室里，永远想象不到世界上有这种事。"

高茶的确想象不到，他也不觉得有必要想象这些："这种泼妇……"

"她活得太可悲了，大概就是因为从来没能接触过除了她老公之外的世界。"高余寒说，"就像你，你从爷爷那里继承了高氏，一辈子都在和珠宝古董打交道，也从来没有接触过其他人的世界。所以你们……就觉得生活必须这样，没有其他可能。"

"这是可以相提并论的吗？"高茶沉下了脸，"你是在讽刺我和那泼妇一样目光短浅？"

"每个人都活在圈子里，圈子越小目光自然就越短浅，我不过是想活在一个大一点的圈子里。"高余寒语气坦然，毫不顾忌他就是在说高茶目光短浅，"我没考过什么试，但一直在过我想过的生活，生活很有趣，每天都和你想象的不同，这很有意思。"他顿了一顿，"我并不需要很多钱。"

高茶捏了捏眉心，简直不知道怎么和自己的儿子说话，大概在高余寒十三岁开始叛逆、闹着要去环游世界的时候，他就不应该答应。他想了半天："听说你最近在追求一个女孩？天天送花？送花难道不需要钱吗？"

"我可以不吃饭。"高余寒说。

高茶瞪着这个应该继承亿万家产，却非要离家出走当什么派出所协管员的儿子，简直不知道该说什么好。他这儿子的脑子不太正常，肯定是有哪里坏掉了，但是高余寒说起来头头是道，他居然一时也说不清到底有哪里不对，只觉得自己血压飙升，几乎维持不住精英的仪态。

"明天，马上辞职！中秋节回家吃饭！"他不想再和儿子理论什么生活什么自由，不耐烦地说，"你妈妈很想你，准备了很多东西。"

"我不会辞职的。"高余寒说，"你帮我辞了我就在派出所当义工。"

高茶差点被他弄出心梗："你……"他咬牙切齿，"你很好！我会在你们所长面前好好表扬你！"他蓦地站了起来，"我走了，总有一天，我和你妈要被你气死。"

高余寒沉默。

高茶正要走出门，突然一顿，回过头来："你喜欢的那个女孩叫什么名字？"

高余寒不回答。

高茶冷笑一声："没关系，我马上就会知道。"

高余寒皱眉："你想干什么？"

高茶掉头就走："与你无关。"

慕云山那天下班后到派出所问了一声，听说了高冷身上发生的流血事件，大吃一惊。这种事不管发生在谁身上都令人震惊，何况高冷还是一个时时刻刻摆着一副"本王万事都能搞定、一切都会在我的智慧中灰飞烟灭"的姿态的人，更令慕云山难以接受。

她赶快给他打了个电话。

第一次电话铃响了，无人接听。

第二次电话铃又响了，依然无人接听。

第三次再打……关机了。

慕云山只感觉汗毛直立。高冷不会死了吧？连个电话都接不了，最后还关机了？这正常吗？正当她看着自己的手机，提心吊胆地想是不是该去医院看看他，要去哪里买个果篮的时候，她的手机突然响了。

打过来的是个陌生号码。

慕云山接了起来，电话那头传来一个中年人的声音："你是谁？"

啊？慕云山很是诧异，电话不是你打过来的吗？你打电话过来问别人是谁？有神经病啊？鉴于这个声音的主人听起来有点年纪，她不敢随便吐槽，谨慎地回答："我是慕云山，请问您是哪位？有事吗？"

"我是高余寒的父亲。"电话那头说，语气非常冷淡，"把你的银行卡号报过来，离开我儿子。"

噗的一声，正在喝水的慕云山狂喷了一口水："喀喀喀……喀喀喀……"稍微镇定了一下，她对着电话冷笑一声，"我是不会告诉你银行卡号和密码的，这年头的电信诈骗都精准到量身定做了？你等着！我马上打110报警，举报你盗取他人身份信息加诈骗钱款！"

电话那头勃然大怒："你这个……"

慕云山才不听他解释，这种一开口就假装家长、要人报银行卡号的骗子，不知道骗了多少无知少女！她转头就打了110报警，并把刚才那个老男人的电话号码报了上去。

报完警，高冷的电话也打了回来，这次是真的高冷。慕云山接了电话，听他的声音和往常差不多。高冷说："慕云山？我手机刚才没电了。"

"是啊，是我。"慕云山问，"听说你受伤了？要紧吗？在哪个医院？"

高冷说："小伤。"

"在哪个医院，我去看看你。"慕云山真的关心起来，"我不知道你出事了，好几天没看见你，刚刚才听说你受了伤。"

"我马上回家了。"高冷说，"你不用来看我，小伤。"

慕云山听出他语气里坚定不移的拒绝，这大概是关系到他男人的颜面，觉得受这么点伤很没面子，于是也没坚持："好吧，今天也晚了，过几天去看你。"

"过几天……"高冷说，"你不用来看我，我去看你。"

"啊？不用……"慕云山不知道话题怎么突然歪成好像她自己很渴求关爱似的，但她还没来得及将楼摆正，高冷已经快速地挂了电话。

一头黑线的慕云山将手机塞进了口袋，走向公交车站准备回家。

至于刚才打电话来问她银行卡号的大叔，早就被她遗忘到九霄云外去了。

这天晚上，慕云山八点半才到家。

到家的时候，钟昆仑已经不在了。

家里一片黑暗，世界第二帅站在窗台上伸懒腰，斑点鸡的鸡毛湿漉漉的，萎靡在窗台下。她打开灯，下意识地在屋里找了一圈，没有找到睡懒觉的钟昆仑，才想到他已经启程去外地拍戏了。

家里既黑又冷，她在木桌旁坐下，给自己泡了一杯热茶。

钟昆仑这一去大概就不会回来了，他只是在这里避难，而拍戏就是他重新站起来的起点。他会冲破毁容的谣言，继续用盛世美颜挽留住流量，继续在电视剧中展示各种美美的虐心和死。

莫名地，慕云山有一些怅然……再然后，大概就是有更好看更努力的男孩子取代他，而钟昆仑年纪大了人没长大，依然那么自以为是，最终被所有人抛弃。先是广告商抛弃他，然后是电视剧抛弃他，然后他开始接年轻时看不起的商演，一直到年老色衰连商演都没人要他。而他依然我行我素，挥霍无度，最终以四五十岁的年纪在路边卖唱……呃，在七八十岁的时候因为能顺利入住政府养老院而感激得热泪盈眶。

啊！这真是一个令人心碎的故事。

"喵。"世界第二帅跳上了木桌。

她撸了几把猫毛，把自己画的花园设计图拿了出来。

钟昆仑乘坐的飞机落地。

《醉残霞》是一个架空故事，并没有明确的朝代，于是演员的服装横跨唐宋元明清，穿越上下五千年。钟昆仑那身雪白的大侠衣服现在是董慧穿着，董慧身材颀长，面貌虽然没钟昆仑俊美，却是端正气派，自带一股浩然正气。

董慧的确是个努力的少年，看得出他认真揣摩了角色，连走路的姿态都有老师在一旁指点。《醉残霞》的主角名叫岳听涛，身着一身魏晋长袍，董慧颇得三分神韵。

钟昆仑演的邪教教主名叫施锦绣，穿的是正红色修订版飞鱼服，修身高领，红布镏金。

两个人换上戏服并肩一站，一起在自拍神器里露齿一笑，之后钟昆仑把照片发给了徐稚之。

徐稚之点开那张照片，那穿越了千年的尬照炸得他外焦里嫩。他揉了揉太阳穴，给钟昆仑回了一句："帅。"

紧接着第二句："比赛确定在三个星期后，在北京开始录制。"

钟昆仑兴高采烈地回了一个字："好。"

《醉残霞》终于重新开拍了。

董慧开始吊威亚，表演大侠打打打，打死一片宵小。钟昆仑则牵着漂亮小师妹的手，卿卿我我地谈恋爱。剧组的气氛和谐又温暖，以两天一集的速度进行着。

到了钟昆仑最爱的那场戏——反派被心爱的女人一剑刺死，只见施教主红衣如血，一身富丽堂皇，本是坐拥天下的人，临死之时弱不胜衣地喘息着，一言不能发。剧烈的反差和一腔真情空掷的凄楚，真真色授魂与。

围观钟昆仑这一场戏的人几乎都屏住了呼吸，不约而同地看了董慧一眼——钟昆仑真是这一代小鲜肉里最会"死"的人啊！钟昆仑摔了那么一下之后，是不是演技有进步了，好像少了点"老子三百六十度盛世美颜随便演随便好看"的气质，有了那么一点儿根据角色出卖色相的觉悟了？

施锦绣这个角色其实并不讨喜，他显然是一个长了恋爱脑的邪教教主，一手葬送了自己家打下的天下。但钟昆仑将他身上的美强势地表达出来，演出了一个谈笑间将自己的功业灰飞烟灭，宠女人不在乎烽火戏诸侯的顶级昏君。

特别他还是一个反派，看大反派烽火戏诸侯将自己的江山灰飞烟灭给心爱的女人看……那感觉不是洗白胜似洗白。

拍摄《醉残霞》的林路则林导看着镜头里的钟昆仑，有些诧异，虽然他习惯接拍商业剧，但对艺术也是有追求的。钟昆仑这好像是找到了用脑的方向啊。施锦绣这个角色被他演得很讨喜，或许……可以给钟昆仑一个机会？林路则看着钟昆仑的施锦绣，想起自己正在筹拍的一部文艺片。

他想给钟昆仑一个机会，来试镜自己筹备了整整三年的电影《愚》。

那个电影里有一个智力残疾的富二代，林路则一直没选到合适角色的演员。

慕云山并不知道钟昆仑的戏路将要从倾城美少年拓宽到智障，完成堪称十万八千里的飞跃。此时她正在一点一点地培育自己的花园。

在她的设计图中，前后花园的篱笆都应该加固和加高，前花园的大门口搭一个拱门，拱门两侧种蝶豆花。拱门下面种某一种爬藤月季，最好是能泡花茶的品种。蝶豆花的后面接着种铁线莲，铁线莲后面接着种月季。

然后沿着篱笆的最下沿种绣球花和各种葱兰。

而院子中间留出来的空地就用来种菜。

只是从裮德老人家那里拿来的生菜种子播种两天了，一点动静也没有，她很迷惑，而网购的月季花苗和蝶豆花苗还在路上。这个月剩余的工资也差不多花完了……

正在为梦想和钱之间的不平衡而发愁的慕云山并不知道，一场被她遗忘的风暴正在缓慢酝酿……

低调奢华的高氏集团最近接到了好几波针对"电信诈骗"的调查。

身姿挺拔，在高尔夫球场上万分吸人眼球的高茶这几天的脸色黑得犹如阴云罩顶。

慕云山！他记住了！

难得的周末，这天天气晴朗，晚秋的空气干燥，能见度极高，抬头就看得到湛蓝的天空。

慕云山天一亮就起来了，她准备好了花园三件套——买月季送的，开始了她的花园建设大计。

院子里的土已经放了有一段时间，一部分是花园原来的荒土，另一部分是泥石流冲下来的淤泥，算不上肥沃。慕云山蹲下身抓了一把泥土，感觉相当黏手，这样的黏土太厚重，可能不那么适合种花和菜。

但是她准备了椰砖。

椰砖相当便宜，她在网上买了一大堆九块九特价或首件一元之类的超值椰砖，聚集在一起也有二三十块。如果把它们都泡开，拌到花园的土里，可以改善土壤的黏性。

但是椰砖也有椰砖的问题。

椰砖是椰子的纤维和碎屑做的，里面包含盐分。慕云山是认认真真做了研究的，椰砖很便宜，都来自椰子产区，但是椰子的产区在海边，椰砖使用海水清洗，所以含有高盐分。想用椰砖来改良土壤，要么把它们洗干净，要么就得种一些喜盐分的植物。

她并不知道哪些植物不怕高盐分，所以只好洗椰砖。

她小时候，妈妈种花也用过椰砖，那时候的椰砖很难泡开，一桶水泡一晚上，第二天起来椰砖还有半块漂在水里。但现在不同了，现在的椰砖水一冲就能散开，她也不明白这是好还是不好。

她从厨房快要倒塌的柜子里翻出几个铁桶，把椰砖放进铁桶里，再倒上水，那块砖几乎瞬间就化开了，变成了握在手里柔软可爱的褐色渣滓。

摸上去手感真好，她不由得感慨，看起来真像土。

然而这东西吸足了水分重得要命，她蹲在地上浸泡那块砖，再把含了盐分的水倒进水沟，再放水浸泡椰砖，忙得满身大汗。等到她把那些柔软的褐色渣滓洗了三遍，觉得大概可以了，抬头一看，惊觉已经两个小时过去了。

她才忙活了一块椰砖……

慕云山对自己的战斗力显然有错觉,她绝望地看了一眼堆在一边的二三十块椰砖,感觉把它们都洗干净均匀地拌进泥土中是一种妄想。

那不然就挖坑省着点用吧!她想出一个替代的办法,先用铲子在地上挖一个足够种花的大坑,把洗好的椰砖和原来的泥土在大坑里拌一下,混合均匀,达到抓一把起来能团在手心不散,但轻轻一碰就散开的状态。然后她提来买好的月季花苗,带盆的。这东西到处是刺,慕云山把它横倒在地上,侧面挤压花盆,挤压个两三次,花苗就从盆里松脱开。然后她戴上手套,小心翼翼地提着月季花苗,把它从盆里拉了出来。

这是一棵极其普通的藤本月季,挂着的标签上写着"红色龙沙宝石"。

红色龙沙宝石非常抗病,而且枝叶粗壮,叶子的颜色墨绿,与殷红的花色非常匹配,有一种雍容华贵的感觉。

慕云山还没种过这个,她只是从淘宝的广告里看见了这个花。

这种月季是直立藤本,花朵直径在八到十厘米之间,花瓣数在一百瓣左右,暗红色。在慕云山居住的南方城市可以从三月开到十二月,单朵花可以保持五到七天,还是特别耐晒的一种月季。

这么适合南方城市种植的月季,她一定要试一试。

只是她买回来的小苗看起来叶子偏小,有点黄,不像品种介绍里说的叶子很绿。

她怀着虔诚的心态,将红色龙沙宝石的盆底细根掰开,打散自带的硬土,将它好好地种进坑里。这是最靠近前院大门的地方,如果花苗能顺利长大,也许不久之后就能看到蜿蜒而上的一门红花。她幻想着那个场景,心怀激荡,对阳光、风和未来充满了期待。

另外一棵和它对着种的,是白色伊甸园。白色伊甸园一样是国际知名花卉培育公司——玫兰公司的产品,看起来和红色龙沙宝石很像,只是似乎没有红色龙沙宝石那么抗病。慕云山带着点小浪漫情绪将它们买回来凑成一对儿,幻想着一半红花、一半白花在墙头的相遇——或者它们不会轰轰烈烈地相遇,它们会错过,偶尔纠缠在一起,但那又有什么关系呢?

殷红之中的嫣白,或嫣白之中的殷红,都一样那么明艳灿烂。

她没有选择粉红色。

选择这个院子,是选择一种仪式感,重新生活。

她想看一点儿……比较刺眼的东西。

提神醒脑。

慕云山在家里扒土的时候，高冷又见了高茶一面。

高冷的家并不在B市，高氏集团在B市有产业，但高茶目前住在XL芬酒店里。

啪的一声，高茶把一沓材料摔在高冷面前："这就是你看上的女孩？大学没上完，和小明星闹绯闻，追星，跳海，做网络主播，还殴打老人……你的眼光真好！"

高冷并不回答，他在高茶面前拒绝沟通，一如既往。

高茶从高冷十二三岁开始叛逆起，就没搞清楚他这儿子脑子里在想什么，痛心疾首："你想交女朋友，什么样的女孩子不可以？这个古怪的慕云山绝对不行。恋爱、结婚，除了是两个人的事，还是两个家庭的事，你知道她家里什么情况吗？她……"

高冷好看狭长的眼睛微微张了张："她家里什么情况？"

高茶愣了一下，他没想到儿子谈个恋爱居然连女朋友家里什么情况都不知道。慕云山纠缠他儿子，居然都没对他儿子说实话？

高茶忍着怒气说："她父母离婚，母亲远嫁加拿大，再没回来过，她父亲失踪了好几年，谁也不知道去了哪里。家里的其他亲戚都和她断了联系，因为她前几年追星，把自己家房子给抵押了，弄得自己无家可归，认识她的长辈都觉得她疯了。"

高冷点了点头："她很穷。"

高茶怒了："什么她很穷？我给你说了这么多，你就听懂了一句她很穷吗？她说不定就是打听到你是我的儿子，特地来缠着你，为了你的钱……"

"那是你的钱。"高冷说，"我也很穷。"

高茶几乎要暴跳如雷，爆了一句粗口："离开那个女孩，我就允许你留在派出所！"

高冷奇怪地看着高茶，淡淡地说："我要留在哪里，用不着你允许。还有，她没有缠着我，是我追求她，她还没有接受。"

高茶皱着眉头："什么意思？你追她，她还不接受？"

高冷耸了耸肩："可能她不太喜欢玫瑰花吧？"他说完掉头而去，也没管他老爸在酒店房间里继续咆哮。

Chapter 11
深海狂想曲

周六的下午,阳光明媚。

慕云山终于把她那四棵宝贝花苗种好了。院子前门左右各种红白月季花一棵,月季花后面各种蝶豆花一棵,虽然目前只是几个蔫蔫的小绿杆子,但再过几个月将是美丽的新世界。

那桶辛辛苦苦洗好的椰砖渣滓也全部用完了,没有白费她一天的辛苦。

兴奋的慕云山并没有想过如果这四棵植物如淘宝图般盛开起来,将是紫、红、白、紫这种奇葩的效果……姹紫嫣红,五颜六色,说的就是她这审美和品位了。

种好了花苗,她又去后院看生菜,生菜苗子刚栽的时候生长缓慢,一堆蜗牛正在啃嫩叶子。她以前不知道生菜上那些破破烂烂的缺口是什么咬的,现在知道了。

莴苣属的菜都不招菜粉蝶,所以这些生菜没有长青虫和毛毛虫,虽然遭遇了蜗牛,但蜗牛也不是特别喜欢吃这个,所以遭受的损害并不大。之所以会招蜗牛,主要原因还是她这光秃秃的院子里,除了这几棵生菜,什么都没有。

目标太大,如果能在生菜旁边种上一些别的,可能蜗牛就不啃生菜了。

她想了想,有什么是蜗牛特别爱吃的?

玉簪?呃……玉簪太贵,不然……薄荷?她也不是很确定蜗牛吃不吃薄荷,但是薄荷比玉簪便宜啊！长得还快。

杨牧家里就种了薄荷，她乐呵呵地想，跟杨牧要几枝回来插，几天就长出来了。

薄荷就是这种好养的万年不死草。

要是能吸引蜗牛那就更好了。

钟昆仑离开的第一个星期，慕云山忙于种花；

钟昆仑离开的第二个星期，慕云山忙于加班。

服务中心进行了大规模的规划调整，又多开了几个行政窗口，发了好多个新闻公告，终于成功吸引了新来的市领导对服务中心2.0版进行调研。

为了迎接领导的调研，全体员工加班加点，查漏补缺，把一栋六层的大楼上上下下清洗了一遍，张贴了崭新的服务规范、文明用语，并征用了慕云山等人原本的更衣室作为母婴室。

下班后她们都留下来背诵《服务中心应知应会手册》，务必做到有问必答，有答必全能，全能包含全程面带微笑，笑只露四个半牙。

所以钟昆仑这种玩意儿在"应知应会"的汪洋大海中早已被慕云山忘到了九霄云外。

这周日，市领导就要来调研了。

距离周日还有四天，这四天就是迎接调研的关键时期。

然而慕云山被投诉了。

上午九点三十六分，申办人王小姐打市长热线投诉服务中心有职工破坏家庭感情，要求严肃处理。

半个小时后，慕云山就被服务中心林主任叫进了办公室。

主任把市长热线的传真件放在慕云山面前，沉吟了一下："到底是什么情况？"

慕云山一脸茫然，莫名其妙："发生了什么？"

"为什么有人投诉你破坏家庭感情？"林主任对慕云山还是很欣赏的，这个小姑娘年纪小，但坐得住，一直没有辞职的意向，是个踏实工作的人。

"我做了什么能在服务大厅破坏别人家庭感情？"慕云山弱弱地说，"我也很好奇，可以调个监控看看发生了什么吗？"

林主任眼见慕云山居然不知道发生了什么，也是很奇怪。据说投诉人情绪激动，要求一定要严肃处理，怎么当事人什么也不知道？他打了个电话，让保安把监控录像调出来，看看九点三十六分前后到底发生了什么。

几分钟后，保安把监控录像调了出来，传到林主任的电脑上。

慕云山和林主任一起紧张地看着视频里人来人往的大厅。

九点三十分……

九点三十一分……

九点三十二分……

……

九点四十分……

慕云山越发茫然，林主任也揉了揉眉心。

事实上九点三十分到九点四十分慕云山根本就不在大厅，那时候接电话的是郑州洲圳。

服务大厅井然有序，一片安详。

不要说吵架，连个大声说话的人都没有。

"这件事我会查清楚，不关你的事一定会说清楚。"林主任只好说，"你出去吧。"

慕云山毕恭毕敬地退出去，带着一颗蒙掉的心，回到了咨询台。

连个人影都没看到就可以说被破坏家庭感情了？

"慕云山！"

咨询台那里，郑州洲圳对着她招手，一脸听说了大新闻的样子："快来快来！听说你被投诉了？"

"是啊，我刚去看了监控，她投诉的时间段只有你在啊！"慕云山很困惑，"可是你没有和任何人说话，肯定也不是你。"

"过来过来。"郑州洲圳说，"我知道怎么回事。"

"怎么回事？"慕云山坐到她身边，打开记录本，好奇地看着她。

"不是你，也不是在咱们这里。"郑州洲圳悄声说，"是在办理的窗口那里。"

"啊？"

"我听阮英说的，早上在窗口那里，有个女人填表没有签名，柜台的人让她签名，说了一遍她不理，说了两遍她还是不理，说了三遍她就发火了。"郑州洲圳说，"她说她听见了，柜台的人说这么多遍干什么，她又不是智障！说咱们是什么服务态度，要投诉咱们！"

"哦……"慕云山毫无兴趣，"然后？"

"然后柜台的人还没有说话，她老公先发火骂了她，说她干什么这么暴躁，就不能好好办事,人家柜台员工也没有说什么……"郑州洲圳说,"然后他们俩就在柜台当场吵架,差点打起来了。"

还有这种神展开?

慕云山惊奇地看着郑州洲圳:"然后呢?这和我有什么关系?"

"然后他们被保安拉开了,那个女的就投诉我们破坏她的家庭感情。"郑州洲圳说。

"重点呢?"慕云山瞪眼,"我连热闹都没看上,为什么她投诉我?"

"我们研究过了。"郑州洲圳神秘地说,"因为你当填表机辅助员的照片还挂在填表机区,她觉得她表格没填好导致夫妻吵架都是你的错。"

慕云山倒抽了一口凉气:"哇哦……"

郑州洲圳同情地看着她:"然而,投诉件上写着你的名字,我猜主任不会放过你的。"

慕云山如丧考妣地趴在桌上:"是,我也这么觉得。"

到了下班的时候,林主任通知慕云山关于投诉事件的最终结果:经领导研究,投诉事件与事实不符,不追究慕云山的责任,但是慕云山要负责对申办人进行解释说明,取得申办人的谅解,明天将解释说明的结果通报上级领导。

慕云山无比憋屈地领了军令——老娘被无辜牵连,差点被当成小三,你妹的还要取得神经病的谅解?你没看她老公都觉得她不正常了吗?我为什么要赶着去当炮灰?

然而为了下个月糊口的工资,她还是委屈地给那位王小姐打了电话。

冷艳高贵的王小姐要求她登门道歉。

慕云山差点破口大骂,就在她即将摔电话的时候,高冷从咨询台过来,看了一眼她手抄的电话号码,点了点头:"等下我来处理。"

慕云山愕然放下电话,高冷拿过她手抄的王小姐的电话号码,很是认真地看了她一眼,语气不像"你果然很有趣"那么高冷,仿佛微微放低了一点姿态:"我来。"

突然有一点感动,慕云山摸了摸脸颊:"谢谢。"

这天晚上下班,高冷开着"小绵羊"到服务中心门口,准备接慕云山去王小姐家的时候,慕云山和杨牧一起出来了。

杨牧今天穿了一件十分宽松的棉麻连衣裙,浅青色的布料上印满了细碎的竹叶,脚上穿了一双淡灰色的平底鞋,更显得她个子高挑、身材纤细。只有好身材的美人才能穿这种布袋一样的休闲风衣服,慕云山十分羡慕,这裙子若套在自己身上绝对宛如一个麻袋,只欠来个人打她一顿。

杨牧听说了慕云山被投诉的倒霉事,也听出了她完全不知道怎么办,所以主动提出下班和她一起去道歉。慕云山非常感动,然而这是她的事,怎么能连累杨牧?到时候杨小米发现妈妈没有去幼儿园接她放学,回家岂不是要大闹天宫?

"没关系,我已经让我爸去接小米了。"杨牧微笑,嘴角露出一对梨涡,恬静又温柔。

慕云山从非常感动到感动得一塌糊涂,差点热泪盈眶。

就在这个时候,高冷开着"小绵羊"停在了她们面前,皱着眉头打量杨牧。

杨牧很客气地打招呼:"下班了?"

"你也要去?"高冷对杨牧不怎么客气,也没太多耐心,"我的车只能载一个人。"

他对杨牧横插一脚,妨碍他和慕云山的二人世界有些不满。

杨牧说:"我怕小慕应对这种事没有经验,所以还是跟着去一下比较好。"她遇到过很多这种无理取闹的人,的确比慕云山有经验得多。

高冷皱了皱眉头,这也有点道理。

"小慕!你下班要去那个王小姐家?我也去!"突然一个人从大门口急匆匆地扑出来,郑州洲圳没头没脑地挤到人群中,"我也要去,给你壮胆!我们咨询台的人不是那么好欺负的!"

"哎,你们要一起出去吗?"一旁路过的社保窗口办公人员好奇地看着这一群人,"去吃饭吗?"

一群人一起摇头。社保窗口的员工问:"你们要去哪里?"

"我们要去青山路。"慕云山尴尬地说,"不是去吃饭……"

"我可以蹭车吗?"社保窗口的员工高兴地说,"我家就在那里,你们在青山路和横穿路的路口把我放下就可以了。"

门口的四个人:"……"

社保窗口的张平特别开心,他一直想和漂亮好看的杨牧搭讪,但总是没有机会。杨牧一下班就回家,今天好不容易让他撞见了一个杨牧要出去的机会。

"这么多人?"郑州洲圳傻眼,"我们是陪小慕去神经病家里道歉的啊!你也要去?"

张平兴高采烈地说:"对对对,我也要去。"

"这么多人,坐不了电动车了。"杨牧说。

慕云山弱弱地举了个手："谢谢大家……我叫了个车。"她强调了一下，"叫了个商务车。"

于是一行五人，打了个奢侈的商务车到达王小姐家门口。

王小姐名溪，是某家奢侈品公司的业务员，见多了一掷千金的土豪，对平民就十分暴躁。慕云山给她打电话说来道歉的时候，王溪蹬着高跟鞋出来，手里还抓着口红，一脸的不耐，可能本来还要骂人，突然看见"来道歉"的是一群人。

不是一个柔弱可欺的小妹妹，而是一群男男女女挤在她门口。

她的目光在高冷身上微微一停，情不自禁地退了一步。她的老公刚和她吵了架离家出走，现在家里没人。

"王小姐，我就是您投诉的那位工作人员。"慕云山深吸了一口气，"我们领导让我来向您解释情况，希望您能理解我们的工作，早上是因为……"

"好了。"王溪铁青着一张脸，"你们快走吧，算我原谅你了。"

挤在门口的五个人："……"

还没来得及发挥作用的杨牧和高冷面面相觑。

半个小时后，他们到青山路的一家小龙虾馆吃晚饭，边剥虾边感慨，这年头好人怕坏人，坏人怕神经病，神经病怕人多势众……

"这家小龙虾不错，蒜香的很好吃。"郑州洲圳擦了擦手，"下次再来。"

"一只三十块钱呢！"请客的张平好心疼地说，"我刚从老家到B市的时候，听说小龙虾一只三十块钱，差点昏死过去。"

"就这盘一两以上的一只三十块钱，其他的都还好啊。"慕云山说，"高冷你不吃吗？"

高冷双手抱胸，看着一桌的小龙虾壳无动于衷："我不吃小龙虾。"

"那还有田鸡啊。"慕云山指着旁边的干锅田鸡，"很香的，外焦里嫩。"

高冷冷冷地说："我也不吃田鸡。"

"那你吃什么？这人间还有你吃的东西吗？"慕云山简直无法理解，"作为一个年轻人，不吃田鸡和小龙虾，你平时吃什么？"

高冷不说话。

连郑州洲圳都一副无法理解的表情看着高冷，倒是杨牧接受能力良好："很多人觉得小龙虾不卫生，田鸡更不卫生，怕它们有寄生虫。我也不带小米吃这些。"

"他又不是小米，他好几十岁了，小米才四岁。"慕云山连连摇头，"高冷我告诉你，别再追我了，就凭我们的饮食习惯就绝对凑不到一起去，连饭都吃不到一起，何况谈恋爱？"

高冷扬了扬眉，突然伸出筷子夹了一块田鸡，仿佛耀武扬威那般把它吃了下去，顿了一顿后，他姿态优雅地擦了嘴："我可以学。"

"千万别说这种话，好几十岁的人了，性格和习惯都固定了，现在再说为了谁要改要学基本上都不可能，也就是临时伪装。"慕云山喝了点啤酒，有点微醉，说了大实话，"能忍就过，不能忍就分，改什么生活习惯，不可能改的。"

高冷不置可否，他显然是真的对田鸡和小龙虾毫无兴趣，吃了那么一口也就不吃了，慢慢地喝他的啤酒。过了一会儿，他突然转向杨牧："洪百姓打过你吗？"

这个问题简直石破天惊，一桌的人都呆了，杨牧和洪百姓的八卦无人不知无人不晓，但这么当面问出来的他肯定是第一个。再一看，高冷姿态高冷，眼角微红，可能是已经醉了，只是表面上看不出来。

他可能是心里一直记挂着这么个未解之谜，突然就问出来了。

杨牧也是一愣，一时间不知道怎么回答。

高冷也不等她回答，突然又转向慕云山："你为什么这么爱钟昆仑？"

慕云山嘴里叼着一块虾肉，猛地被他吓到，差点把自己噎死。

高冷也不等她回答，又转向郑州洲圳："你的名字为什么这么多撇？"

噗的一声，郑州洲圳一口可乐喷了出来。

高冷又转向张平，张平胆战心惊，瑟瑟发抖，不知道这位要问他什么。高冷冷冷地盯着他看了一会儿，终于张开嘴问了问题："你是谁？"

又过了一会儿……

"哈哈哈哈……"慕云山和郑州洲圳拍着桌子狂笑，高冷喝醉的表现真是太好笑了——他肯定是平时想这些问题想多了。这人平时看起来冷艳高贵，内心都是些什么乱七八糟的东西？

杨牧本来不想笑，但看着高冷严肃的脸，再看他牢牢抓在手里的啤酒，再听着慕云山和郑州洲圳的笑声，扑哧一声，也笑了出来。

她真不知道多少年没这么开心地笑过了。

慕云山过着她波澜壮阔又平凡至极的小日子，钟昆仑的邪教教主戏份拍得差不多了，按照猪哥的安排，他应该可以搬回他听碧居的别墅里去了。

他的四大助理已经全部返工，刚结婚的那个还发了幸福肥，短短两个星期胖了十斤，比起之前越发力大无穷。

他不需要慕云山了。

钟昆仑的四大助理在某个慕云山工作的日子无声无息地驾临，搬走了钟昆仑的"所有东西"。慕云山回家吓了一跳，有那么几分钟以为家里遭了老鼠。

钟昆仑来的时候也没带什么东西。不得不说这位盛世美颜的少爷真是老天赏脸，青春期也不长痘，可能因为正青春，皮肤也不缺胶原蛋白，又因为他什么也不操心，所以连黑眼圈也很少。

他没带护肤品，也没有什么衣服，理论上钟昆仑在惠林村老宅不该有什么行李，但这位爷总能无端整出许多幺蛾子来。慕云山回家的时候发现世界第二帅不见了，斑点鸡也不见了，最古怪的是连隔壁禚大爷给种的两排生菜苗也没了！那不是连根拔起，而是连土都被挖走了，地上留下两排深深的沟渠，看得慕云山目瞪口呆。

厨房里的南瓜也没了。

还有这位爷喝水的那个老掉牙的搪瓷杯也揣走了。

真是扫荡得干干净净，真看不出钟昆仑还有这种"普天之下莫非王土，凡王土王就要带走"的气场。

她在被狗刨过的家里转了两圈，有点怅然若失，打扫了一下房间，发现钟昆仑把什么都搬走了，却给她留下了一张合金镜框的巨幅写真。

一张等身写真，和真人一样大小，如果是脑瘤还没治好的那几年，她可能要痛哭流涕。这不但是珍藏版，还是绝版。

然而脑子已经好了的慕云山瞠目结舌，不知道要把这张巨大的垃圾放在哪里。这玩意儿挂在家里嫌碍眼，扔掉又对钟昆仑有点不好意思，况且它还是玻璃封面、合金镜框的，做得很精细，材料重得要命。于是慕云山灵机一动，搬来两个板凳，把这玩意儿反过来横在板凳上，收获矮桌一张，顿时高兴起来。

她给自己烧了壶水，泡了杯菊花茶，端到花园里去看她的月季。

两个星期前种的月季花前几天已经有了花蕾，她下班到家的时候天色已经暗了下来，于是慕云山熟练地拿着手电筒去看月季花。她为了晚上看花园特地买了一把强光手电。

前院篱笆上的月季花的确开了几朵，白生生的，在夜色中分外显眼。

慕云山却很疑惑，她明明买的是一款红色、一款白色的月季，为什么开在篱笆上的都是白花？还都是小白花？不管是红色龙沙宝石还是白色伊甸园，都是欧月，它们不该是小白花啊！她蹲下凑近一看，只见两丛月季开的花一模一样，都是白色五六瓣的小白花，花倒是不少，然而和宣传图上完全不一样。

慕云山傻眼，网上卖的花苗还有假的？

如果这两棵月季花是假的，那么她种下去的蝶豆花又是什么鬼？

她在蝶豆花那里用手电筒照了半天，那两棵绿油油的植物既没有开花也没有结果，毫无特色，目前暂时看不出有没有猫腻。

怎么能这样？慕云山怒了，她这么用心种的花，竟然和效果图不符！

她翻出淘宝和客服联系，发现链接消失了，卖花的店铺突然改卖起了农产品……

慕云山欲与客服理论，然而理论的过程是这样的：

慕慕："我买的花苗不对版！开花是这样的……"

客服："还有什么可以帮您的吗？"

慕慕："花苗不对版！你们家卖的不是月季！"

客服："还有什么可以帮您的吗？"

慕慕："两个多星期前买的月季，你们欺骗客户。"

客服："还有什么可以帮您的吗？"

慕慕："……"

慕云山向平台投诉，然而短期之内并没有什么用。

看着篱笆上的小白花，慕云山很沮丧，坐在破灭的未来前，她长叹了一口气。放在一旁的手机闪了闪，跳出来一条微信，是郑州洲圳的消息。

慕云山打开微信，郑州洲圳兴奋地给她发来了一个小视频："《你问他知道》那个知识竞赛开始录了，有花絮，你看我家吱吱，穿中山装上场太帅了！啊啊啊啊！这就是我的手机为什么内存永远这么少！吱吱的颜是罪魁祸首。"

哦，徐稚之啊！慕云山对徐稚之毫无兴趣，听说那是一个演艺圈学霸。不过她连学术圈学霸都不感兴趣，何况演艺圈的。随便想想就知道演艺圈的学霸那水分有多大，看看钟昆仑……哦！她突然想起来，好像钟昆仑也参加了这个竞赛。

然而在她这里的这几个星期，这死崽根本没有在念书，那一大堆书从进门到消失都是崭新的，最多压过泡面盖子。

她打开了那个花絮，那是个官方花絮，时长三分多钟。

××台的综艺节目布景非常华丽，徐徐打开的古风山水作为背景，主持人的衣服都略带一点汉服元素，显得古典又庄重。主持节目的是××台台柱林翰，一口普通话字正腔圆，声音稳重动听，乍听没什么特别，却和其他主持人截然不同。

真是大国气象。

连声音都气场强大，不是小家格调。

林翰说了什么开场白慕云山没听清楚，她在视频里找钟昆仑到底在哪里。赛场上有五组初赛队伍，每组队伍三个人，一共十五人。

她花了五秒钟才找到哪个是钟昆仑——实在不是他太难找，而是他那组太奇怪了，令人不敢置信。

钟昆仑的那组编号是"乙"。参赛的五队名为"甲乙丙丁戊"，这点已经让网友在弹幕里纷纷吐槽了。可能是节目组的策划问题，这乙组三人的穿着简直是五组中的奇葩。徐稚之穿的是一身淡灰色的改良中山装，配合他清秀斯文的气质，还算得体；董慧穿的就是《醉残霞》里面大侠的魏晋白色长袍，大袖飘飘，还佩剑；而钟昆仑穿的正是红衣邪教主标配，眼影抹红，红唇带笑，活生生一个祸水模样。

节目组难道以为穿上古装，衣服里面的那个人就会有文化一点？

她被红衣祸水惊呆了几分钟，只见镜头扫过这三人组的时候弹幕简直像火山爆发，无数颜狗在屏幕上匍匐而过，仿佛看见了上帝。

于是这条视频就结束了。

慕云山不得不看了第二遍才弄清楚，甲组是由一位五六十岁的不知名学者、一位选秀出身的女歌手卡布、一位知名节目制作人王包包组成的；乙组就是徐稚之、钟昆仑和董慧；丙组是"兔子谷"科普公众号的三名网红科普达人；丁组是诸葛亮专业户傅信雅和一对双胞胎大学生；戊组居然是外国人组合，成员是三个取得中国国籍的外国人，看牌子他们分别叫赵云、韩信和关羽。

这十五人就是《你问他知道——中国百科知识大赛》第一季的参赛选手，这个竞赛分为古典文化赛场、生活百科赛场和法律知识赛场，一个季度一季比赛，共举办四季。虽然某些嘉宾居心不良穿得不伦不类，但是从分赛场的主题名称就可以看出，这是一个非常正经的综艺节目。

据说第二季的嘉宾名单已经在网上炒得如火如荼，许多大腕第一季没有档期，也可能是没有准备好，所以没有参加，但第二季的嘉宾档次要比第一季高大上很多。

这注定是一个全民综艺。

这五组经过三轮分赛场的问答后，会有一组胜出，等候年底的总决赛。而在各个分赛场获胜的组别会进行单项竞赛，最终产生古典文化赛场、生活百科赛场和法律知识赛场的三组冠军队伍，以及年底的总冠军队伍。

慕云山研究完这是个什么比赛，不得不惊叹于钟昆仑的勇气——就，就凭他空空如也的大脑，也敢参加这样的综艺？这敢于在全国人民面前丢脸的勇气，真是令人敬佩。

不不不，××台居然真的选他参赛，这才是令人敬佩！

她又看了第三遍，把手机的音量放到最大，在耳朵旁边凝神静听，隐约听到了花絮里除官方广告词之外的现场音。

林翰说："……请听题：'春陵气初发，渐台首未传。列营百万众，持国十八年。'该诗感怀的是哪个朝代的往事？"

甲乙丙丁戊每组都有人要回答。

视频没有录到是谁抢到了这个题。

天哪，这是什么鬼？慕云山震惊了，这对学渣也太残酷了。

听得懂还能回答出来的人都是哪里来的神仙啊？

网上江湖对××台比赛十分关注，而现实生活却与网上的颜狗与大神们毫不相关。慕云山的投诉得到了回复，淘宝客服的灵魂终于上线，嘤嘤嘤地哭泣说她刚生了宝宝，好几天不在线，求慕云山原谅。她们店铺已经改做农产品，仓库出货的时候出错了，将农产品寄给了慕云山。

慕云山对以上一切说辞都将信将疑，她问客服的灵魂："你寄给我的是什么？"

客服的灵魂回答："是白木香和百香果。"

慕云山："……"

客服的灵魂："我们可以全额退款，希望您能撤销差评。"

慕云山："那我还要把白木香和百香果拔起来给你们寄回去吗？"

客服的灵魂："不不不，不用了，算我们对弄错花种表达的歉意。"

慕云山的良心遭到巨大的谴责，她又在这家包邮区农副产品店里用退款买了新的花……不……种苗。

这间店铺现在不卖花苗了，改卖一些什么花生、草莓、蓝莓、柠檬、南瓜、玉米之类的东西，白木香是产地大棚附近野生的。慕云山看见那家店铺还卖山里的原生蚂蚁和瓢虫之类的古怪东西，真是"农"得非常彻底了。

她买了几棵草莓苗、一棵柠檬苗，还有两棵非常小的蓝莓苗。

新的期待又从心里生了起来。

这个周六，慕云山看着自己花园里的小白花，心情美滋滋的。她查过了资料，白木香，尤其还是单瓣白木香抗病虫害能力极强，长势强劲，比黄木香还要香一些，基本不用管理它就能噌噌噌地长，唯一的缺点就是一季花。

没有了红色龙沙宝石和白色伊甸园，留下了白木香，似乎也没有什么不好。

外国的花不一定就好看，慕云山摸着那些坚挺的白色花瓣，闻着馥郁的花香，深吸一口气，真想在这样的院子里坐一下午。

无论是欧洲月季还是白木香，她的花园里开了一些花，是这种或是那种……对慕云山来说，意义都是一样的。

一样的好。

种在白木香后面的百香果刚刚抽出卷须，缠在了篱笆上。

手机在振动，然而慕云山把它扔在松软的泥土地上，所以并没有听见。她摸着每一朵小白花，稀罕得不得了，它们那么好闻，比她用过的所有香水都好闻。

世界那么大，没有见过的风景那么多，她或许没有条件远行，却想把诗与远方种在家里，在花园里，在身边，在心里的未来里。

一辆"小绵羊"电动车停在她院门口，高冷靠在车上双手环胸，看了她很久。

"慕云山。"高冷冷冷地叫了一声。

慕云山茫然回头："咦？你怎么又来了？"

她的重点是那个"又"，对于不会有结果的追求，她认为应该早点说清楚，以免对方浪费青春。

高冷一脸高深莫测地看了她一阵，突然说："对不起。"

"啊？"慕云山一脸蒙，"发生了什么？"

"有事，最近不会来看你了。"高冷说。

我从来没有求你来看我，都是你强行来看我的！不要说得好像老娘特别渴求关爱，老娘不是那种人！慕云山呛了口气："咳咳……有事你尽管去忙，很感谢你一直以来的帮忙，我非常感激。你不必……不必一直来看我，我这里真的没什么好看的。"这人号称在追她，她也没感受到什么如火如荼的爱，除了听说有一大堆的玫瑰花。高冷甚至也不在乎那些花是不是送到了她的手里，他甚至连问也没问过一句！

这必然不是真爱！

可能是发现了不是真爱，所以这位少爷要结束追求了吧？慕云山十分乐观地估计。

高冷看了她一眼，垂下眼睑，过了一会儿，又看了她一眼："最近你小心点。"

慕云山愣了一下："什么？"

高冷摇了摇头："我很快就回来。"他站在风中的姿势，有一种叶孤城与西门吹雪相调和的寂寞如雪，仿佛风萧萧兮易水寒，壮士一去兮不复返。

随即他发动"小绵羊"，绝尘而去。

慕云山一脸蒙，举起尔康之手："等一下……"

所以高冷到底是来干吗的？

什么意思？

高冷将"小绵羊"开出了哈雷摩托的气场，他耳朵上挂着蓝牙耳机，一路狂飙出惠林村。

在他以"小绵羊"的极限速度骑行的时候，有电话打了进来。

他选择接听。

高茶隐含怒气的声音响了起来："我警告过你，不要去找她！你的品位简直糟糕到不可救药，让整个集团丢脸！"

高冷一脸漠然，他不说话。

"那个女人举报我们集团电信诈骗，让我在董事会面前丢脸，公安和税务介入调查，公司的声誉受损。这种恶毒的女人，居心叵测，手段激烈，你再和她在一起，迟早会被她算计！你……"

高冷突然问："你怎么知道我去找她？你找人监视我？"

高茶语塞。

高冷又问："还是找人监视她？"

高茶："……"

高冷说："高茶，你想对她做什么？"

高茶勃然大怒，这儿子都不认他这个爹了？那小妖女简直不可饶恕！如果不是因为她，他儿子怎么可能这样对他？啪的一声，高茶摔了电话，怒气未消，转过身对眼前的下属说："把那个女人给我赶出B市，我要让小寒永远见不到她！"

站在他前面的，是一个最近让慕云山记忆深刻的女人。

她叫王渼。

Chapter 12
桃熏与章姬

钟昆仑录完了《你问他知道》的初赛第一赛场,古典文化专场。

回家之后他有点发愁。

因为猪哥接他回来之后一言不发,仿佛在生气。

然而他不觉得自己表现得有什么不好,题目那么难,好多人都答错,他答错几个有什么稀奇的?他又不是错得最多的一个。

从惠林村老宅带回来的搪瓷杯放在他的厨房里,旧旧的奶白色和他的厨房十分相配。钟昆仑把从慕云山后院挖回来的生菜种在了厨房外的花园里,是他亲自种的,每天都浇水,录综艺的那些天还让小文特地翻墙进来浇了水。他对这些生菜是有感情的,不能离开它们。

禚爷爷送他的巨大南瓜也在厨房里,大南瓜也有一种旧旧的感觉,让人觉得温暖。

世界第二帅和斑点鸡一起睡在猫窝里,钟昆仑蹲下去分别摸了摸它俩的头,他对这两只也是有感情的,不能离开它们。

世界第二帅半抬起头,爱答不理地看了钟昆仑一眼,用爪子将斑点鸡扒拉进自己肚子的毛边里。钟昆仑伸手去摸,它就对钟昆仑龇牙,不许有人染指它的"储备粮"。

钟昆仑怅然若失。

他躺在自己钟爱的躺椅上，想着惠林村的古宅。那房子实在太旧了，应该找个人去修一修，再安放一些家具。就算他再怎么讨厌慕云山，看到她一个人住在什么都没有的鬼屋里，也有点愧疚。

想起老宅，他就想起了爸爸妈妈。

对了，他妈妈有一沓遗物。

钟昆仑终于想起了贺慧春给他的秦如月的遗物，爬起来将文件袋找了出来，从老旧的文件袋里抽出一沓很厚的文件。

这是妈妈的遗物。

秦如月女士是一个明艳漂亮的女强人，在钟昆仑的记忆里，无论钟书叁先生做出什么离奇恐怖的事，秦如月女士都不介意。她始终对钟书叁的病情乐观以对，从来没有放弃过。她会抱着钟昆仑耐心地解释爸爸这不是在生气，爸爸这是看见了另外一个世界，爸爸有了魔法。问题是那时候她日渐长大的儿子已经坚定不移地相信他爸爸就是在发疯，根本没有什么魔法。

有阵子钟昆仑觉得他妈妈最爱的不是他，她最爱他爸。

这沓文件里有许多张都是表格，表格里有许多数据。

最后一张表格下面有个落款，是一个鬼画符般的英文签名，英文签名下面有一行印刷体小字。这行字里只有一个词钟昆仑认识——"hospital"。

医院？

这是一沓医院的检验单吗？

钟昆仑翻看着里面的照片，这里面有一张他们一家三口的小合照，一张他小时候的照片，一张钟书叁小时候的照片，还有一张钟家祖孙三代人的大合照。

表格里的病人填的英文名，没有出生日期和性别，可能是钟书叁的检查报告。

可是不管当年秦如月多想治好钟书叁，钟书叁最后都还是割腕自杀了。

外国字看不懂，钟昆仑把那几张照片拿了出来，这是秦如月和钟书叁留下来的为数不多的几张照片，大概之前的都被钟书叁毁了。

小合照里，钟昆仑还是个胖娃娃，年轻的秦如月和钟书叁笑得十分幸福，这个时候，钟书叁还没有疯。

钟昆仑长得和钟书叁有七分像，从二人小时候的照片来看，那神态五官几乎一模一样。

而更陈旧一点的钟家祖孙三代的照片里有不少人，秦如月抱着刚刚出生的钟昆仑，旁边是钟书叁，还有钟书叁的二哥钟书贰、大哥钟书壹。

钟家的家长钟鼎石坐在中间，钟书叁的母亲弗兰站在他后面。

弗兰是一个英国女人，在那样的年代，钟鼎石娶了一个外国女人为妻，思想应该是十分开明的。因为是混血儿，所以钟家三兄弟都长得十分漂亮，钟昆仑继承了钟书叁的漂亮，还加上了秦如月的明艳，也就成了盛世美颜。

钟昆仑拿着这张照片看了一会儿，抓了抓头。他的爷爷和奶奶早就死了，钟书贰和钟书壹都没有结婚，他们比钟书叁死得更早，钟昆仑就从来没见过他们。

也就是说这张大合照里，除了襁褓里看不到脸的钟昆仑，里面的人全都死了。

钟昆仑把这张大合照翻过来，找了个信封收好，贴了两层贴纸，东张西望了一会儿，才将这阴森可怕的东西压进了厨房那个大南瓜底下。

吓死人了。必须用阳气十足的东西镇住。他一想起自己全家都死光了，还是会吓得瑟瑟发抖。

用超大南瓜镇住那张恐怖照片之后，钟昆仑拿起手机，莫名其妙地给慕云山打了个电话。虽然慕云山把自己的号码从他手机里删了，但是同住了几个星期没法联系很麻烦，所以他又偷偷加了回来。

"喂？"慕云山接了电话，她似乎有点忙，身边有很多杂音。

钟昆仑听到她的声音，仿佛一切妖魔鬼怪都在慕云山的声音里魂飞魄散香消玉殒，他哼了一声，很矜持地问："礼物收到了吗？"

"什么收到了吗？"慕云山没听清楚，"你放在哪里了？我没看见啊！"

钟昆仑勃然大怒："我特地找出来给你的，就放在你床上，你敢说没看见？"

"什么放在我床上？你怎么能放在我床上？你是怎么进来的？"慕云山的声音也很不客气，"就算我这里的门锁不是安全锁，你也不能随便开门进来，把东西放在我床上，你这种不叫送货上门，也不是安全服务，你这是擅闯民宅！我要投诉你……"

"你以为我是谁？"钟昆仑目瞪口呆，她在说什么啊？

慕云山顿了一顿，狐疑地问："你不是送快递的吗？"

钟昆仑气得整个人差点爆炸："我是钟昆仑！你这个神经病！"

慕云山也呆滞了两秒，尴尬地解释："啊……我今天等快递送东西来，我以为……"她终于反应过来钟昆仑问的是他那张等身写真，连忙说，"哦哦哦，你那个'礼物'……你那个礼物啊，我放得……我保存得很好，它很牢固……"慕云山一边说一边瞟着旁边那张堆满了泡面盒和水果皮的"桌子"，"我很喜欢。"

钟昆仑的气莫名其妙地顺了一点回来，哼了一声："那是综艺的海报。"

"你有没有徐稚之的海报？"慕云山说，"我有个朋友很喜欢他……"

钟昆仑勃然大怒："没有！"

慕云山还没说完，钟昆仑就结束了通话。她耸耸肩，巨婴少爷就是这么莫名其妙又难以伺候，神经兮兮又鬼鬼祟祟。

她今天要等那些水果苗，要种在哪里她都想好了。

草莓她要种在窗口，就是钟昆仑住过的那个客房的窗口。她准备了六个一升装的牛奶盒子，用铁丝把它们箍在一起，一个个底下剪开了洞，铺上大块碎石头，再装进园土，就等着种草莓了。

她买的草莓品种是"桃熏"和"章姬"的杂交，不知道叫什么，店家保证这次的种子一定是对的。据说这个杂交品种比"桃熏"和"章姬"更甜。

看着白色的牛奶盒子，再想想一会儿就要到的草莓苗，慕云山幻想着它们长在窗口，草莓叶子将残破的窗框掩盖，鲜红的草莓沿着窗框挂在半空中……那会是怎样美好的景象？

她以后要吃自己种的草莓，喝自己种的草莓做的草莓奶昔，如果有人会做草莓蛋糕那就更好了。

蓝莓她要种在倒塌的走廊前面，每天早上一开门，就会看见门口左右两边的蓝莓。蓝莓的花朵像一串一串的白铃铛，如果开花了，比很多观赏花都漂亮。

柠檬就要种在厨房门外，她要在厨房门外种一片香草小花园。现在先种一棵小柠檬，以后她还要种薄荷、百里香、葱、蒜、桂叶、芹菜、辣椒、柠檬香蜂草、迷迭香、薰衣草等等等等。然后做饭的时候，她就打开门，在小花园里摘一把。

在这样好的未来面前，钟昆仑是什么？又被她忘了。

高冷向派出所请了假，说是要回家一趟。服务中心的小姐姐小妹妹们长吁短叹，十分不舍。慕云山怀疑他要去做什么不法的事情，毕竟那天他来留遗言……不，来告辞的时候说的话实在太像要去给某人套麻袋打一顿。

然而，高冷还是个派出所的协管员，应该不至于知法犯法吧？她给高冷发了几句注意安全、有事联系、回来请你吃饭之类的微信，都是假大空的套话，也不知道如何是好。

她不知道高冷有什么家人，派出所的警察同志她也不敢去招惹，而高冷身边也没有什么亲密朋友，所以也不知道向谁打听高冷到底出了什么事。当然，她死也不会想到高冷家出的事和她举报过的诈骗电话有关系。

倒是杨牧听到她不放心的碎碎念，告诉她高冷只是要回趟家。

"他家里是不是出了什么事？"慕云山问。为什么杨牧知道高冷要回家，她却不知道？

"城管执法局窗口的小妹妹看见他在打请假报告，上面写着中秋节要回家。"杨牧说，"偷拍的照片就发在服务中心的女生群里啊，你没看见？"

慕云山黑着一张脸，好吧……人家只是要回家。

"小慕，你有没有听说服务中心又收到了投诉件？"杨牧说，"有人写匿名信说你态度不好，上班喝茶，要求严肃处理你。"她沉吟了一会儿，"这件事有点奇怪。"

"噗……"慕云山震惊了，"又是我？我做错了什么？"她真是不能理解，上次那个和她毫无关系的投诉，导致最近她接电话都温柔得不行，每个电话都怀疑是压力测试，每个申请人都是市领导，怎么可能态度不好？

"投诉人说她打电话来咨询，你很不耐烦，还嘲笑她。"杨牧说，"主任查过了电话录音，我们没有接过这个电话。"她的眉心有点蹙，"这个匿名投诉人说她是打电话来的，又说她看到你上班喝茶，前后矛盾，我怀疑这是恶意投诉。"她看着慕云山，"就是针对你的。"

我？我又不是天将降大任于斯人也的斯人，又不是值得被人陷害的太子，也不是可能与皇后争宠的妖妃……慕云山再次震惊了："有谁要针对我？我有什么值得针对的？我，我做了什么？"

"有些人，你没有做什么，但也会成为她或他发泄不满的对象。"杨牧柔声说，"有时候你只是某种情绪的宣泄口，施暴者并不想知道你无不无辜。"

慕云山心里紧张的情绪散去，她已经死过一次，又重生了一次，被奇怪的人恶意投诉也不过是震惊而已，又不会死，所以也没什么。她看着杨牧："牧牧姐，"她脱口而出，"洪百姓到底有没有打过你？你怎么对施暴者的恶意感触这么深？"

杨牧愣了一下，慕云山居然没有再关心到底是谁恶意投诉她，也没烦恼这件事到底怎么收场，却关心起自己有没有被施暴过？虽然慕云山不掩饰好奇和八卦，但也是对她真的关心。

不是十分亲近的人，对这样的问题很难启齿。杨牧沉默了一会儿，轻轻叹了口气："他没有打过我，但是他……打了小米。"她一如既往地轻声细语，温柔而从容，"小米是个女孩子，我从没想过他还会重男轻女。B市是个开放的城市，我们都是知识青年，都是本科文凭，但不能改变他的想法，他对小米很失望。"

"你们为什么不生二胎？"慕云山也不能理解，现代社会还有人依然坚持要生儿子传宗接代的？生物老师没教过女性比男性抗病性更好寿命更长吗？

杨牧摇了摇头："我曾经考虑过，但是小米一岁，刚开始学走路的时候，有一天他在家里吃香蕉，小米走过去看他，伸手向他要香蕉。他……"杨牧轻声说，"他踢了小米一脚。"

慕云山变了脸色，洪百姓渣出了她意料之外："怎么能这样？小米没有怎么样吧？"

"没有，小米摔倒哭了，他也没有理她，也没有抱她。"杨牧说，"从那以后，我就决定不生二胎，无论什么都不能动摇我的决心。"

慕云山理解，以洪百姓的心理，如果杨牧二胎生了个儿子，小米的待遇一定会更差，而如果二胎生了女儿，恐怕两个女儿的境遇都不会好到哪里去。

"我和他说清楚了绝对不会要二胎，我们的孩子就小米一个。"杨牧说，"他就在外面找了一个女孩子。"

慕云山情不自禁地抓住了杨牧的手："牧牧姐……"

杨牧笑了笑："我那时正在考虑离婚，只是对我们这么多年的感情还是很舍不得。"她轻叹了一口气，"我知道必须要有个儿子这件事，可能是他家里人的意见，但更主要的是他自己也认同，不是吗？所以没有那么多为难和无辜，各自做的决定，就要各自负责任。于是我们就离婚了。"

洪百姓下次再来，慕云山可能要用扫把直接把他扫地出门。她无法理解："既然他都找到了人给他生儿子，为什么还要缠着你？"

"那位愿意为他生孩子的小妹妹……"杨牧说，"很喜欢他是个总裁。但洪百姓的钱和卡都在他妈妈手里，他妈妈很节俭。"

哦……我懂！慕云山恍然大悟："后来孩子生了没？"

杨牧说："后来的事我不是很清楚，好像是没有。"

"这真是一个悲伤的结局，但我这么幸灾乐祸是怎么回事？"慕云山忍不住笑了出来，"怎么说……苍天在看着你，一直在看着你啊！哈哈哈……"

杨牧也笑了起来，一对小梨涡绽放，很是好看。

"你不担心针对你的人可能又一次恶意投诉？"

"这种事担心也没有用，就不要浪费时间了，等发生了再说吧。"

"小慕，"杨牧若有所思，"你想得真开。"

"妹子我是经历过大风大浪的人。"慕云山拍着她的肩，"不计较这种鸡毛蒜皮的小事，如果她投诉的事是真的，我才要发愁，她投诉的都是假的，我有什么好发愁的？"

杨牧点了点头，露出一个浅笑："没错，不值得为这种事发愁。"

过了一个星期，慕云山果然又被投诉了，这次投诉说她涉嫌赌博。

服务中心的主任被关于慕云山的投诉件搞得焦头烂额，虽然件件都不属实，但的的确确每一件都在扣服务中心的考评分数。年终考评可不管投诉是不是有效，凡是有投诉就一定要扣分，所以今年不管服务中心2.0版取得了怎样的成绩，都无法抵消这一大堆投诉件扣掉的分数。

短期内投诉激增的情况甚至引起了上级的关注，有关领导已经在问这个叫慕云山的职工到底是怎么回事了。

慕云山那赤贫线上的饭碗摇摇欲坠。

《你问他知道》知识综艺传出了重录的新闻。

据说是因为有嘉宾作弊，××台这次科普综艺主打真才实学，不搞剧本，要求全部嘉宾不夹带任何资料，完全靠自己完成比赛。也就是说这是闭卷考试，然而听说有人私自携带手机进去，还喊了场外的帮手协助查询答案。

事情暴露后，××台决定对节目进行重录，对嘉宾进行调整，取消了其中一些人的参赛资格，又加了一些人进去。在这些人的名单中，钟昆仑岿然不动，依然坚挺，令人啧啧称奇。

之前放出的花絮不知道是重录前还是重录后的，××台不说，大家只能瞎猜，就在这瞎猜胡搞互相攻击的氛围中，国民第一综艺《你问他知道》终于开播了。

"中华文化源远流长……"林翰说了一大堆开场白，大家都急着想看明星和偶像。有些人的偶像是钟昆仑或董慧这种美少年，有些人的偶像是李云子这种国学大师，但也有些人是冲着奇怪的爱豆去的，比如说兔子谷这种科普大号，居然坐拥数千万死忠粉，也是很奇怪的事了，可能彰显着我国国民的基本素质正在稳步提升。

"我们比赛的第一个环节是大家熟悉的诗词歌赋相关知识问答，名为'离歌'。我们将在这个环节提出五个问题让五组嘉宾进行抢答，答对加十分，答错扣十分。五道抢答题答完后还有五道必答题。"林翰说，"请各组嘉宾注意了，必答题将由我本人从这个摇号箱中随机选择号码，被抽中号码的嘉宾必须回答该道必答题，可以与同组的组员共同讨论十秒钟，十秒钟过后答对者加十分，答错者扣十分。比赛开始前，每组的原始分都是一百分，当一百分全部扣完，该组嘉宾将退场。大家听明白了吗？"

甲乙丙丁戊组嘉宾乱糟糟地回答听明白了。

"第一道题目。有一首诗，'长剑一杯酒，男儿方寸心。洛阳因剧孟，托宿话胸襟……'"林翰的声音悠扬，念诗十分好听，但他还没念完，嘉宾组的抢答铃就叮叮当当一片乱响，共有三组按了抢答。

"我还没问出问题，你们就抢答了？"林翰都忍不住笑了出来，"这么有自信？"

第一个抢答的是和傅信雅同组的双胞胎，按铃的是哥哥。他们从小到大都是学霸，高考同分并一起考入国家最高学府，哥哥叫黄果，弟弟叫黄柚。

天之骄子果然非常自信，都不等林翰问问题，黄果就回答："这首诗的作者是李白，诗名叫《赠崔侍郎》，全文是'长剑一杯酒……'"

"学霸果然是学霸。"林翰说，"但这道题不是考诗的全文和作者，题目是'洛阳因剧孟'的'剧孟'，他、是、谁？"

黄果一愣："这个……"他记得"剧孟"是一个人，可能是一个侠客，但具体的细节记不清楚了，过了几秒钟没想起来，抢答失败，扣十分。

林翰微微一笑："第二个抢到题目的是甲组的李云子李老师，请李老师给我们解答一下，李白所提及的'剧孟'，他究竟是谁？"

甲组的李云子表情很平淡，他其实无意上什么节目，但是××台希望有一个学术界的代表参与这个节目，来彰显国学的内涵和底蕴，提醒整个社会我们国家历史和文化拥有深厚根基，有无数事情值得年轻人去探索。节目组的一句话打动了李老，节目组说："我们请您来参加，就是为了让年轻人知道他们究竟有多无知，知耻而后勇。"

"'剧孟'其实算不上一个十分重要的人物，他是一个很得人心的、仗义疏财的侠客。"李云子说，"《史记·游侠列传·剧孟传》里提到，'剧孟以侠显'。公元前154年，吴王刘濞发动叛乱，景帝派太尉周亚夫去和叛军作战，到洛阳边的时候，周亚夫遇到了剧孟，发现洛阳军民在剧孟的指挥下没有参与叛乱。周亚夫非常高兴，说'吴、楚举大事而不求剧孟，吾知其无能为已'。说明剧孟当时非常得人心，大家都听他的话，朋友非常多，是一方强大的势力。但是这个人也有缺点，史记上说他'好博，多少年之戏'，我个人猜测他可能比较爱玩，可能还参与了一些赌博之类的游戏，到他死的时候，'家无十金之财'，下场也是比较凄凉的。"

"感谢李云子老师。"林翰说,"给甲组加十分。"

这题目的难度显然大大出乎甲乙丙丁戊组成员的意料,各组嘉宾面面相觑,都感觉十分不妙。

钟昆仑两眼无神地看着大屏幕,大屏幕上正在投放李白的那首诗。

素雅的淡蓝底色上,一行行好看的楷书徐徐显现。

长剑一杯酒,男儿方寸心。
洛阳因剧孟,托宿话胸襟。
但仰山岳秀,不知江海深。
长安复携手,再顾重千金。
君乃辕轩佐,予叨翰墨林。
高风摧秀木,虚弹落惊禽。
不取回舟兴,而来命驾寻。
扶摇应借力,桃李愿成阴。
笑吐张仪舌,愁为庄舄吟。
谁怜明月夜,肠断听秋砧。

镜头突然给了钟昆仑一个特写,于是全国人民都看见了钟昆仑的嘴型,他在那儿数"一二三四五……",然后转过头问徐稚之:"第五行第三个字怎么念?"

徐稚之蒙了一下,也跟着"一二三四五"地数。

镜头转到了李云子那边,李云子一脸严肃,坐姿端庄,与隔壁演艺圈的两个鲜肉有天壤之别。

"哈哈哈哈……"

"哎呀我要笑死了……"

"不枉费我特地打车回家看这个节目!"

"出现了!文盲!"

"我以为钟死死至少能抢答个作者是李白呢,李白大大的诗怎么也算不上偏门了,虽然考点很偏门,但是我万万没想到钟死死连字都不认识啊!"

"没有人觉得这个字就是很怪吗?"

"读偏旁部首也猜得到它念yóu啊!"

"可能钟昆仑连'酉'字也不认识。"

"前面真相！"

"前面真相！"

"前面真相+身份证号码。"

开场不到十分钟，网上一片欢腾，钟昆仑不认识字的截图已经广为流传，被做成了千姿百态的表情包。

"哈哈哈……"慕云山在家里笑得滚来滚去，她小时候也是背过唐诗宋词的，比起坑过她的祎德禚老爷子，这个"辂"字实在算不上什么。

节目在继续，林翰说："请听题，第二道题。'春陵气初发，渐台首未传。列营百万众，持国十八年。'该诗感怀的是哪个朝代的往事？"

这就是花絮里的那道题，大家早就百度出了答案，于是弹幕纷纷掠过："我大汉朝……"

"汉朝。"

这道题是傅信雅抢到了，他回答了汉朝，得了十分。

这道题和第一道相比算不上很难。但是大家都发现了，这个节目的考点不在背诵上，而是都落在与诗歌相关的背景和细节上，这对纯背书不求甚解的记忆流是沉重的打击。

双胞胎组合的脸色很严肃。

全国人民至少有一大半相信他们俩能背诵全唐诗宋词元曲。

但节目组不考背诵。

兔子谷的三人组非常放松，他们对诗词歌赋本来就不擅长，完全没有抢答的想法，只是在熟悉节目气氛，还到处和观众打招呼。

甲组有李云子坐镇，另外两个根本不愁。

戊组是外国人，大家对外国人都很宽容。

只有乙组，董慧的脸色不大好。他来参赛之前很是苦读了一番的，背了许多书，也做了很多功课。他想在××台的比赛中一鸣惊人，但是这些考题太难了。

远远超出了他的想象。

钟昆仑问的那个"辂"字，其实他也不会。

而在徐稚之给钟昆仑解释了"辂轩"是个什么鬼后，董慧的脸色更难看了。

他意识到一鸣惊人的可能不会是他。

是徐稚之。

"请听题。"林翰开始了第三题,屏幕上打出了一首词。

老来可喜,是历遍人间,谙知物外。看透虚空,将恨海愁山,一时挼碎。免被花迷,不为酒困,到处惺惺地。饱来觅睡,睡起逢场作戏。

休说古往今来,乃翁心里,没许多般事。也不蕲仙不佞佛,不学栖栖孔子。懒共贤争,从教他笑,如此只如此。杂剧打了,戏衫脱与呆底。

林翰说:"这是一首很特别的词,词作者是两宋时期著名文学家朱敦儒。在这首词中,隐藏着一种中草药的名字,请问它是哪一种草药?"

题目一出,连李云子都愣了一下。

叮当一声,兔子谷的科普达人"道奇兔"按下了抢答铃,他是个个子不高的小男生,年纪不大,一脸稚气,和他的网名很相称,是一个可爱的男孩子。道奇兔一脸笑容,显然对自己居然能回答问题也很惊讶:"我没听过这首词,读起来是很潇洒,不过这首词里看着像草药的只有一个字'蕲'。有一种中草药叫作'蕲茝',是伞形科芹亚科阿米芹族藁本属川芎的嫩芽和鲜叶。"

"给丙组加十分。"林翰也很高兴,"'蕲茝'又名'蘼芜',是一种香草的名字。'蕲茝'两个字可能大家很陌生,但'蘼芜'两个字在中国古代的诗词里十分常见。古人相信'蘼芜'可以使妇人多子,故而夫妻间的离愁别怨多用'蘼芜'借代。"

这道题本来又冷门又无聊,然而说到这里,弹幕突然爆发了。

"???细思恐极。"

"啊啊啊,我明白了,'梦里蘼芜青一剪,玉郎经岁音书远',那可能就是说,死鬼,我做梦都想和你生猴子,你什么时候回来?"

"不能正视'春风窈窕绿蘼芜'……"

"到底是怎么回事,突然间画风这么蘼芜……"

"我以后不能正视'蘼芜'这个词了,××台害我!"

"蘼芜"以诡异的画风突然登上了热搜,全国人民在欢乐的气氛中将与"蘼芜"有关的诗词都搜了一遍,脑补出各种奇怪的故事。

这个节目有毒!慕云山在家里看节目笑得快断气,节目组有才华,弹幕更有才华,这时已经有网友在弹幕上作诗了:

"上邪,我欲与君蘼芜……"

"卫生局,我隔壁家的育龄妇女蘼芜了,这是她的第九胎,罚不罚?"

"有没有人看《上山采蘼芜》，那是道德的沦丧，还是人性的缺失？"

"初中文凭的我同在看《上山采蘼芜》，××台有毒！"

"春风又绿江南岸，一树梨花压海棠，梦里蘼芜青一剪，朕与将军解战袍。"

"前方高能。"

"佩服佩服。"

"我怀疑前方正在开车并且是男男生子，但没有证据。"

慕云山抱着手机笑得快死了，第四题是什么她都没听，就看着弹幕疯狂地笑。妈呀这人间！

虽然弹幕界已然成精，但节目仍然以稳健的节奏进行着。在场的甲乙丙丁戊组嘉宾和主持人都没有对"蘼芜"有什么想法。第四题考的是赵佶的《眼儿媚·玉京曾忆昔繁华》，这就是道中规中矩的考题，考的是靖康之变徽、钦二宗被俘的历史。这道题被傅信雅抢到，于是他又得了十分。

"请听题。"林翰说，"这是一首大家耳熟能详的古歌。'风萧萧兮易水寒，壮士一去兮不复还。探虎穴兮入蛟宫，仰天呼气兮成白虹。'"

甲乙丙丁戊组安静如鸡，不敢胡说八道，以免被坑死。

林翰微笑："在这首古歌的故事里，有一个人，擅长一种乐器，那是一种什么样的乐器？有没有嘉宾能告诉我们？"

叮的一声，徐稚之终于抢到了题目。

弹幕界哇声一片，刷出了"正在摆渡中……"的字样。

"这是荆轲刺秦前唱的一首古歌《易水歌》。"徐稚之也非常正经，但是有李云子这种前辈在，他侃侃而谈起来就显得稚嫩可爱，非常青涩。弹幕上一片"这么可爱的学霸一定是男孩子！"飘过。

"公元前227年，荆轲是燕国太子丹的门客，为了阻止秦国吞并燕国，太子丹请荆轲刺杀嬴政，后来众所周知，荆轲失败了。在荆轲唱《易水歌》的时候，他的好朋友高渐离为他击筑，给他送行。燕国灭亡以后，高渐离以击筑的技艺闻名，嬴政召见了他并认出他是太子丹的门客。但嬴政爱惜高渐离击筑的技能，熏瞎了他的眼睛，赦免了他的死罪。高渐离接近嬴政以后，在他的筑里面放了铅块，趁嬴政听筑的时候猛击嬴政的头部，试图刺杀嬴政。结果和荆轲一样，失败被杀。"

徐稚之讲故事很认真，也很仔细，态度非常端正。李云子连连点头，觉得他没有答错。

然而弹幕的画风是这样的：

"我的天!"

"嗯?"

"哦。"

"好虐……"

"荆轲是男的吗?"

"我流下了感动的眼泪,弹幕会不过审吗?"

"好伤心怎么办?"

"有人关心一下'筑'的感受吗?人家才是主角!"

"答案君泪流满面。"

"'在这首古歌的故事里,有一个人,擅长一种乐器,那是一种什么样的乐器?'答案:凶器。"

徐稚之继续回答:"高渐离擅长的乐器'筑',是一种形似琴的乐器,有十三弦。演奏的时候,演奏者将筑抱在怀里,一只手按弦,另一只手用竹尺敲击琴弦发出声音。筑一度失传,后来在渔阳墓里发现了实物,才让现在的人能够重新研究这种乐器。"

"给乙组加十分。"林翰十分赞赏,给徐稚之鼓掌。

"离歌"的环节结束,今天的节目也就结束了,下一阶段的必答题要等下周才播出。

钟昆仑就这么坐了半集,无所事事,贡献了一个不认识字的梗。

徐稚之的粉则将他的视频翻来覆去地编辑,恨不得在他全身都贴上"这是我的爱豆我好骄傲"的标签。网上对徐稚之一片称赞,无数人都在圈他,许多妹子都表示要"薜芫"他,网上还衍生出了一句才华横溢的诗:"春风一度薜芫绿,蕲其兽首以筑之!"并附译文:"凡肖想和我男/女朋友生猴子的人,老子打爆你的狗头!备注:此处'蕲'通'祈'。"堪称将节目看入了心里。

Chapter 13
忧郁男孩

京城。

某低调奢华的别墅区内。

高冷背着个破布背包,直挺挺地往里走。

门口的保安将他拦住:"喂……"

高冷,哦不,高余寒冷冷地看了他一眼。

保安甲一滞,这身高这颜值这气质……他眨了眨眼不敢相信,再从头到脚看了一遍——没错!这一身地摊货,全都是杂牌,肯定不是小区里的住户啊!

"喂!"保安甲再度试图将他拦住,"你找几号的业主?有没有登记?"

保安乙重重拉了下保安甲的后心,对着高余寒一脸笑容:"高少回来了啊,你好你好,慢走慢走。"

高余寒一眼万年面若冰霜地从保安室前走了过去。

保安乙点着保安甲的头:"你眼瞎啊!这是高董事长的儿子!你没看他们长得多像吗?"

保安甲抱着头:"谁知道高董事长的儿子还要穿'囧力'牌的鞋子……"

"人家那是爱好,你来得晚,没见过高少小时候……"保安乙悄声说,"人家十三岁开游艇环游世界呢！"

"十三岁就会开游艇？"保安甲表示贫穷限制了想象力，"那有驾驶证没有？"

"这我可就不知道了，反正高少十三岁的时候，把他爸游艇开走了是真的。"保安乙表示我是一个正经人从来不造谣，"听说家庭教师也一起走了，后来董事长都报警了，那时候闹得可大了。"

"哦？哦？"保安甲若有所思，"那怎么我来的这几年就没见过他？"

"高少打小就和其他孩子不一样，听说最近在别的地方当保安，忙着呢。"保安乙说。

"哦，哦……啊？"保安甲瞪眼看着保安乙。

保安乙说："我这个人，从来不八卦，不该知道的事我一向不知道。"

高余寒走进小区最深处的一栋别墅。

这栋别墅门口并没有欧式花园和巨大停车场，清雅的垒石矮墙上长着青苔，青苔上滴落的水珠令这片矮墙看起来幽静可爱，一扇窄门安静地立在青苔石墙的一角。这扇黑色木门边挂着一块精致的牌匾，牌匾上刻着一个字：高。

这就是高茶的家，虽然他还有很多房子，但这里才是他真正的家，也是高余寒长大的地方。

一听到门外有动静，一个绾着蓬松发髻、穿着碎花裙子的女人飞快地拉开了门。

"小寒！"开门的女人看起来年纪不大，三四十岁模样，还依稀留着青春的尾巴。一身橘红色的茶歇裙上印满了小樱桃，腰带在腰间打了个小小的结，衬得她肤白貌美，娴静又温柔。

这就是高余寒的妈妈，高茶的老婆，龙云纱女士。

高余寒冷不防被他妈抱住，面无表情："妈。"

"小寒快进来，妈妈好久没有看到你了，路上累不累？饿不饿？妈妈给你做了小饼干。"龙云纱说，"做了姜饼小人，圣诞树和南瓜的……"

高余寒冷酷无情地推开他妈："我不饿。"

"怎么会不饿呢？动车坐过来十几个小时呢！"龙云纱说，"让你爸给你买机票他就没买，害得你坐动车回来，这样的爸爸有什么用？幸好我的小寒聪明……"

"我吃了泡面。"高余寒的眉头隐约地跳了两下，"他买了，我没坐。"

"我就怕你饿……"龙云纱围着他转来转去，"妈妈太想你了。"

高余寒问："爸呢？"

"你爸开会去了，马上就回来，你先吃小饼干，不够的话还有你最喜欢的白令海鳕鱼，还有松叶蟹……我怕你不会剥已经帮你都剥好了。"龙云纱笑眯眯地看着高余寒，"今年的螃蟹挺好的。"

"妈，中秋快乐。"高余寒顿了一顿，终是没说什么，揉了揉他妈妈的发髻。

"这次回来，还走吗？"龙云纱问。

"走。"高余寒说。

龙云纱沉默了一会儿："为什么？家里不好吗？"

"好。"高余寒说，"但你生我出来，一定不只是为了给你自己玩儿的。"他说，"妈妈，我六岁就不喜欢吃你的姜饼小人，十三岁就不吃鳕鱼和螃蟹了，但你不喜欢我长大，你什么都不缺，就缺人陪你。"

龙云纱的眼圈红了，高余寒又给她插了一刀："有义务陪你的人是高茶，不是我。"

龙云纱的眼泪瞬间就掉了下来。

"你这个不孝子！"身后高茶的声音传了过来，"你回家就是专门来气你妈的？你知不知道你回来这一趟你妈有多高兴？你一进门就让她伤心，有你这种儿子吗？"

"高茶董事长，"高余寒冷笑，"你指使你的手下为难一个大学都没毕业的女生，你觉得有意思吗？"他转过身来，"她不知道你的亿万家产，你就不用被害妄想了。"

"是她为难我！"高茶勃然大怒，"她还是个已婚的身份。你不要以为我不知道她还没有和那个小明星离婚！我高茶的儿子追求一个已婚女人，上赶着给人当第三者！你不要脸我还要脸呢！你可以不要亿万家产，反正你这么有骨气，你也可以去当协管当保安当义工！但是和一个脚踩两条船还搞欲擒故纵的女人纠缠不清，那就是自甘堕落！老子要把她扫地出门，让她立刻消失，身败名裂！"

高余寒的眼睛红了，他低沉地说："你关心的是你的颜面，还是我的感受？"

龙云纱呆呆地站在高茶身后，脸上泪痕未干，一脸的茫然无措。

高余寒仰起头深吸一口气："你们两个……真是天生一对。"他的眼睛很红，眼圈也很红，音调依然冷冷的，"高茶，把你的人撤回来，慕云山在服务中心做得挺好，不要为难她。"

"不可能。"高茶冷笑一声，"过几天我就给她们主任打电话，把她开除，再留下一个不良记录，我要让她在整个B市都找不到工作！"

"我放弃。"高余寒说，"我追求过她了，她不接受，我放弃。"他的眼睛很红很红，中间荡漾着一层莹莹的反光，"你赢了。"

高茶正打算再加上几句慷慨激昂的话,突然听见儿子说了句"你赢了",愣了一下。

高余寒回家连坐都没坐一下,伸出手来抱了抱他娇小的妈妈,掉头就走。

"站住!"高茶厉声喝道。

"你赢了。"高余寒说,"把你的人撤回来,不要为难她。"他在门口停了一下,回过头来,"你还想怎么样,高董事长?"

高茶看着儿子,不知道自己想听儿子说什么。

高余寒看了他一眼,冷冷地笑了笑,掉头而去。

龙云纱哭了起来。

高茶黑着一张脸,他做了十足的准备要弄死那个勾引他儿子的小妖精,也做了十足的准备对付自己从来不听话的儿子,结果……

结果目的轻而易举地达到了,他却并没有很顺心。

有一朵花,它从前不想开,当它想开的时候,却最终开不成了。

高冷消失了几天之后又出现了,看起来和原来并没有什么不同。

他回来的时候慕云山请了年假正蹲在家里,据说在种果树,然而和以往不一样,高冷既没有说要去看,也没有骑着"小绵羊"直接去看。

慕云山说要请他吃饭,高冷拒绝了。

所以这一定是回家去打了人以后,心理扭曲了吧?慕云山有点担心,又不知道他具体造了什么孽,只好拜托郑州洲圳和杨牧一起多盯着点。

郑州洲圳沉迷于徐稚之的视频,已经对除了徐稚之之外的男人视而不见,虽然她有时候会看高冷几眼,但灵魂超然物外,早已不知道哪里去了。

周五快下班的时候,杨牧走到高冷的柜台前:"小慕说她院子里种的果树结果了,请大家周末去吃饭,一起去?"

高冷说:"不去。"

杨牧说:"我还没去过小慕的院子呢,你不给我们带路?她的院子只有你去过。"

高冷愣了一下,杨牧觉得他的眼睛有点红,却听他说:"我做了个决定,要离她远点。"

这是什么意思杨牧自然清楚,不过她说:"肯定发生了什么事情,你才会做这个决定,高冷,你这个突然的决定让小慕和我们都很担心。因为我们都有不好的感觉，朋友之间，沟通是非常重要的。与其让我们胡思乱想，倒不如讲清楚到底发生了什么……"

"那是我的私事。"高冷冷冷地说，"你会和别人讲洪百姓有没有打你吗？"

杨牧又愣了一下，忍不住微笑："如果是你想知道，我会。"

高冷顿时瞪大了眼睛。

"今天小米没上幼儿园，她在外婆家，如果你想听的话，不如我请你喝杯咖啡？"杨牧说，"反正今天下班不着急，吃完晚饭我才去接她。"

高冷皱着眉头，但他心里肯定是好奇极了，过了一会儿，他勉强表示同意。

服务中心外有十几家咖啡店，杨牧找了一家离车站最近的，好方便一会儿她搭车去接孩子。

离车站最近的咖啡店叫孔雀鱼，店门口有一只大鱼缸，里面养着很多东西，就是没有孔雀鱼。杨牧点了两杯卡布奇诺，纵然咖啡界的新品出了那么多，她也只认得青春时期常喝的那种。只是陪她喝咖啡的少年，早已不在了。

为了满足高·八卦精·冷的心理需求，杨牧把自己和洪百姓的故事草草讲了一遍。高冷很仔细地听完，若有所思地说："所以他没有打你？"

杨牧点头："是，他从来没有打过我。"

"你觉得是因为他爱你吗？"高冷问。

杨牧说："是因为这么多年的高等教育。在某些方面总是成功的，教育总有它的价值。"

高冷沉默了，过了好一会儿，他说："你恨不恨他？"

"我不恨。"杨牧说，"我知道我的婚姻错在哪里。"

"你有什么错？"高冷冷笑了一声。

"你有没有发现，人性分好多种，有些人对越亲近的人越宽容，有些人对越亲近的人越严苛。"杨牧说，"我就是那种对人越亲近越宽容的，可能绝大多数人都属于这种。但洪百姓不是，他对越亲近的人越严厉苛刻，对越陌生的人越有礼貌态度越好，他把负面情绪都发泄在他亲近的人身上，因为在最亲近的人面前，他不用耐心维持他的假面。"

她摇了摇头："结婚前我就知道他是这种人。我问过他为什么，我那时候年轻气盛，问他为什么下班时我在门口等他，他却在办公楼上磨蹭一个小时不下来，而隔壁的小杨给他打个电话，他就马上下来了？他说因为我和别人不一样，因为他爱我。"

"他爱我……难道是个原罪吗？一个'最爱我'的人，为什么给我的待遇比其他所有人都差？我的错误就在于，明明知道他是这样的人，却相信自己能够宽容他一辈子。"她轻声说，"洪百姓的可恶，无非是他觉得'他爱你'就等于你中了五百万大奖，接下来就该轮到他予取予求了。而我的可恶……是一再地包容他，最终将他彻底养成了一个予取予求、不负责任的浑蛋。"

喀啦一声，高冷的汤匙在咖啡杯里划动，发出细细的声响。

"我的决定……"高冷听完了杨牧的故事，不知道在想什么，突然开口，"不突然。"

"因为小慕坚决地拒绝了你？"杨牧问。

高冷说："我这个人讨厌'爱'。"

杨牧问："为什么？"

"我讨厌被别人控制人生。"高冷冷淡地说，"'爱情''家庭'不过是互相控制的借口。我没打算结婚，也不想生小孩，虽然慕云山挺有意思的，但她还是喜欢钟昆仑，想来想去，放弃算了。"

杨牧惊讶地扬起了眉，她没想到谈个心竟然连高冷"没打算结婚，也不想生小孩"的打算都谈出来了。但这一定不是全部，慕云山转述过高冷上次离开时的"遗言"，杨牧的想法和慕云山一样，高冷一定是去做了什么。

"感情……不是互相控制人生。"杨牧说，"你还这么年轻，总有很多好事在等着你，等你谈过恋爱，就知道……"

"谈完了恋爱，负责任的就要结婚。"高冷打断她，"我不想结婚。"

杨牧顿了顿："你不想介入小慕的人生，按你的话说，你不想'控制'她的人生也不想被她'控制'。但你又很喜欢她，她让你开心，是不是？"

高冷点了点头。

当然也不完全是，他的确曾经动摇过，在"不结婚"和"不生小孩"的念头上，因为看着慕云山，总是能让人产生"和她在一起生活的话应该会很好"的期待。

可是高茶让他看清了现实——无论他想不想，慕云山的人生就要被他毁了。

"那你可以做她的闺密啊。"杨牧嘴角的小梨涡露了出来，"做闺密，说不定感情比男朋友更亲呢。"

高冷呆掉了。

最终高冷还是没有说请假的那几天去做了什么，只强调了他没有犯罪，慕云山和杨牧幻想中的套麻袋打人什么的都是不存在的。而慕云山精心准备的果树宴，高冷还是勉为其难地准备去参加了。

慕云山并不知道她的烂桃花即将凋谢，她请了五天年假，在家里睡了一天，第二天起来就开始整理院子。

她和卖山货的淘宝店老板娘成了朋友，在柠檬、草莓、蓝莓之后，老板娘又给她寄来了一些新东西。这些新东西是送的，老板娘说不值什么钱，把慕云山感动坏了。

她的年假正是为了这个不知道是什么的礼物请的，也许对老板娘来说真的不值一提，但是对慕云山来说，那是她新生的一部分。

是从前没有发现的美好。

在从前光秃秃的院子里，前院门口的篱笆上，左右各生长着白木香，这些白木香大概是在快递黑箱期间搞错了季节，零星地开着几朵白花。进入旺盛生长期的百香果爬满了废旧的篱笆，因为它们都向着太阳的方向生长，有一边的百香果藤蔓还是慕云山用绳子绑好了，才控制着它们好好地爬向应该爬的地方。篱笆的后半截光秃秃的，和前半截郁郁葱葱的样子很不相称，地上被挖了几个坑，正等着坑中的主人。

老板娘寄来的是几根长满了刺的枝条和一棵结了果子的无花果树苗。

慕云山解开那捆枝条，其中两棵上面挂着牌子"平阴一号"，另外两棵刺条上一棵写着"红树莓"，另外一棵写着"黄树莓"。这堆刺条上卷着一张A4纸，纸里简单粗暴地承载着老板娘的灵魂：玫瑰花可以吃。

没有了。

这么大一张纸就写了六个字，慕云山翻来覆去地看，指望从里面看到一些种植指南什么的，但是并没有。慕云山只好自己上网找资料，"平阴一号"是食用玫瑰，用来泡茶的，她谨慎地把那两根没有叶子的刺条泡在水桶里——据说裸根月季种之前要充分泡水。

另外两根刺条是树莓。树莓也是会抽长条的小浆果，她本来在篱笆旁边挖了坑，现在觉得树莓以后可能会长得很长，心想还是在厨房旁边靠墙的地方新挖两个坑吧。这样树莓可以靠着墙长高，如果结了树莓，摘了就可以带进厨房洗一洗，岂不是很好？

慕云山拿着铲子走向厨房两边的墙角，在距离小柠檬五六步的位置开始挖洞。她挖的洞距离厨房的墙面大约十几厘米，太贴墙不通风，对植物不好。

一铲子下去，厨房两侧的泥土有点硬，她换了个小铲子在地上使劲挖，撬开一层覆土之后，发现这地下……有点奇怪。

土里埋着什么东西。

慕云山大脑空空，思维在"这不会是杀人埋尸吧"和"棺材"的觉悟中反复横跳，手上却不停，直到把土里的东西挖了出来。

是一个大盒子。

盒子大概有六十厘米长，三十厘米宽，五十厘米高，外面有一层厚厚的泥土壳——慕云山怀疑它根本是被糊上了一层劣质水泥，看不见里面是什么东西。

但这不太像棺材，倒像是一个藏宝箱。

慕云山敲了敲那层泥土壳，隐约感觉得到内里是坚硬的东西，不是木质，也不是金属，倒像是玻璃。

这到底是什么？

她满腹怀疑地把这疑似藏宝箱的东西搬进了厨房，把红树莓种进了埋藏宝箱的坑里。接着再在厨房周围的泥土里到处乱挖，没再发现类似的东西。

犹豫了一阵子，慕云山给钟昆仑发了条微信。

钟昆仑正在准备《你问他知道》的第二期比赛，是百科生活赛场。猪哥在逼迫钟昆仑念书无果的情况下另辟蹊径，让他戴着蓝牙耳机没日没夜地听百科科普有声书，效果居然还不错。

"氢氦锂铍硼，碳氮氧氟氖……"钟昆仑要死不活地念着世间万物的终极奥义，整个人生无可恋地半身躺在床上，半身摊在地上。世界第二帅在他旁边拨弄手机，它拨弄一下，化学元素周期表就重来一遍。

叮咚一声，有人给他发了微信。

钟昆仑抬起头，世界第二帅又拨弄了一下手机，正好把照片调了出来。

他看到了一张沾满泥土的巨大石块照片，眨了眨眼，以为自己看错了。

紧接着世界第二帅把对方的语音按响了。

慕云山的声音响了起来："我好像在你家地下发现了宝箱。"她问，"这是什么？"

钟昆仑的微信也刚发了过去："这是什么？"

慕云山看到两行一模一样的字并在一起，有些好笑："惠林村钟家不是你们家的老宅吗？听说都好几百年历史了，怎么你还能不知道？"

"我不知道。"钟昆仑怀疑地看着照片，"从来没见过这种东西，你确定这是一个宝箱？它看起来就像块大石头。"

慕云山直接按了一个在线视频，钟昆仑看到她一只手就把这个不小的盒子拎了起来，还摇了摇："虽然不重，但盒子里好像有东西。"

"等我！"钟昆仑的好奇心被撩拨了起来，"等我去开！"他从来没想过能在现实中遇到宝箱这种事，怎么能错过！"我家的东西，我没到之前你不准开！"

"我猜这东西有钥匙，你有钥匙吗？"慕云山拿着手机照那个神秘的宝箱，宝箱的顶端依稀能看到有个锁，只是也被泥土糊住了，看起来像一坨奇怪的附着物。

"你千万别动，等我！"钟昆仑生怕慕云山把这好玩的东西先开了，悄声说，"等我找到机会，就去你那里开箱子。"

慕云山挂断视频，种好了计划中的黄树莓，心里不免觉得有些奇怪——钟昆仑对这个箱子真的完全不知情，不会是别人趁钟家没人的时候偷偷埋在这里的吧？

那到底是个什么？

对宝箱的疑惑在慕云山仔细观察无花果树苗的时候化为乌有。她注意到那棵树苗虽然不大，上面却有十几个成熟的无花果！

天哪！十几个！

无花果三个在超市里就要卖二十块，这十几个新鲜的无花果岂不就是好多钱？

不行，这么多！她怎么能一个人独吞呢？

必须叫大家都来尝尝！

慕云山把宝箱的事忘得一干二净，打电话约大家来吃无花果，顺便看看她的新成果，这里虽然离市区远，却拥有市区没有的风光，能拥有和市区完全不同的生活。

她以后会拥有更多无花果！

还有什么能比这个更令她激动呢！

慕云山在篱笆边种下了那两棵"平阴一号"食用玫瑰，这是种全身都是刺的玫红色玫瑰，好像是保加利亚大马士革玫瑰的引入改良品种，能适应中国气候。她把小刺折下来闻了闻，没有闻到香味，可能一定要花苞才有香味。

几根光秃秃的刺条直立在鲜嫩柔软的百香果卷须旁边，有点突兀，不是很好看。慕云山怕它是个裸根会死，因此把泥土压得紧实，还在刺条的周围铺了一层报纸保湿。

那棵带着十几个果子的无花果树苗被珍惜地种在了小柠檬旁边。这棵果苗只有六七十厘米高，却很壮实，掌形的叶片十分舒展，绿得看起来让人很舒服。它结的果子是淡黄色的，可能是一个叫作"小甜心"的品种，里面的瓤是淡橙色，看颜色就十分甜蜜。

"小甜心"糖度极高，慕云山已经摘了一个尝过，果不大，看起来小巧玲珑的，特别可爱。切开了里面是浅浅的橙色，柔嫩多汁，放在盘子里颜色特别温柔。

为了招待即将到来的客人们，慕云山在前院摆放了一张长桌，就是钟昆仑那张写真搭的长桌。她在上面铺了一块奶茶色的棉布，盖住写真，看起来就像一张好看的长桌。奶茶色的棉布是买学生床床垫赠送的床单，她没用上，就剪开铺在了这里。

桌子中间摆着一个白色的大盆。

这是一个白色搪瓷盆，直径足有三十厘米，印着"向雷锋同志学习"几个淡红色的字，是在惠林村里的杂货铺买的，两块钱一个。

慕云山准备在里面放无花果，现在白色搪瓷盆里是空的，果子要等客人来了，让客人们自己摘。

桌上还放着三盘菜。

一盘水煮南瓜，橙色的南瓜浸泡在清澈的南瓜汤里，南瓜已经煮得非常柔软了，汤却没有浑浊。慕云山用一个淡蓝色的汤碗装水煮南瓜，淡蓝色的碗壁和南瓜相称，颜色十分清新。

另外一盘是沙拉，切开的水煮蛋和生菜、番茄、黄瓜拌在一起，非常普通。慕云山没有沙拉酱，也没有橄榄油，她用百香果汁拌沙拉，最后在这盘普通的沙拉上撒了一把灵魂烤椰片。

烤椰片还是从郑州洲圳那里分来的。郑州洲圳网购了一盒海南香脆烤椰子片，结果人家所谓的一盒其实是五包，她根本吃不完，于是强行塞给了慕云山一包。

慕云山其实并不怎么会做饭，看她倒腾的这些华而不实的东西就能知道。

第三盘菜更加偷工减料，是直接端上桌子的一个电高压锅，里面堆满了地瓜。

没错，慕云山用来招待客人的食物就是这些了，主食就是煮地瓜。

理论上这些东西健康得没有一点油，纤维多得足够吃饱，然而中国人单纯吃这些肯定会饿死。中国人的胃是需要鱼虾肉酱油醋和姜葱蒜来填饱的，蔬菜沙拉算什么玩意儿？

慕云山一边装饰她的饭桌，一边心虚地等着客人上门。为了掩饰她不会做饭的事实，她极其努力地在桌上瞎折腾，以转移客人的注意力。

比如她在桌子的两头都放了插花，开得不多的白木香她舍不得剪，于是去后山的树丛下拔了一大堆三叶草的紫色小花。后山坡就在她院子旁边，树下的三叶草多得数不胜数，太阳出来，三叶草开出无数淡紫色的小花。慕云山采了很多，满满地插进两个玻璃小杯里面，灌上清水，就是两杯好看的插花了。

小紫花实在太多，有些缓慢地垂落下来，在玻璃杯杯口形成自然的球形花簇。

阳光透过三叶草花朵精致的花瓣，透过玻璃杯和水，影影绰绰地投射到长桌上，留下朦胧的光点。

这顿饭也许并不好吃，可它是这么令人愉快。

就在慕云山烧了开水准备泡茶的时候，"小绵羊"的声音传了过来。

高冷的"小绵羊"出现了，开到了他经常停的位置。

他的身前坐着一个小可爱，穿着艾莎公主蓝裙子，披着蓝纱披风，手里拿着魔法棒，梳着公主丸子头。小可爱举着魔法棒："一二三木头人！"

高冷很给面子地猛一刹车，站住不动。

小可爱从"小绵羊"上爬下来："龙骑士，杨小米公主已经为你解除了魔法，你可以动了。"

高冷锁了"小绵羊"，抬头看了慕云山一眼。

慕云山张开双手迎接杨牧的女儿杨小米，把她抱了起来，同时对高冷笑笑："我还以为你再也不会理我了。其实我一直很想说恋爱不成仁义在，你还是我最重要的朋友。你还愿意来参加聚会，我好开心！"

高冷有一点不自在，嗯了一声，不说话。

杨小米公主说："我和妈妈在路上捡到了这个骑士。"

这个时候，杨牧和郑州洲圳一起走了进来，她们是根据高冷给的定位打车过来的。高冷是骑车过来的，在村口遇上，就先把杨小米载了进来。

"这可能是个冰霜骑士。"慕云山说，"和艾莎公主很相配。"

"这个骑士太老了。"杨小米说，"我不要。"

"那你要什么样的骑士？"慕云山趁机摸她的脸，杨小米长得可好看了——杨牧好看，洪百姓也好看，杨小米遗传了洪百姓尖尖的下巴、杨牧的双眼皮大眼睛，还有一对小梨涡，可爱得要命。

就是凶，经常不给摸，有时候还抓人咬人。

是一个"凶残"的小公主。

"我要会飞的，像《天星陨落》里面的那个沈星。"杨小米认真地说，"沈星超好看的，还会飞。"

咣当一声，慕云山本来在倒开水泡茶，听到杨小米的话，茶杯翻倒，开水差点浇在自己脚上，她不可置信地问："你说什么？"

杨小米骄傲地说："我喜欢沈星，我以后要嫁给沈星，他会飞，他才是我的骑士。"

慕云山瞪眼看着杨小米，不知道该说什么好。

她转头过去，用怀疑的眼神看着杨牧："牧牧姐，你居然带着小米看《天星陨落》？"

杨牧微微一笑："她在外婆家和外婆一起看的。"

"你居然放任这种脑残片荼毒婴幼儿……"慕云山倒抽一口凉气，"她看得懂那乱七八糟的剧在说什么吗？"

"她可能就看懂了沈星会飞吧！"杨牧不是很在意，"我就希望她当个普通的小女孩，不用很特别，所以喜欢什么都可以，不要紧。"

这妈妈的心真大。

既然人家妈妈都不在乎杨小米公主沉迷钟昆仑的脑残剧，她也没办法说什么。郑州洲圳好奇地在给白木香拍照，高冷已经在长桌的一端坐下了，他对桌上的花草毫无兴趣，直接拿了一块地瓜就开始吃。

真不客气。

倒是杨牧提着一个大盒子，从盒子里又拎出三个小盒子来："我带了点东西过来一起吃。"

慕云山和郑州洲圳一起围了过去："是什么？你自己做的吗？"

"是啊，我早上做的。"杨牧打开三个玻璃密封盒，一股中国人无不沉迷的肉香扑面而来，慕云山深吸一口气，哇！这辣椒、花椒、孜然、蒜头、剁椒的香气……

"这是什么？"

"一盒泡椒鸡爪，一盒干卤鸭翅，还有一盒干锅鸡。"杨牧说，"除了鸡爪是昨天晚上泡的，其他都是早上现做的，还是热的。"

"牧牧姐你是天使！"慕云山尖叫，有什么比以为要吃素结果看见了肉还开心的？

"我知道你们都喜欢吃田鸡，但是田鸡做好了提过来就不好吃了，下次去我家现做给你们吃。"杨牧说。

"好！下次聚会去你家！"

看见肉的郑州洲圳和慕云山已经把什么无花果忘到了九霄云外，慕云山直起腰准备回厨房去拿筷子，却见高冷长手一伸，抓起一块干卤鸭翅就直接开始啃了。

他真是不客气。

慕云山愣了一下，郑州洲圳反应更快，要什么筷子，直接上手，不然一会儿还有剩下的吗？于是她左手拿了一块干卤鸭翅，右手拿了一只鸡爪，绝不落空。慕云山立刻放弃了拿筷子的想法，抢了块干锅鸡的鸡肉先吃。这道干锅鸡杨牧是用鸡腿肉做的,真是又香又嫩,太好吃了。

就在院子里一片其乐融融、抢吃抢喝的时候,前院的门咯吱一声,又开了。

慕云山满手是油,嘴里叼着鸭翅,奇怪地抬头看去。

只见一个一身黑衣,戴着黑色口罩和墨镜,连手上都戴了露指手套,打扮得像忍者一样的怪人鬼鬼祟祟地出现在门口:"慕云山,我的宝箱呢?"

啊?慕云山呆滞了。

那人推开门,猛地看见一院子都是人,整个人也呆住了。

Chapter 14
纯真与撕裂

那戴着黑色口罩的怪人呆了一呆，指着高冷的鼻子："又是你！"

高冷放下一只鸡爪，淡淡地问："钟昆仑？"

那鬼鬼祟祟的怪人当然就是从家里偷溜出来的钟昆仑，他好不容易摆脱了猪哥的紧迫盯防，打了个车到这里，兴冲冲地要开宝箱，结果一开门，一院子的"别人"。

钟昆仑指着高冷的鼻子："你为什么又在这里？你们在我家里干什么？"

"钟昆仑？"郑州洲圳一声尖叫，捧着脸，她看见了活的明星！活的！"啊啊啊啊！你真的是钟昆仑吗？"

钟昆仑虽然戴着口罩，但身上的怨气都要凝结成实体喷发出来了，他不理郑州洲圳："慕云山，你做这种事有经过我同意吗？谁允许你在我家院子里开趴？你把我这里弄得……弄得乱糟糟的，这些人都是谁啊！"

"什么东西啊？"慕云山被钟昆仑这神一样的逻辑惊呆了，"你出租房子，我付了房租的，还签了五年的合同。合同里有规定不准在这里开趴？有规定别人不能进来？还有你是来干吗的？"

"我来我的房子，还需要理由？"钟昆仑怒火中烧，"每次来我都会看到他，你是不是忘了你还没有和我离婚？我告诉你，你这种行为叫作婚内出轨！"

"你是不是有神经病？"慕云山简直无法和他沟通，"我婚内出轨？我早就写了离婚协议给你了，是你因为这样那样的原因自己不签字，怪我婚内出轨？不对，我哪里有出轨？我请朋友回家聚会，这个朋友是个男的，我就婚内出轨了？那我还请了两个女的呢！那算我婚内百合了？"

一旁不明真相的出轨嫌疑对象们默默啃鸡爪，感觉吃了好多个瓜。

"我一定要和你离婚！"钟昆仑咬牙切齿，"你这个拈花惹草的女人！"

郑州洲圳看到活明星的一腔热血被狗血浇灭，默默啃着鸡爪，突然听到"拈花惹草的女人"，她眨了眨眼，确认自己没有听错之后，望天翻了个白眼。

果然只有徐稚之才是天上的仙君，眼前这个……是什么？

慕云山当年果然是眼瞎了才会粉上这种人。

"是是是，我肯定会和你离婚，所以你到底是来干吗的？"慕云山忍无可忍，连最后一点伪粉丝的脸皮都撕破了。这位巨婴不是才搬出去没多久，又回来干什么？

"我来看我的……我来开我的箱子。"钟昆仑理直气壮地说，"我的箱子呢？"

哦，箱子……慕云山有点心虚，她把地里挖到宝箱的事情忘记了。

"什么箱子？"高·八卦精·冷终于听到了他感兴趣的部分，冷不防冷冷地插嘴。

"呃……"慕云山和钟昆仑瞬间诡异地沉默，过了一会儿，慕云山在十只眼睛的注视下，只好把她住的这个房子是钟昆仑家的老宅，而她在花园地下挖出一个箱子的事情老实交代了。

高冷的眼睛在发绿光，只是他不说。

钟昆仑很不高兴有这么多人知道了他的宝箱。

杨小米公主浑然没有认出眼前的蒙面怪就是她会飞的骑士，听说地下挖出来一个宝箱："我想看里面有什么！"

谁都想看里面有什么。

慕云山带着大家去厨房看那个箱子，那东西像一个泥巴墩子，呈现出相对规则的四壁，顶上有个突起，像尖起的屋顶，屋顶中间有一团沙砾和黄土混合的块状物，有点像个锁。

这真是个古怪的东西。

连杨牧都感觉很惊奇，忍不住问："钟家祖上是做什么的？经商吗？"

难道是晚清时期的大商户把自己家的金银财宝藏在了花园里？倒是经常听说有这类故事，主人逃难时把财宝藏进地下，却再也没能回来取。

"我听说他们是从外国回来的华侨。"钟昆仑说，"我奶奶还是个英国人呢！他们死的时候我才刚出生，不知道他们是做什么的。"

"你家不是'好几百年'的古宅吗？"慕云山都诧异了，"好几百年前就有华侨从外国回来了吗？你们家这么时髦？"

"我家好几百年前是开茶庄的，原来整个惠林村都是我家茶园。"钟昆仑瞪眼，"一百多年前我爷爷的爷爷去了英国，后来我爷爷带着我奶奶从英国回来了，还是住在这里，有什么不对？"

钟家的历史有这么悠久，居然还住在自己家族几百年前的土地上？也真的是很了不起了。几个人啧啧称奇，难道真的是几百年前的宝藏？

"钥匙呢？"慕云山问，"你家真的没有什么传家之宝是一把钥匙的？"

"没有。"钟昆仑摇头，"什么传家之宝？我爸我妈都死了好多年了，就算有传家之宝也来不及说。"

他随便说说，一旁的吃瓜群众却都吃了一惊。

钟昆仑的父母都死了很多年了吗？那时他才几岁？他很早就成了孤儿吗？"有传家之宝也来不及说"又是什么意思？

慕云山皱起眉头，怎么样都觉得很不吉利，却也不好追问"你爸你妈是怎么死的"，这听起来更加不礼貌。

"我们把它撬开吧！"钟昆仑说，"说不定里面就是我家的传家之宝呢！"

高冷干脆地伸出手去搬那个箱子，钟昆仑不甘示弱，生怕别人比他先开了箱子，抱住箱子的另外一头。

两个人同时把宝箱往自己这边拉扯。

"别动！"慕云山和杨牧同时叫了起来，"要裂了！"

神秘的宝箱就在高冷和钟昆仑两个人的角力中从中间裂开了，箱子里的东西夹带着粉尘和泥土轰然撒落在地。围观的郑州洲圳、杨牧、杨小米和慕云山都跳了起来，连连咳嗽："什么东西……"

这个宝箱居然这么容易坏？

高冷和钟昆仑各持宝箱的一半，惊愕地看着自己手里的东西。

手里的宝箱是几片以金属镶边的玻璃片拼凑而成的，年代久远，衔接玻璃片的金属物腐蚀损坏，所以宝箱早已崩坏，仅仅是凭借外层的泥土将它箍住，维持着原来的形状。当外层被暴力破坏后，整个宝箱也就彻底破碎了。

那么从箱子里撒出来的是什么东西？

大家一起蹲下身，研究刚才从宝箱里掉出来的东西。

那是一大堆沙质泥土，以及几棵几乎腐朽殆尽的植物，还有许多埋藏在沙土中的灰褐色的、有点像栗子又不太像栗子的种子。

宝箱里居然是一大堆种子。

这让钟昆仑无比失望，这些种子的壳看起来很硬，应该也不好吃，这让他更加失望了。

失望之后，他就对宝箱失去了兴趣，任由杨牧、郑州洲圳和高冷兴致勃勃地研究那些种子。

慕云山很慷慨地各分了几个给他们，钟昆仑也不计较，剩下的种子慕云山数了一下，还剩下二三十个，她收进了厨房的抽屉里。

宝箱开过了，大家又回到了饭桌上。天色渐渐暗淡，坐在院子里抬头看，天空是灰蓝色的，一个光点在灰蓝色的天空中移动，大家讨论了半天那到底是UFO还是星星或者无人机，最后推断出那是一架飞机。

山风沿着后山的山坡吹下来，带着山野的清香。

慕云山没有预料到"无花果"聚会能聚到天黑，没有准备照明物。大家各自拿着手机照亮东西吃，各种光柱在桌子上扫来扫去，各自的面孔都沉浸在灰蓝色的朦胧夜幕中，也不必时时刻刻与谁交谈，想到话题就敲敲想聊的那个人，没话题的就沉浸在与自己手机的心灵感应中，气氛非常轻松自在。

最终无花果还是慕云山亲自去摘下来的，装在白色搪瓷大碗里端了过来。

无花果上桌的时候，大家基本上已经吃饱了——煮地瓜本来就很管饱。

即使多了一个蹭吃蹭喝的钟昆仑，晚餐也足够了。

慕云山准备了自制的金银花茶和普通的乌龙茶，泡了两大壶。大家纷纷嫌弃她做的金银花茶有怪味，表示拒绝，都要喝乌龙茶。热腾腾的本地乌龙茶，没有什么特殊的香味，一把茶叶加上一大壶开水，泡成一罐褐红色的浓茶，喝一口冒出一身热汗，仿佛刚才吃下去的油腻都从热汗中消散了，很是舒服。

慕云山买的是本地最普通的乌龙茶，一纸袋二十块的那种，惠林村家家户户泡的都是这种茶，充满了传统风味。

高冷不怎么说话，但吃得最认真，无花果一上桌，他伸手就拿了两个。

慕云山连忙给杨小米抢了一个，生怕这些野人一拥而上，分了个精光。

杨小米已经吃饱了，拿着"小甜心"小小地咬了一口："好甜。"

"好吃吗？"慕云山笑眯眯的很得意，虽然这不算她种的，但未来也会长。

"好吃，小慕阿姨你这里好好玩。"杨小米没有见过这么破的老房子，她在花园里疯跑，把慕云山舍不得摘的白木香都摘了，慕云山也不生气。

钟昆仑对宝箱失望后也不怎么说话，一边吃一边专心致志地玩游戏。但他也不走，仿佛不把自己当一个稀罕的特殊物种，就偏要坐在这里。

高冷吃完了两个无花果，偏头看了一眼钟昆仑的游戏。"哈！"他冷笑了一声。

"你笑什么？你会吗？"钟昆仑眼神专注，手上不停，还不忘耳听六路，及时怼了回去。

"不会。"高冷冷艳高贵地说，"我就是看到你零杀十死，觉得很佩服而已。"

钟昆仑说："我是辅助！辅助！辅助不管收人头。你会不会啊！"

"不会。"高冷继续冷艳高贵地说，"你辅助的ADC（射手）二杀九死，厉害厉害。"

"我是零杀十死二十二助！"钟昆仑大怒，"你不会就不要说话。"

"你家ADC二杀九死二十二助，说明你们俩一团就一起死，一点用也没有。"高冷冷笑，"要不是你们队有个厉害的刺客，早就输了。"

"你会你来！"钟昆仑重重一拍，把手机扔给高冷，"我这个辅助没皮肤没铭文，能打得好才怪！"

高冷淡定地接过钟昆仑的手机，钟昆仑挤到他后面去看他玩，结果高冷可能真的是个技术流，拖着猪一样的ADC，愣是各种救。把一个送命局硬生生拖得没完没了，对面推水晶推得快绝望了，不停地发公告："有意思吗？要吃饭了！还不认输？"

高冷回："吃饱了。"

于是那一局从十五分钟的送命局玩成了一个多小时的膀胱局，最后还翻盘了。

临时组队的刺客火速加了钟昆仑好友，并成了他的粉丝。

钟昆仑惊呆了，他看着高冷，就像看见了上帝。

高冷将手机扔回给钟昆仑，以绝世高手的姿态继续啃鸭翅。

突然，钟昆仑拿起高冷的手机，火速加了高冷好友，并成了他的粉丝。

高冷："……"

围观了全过程的慕云山："……"

只看了头和尾的郑州洲圳："……"

时间渐渐过去，杨小米跑累了，钻到杨牧怀里，快睡着了。

夜色彻底降临，由于慕云山考虑不周，基础设施不健全，充电线数量不够，插头位置太远，大家的手机电量也到了极限，不能再照来照去了。

无花果聚会要结束了。

食物基本上吃完了，虽然大家都不想走，觉得慕云山的花园很舒服，但总归是要回家睡觉的。慕云山给郑州洲圳和杨牧、杨小米叫了车，高冷自己骑车，他们很快走了。

只剩下钟昆仑还坐在院子里。

慕云山等了半天，发现他一点走的意思也没有，忍不住说："散伙了，你怎么还不回家？"

钟昆仑忙着打他新的送命局："这里也是我家。"

"你搬走了！"慕云山不可置信，"你又想睡在这里？你的东西都搬走了！屋里只剩一张床！"

"天都黑了，我回家睡在听碧居和睡在这里有什么区别？"钟昆仑奇怪地看着她，"又不是没有睡过，这里挺好的，很秘密，没人找得到这里。"

"你……"慕云山为之气结，"这里是我家！"

"我租给你的。"钟昆仑专心致志地打游戏，连眼睛都不瞟她一下。

慕云山一口气噎在胸口，差点被他气死："你有没有搞清楚，你现在正在风口浪尖，就算你在××台的综艺里面复出，看起来状态还不错，大家也只是看到你的蠢萌。你看看人家对徐稚之的评价，再看看人家对你的评价，你就没有一点危机感？别人和你一起出道，你想想别人是怎样度过的这几年，你又是怎样度过的这几年？天天偷懒打游戏自我催眠不会让你变得更好的！我要是猪哥早就气死了！"

钟昆仑勃然大怒，重重一巴掌拍在桌子上："我高兴过什么样的日子就过什么样的日子，和别人有什么关系？为什么吱吱那样就好，我这样就不好？世界上的好和不好都归你管吗？"

慕云山也砰的一下拍在桌上："我是真爱……"

咣的一声，那张长桌终于忍无可忍，不堪重负地翻了。

钟昆仑瞪着那撩开的桌布，翻过来的桌面，桌面下露出来的写真——

一股杀气，从他身上弥散出来。

"慕、云、山！"

慕云山往后一跳，嘴里那句"真爱过你才关心你，否则谁有耐心理你"消散于无形。

只听钟昆仑人猿泰山一样地怒吼："你还敢说真爱？你根本从上次求婚开始，就一直是骗我的！"

"我……"慕云山百口莫辩,眼看着地上翻开的"桌子",有点心虚。

"你根本就没有喜欢过我!没有!"钟昆仑怒目而视,"从来都没有!"

我当然有。慕云山看着钟昆仑,哑口无言。

我用了生命中最好的时间喜欢你,倾家荡产,用尽心思,不惜付出人格与生命……可是现代医学让我明白那是一场源自大脑病变的幻觉,那不是真的。

受伤害的不仅是你,还有我啊。

我们真的不必为了那一场源自大脑病变的幻觉继续互相伤害,将一场错误演变成另外一场错误,将互相埋怨演变成相互憎恨。

"我们离婚吧。"慕云山说。

钟昆仑抬起手指着慕云山的鼻子,瞠目结舌,脸色煞白。

慕云山深吸一口气:"我们好好聊聊吧。我知道你从来没有喜欢过我,估计是特别讨厌我。当年的婚礼,是我利用了你的愚……善良。"她顿了一顿,"我欠你一个道歉,或者是几千几百个道歉,这件事我真的非常对不起你。但是……"她说,"你知道我那时得了良性脑瘤,玛利亚疗养院的医生说我的脑瘤长在管理感情的位置上,所以当年我做了很多不理智的……"

"你要说你当年做的事都不是真的,都是因为你的脑瘤?"钟昆仑的脸色更白了,越发像见了鬼,"你要说你请求我爱你一直到你生命的终结也不是真的,也是因为你有'神经病'?"

我明明很认真地在和他"聊聊",怎么能聊成这样?

慕云山的心情原本很低落,被钟昆仑这两句"因为你有神经病"刺激了一下,突然复活:"这是事实啊!我生病也不是我愿意的,我为了你还倾家荡产。你牺牲了一个婚礼,我还牺牲了整个人生……"

"你向我求婚,我答应了你,你在我婚礼上跳海,然后你现在说那些都因为你有病,然后又说和我结婚牺牲了你整个人生?"钟昆仑整个人都在颤抖,脸色煞白,"你,你,你太过分了!"

我……我不是这个意思!慕云山吓了一跳,钟昆仑看起来就像要心脏病发当场气死一样。她退了一步:"不不不,我是说过去都是我的错,就算那是因为我大脑有病,也都是我的错,我不会推卸责任。你是无辜的受害者,和我结婚你是被迫的,是被骗的,是委屈的,你从来就没有喜欢过我。现在我的脑瘤既然好了,已经不是那个不懂事的慕云山了……不,已经不是那个神经病慕云山了,那么为了对你负责,我们应该要离……"

"我不用你对我负责！"钟昆仑说，"我会对我自己负责！慕云山，你果然是个女魔头！"他突然从口袋里掏出两个东西塞进耳朵，双手往口袋里一揣，转身就走。

慕云山差点以为他要拿什么东西戳耳朵自杀，眨了眨眼才看清那是蓝牙耳机。钟昆仑掉头就走，越走越快，最终跑了起来，没入了惠林村的黑暗中。

他不会有事吧？慕云山有点担心，又很是茫然。

她要离婚，钟昆仑难道不应该高兴吗？

他看起来实在很难说是高兴的样子。

钟昆仑跑出了惠林村，他的耳边充斥着稀奇古怪的生活常识、科学真理，他跑出去很远，生活常识一句也没听进去。

慕云山从来不喜欢他。

她表现得那么喜欢他——曾经那么喜欢他，不过是大脑的病变。

"喜欢"是一种什么样的存在？什么样的感情？

仅仅是被什么东西刺激了大脑，就能凭空产生喜欢到愿意为他抛弃一切、愿意为他死的"爱"吗？

如果"爱"是这样的东西，那么它还有什么值得珍惜？

它不过是一种病变。

它不过是一种病变。

钟昆仑猛地停住，眼前仿佛有一捧鲜血泼了过来，他看见了疯狂作画的钟书叁。钟书叁在墙上画人头，画残肢断臂，画血……

那、那也是一种病变。

他沿着马路快步走着，不知道自己要去哪里。

他恨"神经病"。

他不知道他妈妈是怎样忍受了他爸爸那么久、那么多年。

在大脑里生病、在管理感情的区域生病，所以做出许多不可理喻的事……不管爱你的人怎样爱你，怎样表示忠贞不渝，都不能否认这就是活生生的折磨。

甚至那献祭一样的忠贞不渝，怎么就知道不是另外一种病变呢？

有谁能日日夜夜面对一个可怕的疯子，真的没有一点点怨恨，也不觉得痛苦，还表现得甘之如饴？说不定秦如月就是另外一个疯子。

他就忍受不了慕云山，一分一秒也忍受不了。就算他不爱她，也忍受不了她这种前后态度的剧变。

如果曾经爱过，哪怕只爱过一点点，怎么可能对一个发了疯的恋人无怨无悔？

你曾经得到过那么多，现在什么也得不到，那条路无休无止，只有到死的折磨……你爱的人他的灵魂不在躯壳里，他留给你一具行尸走肉，还放了一个魔鬼在躯壳里害你，你怎么能无怨无悔？

秦如月一定也疯了。

所以他们都不在意自己的小孩子，自己随便死掉，不管他会怎样长大。

然后他随便长成了一个不怎么样的人，还有很多别人指指点点，说他这样不好那样不好，没有这个好没有那个好。

钟昆仑在浓黑的夜幕下一路走着，走了五个小时，在夜最深黑的时候，走回了听碧居。

在这之前，他甚至不知道自己的方向感这么好，居然能认识回家的路。

但走得一身疲惫，即使回到了家，迎接他的也只有一片寂静和一片黑暗。

钟昆仑打开厨房的门，走进去径直躺在了地上，双手摊开，摆成一个"大"字。

他很累了，却毫无睡意，躺了一会儿，发现他的头顶着一个坚硬的东西，反手一摸，是楗爷爷送给他的那个南瓜。

他同时摸到了压在南瓜底下的那个封口袋。

反手拿出封口袋，他面无表情地抽出了袋子里的照片。

透过窗户的月色，钟家一众死者的遗照依然那么阴森恐怖。

钟昆仑盯着那张许多死人的照片看了很久，突然眯起眼睛，他看到了一个眼熟的东西。

在钟鼎石的背后，弗兰的身侧，红木柜子上摆放着一个玻璃箱子。

那东西只露出一半，是一个玻璃镶嵌的小箱子，箱子的顶部做成了尖顶，尖顶上有一个动物形状的锁。具体是什么锁，被弗兰奶奶遮住了一半，没看出来，箱子里放的是什么，也被弗兰遮住了，看不到。

那似乎只是钟鼎石书房中的一个摆件，而这张合照拍摄年代太远了，模糊不清，玻璃箱子的细节都看不清楚。但不妨碍钟昆仑一眼认出，这就是埋在花园里的那个宝箱。

所以这的确是他家祖传的东西。

钟昆仑抓着那张合照，慢慢坐了起来。

他一直觉得这张照片很可怕，不敢细看它。

今天晚上是他第一次仔细地看这张合照。

秦如月和钟书叁笑得非常幸福，但他从来没见过面的大伯二伯表情很奇怪——钟书壹和钟书贰的表情都很狰狞。钟昆仑看到钟书壹两边衣袖上各有一条深色的勒痕，就勒在双手手肘的位置……他全身寒毛都竖了起来。那看起来就像钟书壹是被人绑住，强行按在那里的。

他们的眼神那么熟悉。

钟书叁发疯的时候，也是这样的表情。

钟昆仑的手在发抖。为什么，为什么他的大伯和二伯，在他还没长大的时候就死了？他们那么年轻，为什么就病死了？

钟书叁也很年轻。

钟书叁在他很年轻的时候割腕自杀了。

钟昆仑抱住自己的头，他的眼前闪过秦如月送去美国的那些英文材料，那些与医院有关的数据，那些不知道是谁的英文名。

钟书壹和钟书贰是怎么死的？是不是和他爸爸一样，发疯死的？

他妈妈是不是在调查这个？

他突然爬起来，找出秦如月留下的档案，拿出手机，一页一页用翻译软件拍那些英文，一个词一个词地查询。

陈年的检查报告暴露出惊人的词汇。

"染色体……"

"多基因遗传病……"

"精神分裂症……感知觉障碍……思维障碍……"

"偏执型……"

钟昆仑放下手机，脸色惨白。

家族遗传型精神障碍，发病原因不明。

他并没有哭。

在一片黑暗中，钟昆仑看着眼前那张钟家的合照，手里握着秦如月多年前就得知的结论，一动不动。

就像他亲眼看见钟书叁割腕的那天，他被钟书叁的血洒了一身的那天。

也像听说秦如月死了的那天，像家里第一次只有自己一个人的那天。

他坐了大概半个小时，自己站了起来，打开冰箱的门，拿出一瓶酸奶喝了起来。

冰的。

酸的。

甜的。

就像秦如月死后,他努力加入了"薄荷与茉莉",改变了可以预见的人生。

他也一定可以靠自己重新……

重新活过来。

钟昆仑将合照放回秦如月的档案里,封好,收进抽屉里。

然后打开了厨房的灯。

Chapter 15
匣子里的小王子

钟昆仑走了。

慕云山收拾好翻倒的写真桌子,将垃圾清扫干净,心里很是不安。

她想象中的钟昆仑不该是这样的反应,他是一个被宠坏的巨婴,对她……不,对所有人的态度都是恃宠而骄,因为他盛世美颜,宇宙无敌天下第一帅。

然而他说了什么?

他说他不要她为他负责,他自己负责。

然后他就走了。

慕云山有一点看不懂钟昆仑,收拾好垃圾之后,她一个晚上都睡不着。

第二天早上上班,慕云山萎靡不振,接电话时不幸接到明察暗访组的暗访电话。暗访组的人问她B市窗口单位"十个严禁"是什么,慕云山目瞪口呆。暗访组的大叔听到是个小姑娘的声音,还很客气,要求她说出个大概就可以。然而慕云山本来背了的,今天却呆若木鸡,大脑一片空白。

服务中心的张主任听说暗访组打来电话而被慕云山搞砸之后,把她拎到办公室痛心疾首地教育了一下午,要求她写一千五百字的检讨,不准在网上复制粘贴,要手写,隔天交上来。

经受了一万点暴击并被煎至两面金黄的慕云山行尸走肉般下了班，游魂般上错了公交车，坐车坐到了明富山听碧居。

她真的没有进去偷看的意识，但下了公交车她就看见了钟昆仑。

钟昆仑穿着一身普通的休闲运动衣，头上套着运动衣的兜帽，戴着口罩，半拖着一个装满东西的推车，悠闲地往听碧居大门口走去。

那装东西的推车居然还是个奢侈品品牌。

赤贫的慕云山震惊了，她目不转睛地看着钟昆仑的小推车。

那里面装了一袋一袋的东西，隐约看得出是蔬菜和水果。天哪！这人居然会亲自出门买菜？

这是被魂穿了的钟昆仑吧？他有四大护法，哦不，四大助理，还有万事包办的猪哥，居然还用得着他亲自出门买菜？

于是在震惊之余，慕云山不知不觉按照身体的本能，熟练地潜入了听碧居。其实听碧居的保安看见她了，但是根据猪哥前阵子的安排，可以放这个女孩子进去，所以他们也不管。

钟昆仑拖着一大袋子东西进了家门。

慕云山熟练地躲进花园的灌木丛。

钟昆仑那温暖好看的奶茶色厨房最近有点不同。他挂在墙上的烤箱和蒸箱电源灯亮了！

那张慕云山很喜欢的原木大桌上摆放着三盆绿油油的植物，并不是花，是生菜。

从慕云山花园里偷，不，带走的生菜。

钟昆仑用陶瓷小花盆把它们重新种上，一棵一盆，摆放在原木桌子中间，这间懒洋洋的厨房仿佛有了生气，一切正欣欣向荣。看陶瓷小花盆上还贴着标签，生菜下的泥土上还沾着乱七八糟的断根和浮土，就知道这三盆小东西是今天刚弄的。

但这不妨碍慕云山赞叹它们很好看。

小清新，还能吃。

钟昆仑从推车里往外拎东西。慕云山在外面偷偷地数：一袋鸡蛋、一袋黄瓜、一袋土豆、一袋面粉、一袋葱、一袋苹果……

奇怪，真的都是很居家的东西。

当然钟昆仑家里本来没有这些东西，慕云山闯过他家再清楚不过了，这少爷平时在家里吃的一般都是薯片、饼干、零食大礼包等垃圾食品，重点在于必须可以拆了现吃，吃完扔掉永绝后患。

所以他现在在干什么？

钟昆仑似乎心情不错，一边翻推车里的东西，一边哼哼唧唧地唱歌。

  我从不知道你的气味是那么香，
  满足我所有梦想，
  我想和你一起走，离开所有悲伤，
  放开一切束缚，
  朝着未知的远方，背叛所有过往……

又是这首脑残歌。

  我从来不知道命运的声音那么长，
  穿过所有的胸膛，我想看未来的方向，
  离开所有悲伤，让太阳的光芒，
  照耀不远的天堂，那里有万物的翅膀……

呃，这次唱得比上次走心。

加十分。

慕云山勉强给钟昆仑的歌打了个濒临及格的分数，虽然也不知道他在唱什么。

突然间厨房的监控里发出猪哥的声音："你在干什么？我叫你背的基础知识你背了没有？节目很快又要播出了，我们不能在下一个分赛场挽回分数，乙组就要退出了，你还不着急？"

猪哥在看监控！

慕云山一头黑线，这神操作——活生生一个离家不离娃、在线监督作业的老父亲！

"嘘！"钟昆仑说，"我要做一个重乳酪蛋糕，早上刚看的教学视频，我怕不现做一会儿就忘了。"他可认真了，眼珠子一直盯着自己买回来的各种东西，"好吃的。"

"你要吃什么我叫小秋给你买！要什么牌子的？"猪哥暴跳如雷，"过几天录节目了！你看人家徐稚之！你看人家董慧！人家有多努力？你都在干什么？！"

"要自己做的吃起来才开心啊。"钟昆仑很认真,完全不像在开玩笑,"甜食使人快乐,油脂使人幸福,所有不高兴的人都应该吃一吃重乳酪蛋糕,再加一块牛奶巧克力。"

"你不要上节目的时候把自己吃胖了。"猪哥传来怀疑的声音,"这几天我在忙电影节的后续,你安分守己一点,一定要认真读书。"

"好的。"钟昆仑态度很端正,一直很认真。

慕云山没听到钟昆仑说什么,只听到了监控音响里传来猪哥的声音,猜到这位少爷在玩烘焙。

他一定是昨天睡了一觉后已经把离婚这件正经事忘了,早上起来刷小视频看到人家做蛋糕,所以就心血来潮跟着做。

一定是这样的,慕云山觉得她还是很了解钟昆仑的,这人毫无内涵,表里如一,他说要做蛋糕就是想做蛋糕了,中间不会有任何曲折。

钟昆仑把平板电脑放在厨房桌子上,播放美食教学视频。

视频里传来小岛老师不男不女的声音:"这个重乳酪蛋糕是小岛老师吃过的配方里最好吃的一种,乳酪搭配夹带了麦芽胚芽的饼干底,让蛋糕显得没有那么厚重油腻,吃起来充满乳酪的浓郁香味,能让人充分感受到幸福……首先呢,我们先把无盐黄油切成小块放入冰箱冷藏,这是做蛋糕底用的。然后我们用电子秤称70克低筋面粉、11克玉米淀粉,然后分别过筛子。称330克奶油奶酪,让它在室温软化。如果喜欢酸奶的朋友可以加入酸奶,会让蛋糕的口感更丰富……"

钟昆仑将崭新的电子秤、崭新的多功能料理机、崭新的打蛋碗、量杯等摆了一桌子,将视频重复了一遍又一遍。以一个学渣所能使用的全部智慧,超级认真地在学做那个"小岛老师版经典重乳酪蛋糕"。

慕云山在外面目不转睛地看着。

他明明不会做蛋糕。

为什么他这么认真?

看起来好像真的很期待一样?

他要吃什么样的蛋糕没有?想要的话,点外卖能让整个B市最有名的网红蛋糕在他家里摆一桌不重样的!

钟昆仑的兜帽滑落下来,慕云山看到他头发微乱,没有梳过。他的运动服下面依稀可以看见昨天那件黑色的忍者似的风骚紧身衣。

套两件长袖长裤不热吗?

她有点疑惑，现在还是秋天，秋老虎来来去去，这几天天气也是很热的。

还有他昨天到今天不换衣服的吗？

在慕·侦探·云山的注视下，钟昆仑折腾蛋糕的手无意识地抓住外套的拉链扣，将本来已经拉得很紧的拉链又往上提了提。

慕云山注意到，那是一件有点旧的外套，那外套有点小，应该是十五六岁孩子穿的少年款。洗得很干净，款式也十分好看，但那是一个过时很久的牌子。

穿在钟昆仑身上依然好看。

他哼着歌，折腾粉粉糊糊的同时，从桌上拿起一块牛奶巧克力，嘎吱咬了一大口。

慕云山埋伏在灌木丛里，闻着钟昆仑的厨房里渐渐传出的香甜气味。

她动了动鼻子，那个……钟昆仑烤蛋糕好像大概可能也许似乎是成功了？

越来越柔软好闻的油脂与蛋白质在高温下被烤熟的香味从厨房里传来，晚饭还没有吃的慕云山吞了吞口水，觉得胃里有把火在烧，饿得仿佛胃在消化自己了。

她到底是为什么要跟进来躲在这里？

看别人快乐地做蛋糕自己挨饿？

叮的一声微响，烤箱设定时间到，钟昆仑戴着圣诞图案的隔热手套，把烤盘里隔水烤的蛋糕模抱了出来。

慕云山举起手机，无声无息地拍了一张钟昆仑戴圣诞手套抱蛋糕的照片。

奶茶色的厨房，褐红色的手套上印着墨绿色的森林图案，厚厚的手套遮住了钟昆仑的大半边脸，只露出他的一双眼睛。

没有整理过的刘海凌乱而潮湿，暴露出眼睛上面细长的伤痕。

钟昆仑没有护肤、没有化妆、没有掩饰，然而这双眼睛，和之前他拍摄的任何商业写真都不同。

这双眼睛特别明亮，双眼中有光。

他看得特别专注，可能因为正在想什么想得特别投入，就出现了这样一双一眼万年的眼。

慕云山放下手机，感觉自己拍了一张旷世佳作——硬生生把钟昆仑没有的气质拍了出来，连眼睛上的那条疤都在给钟昆仑的气质加分。你看像我这种优秀摄影师拍出来的疤就是如此深邃，而那《醉残霞》脑残剧组拍这条疤就只能拍出邪魅，根本不是一个层次！

她把照片存在手机里反复欣赏了好一会儿，忘记了蛋糕的甜香，等到她抬起头来，发现眼前一黑。一个人站在她面前，皱着眉头看着她。

呃……慕云山立刻把手机藏在口袋里："我……"她还没想出用什么借口解释自己出现在这里，昨天才刚吵了架的，总不能说"我是特地来和你离婚的"，这么说感觉钟昆仑也不会特别高兴。

"昨天你说的……"钟昆仑对她藏在这里也没有很意外，反正他在这里逮住她好几次，有时候慕云山不在他都疑神疑鬼觉得这里有人，就像一窝蘑菇，总是长在这里，有时候有时候没有，但凡是要长蘑菇，就肯定长在这个位置。

"离婚那件事，我已经让猪哥把文件拿来，文件一到我就签字，协议离婚。"他说，"你不用特地来盯着我。"

"我不是特地来盯着你的。"慕云山本能地说，"我下班坐错车……"

钟昆仑沉默了几秒钟，狐疑地看着她。慕云山很是心虚，究竟是要怎样坐错车才能从惠林村迷路到这里来？好几十公里呢！为了取信于钟昆仑，她立刻改口："我想起好久没有做猪哥的任务，没有给你拍照了，所以特地来拍一张。"她供出手机里的照片，证明自己的清白，"你看我刚拍了一张，可美了。"

钟昆仑拿过来一看，怒了："这拍的连个脸都没有，我的头后面还是个锅！哪里美了？重拍！"

"你能不能看重点啊？你看这双眼睛！你看这眼睛的眼神！你有过这么好看的眼神吗？你看你拍的那些戏，你看女主角的眼神都像看遗照一样！"慕云山不能容忍他诋毁自己的拍照天赋，"除了我谁拍得出你这眼神！你居然还嫌弃？"

"什么叫看遗照一样？我近视！对戏的时候又看不清女主角的脸，也看不清摄像机的镜头……不对！你管我看女主角什么眼神！你这个伪粉！"钟昆仑瞪大眼睛，"你就是因为得了病所以才喜欢我，现在既然不喜欢了，你管我什么眼神！假惺惺！"

"我就要发这张照片！到时候看评论你就知道谁的审美才是有层次有品位的！"慕云山说，"我治好病以后，品位得到了极大的提升，我现在说好看的，一定是更好看的。"

"你的品位得到了极大的提升？"钟昆仑看着她一条西装裤搭配一件紫色碎花T恤的装扮，西裤下穿的是一双粉色运动鞋，"你眼瞎吗？"

慕云山低头一看，恼羞成怒："我这是工作装，穿着舒服就行，这个不算！"

"把那张删了重拍！"钟昆仑说，他快速拿出手机拍了一张慕云山的照片，"马上删掉，不然我在微博上发你的照片！"

"喂！"慕云山震惊了，还有这种操作？这么狠？"你是有多恨那张照片？"

"重拍！我要和我的蛋糕合照！"钟昆仑说，"还有我的菜。"

"那是我的菜！"慕云山说，"说起这个我……"

钟昆仑马上打断她的话："进来，允许你拍三张。"

慕云山第一次合法进入了钟昆仑的房间——上一次摆拍的时候钟昆仑也没让她进去，勒令她蹲在门口偷拍。

钟昆仑的厨房一如她从前的想象，温暖、柔和而令人愉快。蛋糕的香味弥漫在整间厨房里，桌子上三棵生菜熠熠生辉，颜色好看极了。钟昆仑向她招手："来来来，拍我要把我的蛋糕一起拍进去。"

他根本就是为了炫耀他的蛋糕吧？慕云山怒其不争，万分嫌弃地蹲在桌子角落："你说要怎么拍？"

"我假装切蛋糕，你来拍呗！"钟昆仑非常认真，"我觉得我是烤蛋糕的天才！你看我第一次做就做得这么好！"他得意扬扬地翻过他的蛋糕模，微微冷却的重乳酪蛋糕落入蛋糕盘，果然细腻柔软，周围没有一点磨损，表面一层焦糖色，完美得和甜品铺里的不相上下。

呃……慕云山无话可说，这的确烤得挺完美，当然也许是巧合。

钟昆仑用热水热了蛋糕刀，切了一块漂漂亮亮的蛋糕，慕云山根据他的要求对着他一通乱拍，钟昆仑在她瞎拍的一百多张照片里挑了三张，分别是切蛋糕时、吃蛋糕时，以及坐在生菜盆景后面笑。

慕云山把照片发了出去，意兴阑珊——在她看来这三张加起来都没有那双眼睛好看。

这是三张毫无灵魂的摆拍，有灵魂的是那三棵生菜。

拍照任务完成后，她趴在钟昆仑的桌子上。这张原木大桌曾经承载了她无数的梦想，她现在趴在上面只觉得了无生趣。

"吃蛋糕吗？"钟昆仑端着自己的蛋糕，吃得心满意足，"还有一大半。"

"哎？"慕云山瞬间复活，弹坐起来，"真的能吃？"

"当然。"钟昆仑说，"我买了最好的奶油、最好的鸡蛋、最好的面粉！"想了想，他自己补了一句，"还有最好的人。"

慕云山已经挖了一勺开始吃，她要饿死了。可能是因为要饿死了，她感觉钟昆仑做的蛋糕特别好吃。那种柔滑的程度、奶油的浓稠度、甜的程度和麦胚蛋糕底都适合她的口味，吃一口就感觉全身发热，胃里烧的那团火慢慢地熄灭了，能量进入了灵魂。

这就是食物给人的幸福感。

"好吃吗？"钟昆仑看她一言不发地吃着，忍不住发问。

"好吃！"慕云山认真地说，"我觉得你入错了行，当明星真是烘焙界的一大损失！你看我的眼睛，我真诚的！"

钟昆仑的眼睛亮了，像刚才她偷拍的那张照片里一样，有一点星光闪烁。

"吃了很开心对不对？"他追问。

"是啊是啊。"慕云山连连点头，"对了，你干吗要做蛋糕？昨天梦见蛋糕了？"

钟昆仑摇头："没有。"

"说到昨天……"慕云山放下了勺子，"我以为解决……那件事会让你比较高兴，我不是想让你不开心。"她说，"你就适合天天开心，天天无所事事。我后来想了一晚上，如果你自己对未来没有想法，我们这些人要求你悬梁刺股拿小金人走出亚洲冲向宇宙什么的都毫无意义，不过是瞎想。也许我以前就是因为你看起来无忧无虑，想怎么样就怎么样才粉你的，因为我自己不开心。"她很真诚地说，"我希望你天天开心，你不想和别人比就算了，反正你也不是那种人。"

钟昆仑拿着另外一个勺子，勺子插在柔软的蛋糕里，他好像在发呆："哦……"

过了一会儿，他吃了一口蛋糕："谢谢你。"

"谁能规定怎么样才是好呢？"慕云山叹了口气，"如果你能像这样随心所欲一辈子，天天开心到老，也是很了不起的成就。我也想不出你像徐稚之那样会是什么样，人和人总是不同的，从基因开始就不同，有些人单眼皮有些人双眼皮，有些人大长腿有些人萝卜腿，没啥可比，所以你说得对，世界上的好和不好都不归我管。"

钟昆仑又吃了一口蛋糕："哦。吱吱他爸是个博士，他爸不喜欢他像我这样。"

慕云山突然听到了徐稚之的八卦，愣了一下："那你爸呢？"她纯粹是条件反射，突然后知后觉地反应过来——不对！她租的房子是钟昆仑的房子，高冷告诉她原房主自杀死了，钟昆仑好像说过他爸已经死了？

所以钟昆仑他爸自杀死了？

天哪！她刚才问了什么？

"我爸是个画家。"钟昆仑对她刚才一瞬间的僵硬浑然不觉，"我爸不管我这些。"

慕云山观察着钟昆仑的神色，他很安然，非常平淡，仿佛"他爸"是一件寻常的事，和别人家的爸没有什么区别。

一瞬间，慕云山突然觉得自己可能并不真的了解钟昆仑。

然后下一秒钟昆仑拿起手机："啊！"惨叫一声。

慕云山吓了一跳，往前一凑，看钟昆仑看到了什么。

于是他们俩一起看见微博的热搜上瞬间多了一个话题——钟昆仑慕云山同居疑复合。

？？？

她定睛一看，只见自己发出去的钟昆仑貌美如花照下面的留言：

"没有人觉得角度很奇怪吗？"

"摄影师就在钟死死前方二十厘米！"

"登堂入室了！"

"看影子！"

"看窗户！"

"慕云山穿的这是什么鬼？"

"这是同居了吗？"

其间夹杂着唯钟昆仑党不堪入目的漫骂。

"死死为什么要让这个女人进屋？是不是遭到了威胁？"

"这个女人还缠着我们昆仑不放！"

"求放过！我们昆昆为了你被黑两年，你假死跳海，他差点被赶出娱乐圈，你还有什么脸面留在他家里？"

"可以不要让我再看见这个女人的名字吗？"

……

慕云山木然地看着钟昆仑。

钟昆仑还在翻热搜留言，此时手机铃声突然响起，猪哥狞笑的声音传来："你说你要签字了？现在你给我弄出来同居新闻，然后过几天要发公告说已经离婚了？你是在逗我吗？"

同居……当然是不可能的。

慕云山看见自己又被骂了，被全世界漫骂这种事经历几次就习惯了，反正隔空漫骂，现实中也伤不到她一根毫毛，就当作没看见。

她有点在意钟昆仑他爸是怎么死的，又想问他还有什么亲人。但是这种话题太私密了，她作为一个迷路的伪粉，问不出来。

钟昆仑被猪哥冷嘲热讽，喷了一脸，结束通话之后萎靡不振地缩在椅子里，看了慕云山一眼："怎么办？"

"什么怎么办？"慕云山震惊，"当然是你快点发个公告澄清我没有和你同居。"

"我的账号给你，你写。"钟昆仑摊在他的黑白格子布艺软椅里面，打了个哈欠，他昨天一夜没睡，蛋糕吃饱以后，困了。

"为什么要我写？我在外面拍得好好的，都是你非要叫我进来乱拍，然后弄得到处都是破绽。"慕云山抗议，"我不会写这种官方公告……"她说了一半，发现钟昆仑快要睡着了，长长的睫毛垂落下来，睫毛的影子投在细腻的脸颊上，像婴儿一样好看。

"喂？"慕云山戳了他一下，"你不去床上睡？"

钟昆仑含糊地说："不爱去。"

他那件过时的连帽卫衣拉开了个缝隙，慕云山看见里面黑色紧身衣上都是灰尘。黑色的骚包新衣服特别显脏，在地上蹭过的痕迹清晰可见。

"你走的时候不要关灯。"钟昆仑基本已经睡着了，"垂死病中惊坐起"式地交代了一句，听到慕云山答应了之后便秒睡了。

她知道钟昆仑不关厨房的灯。

那可能是他浪费电。

但睡着了之后都要特地交代不要关灯，那就是怕黑。

喵的一声，细细的猫叫柔柔地响起。慕云山低头一看，世界第二帅从厨房的抽屉里探出一个头来，眼睛圆溜溜的，一身毛乱糟糟的。

慕云山的心瞬间萌化了，轻手轻脚地过去抱猫，还从抽屉里带出一只眯眼的斑点鸡。这俩货不知道窝在这里干什么，难道以为猫和鸡在一起可以下蛋？

抽屉里有一个崭新的金色信封，信封上印着几个字：寒暑影视。

这是拍《醉残霞》害钟昆仑掉冰湖的那家公司。

慕云山拿起信封……

啪的一声，信封口没有封死，里面一大堆东西掉了出来，撒了一地。

哇！这什么鬼？

慕云山十五岁后就和"学霸"这个词分道扬镳了，和钟昆仑一样看不懂这堆外国字。她收拾好文件，从乱七八糟的文件里捡到了一张照片。

那是一张黑白照，不知道是什么年代的。

照片里的人神态都很奇怪。

慕云山拿着照片，眨了眨眼睛，这照片……是在惠林村老宅拍的。

她认得窗户和窗外的山，连窗户上的雕花都一模一样。

只是照片里的那些陈设都已从老宅里消失，她去住的时候，惠林村钟家老宅里空空如也，家徒四壁，什么都没有。

她也一眼认出钟鼎石背后的玻璃盒子就是她从地下挖出来的"宝箱"，可惜看不出里面本来装的是什么。这个玻璃盒子对钟家肯定很重要，不要说它被埋入地下，就连拍这张合照它都被摆在钟鼎石背后——那个年代拍合照是一件很隆重的事。

难道它真的是宝箱？

为什么老钟家没有传给钟昆仑，反而埋进了地里？

哦，他爸爸得抑郁症自杀了，可能来不及。

慕云山胡思乱想，脑补了老钟家几千种家庭悲剧，越补越觉得钟昆仑这傻崽此生只需吃喝玩乐，因为小时候已经被反复虐过，长大后就应该否极泰来，他们这些要求他上进的人真是太不懂事了。

收拾好文件和照片，塞进"寒暑影视"的信封里，慕云山不是有意要偷看钟昆仑的东西，于是按照原样放了回去。

钟昆仑已经在他的软椅里睡着了，慕云山帮他把手机充上电，倒了杯开水，身上盖了一条沙发毯，然后悄悄地离开了"微泫"。

离开的时候回头看去，大片大片的玻璃窗里灯光琉璃剔透，仿佛一个童话水晶匣子，里面装着一个满头金发的小王子。

Chapter 16
华德植物箱

慕云山回到惠林村老宅时,夜色已经深沉。

院子里的白木香又开了一朵,大概是反应过来季节不对,已经没有新的花苞了。

百香果的卷藤又长长了很多,有些和白木香纠缠在一起,难解难分。

顺着两侧生长着白木香的院门往远处望去,是一座不高的山峰,这座山连绵起伏,呈现弯月般的形状,一直连接到惠林村。钟家老宅旁边的山坡就是这座小山脉的一部分。

慕云山站在客厅的窗口凝视着远处天边的黑影——那座山的形状和钟昆仑家合照里的山一模一样。

当年钟家列祖列宗住在这栋房子里的时候,不知道都在想些什么。慕云山觉得钟家有什么秘密,但显然钟昆仑也不知道。

她转头望过去,望着窗台上的那个小木头盒子,正面贴着一张睡懒觉的小猫贴纸,下面是一个木质蓬松的简易盒子——那是装饼干的装饰盒,从郑州洲圳的一大堆零食里获得的。她看着饼干盒子挺漂亮的,就收下做了小花盆。现在花盆里面埋着几个种子,就是那个"宝箱"里的种子。

如果有秘密,答案可能就在这些种子里。

这到底是什么种子？

她抽出一张白纸，用铅笔描了一下那个奇怪的宝箱的形状，想了半天，不知道要问谁，便鬼使神差地问了卖农产品和种苗的那家淘宝店老板娘。那家店现在叫"原生态红旗土特产超市"，老板娘就是客服，名字叫"小甜甜的幸福"。

慕云山问她见没见过这种玻璃盒子。

小甜甜的幸福回答："这啥玩意儿？乐高城堡吗？你儿子画的？"

慕云山："……"并不是很想和老板娘交流下去。

过了一分钟，小甜甜的幸福发来了一条语音。

慕云山面无表情地点开，心情还在老板娘以为她有儿子的现实中低落着。

结果语音里是一个四五岁的小女孩的声音："阿姨，你画的是一个玻璃盒子，里面种着植物是吗？我们画画课的老师教过我，这叫作华德植物箱，是用来种植物的，如果你要带着植物走很远很远很远……就可以用这个箱子装着。"

慕云山："……"

她也发了一条语音："宝宝你真厉害，画画课的老师还教植物啊？"

小女孩回答："我们一般先看科普节目，学会里面的内容，然后老师让我们自己画画。"

她补了一句："我们什么都会，妈妈不会的，我都会，我负责教她。"

慕云山："……"

是，这年头的小朋友什么都会。

上画画课还研究华德植物箱。

她在满心"这年代祖国的花朵要成长太不容易了"的无语中，又随便聊了两句："宝宝你几岁了？还画过什么吗？"

小女孩说："我四岁，上星期我们画了中华虎甲。"

慕云山："什么？"

小女孩："中华虎甲。"

慕云山："……"

没文化聊不过，打扰了。

幸好小甜甜的幸福及时复活："刚才小宝哭了，大宝和你说了什么？"

慕云山："没有，她让我明白我们大人是多么无知。"

小甜甜的幸福："？？？"

慕云山："你们家大宝还上了什么辅导班？"

小甜甜的幸福:"哦,上得可多了。我现在有了小宝,实在没空带她,所以给她报了很多班,放学后她要上画画班、乐高班、围棋班、书法班、武术散打班、烘焙兴趣班,还有英语课。"

一共七天不重样。

慕云山:"哦……"

生活不易,失敬失敬。

四岁的小朋友告诉她那粉身碎骨的宝箱可能是一种叫"华德植物箱"的东西。她上网搜索了一下,这种东西发明在一百多年前,是欧洲植物猎人前往世界各地搜寻新奇植物的时候发明的,主要是为了将世界各地的奇怪植物安全带回欧洲。

英国著名的植物园"邱园"就是植物猎人展示成果的重要地点。十八世纪,英国国王乔治二世居住在泰晤士河边上,他的儿子威尔士王子腓特烈住在附近的邱园,拥有0.4平方千米的庄园。腓特烈去世后,他的妻子奥古斯塔和比特爵士一起开发了继承的皇家庄园,用以展示植物猎人带回来的奇花异草。

植物猎人前往世界各地,一开始他们带回来的是标本。长时间的海运使植物猎人们采集的植物大多死在路上。直到1829年,纳撒尼尔·巴格肖·华德发明了华德箱——把植物存放在水分充足、土壤肥沃的封闭玻璃箱内,可以大大提高远途运输植物的成活率。植物蒸发的水汽进入空气,随后在玻璃上凝结成水珠,之后流入土壤,保持土壤湿润,这就是华德植物箱的原理。

华德植物箱出现之后,更多的植物被送往欧洲。

一百多年后,这种已经成为历史的东西被大多数人遗忘,至少慕云山不知道这是什么,现在却被她从花园里挖了出来。

钟昆仑家的宝箱是一个华德植物箱,也就是说,钟家的秘密真的是一种植物。

当年到底是什么东西种在了华德植物箱里?

华德植物箱是为了长途运输植物而存在的,也就是说,当年的钟家人从别的什么地方长途运输了一种植物回家,却没有种活,最终留下了一些种子。

是什么东西这么神秘?

慕云山自己分析来分析去,都有些毛骨悚然,这万一种子发芽了……不,不会违法吧?万一种出来的是什么国家不准种的邪恶植物,她岂不是要坐牢?

要不要先报个警?

慕云山还真打了110。大晚上警察花了半个小时才从派出所找到惠林村最深处的这栋危房。听说慕云山是从地里挖出来一些不知名的种子，怀疑是非法植物，因而报警，人民警察哭笑不得，建议她向当地植物园咨询这是什么种子，如果真的是非法种子，千万不能种植，要立刻上交到派出所。

第二天，昨晚出警的民警给她寄去了一份危房的整改通知书，要求房东在规定时间内将房屋修整维护好，避免出现危险。

网上"钟昆仑与慕云山疑同居"的热搜很快就降下去了，因为上周那引起网民好一阵狂欢的知识竞赛节目《你问他知道》又要播出了。

这次播出的是必答题环节。

鉴于上一次节目难度颇大，歪楼的亮点颇多，还有不认识字的明星如钟昆仑这样的爆点，这一次等看的观众就更多了。节目还没有开始，密密麻麻的刷屏弹幕上就是各种各样的"我来了……"，显示着这个本来并不有趣的节目究竟拥有多高的人气。

主持人林翰换了一身衣服，穿着唐装上场了。

这次播出的节目是和上一期一起录制的，但林翰依然念了一堆"我国文化源远流长博大精深"的开场白，好容易等他说完，开始提问："现在是必答题环节，各位嘉宾请注意，被选中的嘉宾必须回答问题，同组嘉宾有十秒钟提醒或讨论的时间，回答正确加十分，回答错误扣十分。我将从这个号码箱里抽取嘉宾的号码，请注意，号码箱里有足够的号码，每个人的号码并不是只有一个，所以有的嘉宾可能会被重复选中。"

弹幕里网友哈哈大笑，幸灾乐祸。

"不愧是××台，请不要心存侥幸。"

"你大爷永远是你大爷。"

"我想看钟死死被连抽五次！"

"我想看吱吱被连抽五次！"

"只有我想听李云子老师讲故事吗？"

林翰面带得体的微笑："请听题——第一道题。唐代诗人李白，有一首著名的七言绝句《黄鹤楼送孟浩然之广陵》。全诗是这样的，请看大屏幕。"

他背后的淡蓝色云纹主屏幕上缓缓打出楷体字：

故人西辞黄鹤楼，烟花三月下扬州。
孤帆远影碧空尽，唯见长江天际流。

由于这首诗众所周知,导致诸多网友都不知道它还有什么可问的。

"第一道必答题比较简单,这首诗可能很多网友在课堂上都听老师教过、分析过。我们的问题是'烟花三月下扬州'的'烟花'指的是什么?"

林翰话音一落,立刻从号码箱里抽出一个小球:"乙组一号,钟昆仑请回答,'烟花三月下扬州'的'烟花'指的是什么?"

红衣美人钟昆仑正在发呆,突然被点名,一脸蒙地站起来,拿起了话筒。

他旁边的徐稚之开口,刚要说话,有十秒的讨论时间,足够他告诉钟昆仑答案了。

结果钟昆仑一脸神游地说:"烟花就是烟花啊……"

林翰顿了一下:"你回答'烟花三月下扬州'的'烟花'就是我国古代的重要发明之一,又称为'花炮''烟火',是吗?"

徐稚之在一旁连连摇头,钟昆仑看见了,也意识到自己说得不对,连忙摇头:"不是!"

林翰笑了:"乙组请注意,同组讨论时间已过,请钟昆仑自行回答。"

徐稚之假装双手撑着脸,偷偷捂住嘴悄声说:"琼花。"

钟昆仑没听清楚,弯腰去听,林翰忍不住发笑:"请回答。"

于是没听清楚的钟昆仑很认真地回答:"穷……很穷……"

他又低头看徐稚之,徐稚之这回不敢发出声音,只做了个口型说"琼花",钟昆仑看了他的嘴型,开口说:"没钱花。"

他浑然不觉自己的答案有什么毛病,因为穷,所以没钱花,在没钱花的时候下扬州,逻辑完美。

"哈哈哈……"丁组的黄果和黄柚没忍住,转过头去偷笑。

弹幕一片"……"飘过。

"不枉我又打了滴滴回家看节目。"

"哈哈哈……穷,没钱花……"

"烟花三月下扬州——老子的烟抽了三个月抽完了,因为太穷没钱花,只好戒烟回老家。不好意思老子扬州人。"

"'非关癖爱轻模样,冷处偏佳,别有根芽,不是人间富贵花',打一名词——穷花。"

"原来孟浩然是去扬州躲债的,我突然脑补出几个梗有谁要听?"

林翰满面笑容,虽然十分得体,却总有一种节目组已经得逞了的快活:"回答错误，扣十分。"

绿灯亮起，钟昆仑被喷了一头水雾，幸好五官和皮肤都很能打，那妆容被水雾喷了也还扛得住，依然盛世美颜。

"哇！如果这水雾喷的是卸妆水……"

"哈哈哈，想看卸妆水！"

"求上卸妆喷雾！"

"求卸妆喷雾的是恶魔吗？哈哈哈，我现在脑子里全是卸妆喷雾！"

"好想看钟死死被喷卸妆喷雾！"

然而一本正经的节目组正在让林翰念答案："'烟花三月下扬州'的'烟花'指的是'柳絮和琼花'，这道题并不难，可能大多数人在课堂上都学过。柳树在三月时随春风摇曳，柳絮飞舞，雪白的琼花盛放，是当时扬州的一大美景。琼花是忍冬科荚蒾属的一种落叶灌木，又名'聚八仙'，是扬州的市花。"

大屏幕上放出琼花的图片，雪白的一圈不育花环绕着一捧圆圆的小花蕾，的确冰清玉洁，楚楚动人。林翰继续介绍："琼花是我国特有的植物……"

"穷花果然是我国特有植物……"

"钟死死好样的！"

"只有我以为烟花就是放烟花吗？"

"楼上的你不止一个……"

"第二道题，请听题。"林翰刚才说了什么，慕云山都没听见，她抱着手机笑得滚来滚去，果然钟昆仑就是来节目作死的。

最近高冷都没有来找她，听说他隔壁柜台的城管妹妹终于按捺不住内心的冲动，向他告白了。人家城管妹妹是编制内的，正儿八经的国家公务员，她不介意高冷是个编制外的临时工，热情奔放地向他告白了！这绝对是真爱，然而高冷一张脸冷若冰霜，拒绝了城管妹妹的告白。

别人"十动然拒"都能成为一段佳话，高冷则直接演绎了一段"冷冻然拒"。结果伤心欲绝的城管妹妹请了公休养情伤，高冷可能也觉得有点不妥，最近都没有来服务中心，来接替咨询台的是派出所的另外一位协管员。新人名叫鹿彬，性别男，刚刚大学毕业，一脸呆相，一问三不知，虽然个头和高冷差不多高，也堪称五官端正，却吸引不了妹子们的注意，一时间服务中心的小姐姐小妹妹们长吁短叹，觉得十分无聊。

慕云山没有看见城管妹妹告白的过程，八卦是郑州洲圳告诉她的，这种关于别人感情的事，她也不好评论，何况高冷还向她告白过，她去过问于情于理都不合适。所以最近她都没找过高冷，以免八卦怪误以为她回心转意，又要和她谈纡尊降贵的爱情。

所以这几天慕云山也有点寂寞，看《你问他知道》也成了最近最开心的事。

这世界上没有什么比看钟昆仑犯蠢更解压的了，真是一看他的脸就油然而生一股智商上的优越感啊！

"第二道题，请听题。"节目里林翰开始铺垫了，"我国是著名的茶文化国家，历代文人骚客爱茶、品茶成为风尚，请戊组二号嘉宾韩信吟诵一首与茶有关的唐诗。"

外国人组合戊组的二号嘉宾站了起来。

这是一个非洲人，网友们都看过他的资料，这位给自己起名叫"韩信"的外国人来自埃塞俄比亚，因为参加了几次中国举办的世界马拉松长跑比赛，爱上了中国菜，退役以后来中国定居，加入了中国国籍，算得上是一个中国通。

这位卷毛的韩信拿起话筒，很流利地回答："我的中国诗还没有学会，会的诗歌很有限，但是正好我的茶杯……"他比画着一个马克杯的形状，"我新买的马克杯上有一首关于茶的中国诗歌，我的朋友教会我背诵它。"

林翰做好了韩信回答不出来的准备，结果没想到非洲韩信非常靠谱，居然真的有才华。林翰对着韩信一抬手："相信大家都很期待，一首印制在马克杯上的关于茶的中国诗歌，会是什么呢？"

韩信拿着麦克风，大声说："狮峰龙井产名茶，生产小队一百家。开辟斜坡四百亩，年年收入有增加。"

林翰愣了一下——节目组没有剧本是真的，所以林翰也没有剧本，他很快反应过来："您能向我们介绍一下这首诗的故事吗？"

"故事就是有一天，我和我的朋友去菜市场逛中国小吃，前面有一家手撕鸡排队排得很长很长，所以我们就去了一家卖瓷器的店铺，大部分杯子上都写'为人民服务'，我觉得我买的杯子最好看，因为上面有更多的字……"韩信介绍得非常诚恳。

"啊，我们了解了，谢谢韩信。"林翰带着矜持而不失礼貌的微笑，"我看到丁组傅信雅按下了信号灯，有请傅信雅。"

非洲韩信坐了下来，身材颀长、气质翩然的傅信雅一站起来就让人眼前一亮，他拿起麦克风说："刚才戊组背诵的诗歌是朱德元帅的《看西湖茶区》，是1961年视察浙江西湖人民公社龙井茶生产时所写的，表现了当时劳动人民勤劳致富的场景。"

"这是一首朱德元帅的近代诗，虽然戊组的韩信背出了一首与茶有关的优秀诗歌,但是它不是唐诗,所以回答错误。"林翰说。

水雾猛地把戊组的非洲韩信吹了个半身湿透。

被这首诗惊呆的网友们纷纷回过神来。

"牛!"

"牛大发了,非洲友人背我朱德元帅的诗词,傅信雅居然还知道它的背景……"

"赶快去看我的搪瓷杯,'向雷锋同志学习'!"

"'为人民服务'+1。"

"'向雷锋同志学习'+2。"

"'自己动手,丰衣足食'+1。"

"只有我的是'努力赚钱保护媳妇'吗?"

"'广阔天地大有作为'+1。"

节目里傅信雅回答了一首中规中矩的唐诗:"小鼎煎茶面曲池,白须道士竹间棋。何人书破蒲葵扇,记著南塘移树时。"

这是唐朝李商隐的《即目》,这道题就算过了,但傅信雅不是被抽中的嘉宾,所以即使回答正确也不得分。网友纷纷唾弃小气的节目组,傅信雅的粉丝更是愤愤不平。

"第三道题。"林翰微笑着翻开手里的提词卡,经过了前面两道题,观众都感觉到他端庄大气的外表之下闪烁的那小恶魔的灵魂,"第三道题,这道题比起前面两道题略有不同,它看起来很简单,但很有内涵。"

前面两道题原来是送分题吗?

"只有我连前面两题都不会吗?"

"不,你不是一个人。"

"××台要放大招。"

"小学毕业的我瑟瑟发抖。"

"请听题——中国汉字中有一个字叫作'环',中国古代著名美女杨玉环的名字里就有这个字。字典上解释'环'为一种圆形而有孔的玉器。请丙组的安哥拉兔看大屏幕。图上哪一种玉器叫作'环'?"林翰手一抬,大屏幕上出现了四种玉器,都是有孔的。一个是中间钻了一个小孔的圆形玉片,一个是中间镂空一个大洞的圆形玉镯,一个是中间钻了一个孔的超大圆形玉片,简直像块下水道井盖,最后一个是中间的孔大小和外环等大的圆形玉片。

安哥拉兔直接自暴自弃了:"我一个学生物化学的,只能选B了,猜题的时候听说C的成功率是最高的，但这道题C明显是错的，我在B和D之间摇摆了一下，最后选了B，我看我妈戴的手镯都是这个样子的。"

"回答错误，扣十分。"林翰笑得更加闪闪发光，"下一位，请乙组的董慧选择。"

"我选D。"董慧说。

"为什么？"林翰微笑问。

"因为D看起来最舒服。"董慧坦诚地说，"A和B都不符合我的审美。"

"回答正确，加十分！能不能解释一下，为什么正确答案是D，而不是B？"林翰微笑。

董慧茫然地想了一会儿，回答："凭直觉。"

林翰矜持地微笑着，将麦克风往徐稚之那边递去——这位有真才实学的小鲜肉非常讨人喜欢，从网友的议论中就可以感觉得出来。

徐稚之站了起来，礼貌地微笑回答："《尔雅·释器》里面写'璧大六寸谓之瑄，肉倍好谓之璧，好倍肉谓之瑗，肉好若一谓之环'，也就是说，外环玉直径比中间孔大的玉器叫作'璧'，大于六寸的璧叫作'瑄'，中间孔直径比外环玉大的玉器叫作'瑗'，外环玉直径与中间孔一样大的玉器叫作'环'。"

"非常优秀！"林翰非常高兴，仿佛看见了中国古典文化的后起之秀，"正是，这几个字常见于中国人的姓名之中，可能有许多人叫了这个名字，却不知道它们的具体含义。中国汉字源远流长，拥有数千年的历史，相信青年一代正在通过深入了解中华文明的内涵而进一步增强我们的文化自信，而拥有像徐稚之这样的青年偶像，正是新时代年轻人的骄傲。"

现场观众哇的一声议论纷纷，被××台这样褒扬和盖章，徐稚之这是要大爆了。董慧十分羡慕地看着徐稚之，他是苦读了一些书，但也不会背到《尔雅》去。他有信心能取代不学无术也不努力的钟昆仑，却也有自知之明，知道自己走不了徐稚之那条路。徐稚之不是学霸人设，他是真学霸。

钟昆仑一脸迷茫地看着屏幕上的"璧""瑗""瑄""环"，那呆滞直接写在了脸上。

弹幕界万分欢乐，纷纷给钟昆仑的脸配词。

"我是谁？我在哪儿？我在干什么？"

"这是玉环呢？还是玉环呢？还是玉环呢？"

"圈圈，圈圈和圈圈@@@@@……"

钟昆仑揉了揉眼睛，其实他是近视，却对自己的视力超有信心，几乎从来不戴眼镜，因而导致看不清屏幕上笔画这么多的字，才会表现得一脸迷茫。虽然就算他看清了也有百分之五十的概率不认识"瑗"和"瑄",但也会比现在完全的一脸蒙要好一点儿。

"接下来,第四题,请听题——"林翰小恶魔又开始点人头了,"这是一道送分题,请注意,这是一道送分题。"

弹幕界欢欣鼓舞,坐等下一个倒霉蛋。

晴天幼儿园。

快到放学时间了,杨小米和同学坐在阅读区的小板凳上,聊关于"爸爸"的问题。

她的同学是个小男生,长得比她矮,皮肤比她白,脾气比她还坏,大名叫徐不忘,小名叫旺旺。

"我妈妈什么都好,唯一不好的就是眼神,不然不会嫁给我爸。"徐不忘漫不经心地说,"我爸下班只会躺在沙发上打游戏,又不煮饭又不洗碗,他还不如娶他的手机。"

"我爸爸更加人渣,就是电视里说的那种负心汉,有了小三就不要我妈妈,哼!"杨小米对洪百姓的渣史仿佛了如指掌,"我妈妈就是特别爱他,居然老是对我说'小米啊,他没有那么坏,他毕竟还是你爸爸……',我都偷偷见过那个小三了,长得根本没有我妈漂亮!"

"那你爸爸娶那个小三了吗?"徐不忘问。

"没有。"杨小米说,"我爸爸没钱,我奶奶每个月给他五百块零花,他连给我买玩具的钱都没有。"

"那比我还穷。"徐不忘感慨,"相比起来我爸爸还是可以的,我要什么玩具他都买给我。"他凑到杨小米旁边,小声问,"你爸那个小三长什么样子?你在哪里看见的?"

杨小米也悄悄地咬耳朵:"她在我爸公司隔壁的奶茶店里。"

"她在奶茶店里干什么?"徐不忘问,"卖奶茶?"

"她在奶茶店里写作业。"杨小米说,"我听说她是一个比大学还大的什么生。"

"比大学还大?"徐不忘满脸迷惑,"是什么?"

杨小米非常自信地说:"就像我们念完小一班念中一班,念完中一班念大一班,然后我们又念小二班,念完小二班念中二班,念完中二班念大二班……一直念到大五班我们才上小学,按照这样算,上完小学就又要很久很久,然后我们又要上中学,然后又要上大学。"她摊开手掌数来数去,"所以上完大学我们就已经好几十岁了,她上的比大学还大,所以她已经是更大的好几十岁,老得要命了!还来勾搭我爸!"

徐不忘的数学明显比杨小米好多了,他坐在那里数:"上完小一班上中一班,上完中一班上大一班,上完大一班上小二班……按照这样算,我们上完幼儿园已经十五岁了。"他很困惑,"小学生有那么老吗?"

杨小米呆了一下:"可……可能有吧?"她也不是很确定了,为了维护自己的颜面,决定转移话题,"今天放学是晚托班的老师来接你吗?"

"是啊,"徐不忘哼哼,"其实我爸公司离幼儿园很近,他就是懒得来接我。"

"那你要不要跟我回家,我让我妈妈请你喝养乐多。"

"我不想喝养乐多,我想喝奶茶。"徐不忘说,"我做梦都想喝里面有奶冻的那种奶茶。"

杨小米也沮丧了,这个她爱莫能助:"我妈说奶茶有毒,小朋友不能喝。"

"那她们自己为什么能喝?"徐不忘愤愤不平,"我看我妈每天都喝,把自己喝成了一个大胖子,她说只有奶茶和炸鸡翅能带给她快乐,那她为什么不让我也快乐?我每天这么伤心着伤心着,一点也不快乐。"

"你为什么伤心?"杨小米稀奇了,"你爸爸又不给你找后妈。"

"我爸是不找后妈,他找了手机。"徐不忘耸了耸肩,"我妈就像嫁给了一块充电宝,那东西天天和手机连在一起。"

"唉。"杨小米也忧伤了,"这日子没法过了。"

"唉。"徐不忘也叹气,"太糟心了,这日子没法过了。"

"要不我们离家出走吧。"杨小米说,"去吃炸鸡和奶茶。"

徐不忘的眼睛顿时绿了:"你有办法?"

杨小米坚定地说:"有。"

幼儿园放学有严格的接送制度,没有接送卡小朋友是不能私自离开学校的。然而杨小米和徐不忘在这里上了两年半的学,熟悉幼儿园的每一寸土地,于是在自由活动的时间里,杨小米带着徐不忘钻进幼儿园菜地,翻过菜地的铁艺围栏,艺高人胆大地"离家出走"了。

半个小时之后,晴天幼儿园遭遇了晴天霹雳——大一班有两个小朋友不见了!

幼儿园和孩子家长同时报了警。

Chapter 17
公主与超人

高冷在派出所里发呆。

城管妹妹跟他的告白对他影响不大,从小到大,高冷听到过各种各样的告白,不限于国人或洋妞,基本上他都懒得搭理。

但他不想见慕云山和杨牧。

不想见慕云山,是不想增加自己对她的兴趣。

不想见杨牧,是那天和她莫名其妙掏心挖肺地聊天之后,他有点害羞。

电话铃响,高冷接了电话,一分钟以后,他猛地站了起来。

坐在旁边正在"学习强国"的李玉华被他吓了一跳:"怎么啦?"

"晴天幼儿园有两个孩子失踪了!"令高冷心惊肉跳的是他记得杨小米是杨牧的女儿,是她的心头肉,杨小米要是丢了,杨牧怎么办?这要是找不到……

李玉华也跳了起来:"快快快,报指挥中心,这是重大警情!"

张凯从一边路过,听见有两个孩子失踪了,也大吃一惊:"李哥你上报,我先去幼儿园看下情况。"

"幼儿园肯定有监控,高冷你跟着去看监控。"李玉华手忙脚乱,"我先去给所长汇报。"

警车呼啸而出，紧急赶往晴天幼儿园。

高冷坐在车里，还没有到达幼儿园，就看到杨牧失魂落魄地站在幼儿园门口东张西望，仿佛正在期待杨小米能从哪个不为人知的角落里自己跑回来。

他的心里一凉——杨牧站在门口，肯定是幼儿园里面已经找遍了，这才在门口张望。

警车停在晴天幼儿园门口，周围已经聚集了来接孩子的爷爷奶奶爸爸妈妈，听说有幼儿失踪，都是一脸惊恐，议论纷纷。高冷和杨牧认识两年多了，他从警车上跳下来，杨牧转过头来看他。他从来没有见过杨牧脸上有这种表情——

她已经崩溃了，却勉强带着还能自制的矜持，那矜持底下有一种让她能挺起背脊的决绝。

高冷一眼看出，如果杨小米真的不见了，杨牧决定去死。

这就是为什么她不像另一对夫妻那般歇斯底里，她还有底气，她不会让自己有"以后不知道怎么过下去"的痛苦。

她会让自己直接没有"以后"。

杨小米没有了，她就没有了。

杨小米是她前半生的珍宝，后半生的灵魂。

高冷打了个冷战，他走到杨牧面前，盯着她："别怕，不会有事的，我们会找到他们。"

张凯也对着徐不忘的父母说："幼儿园有监控，这里是市中心，每个角落都有监控，我们一定能找到他们。"

徐不忘的充电宝爸爸语无伦次："监控……他们翻墙出去……没有了，看不见了……"

"我们会找到的。"高冷和张凯说。

一辆黑色高档商务车猛地在幼儿园门口停下，洪百姓从车里匆匆下来，奔向杨牧。

高冷蓦然回头看着他们俩。

洪百姓抓住了杨牧的手。

高冷以为杨牧会扑进洪百姓怀里痛哭失声，毕竟电视剧都是这么演的。

然而没有，杨牧甩开了洪百姓的手，平静地向他走来。

她说："我不能没有小米。"

高冷张了张嘴,不知道该说什么,突然放低了声音,他从来没有用这样的声调说话:"你要不要在警车里坐一下,我带你去找小米。"

杨牧看了他一眼,点了点头。

高冷拉开警车的车门让她坐了进去。

洪百姓手足无措地站在车外,一脸茫然和怀疑。

高冷不理他,砰的一声,在洪百姓面前关上了车门。

全然不知自己闯了大祸的杨小米和徐不忘在小公园里面玩滑滑梯。

杨小米说要带徐不忘吃炸鸡和奶茶并不是说大话,她口袋里有一百块钱,而杨牧不知道。这一百块是上周日她去外婆家玩,因为乖乖吃饭,外婆奖励给她的。

然而她忘了上次杨牧带她去的炸鸡店在哪里,又不想承认自己迷了路,于是带着徐不忘到处瞎逛,将非常信任她的小弟带进了一个小公园,并在小公园里疯玩滑滑梯。

"哦……杨小米公主驾到!你们都给我跪下!"杨小米从滑梯上滑下来,大声吆喝。

"奥特曼驾到!"徐不忘超人和杨小米公主完全不在一个时空,却一样在幻境中不可自拔。

"我要飞起来了!"

"发射!"

天色渐渐变暗,周围出现了一群放学回家后又出来玩的孩子,两小只混迹在幼儿群落中,越发隐蔽,旁人根本认不出来谁是谁。

警车在附近来回,警笛声此起彼伏。

派出所出动了所有能出动的警力寻找两个孩子。

幼儿园的监控显示他们非常危险地翻了围墙,然后进入了一条贩卖儿童用品的小路,随后右转,进入了一片草地,就消失了。

附近的监控视频再也没有拍到这两小只的行踪。

庆幸的是,他们一直是自己走的,没有被人拐骗的迹象。

很快,全城微信、微博、淘宝、支付宝……凡是流量大的媒体上,都推送了两个孩子走失的消息。

然而天色暗沉,带孩子出来玩的多数是爷爷奶奶,连个手机都玩不清楚,哪里会看寻人信息?又过了一会儿,孩子们又纷纷回家吃饭了。

徐不忘终于有点害怕了，他还饿着："我要吃炸鸡，我想回家。"

大小姐杨小米一挥手："我带你去吃炸鸡。"

晚上八点半，杨小米公主带着徐不忘超人找到了一家麦德肯炸鸡店，坐在里面吃炸鸡喝奶茶。

"我想回家。"徐不忘一边喝奶茶一边说，"我想我爸爸，这周末他还要带我去参加班级活动。"他强调说，"这是我爸爸第一次答应陪我参加班级活动，因为这次老师规定了只能爸爸参加，我爸爸好不容易请了假说要参加的。"他越想越伤心，越想越委屈，"哇……"

徐不忘号啕大哭，并钻到了麦德肯的塑料桌子底下去。

杨小米傻眼了。

她在家里横行霸道说一不二，完全不知道拿一个哇哇哭的小男孩怎么办。她又没有爸爸，也不知道让爸爸参加一个活动有什么了不起的。

"旺旺你出来。"她钻到桌子底下试图把徐不忘揪出来。

徐不忘越发往里挤："哇……"哭得更大声了，"你走开！"他用力一推，杨小米摔了个四脚朝天。

哇的一声，杨小米也大哭起来，随后扑过去，涕泪交加地咬住徐不忘的手。

徐不忘被杨小米的狗啃式攻击吓得连哭也忘了，愣愣地用充满泪水的眼睛惨兮兮地看着杨小米。

杨小米咬住他以后发现这个人不哭了，抬起头看他，不放心地多咬了一会儿，才放开他，非常见多识广地说："如果你要回家，就要请警察叔叔帮助你。"

"警……警察叔叔在哪里？"徐不忘边哭边抽，"你走开！我不要你！"

两个娃在桌子下面斗殴，终于引起了麦德肯工作人员的注意，然而看过来的工作人员一直以为这两个娃是坐在他们隔壁的那个年轻人带来的，所以第二个反应就是诧异地去看那个"家长"怎么还不哄哄地上的两个娃。

和两个娃坐在同一条长长的吧台桌上的年轻人拉着卫衣的帽子，那卫衣的防风口罩一直能拉到鼻子下面，挡住了他的脸，只能认出那是一个挺年轻的男子。他面前的桌子上放了一大堆垃圾食品，包括但不限于炸鸡翅、炸鸡腿、炸鸡块、炸鸡米花、炸薯条、炸鱿鱼圈……还有买套餐送的四杯奶茶，横七竖八摆了一大片。杨小米和徐不忘买的两块小小的鸡块淹没在垃圾食品的汪洋大海中，也难怪工作人员以为这三个人是一起的。

只露出两只眼睛的年轻人也听到了两个娃在桌子底下斗殴，随后听见他们谈到要去找警察叔叔，还要回家，于是引起了他的注意。这一注意不要紧，这个戴着防风兜帽，准备一个人啃两个不同品种四人套餐的年轻人觉得杨小米有点眼熟。

他最近拍的戏里面有小童星长得和这个像吗？

防风兜帽里的钟昆仑在自我反省，他录完了见鬼的知识竞赛，近期暂时没有通告，于是趁着夜色溜出来吃炸鸡。从前钟昆仑虽然不怕胖，但为了自恃的盛世美颜，在吃上也比较收敛……不过最近嘛，他想吃什么就吃什么。

吃能让人感觉到幸福，会比较开心。

吃两份四人餐，躺在炸鸡翅上睡觉是他十五岁出道后的梦想之一。

"我妈妈告诉我，如果你迷路了，会有怪叔叔要把你骗去卖掉，你就要找警察叔叔。"杨小米说，"警察叔叔会把你送回家的。"

徐不忘小声说："但是我爸爸说，如果迷路了，让我找银行门口的保安叔叔。"

"为什么啊？"杨小米很不服气，"我们要找警察叔叔。"

"我爸爸说因为银行到处都是，可是警察叔叔不是到处都是。"徐不忘说，"找一个银行门口的保安叔叔，告诉他我迷路了，就会有人帮助我。"

"小朋友，你们是迷路了吗？"一个低沉的声音从他们俩头顶传来。

杨小米和徐不忘猛地抬头，只见一个只露出两只眼睛的怪人，全身穿得黑黑的，正在阴森森地看着他们。

会拐骗小朋友的怪叔叔出现了！

杨小米紧紧抓住徐不忘的手，满心惊恐，徐不忘被她吓到，不知所措。

"你们迷路了吗？我把你们送到派出所吧。"钟昆仑面对两个满脸惊恐的小娃，自己也很紧张，他也没单独和幼儿园小朋友接触过——以前拍戏的那些小朋友身边都有助理。

"快跑！"杨小米大叫，"他是坏人！"

话音刚落，杨小米和徐不忘飞快地从桌子下钻出去，往黑黢黢的街道跑去。

"喂！"钟昆仑大吃一惊，扔下一桌子垃圾食品，跟着往外追去。那是两个超小的小朋友，身边没有大人，在夜里乱窜，真的很危险。

杨小米和徐不忘看到"坏人"真的追了出来，吓得魂飞魄散，跑得更快了。

麦德肯的工作人员突然看到这一桌的惊变，吓呆了，赶快拨打110报警："警察同志，我们店里好像出现了人贩子，刚才有一个男的追着两个小孩跑了，不知道是什么情况。"

杨小米和徐不忘在街道上疯狂地跑。

夜里九点多,散步的人们渐渐回家了,道路逐渐空旷起来。麦德肯炸鸡店位于闹市区的边缘,在它前方不远处有一个建筑工地的废墟,这个废墟的隔壁就是麦德肯派出所——麦德肯炸鸡店之所以叫麦德肯,并不是人家剽窃麦当劳、肯德基、德克士并集之大成,而是这个社区叫作麦德肯社区,据说是因为新中国成立前这里住过一个爱国民族资本家,叫麦德肯。

杨小米和徐不忘慌不择路,沿着越来越荒凉的道路狂奔,最后冲进了建筑工地的草丛里。钟昆仑一路猛追,疏于锻炼的流量小生居然没跑过两个幼儿园的娃,跑过了几百米才拉近了距离,也跟着一头扎进乱草堆中。

五秒钟之后,杨小米和徐不忘在草丛中乱跑,撞在了一个人身上。那个人蹲在草丛里,本来无声无息,然而杨小米在他脚上踩了一脚,他倏地站了起来。

杨小米和徐不忘蓦然看见一个鼻青脸肿的可怕"妖怪"从草丛里钻了出来:"啊啊啊啊啊!"

小朋友的尖叫声响彻云霄。

钟昆仑紧跟在后,猛地看见一个身材魁梧、满脸青紫的"妖怪"出现在草丛里,也是魂飞魄散,把杨小米和徐不忘拦在身后,冲上去对着妖怪踢了一脚。

"啊啊啊啊!"

"啊啊啊啊啊!"

"什么人在里面?警察!不许动!举起手来!"

一切"妖魔鬼怪",最终都在麦德肯派出所民警的手电筒之下现了原形。

半个小时之后,心都死了一半、已经反复思考怎么平静地自杀才不会连累别人的杨牧在麦德肯派出所里见到了杨小米。徐不忘那个传说中永远和手机连在一起的充电宝爸爸徐奎在麦德肯派出所号啕大哭。

陪着杨牧过来的高冷靠墙站着,他看着杨牧抱着杨小米泪流满面,但她没有发出声音,只是紧紧地抱着,仿佛要把杨小米重新揉回身体里去。杨小米小心翼翼地给妈妈擦眼泪,小声说:"妈妈对不起。"

杨牧摇了摇头,也很小声地说:"小米,你不要走。"

杨小米保证:"妈妈对不起,我永远超级爱你,永远永远都和你最好,我再也不做坏事了。"她亲了亲杨牧的脸,低声说,"我永远都乖,都和你在一起。"

杨牧哽咽了一声:"你不要走。"

杨小米抱住妈妈的头："我永远不走。"

高冷站在一边看着，听着那句"你不要走"，他想着等杨小米长大了，你怎么办呢？

洪百姓蹲在杨牧母女身边，杨牧没对他说什么，杨小米也只是看了他一眼。他听着母女俩的对话，一张脸苍白，目光闪烁，一边看着杨牧，一边盯着高冷。

但派出所里不只有围绕着杨牧的修罗场，也不只有满地打滚哭号的徐不忘父子，还有钟昆仑和被钟昆仑殴打的那只"妖怪"。

目前，钟昆仑正在老老实实地准备赔医药费给那只"妖怪"。

那只本来就鼻青脸肿的妖怪被钟昆仑一顿打之后，越发骨格清奇了。

麦德肯派出所的民警看着这两个人，表情也很是难以言喻。

这个一脸伤的大块头叫林帅，今天下午抱着自己没满一岁的孩子到派出所，说和老婆吵架，孩子不要了，让民警联系他的老婆，然后自己就跑了。民警联系了林帅的老婆王春，王春电话不接，联系她的娘家，娘家拒不承认她回娘家了，联系王春的好友，对方也说不知道王春去了哪里，再联系林帅，林帅也不接电话了。

于是那小奶娃只好留在所里专人看管，哭得撕心裂肺、惨绝人寰。

端的是一个人间惨剧，民警都在请示说这件事是不是有点问题，这个王春是不是失踪了？有没有可能是林帅杀了老婆，然后潜逃了？

然后晚上九点多钟，真相终于明了——林帅和王春吵架，王春单方面把林帅打得鼻青脸肿，然后跑了。林帅找不到老婆，于是把儿子扔到派出所，自己埋伏在派出所旁边的草丛里，企图等王春来接孩子的时候把她当场抓住。

他的神机妙算被杨小米和徐不忘撞破，随后被钟昆仑殴打了一顿，目前正在向钟昆仑索要赔偿。

麦德肯派出所的民警目前面无表情，保持着好像没有认出钟昆仑，也没觉得林帅脑子有病的状态。

这起曲折离奇的事故，慕云山还是第二天从郑州洲圳那里听说的。

"所以那个埋伏在草丛里等老婆的天才后来怎么样了？"慕云山笑到岔气，趴在桌子上咳嗽，"后来他等到老婆了吗？"

"我听高冷说后来事情闹大了，他老婆终于来了。"郑州洲圳说，"他老婆听说他把孩子扔派出所了，马上要和他离婚，林帅当场就跪下了。"

"后来呢后来呢？"慕云山终于感受到了八卦怪的乐趣，"离了没？"

"后来听说林帅跪地求钟昆仑给他老婆唱了首情歌，他老婆就不离了。"郑州洲圳说,"他老婆王春是钟昆仑的颜粉,本来听说孩子被扔派出所快气死了,但偶遇了爱豆,这是她老公给她带来的福气,世界上有几个人的老公能被爱豆殴打呢?她还免了钟昆仑的赔偿金。"

慕云山一口水喷了出来:"这样也行?"

"怎么不行?然后林帅老婆和钟昆仑在派出所合影留念,还发到了微博上,造就了今天微博的腥风血雨。"郑州洲圳感慨,"真是……太能干了!"

慕云山捂脸:"我说怎么一大早就看到热搜都是他。"

今天一大早,微博热搜第五名标题就是"钟昆仑情歌助小夫妻破镜重圆",配图是钟昆仑和林帅老婆的合影,虽然背景已经模糊化了,但万能的网友依然从蛛丝马迹中推断出那是某派出所,下面的评论可想而知。

这条微博的标题是"助破镜重圆",而不是"钟昆仑殴打某某进派出所",这可能是猪哥努力后的结果,慕云山感慨万千,万分同情猪哥。

前几天奉命去"偷拍"钟昆仑,她还觉得那傻崽好像有点不开心,仿佛有哪里怪怪的,但看了他昨天的表现——毫无问题,这就是真的他!一只浑然天成、表里如一的钟昆仑,和原来一模一样。

而热搜的第一名就是"不是白如月写的吗"。

这条热搜已经热了两天了还在榜上,正是因为《你问他知道》古典文化场的最后一道必答题。

那道送分题送得过于赤裸了。大概××台对嘉宾们的水平也很没底,很怕五题之后大家得鸭蛋,所以出了一道百分百得分题:"'少年不识愁滋味,爱上层楼。爱上层楼,为赋新词强说愁'的作者是谁?"

然后林翰抽中了钟昆仑。

钟昆仑居然还是一脸茫然。

全场嘉宾加上主持人都非常震惊地看着他。听说他来之前是读了《唐诗三百首》的……哦,这是首宋词,难道他说的读了《唐诗三百首》就是只读了唐诗三百首,多的一首也没有了吗?

为了试探钟昆仑是真的不会还是在制造节目效果,林翰抱着钟昆仑要抛一个包袱的准备给他提示。林翰说:"这位作者,曾经是一名武将,别人投笔从戎,他刚好相反。"

钟昆仑眨了眨眼,仍然是一脸茫然。

"这位作者,是宋朝历史上非常著名的词人,他有一句著名的词句,曾经在《月白》电视剧里被你吟诵过,'我见青山多妩媚,料青山见我应如是'。"林翰居然也看过钟昆仑主演的脑残电视剧,居然还能临场发挥点出那个场景。

《月白》那部仙侠剧主要展现了剑修与魔尊之间的恩怨情仇,钟昆仑当然演的是魔尊。魔尊将自己的记忆封印后精分成三个人潜入江湖正道去卧底,简称为精分A、B、C。其中精分A混成了剑修的至交,曾经在花前月下对着剑修吟诵这句。

那剑修大名叫越青山。

钟昆仑疑惑地看着林翰:"那句诗不是白如月写的吗?"

那魔尊的大名叫白如月。

林翰:"……"

徐稚之:"……"

甲乙丙丁戊组:"……"

全场观众:"……"

过了五秒钟,林翰才相信钟昆仑真的不会。

他一时间竟不知道怎么把场面救回来,幸好李云子拿起了麦克风,直接开口批评了钟昆仑。他对这个不学无术的年轻人不满很久了,这次不识辛弃疾简直让他出离愤怒。

"'少年不识愁滋味'的作者是辛弃疾。"李云子面无表情地说,"包括'我见青山多妩媚',都是辛弃疾非常知名的词。你这个年轻人既然读过他的诗词,甚至用这句诗词拍过戏,你怎么能不知道它的出处和来历?不知道它的出处和来历,不了解作者写它的背景和心情,你怎么读得出它的味道和情感?你甚至以为它是戏剧里的人物创作的,简直是荒唐透顶!"

钟昆仑被他骂傻了,呆呆地看着他,仿佛还没有理解自己犯了怎样的弥天大罪。

弹幕界在震惊于钟昆仑不认识辛弃疾的同时,某些颜粉也偷偷摸摸地爬过屏幕。

"可怜的崽哦……被骂傻了。"

"出现了!'我是谁?我在哪里?我在干什么?'"

"这难怪李前辈要生气,我都有点气了,九年义务教育都读到哪里去了?"

"只有我觉得崽相信那句诗是白如月写的有点萌吗?"

"该打!"

"该打!"

"二十多岁的人还和十五岁一样卖蠢,恶心!"

"××台为什么要请这样的人来做节目?抵制不学无术!抵制钟昆仑!"

李云子还在控诉:"我呼吁所有的青年演员,包括整个影视剧创作团队,注重整个团队成员的文化素养和文学基础水平,因为影视剧也是一种文化表现形式,团队的整体水平影响着影视剧的水平,而影视剧影响着我们国家广大观众尤其是未成年观众的世界观、价值观和人生观,潜移默化的作用是非常巨大的。青年偶像的言行非常重要,最基础的'引人向学和引人向善'你们做到了几分?你们自己就没有做到……"

整个娱乐圈被李云子控诉了整整五分钟,钟昆仑目瞪口呆,站在那里当了整个娱乐圈的靶子,被乱箭穿心,差点死无全尸。

好容易李云子教训完了,居然还向身边的工作人员要了手机,翻看了一下钟昆仑的微博,随即发出一声冷笑。

他翻看钟昆仑微博的镜头也很清楚。

于是众网友纷纷去翻看钟昆仑的微博。

只见最新一条赫然是钟昆仑转发的慕云山偷拍的那三张照片,还自己写了一句评论:"我和我的菜谁美?"

倒数第二条就是他和董慧的尬照,上面配了一句:"我和我的兄弟……"

弹幕界神魂再现,一条弹幕掠过屏幕:"我和我的兄弟……谁美?是这个感觉了。"

毫无疑问这种无趣的灵魂只够让李云子冷笑一声,钟昆仑整个人就是李云子批判"贵圈毫无文化,带坏祖国未来"的充分证据。

《你问他知道》又一次霸占了热搜的半壁江山——其中有一半人跟着骂明星,有另外一半人在搜辛弃疾。

在这种全网黑的情况下,钟昆仑居然还能深夜殴打某某进了派出所,也是作死界的第一人了。

郑州洲圳讲完了昨天的八卦,也很同情慕云山:"你当年居然能粉他粉到那种地步,我也真的……很不能理解。"

慕云山想了想:"他也有他的优点。"

"盛世美颜?"郑州洲圳耸了耸肩,"还是我们家吱吱有气质,美颜这种东西,见仁见智吧。"

"我现在是不粉了。"慕云山也耸耸肩,"不过爱豆这种东西,除了李云子老师所说的那些比较沉重的社会责任,也可以给人一些更简单的东西,比如比较解压、比较开心,能唤起普通人对生活的期待,让人有做梦的冲动……难道一个爱豆不会琴棋书画就一无是处吗?也许有一个女孩,她得了抑郁症没有人知道,突然有一天,她粉了一个爱豆,不管出于什么原因,也不管这个爱豆本身好不好,但对抑郁症女孩来说，就是能让她新生。这难道不是爱豆存在的意义？精神空虚的人那么多，无论找什么当支柱都好，都会让生活重新有意义。"她说，"我已经忘了当年为什么粉钟昆仑，也许就是因为我不开心，而看着他，能让我开心。"

郑州洲圳有些惊奇地看着慕云山，想了想，也不得不承认："看钟昆仑的动态的确是挺解压的，他几乎每时每刻都在犯蠢，又美又萌又蠢又懒。"

"是啊……当然，李云子说得也没错，不学无术的爱豆，粉丝年纪大了，思想成熟了，总是会离开的。"慕云山说，"永远不进步的都会被抛下，生活和时间都在往前走，爱豆没有越变越好，就会被抛弃。"

"所以你就是这样幡然悔悟了？"郑州洲圳问。

"没有，我就是'脑残'被治好了。"慕云山坦诚地说，"感觉缺少了一个过程，还有点失落。"

在无花果聚会后，慕云山向闺密们解释了自己和钟昆仑的恩怨情仇，杨牧是不会八卦的，郑州洲圳也表示可以理解。她们都很温柔，并没有深入打听慕云山的过往隐私，也没有向别人说起过，慕云山非常感激。

"感觉钟昆仑最近的情况非常不好。"郑州洲圳说，"李老师是代表××台骂他呢，说不定……他要被封杀了。"

慕云山也有些担心："其实他也没有哪里特别坏，昨天进派出所也就是因为他遇到了杨小米，他的本意是好的，就是运气不太好。"

"他真不该参加这个节目。"郑州洲圳叹气。

"是你们家吱吱邀请他去的。"慕云山说，"你们家吱吱不想和别人搭档。"

郑州洲圳沉默了一会儿，轻声说："我们家吱吱在娱乐圈也是个异类，他没什么朋友。"

慕云山也沉默了一会儿："他自己乐意去的。"

Chapter 18
祖传的宝贝

　　钟昆仑在热搜榜上被黑了三天，终于被"某金融大亨被老婆净身出户"的新闻刷掉。网友的记忆不足七秒，最近已经在津津乐道于某金融大亨是如何靠白富美老婆发家致富，"钱"妻与"真爱"两头兼顾，最后被"钱"妻扫地出门的故事，大快人心。

　　慕云山看到钟昆仑的热搜心里愁，没看到钟昆仑的热搜心里更愁了——她想这傻崽不会真的被封杀了吧？她偷偷登上粉丝论坛看了一眼，众粉已经在众筹起诉李云子，说他造谣生事，诋毁爱豆，吓得慕云山飞快地下了线，心里是越发地愁——你说爱豆没文化也就算了，粉丝更没文化，这还能不能好了？

　　李云子是万万不能起诉的，这件事还是要找猪哥解决一下。慕云山给猪哥发了微信，猪哥没回，打了电话，猪哥不接，发了短信，显示未读。

　　猪哥不会被气到辞职了吧？

　　思来想去，慕云山觉得还是要去钟昆仑那儿看一眼，显而易见这傻崽除了当爱豆啥也不会，除了盛世美颜啥也没有，如果被封杀了，他还能干什么？

　　看看是不是要把惠林村的老宅还给他让他种点菜什么的？慕云山冥思苦想。然而他这块宅基地也太小了，前后院子加起来一百多平方米，能种点什么养活自己啊？全年种地瓜和土豆吗？

正当慕云山的思路从钟昆仑要失业，转到钟昆仑要回村再就业，再转到他只能春夏秋冬啃地瓜和土豆勉强维持维生素和矿物质的时候，她的目光转到了厨房，然后看到了她那个神秘盒子。

一撮泥土被顶开了一个缺口。

两个肥肥的子叶顶在那里，中间半隐半现藏着一点嫩嫩的绿。

咦？发芽了？

慕云山看不出这是个什么幼苗，赶快百度一下各种非法植物的幼苗，确认这东西和它们完全不像，她大大松了口气，突然想明白了一件事——这东西被钟昆仑的祖辈藏在华德植物箱里，埋在地下，很可能是某种珍贵的东西。

它在钟昆仑的爱豆生涯即将完蛋的时候发芽，说不定是某种预兆？

所以这到底是个什么？

慕云山拿出手机对着它拍了十七八张照片，钟昆仑到底还能不能靠祖传的种子迎来第二春，就看它了。

慕云山在家折磨某种可怜的小植物并和全国人民一起唱衰钟昆仑爱豆事业的事，钟昆仑自然并不知道。

他正在给世界第二帅涂药。

世界第二帅辜负了土猫的基因，不知道和谁鬼混染上了万恶的猫藓，正在掉毛。钟昆仑正认真遵照医嘱把它病灶附近的毛剃掉，用棉签把藓擦掉，再涂药。

然而钟昆仑对"附近"的概念和兽医的显然不一样——世界第二帅被剃成了一只秃猫。全秃的世界第二帅非常自卑，全天躲在厨房的抽屉里，除了涂药基本不出来。

它的屁股下面就压着记载了钟家人可能遗传了精神病的那沓档案。钟昆仑并没有把它秘密地锁进保险柜藏起来并每天回忆往事面目狰狞，他好像把这件事忘了。

猪哥早上来过一趟，他来转达了公司对钟昆仑最近表现的意见——如果钟昆仑不能扭转自己的公众形象，他未来不但没有工作，还要承担违约责任。毕竟爱豆……艺人这种工作必须要有良好的社会形象，你可以卖蠢，但不能无知。

钟昆仑未来的工作都被暂停了，换角色的换角色，换代言的换代言，唯一还没有暂停的就是《你问他知道》，第一季古典文化赛场的问答结束了，后面还有生活百科赛场和法律知识赛场。

但谁也不看好钟昆仑，连辛弃疾都不认识的人，还能指望他懂点什么呢？

猪哥给钟昆仑做了七年的经纪人，平时对盛世美颜也是十分宠溺，敢怒不敢打，但这一次他的态度非常认真，给钟昆仑严肃地讲了一个小时道理，说到自己口干舌燥，整个灵魂都升华了好几遍。钟昆仑态度诚恳地接受了公司的批评教育，承诺知错就改，一定在未来加倍努力，做一个促进社会经济和文化事业进步的四有青年。

猪哥长吁短叹地走了，临走的时候克制不住，掉了几滴眼泪。

未来？未来吗？

钟昆仑送走了猪哥，将世界第二帅剃成了一只秃猫，给它涂好了药，轻轻摸了摸它的头。随后他在手机上下单，买了一套《辛弃疾全集》。

叮的一声，他的微信响了，是杨牧微信发来的语音。

点开来，是杨小米在说话。

她说："沈星，高冷哥哥给我送花啦！是玫瑰花，我好喜欢。"

杨小米在麦德肯派出所认出追自己的"坏人"居然是她的骑士沈星，立刻改变了立场，用杨牧的手机加了钟昆仑的微信。

钟昆仑的微信今天叫"黄油饼干9"，前天叫"芒果千层0"，基本依据他每天倒腾哪种下午茶而定。但头像不变，一直是土猫和野鸡的合影，宛如农家乐广告。

黄油饼干9："他是送给你妈妈的吧？"

杨牧："不，送给我的。"

黄油饼干9："……"

杨牧："高冷哥哥永远最爱我。"

黄油饼干9："……"

杨牧："妈妈让我谢谢你，虽然我永远不会离开妈妈，但是谢谢你那天帮我找到妈妈。"

黄油饼干9："那天帮你找妈妈的是警察叔叔，不是我。"

杨牧："可是你把我们赶到派出所里去了啊。"

黄油饼干9："谁让你们到处乱跑的？"

杨牧："谁让你看起来一点也不像沈星？你为什么不飞？你露出你的星光剑，我就不跑了啊。"

黄油饼干9："沈星不救小朋友，他的眼里只有林雪。"

杨牧："沈星会救小朋友的，第一集沈星复活飞出来的时候，到处树叶乱飞，他捡了一片树叶，吹走了树叶上的一只小昆虫，才拿那片树叶当武器和敌人打架的。沈星那么温柔，我选好了他做我永远的骑士。"

黄油饼干9："……"

黄油饼干9："谢谢。"

黄油饼干9："以后我演一个比沈星更好的人。"

杨小米没有回答，可能是手机被杨牧收走了。

沈星的确是吹了一下树叶，剧本里并没有这个。

拍这个场景的时候，树叶纷飞，钟昆仑抓住的那片道具上刚好有一只淡绿色的小甲虫，他想也没想，微微一吹，将小虫吹走，随即并指将树叶射向了敌人。

你问他为什么吹，钟昆仑自己也说不清楚。

导演没有剪掉这个镜头，可能因为盛世美颜就算是乱吹也吹得挺好看的。

他也没觉得这有什么特殊意义。

他没有想到这一秒会让一个幼儿园的孩子觉得沈星"温柔"。

他突然很难过，自己没有什么更好的角色让杨小米喜欢，只能让她喜欢沈星。

沈星……也不是什么值得小朋友喜欢的人物。

杨小米不该喜欢沈星。

如果有机会，他想演一个值得杨小米喜欢的好人。

叮的一声，微信又响了。

备注为"魔界之主"的人发来一张照片。

慕云山说："你家祖传的宝贝发芽了。"

钟昆仑立刻回了一条："我种的也发芽了！"

那个华德植物箱里的种子，钟昆仑也带回去了几个，种在了慕云山经常蹲的那棵灌木下面。大概是因为种下去的时间差不多，近来B市风调雨顺，所以它们也在差不多的时间发芽了。

祖传的宝贝两片子叶特别肥厚，中间生出的真叶绿得特别好看，仿佛人间几百种菜叶都不及它那点鲜活的绿，堪称幼苗中的盛世美颜。它还特别大个，比毛豆芽还大，种起来很有成就感。

慕云山不知道这是啥玩意儿，钟昆仑更加不可能知道了。两个人交换了宝贝的照片，确认长出来的是同一个东西，都计划好好地种，等它们长大看看是什么。

聊完了祖传的宝贝，慕云山十分委婉地打听钟昆仑的现状，她问："猪哥还要我去偷拍你的照片吗？"

这种内涵丰富的问题钟昆仑自然是听不出真相的，他说："猪哥说不用拍了。"

哦，那就是你已经完蛋了。

慕云山叹了口气："我看到你的粉丝在众筹要起诉李云子呢，你快去阻止吧，这种起诉国学界爱因斯坦的傻事就不要做了，太蠢了。"

钟昆仑吓了一跳："起诉李云子？为什么？"

"因为她们觉得李云子诋毁你的……智商？学识？人格？呃……美貌？"慕云山叹了口气，"你的真粉和黑粉真是不分彼此，难以辨认。"

钟昆仑哼了一声："你是在说你自己吗？"他顿了一顿，"那个协议，早上猪哥来的时候，我已经签字了。"

"啊？"慕云山很意外，前几天说起这件事钟昆仑还委屈得不要不要的，简直快气死了，害她差一点以为钟昆仑是不是对脑残的慕云山有点意思，还疑神疑鬼了几天。

"那不是你要求的吗？"钟昆仑又火了起来，"是你说你得了病才求婚的，当时说的一切都不算，都是你……"

"是是是，都是我的错，我改还不行吗？"慕云山莫名其妙，"你不要凶得让我误会你很想和我结婚啊。"

"鬼才想要和你结婚！"钟昆仑抓狂，"脑子有病才想要和你结婚！以前是'神经病'，现在比'神经病'还差！我告诉你，我们已经离婚了！从现在开始我们什么也不是，你不要再对我有什么奇怪的想法！我警告你，下一次我再在家里抓到你，立刻就报警！"

"是是是，你放心，猪哥不叫我去拍照我才懒得去你家，你家什么也没有，有什么好去的。"慕云山翻了个白眼，"我脑子已经好了，除了欠你的钱，我们什么关系也没有了。"

"也不许来我家偷看我发的芽。"钟昆仑不放心，"你欠了我什么钱？"

"医药费啊！"慕云山说，"治脑子的医药费，好几万美金呢，这辈子也不知道还不还得上，我会努力的！"顿了一顿，她补了一句，"万一你以后不做爱豆了，要记得我还欠你几万美金。"

"医药费就算了吧，还什么医药费？"钟昆仑毫不在意，"我很有钱的。"

慕云山："……"

所以她年轻时为什么要粉钟昆仑这个智障？

"哈哈哈哈……"第二天早上，郑州洲圳听慕云山说打电话去问钟昆仑的现状，得到的回答是"我很有钱的"，笑得在桌上滚来滚去，"他是不是好有自信？从来没想过自己会被封杀或者将来会有没饭吃的一天？"

"搞不懂。"慕云山真诚地回答，"我脑残的时候觉得自己特别懂他，现在完全搞不懂。"

"他可能真的很有钱。"郑州洲圳感慨，"所以根本不需要我们替他担忧，人家是衔着金汤匙出生的小王子呢！不做爱豆也可以继承遗产在喜马拉雅山顶盖宫殿的。"

慕云山有点笑不出来，钟昆仑是继承了遗产，但她不知道他继承了什么，也许真的足够他吃喝玩乐一辈子，但一定没有郑州洲圳想的那么欢乐。

他爸爸自杀死了。

钟昆仑从来没在节目中说过自己的爸爸已经死了。慕云山看过他早期所有的综艺和访谈，钟昆仑说过他爸爸是一个画家，他爸爸对他没有什么特别的要求，也不严厉。

仿佛是一个佛系温暖的文艺爸爸。

在没住进惠林村的时候，慕云山从没想过，钟昆仑那佛系温暖文艺的爸爸是得抑郁症自杀死的。

在这一点上，她觉得自己仿佛从来没有懂过钟昆仑。

他是文盲法盲生活白痴，然而他也有一点什么别的东西与众不同。

他是娱乐圈少有的清纯不做作的脑残，说话绝大多数都是实话，所以朋友很少，甚至几乎没有。也有一些话他从来不说，比如他从来没有说过他爸爸已经死了，也比如这一次的风波，他从来没有说他对不起大家请大家原谅他或者暂时宣布退出娱乐圈。

他不说的这些话，就是慕云山从未懂过的那部分。

某金融大亨与真爱的新闻日益发酵，牵连出大亨的娱乐圈红粉知己与"钱"妻的外挂小狼狗，网友们津津乐道，十分快活。

慕云山花园里的"平阴一号"开花了。

"平阴一号"是种紫红色的月季，如果不知道它能吃，就会觉得它艳俗艳俗的，紫红得十分水彩笔，重瓣得毫无灵魂。但它就是那种一朵放在杯子里一泡就能开一杯的网红玫瑰花茶的原料。

它生的时候艳俗得要命，死了以后用开水泡出来粉嫩粉嫩的，颜色和生前完全不是一个色系。

堪称生得伟大死得光荣。

原生态红旗土特产超市的老板娘给她寄来的光秆子现在长满了绿叶，开出了四朵月季花。慕云山剪了一朵新鲜的泡茶，好像并不怎么香，于是她把剩下的三朵摘下来晒干，试试看怎么样才能弄成花茶店里卖的效果。

这个周六有工人和她联系，要来钟家老宅维修房屋。没有良心的业主在接到危房整改通知书后，终于委托了一个装修公司来修理这栋危房。

钟家老宅荒废得非常严重，只有两个房间勉强能住人，而实际上这栋老宅本来应该还有两个房间。曾经属于秦如月的书房和钟书叁的画室天花板都塌陷了，外观上看起来没塌只是因为上头有宛如鸟窝一般的金银花枝盖住了破洞。

门前的走廊只剩下门口左右两边的一小截，可能因为钟家还有点海归历史，这栋老宅在晚清画风之中还掺杂着点西洋风格，堪称不伦不类，哦不，中西合璧的典范。

装修公司的设计师来实地看房，这位设计师叫漆少，长得英俊潇洒，比起设计师更像个模特。漆少对钟家老宅的画风赞不绝口，一会儿摸摸墙壁，一会儿摸摸木门，感慨万千。听说那面墙使用了某种现在已经失传的涂料，又听说她在上面钉铁钉的木门是三百多年前的檀木。

所……所以她算是毁坏文物吗？慕云山听得目瞪口呆。

这家装修公司叫"李白"，听说是新开的公司，所以设计师和员工都很年轻。他们来工作还自带盒饭，那些盒饭都精致得不得了，和一般的装修公司完全不一样。

漆少把钟家老宅整个看了一遍，拍了3D视频，接着开始和慕云山讨论她想把老钟家修理成什么样。

慕云山三观炸裂，她不过就是个租客，哪有权决定房子应该被修理成什么样？

然而漆少说业主说以她的意见为准。

钟昆仑可以懒死算了！

慕云山毫无品位可言，既不认识三百年的檀木，也不知道什么失传的涂料，于是毫不犹豫地说，修理成原来那样！

开玩笑，这是别人家的房子，她哪有资格给人家改？肯定要修理成原来那样。至于原来是什么样，她怎么知道？

漆少登记了一下她的意见是修复原状，也没表示困难与否，便带着他吃豪华盒饭的团队回去了。

慕云山没把这件事放在心上，她新买了好几种苗苗，正在填补篱笆后半截的空白。目前她的花园是这样的——大门口种着白木香和百香果，百香果的旁边种着"平阴一号"，后半截篱笆就没了。

为了掩盖这种仿佛斑秃的造型，她从网上买了几乎全部品种的爬藤植物来填补空白——全部价格在二十块以下的品种。

爬山虎一株，凌霄花一株，炮仗花一株，绿萝一把，蓝雪花一株。

她在靠近厨房墙壁的墙角凿了一个坑，把筷子长的爬山虎种了下去，位置在小柠檬和树莓旁边。爬山虎生长出来可以直接爬上厨房的墙面，就是这墙面上不知道是不是也有点什么失传了的白灰之类的，不知道有没有犯罪。

仿佛牙签的凌霄花苗和炮仗花苗被她种在了"平阴一号"后的篱笆上，这两种植物据说很能生长，虽然现在目测只是个牙签苗，但人家有长成几面墙的潜质。

作为赠品的一把绿萝，慕云山种在了厨房另外一面墙的墙角下。那里晒不到太阳，还长着一堆蕨类，实在是绿萝的好去处。

最后一株蓝雪花，种在篱笆末端，万一爬藤没爬到角落去，还有一株垫底。

种完了篱笆，慕云山看着光秃秃的院子发愁，虽然院子规模不大，但一百多平方米的泥土里只长着几棵葱也很愁人。她想不出要种什么，原本后院是种了两排生菜的，结果被钟昆仑偷走了。唉……所以院子中间到底要种什么呢？

一个珍贵的周六白天就这么过去了。

本来周六的夜晚也会在刷剧中很快过去，慕云山打着哈欠，听着手机里的声音："小姐，小姐你怎么又跑出来考试啦？老爷已经给你安排好了培训班第一名的成绩，并且把纳兰清逸安排在你的隔壁！"

手机里的小姐一边跑一边嘤嘤嘤："我不我就不，我要凭真才实学考上医馆，我要和纳兰清逸一起参加考试！想到他那俊秀的小脸，那迷人的眼睛，那惊人的学识……我怎么能通过作弊当上他的同学？"

这电视剧叫《纳兰清逸》，由董慧扮演剧中男神纳兰清逸，由欧明明扮演女主角柳明玉，画风一言难尽，最惊悚的是这人物满口"培训""考试""我不我就不"的剧，居然是一个古装剧。

但人家在网上点击率可高了，慕云山没有抵抗住该剧铺天盖地的广告，正在一边被雷得外焦里嫩，一边好奇它还能怎样更雷。

手机叮咚一声，杨牧给她发了一条微信。

杨牧的微信里传来一阵嘈杂的声音，是杨小米的童音在说话："……在我家楼下绿化带里点蜡烛哦！"

慕云山愣了一下，秒回："谁点什么蜡烛？有人放火吗？"

杨小米发来了一个短视频。

慕云山本以为会看见一个丧心病狂的纵火犯，结果却看见一个高瘦冷峻的身影在杨牧家楼下的绿化带里，慢慢地点亮一个心形，地上几十支蜡烛随风摇曳，烛光闪烁，仿若流星，他抬起头来看向杨牧，怀里似乎还抱着花。

从这个俯拍的角度看得很清楚。

这个人！

天哪！

这个人是高冷！

慕云山目瞪口呆，这人难道是追妹狂魔，撩不到自己就撩到杨牧那里去了？他哪里来的狗胆？

杨小米乐滋滋地说："小慕姐姐，高冷哥哥给我点蜡烛啦！但我永远最爱沈星，我不会变心的。哇！我看见我爸爸了！我爸爸怎么在草丛里，哇，我爸爸冲上去了……"

慕云山呆若木鸡，风中凌乱了好一会儿之后，气若游丝般弱弱地问："你妈妈呢？"

杨小米说："我妈妈去帮隔壁阿姨修理燃气灶了，还没回来。"

"小郑，"慕云山给郑州洲圳打电话，"你现在在市区吗？江湖救急，高冷不知道哪根筋搭错去给杨牧姐告白了，好像和洪百姓那个禽兽打起来了，如果你离得近快去看看情况。"

郑州洲圳吓了一跳："高冷……和杨牧？高冷最近不是休假吗？是看了什么歪门邪道的八卦，突然走上了姐弟恋的邪路？"

"我怎么知道。难道是因为杨小米离家出走那件事吗？就算是为了杨小米，按照套路也该是杨牧姐感激涕零以身相许，怎么会高冷上门去点蜡？哦，罪过罪过，上门去表白……"慕云山说，"小米说杨牧姐在帮邻居修理燃气灶，可能还不知道发生了什么。"

"我去我马上去！"郑州洲圳说，"我还在单位，离杨牧姐家很近。"

"我也马上过去。"慕云山说，"你……你也小心点。"

"好的，没事，我女汉子一个。"郑州洲圳心里有点毛，她要去给洪百姓和高冷拉架可能有点不自量力,那两个人目测都超过了一米八……

周六下班后还在服务中心磨蹭的都是单身狗。郑州洲圳下班后在单位等外卖,而派出所新来的鹿彬在背"应知应会"。他似乎是听到了郑州洲圳和慕云山的电话,站了起来:"我陪你去吧。"

郑州洲圳蓦然回头,她都没注意到毫无存在感的鹿彬还在单位。却见长得毫不出奇的鹿彬露出一个呆呆的微笑:"我下班也没什么事,陪你去,不然你一个女孩子,万一真的打架了,你也没办法。"

为什么突然觉得他很帅?郑州洲圳眨了眨眼睛:"麻烦你了。"

鹿彬站起来,郑州洲圳才发现他也超过了一米八,可惜不是徐稚之那款,既不清秀美貌,也没有文艺气质。

杨牧的家就在服务中心旁边,幼儿园隔壁。她租了一套两室一厅的房子,因为在晴天幼儿园旁边,房租还挺贵,基本上杨牧的工资都用来付房租了。

郑州洲圳和鹿彬赶过去的时候,高冷和洪百姓的大战刚刚进行到巅峰。

只见洪百姓双手抓住高冷的肩,把他狠狠地往墙上推去。

"喂!"郑州洲圳和鹿彬大吃一惊——高冷身后是一楼的防盗窗,那防盗网上面锈迹斑斑。

然而他们刚刚赶到现场,都来不及阻拦,只听咚的一声巨响,高冷的后脑就这么重重地撞在了防盗网上。

"天哪!"鹿彬冲了过来,一把把红了眼的洪百姓拉开,"你疯了吗?快放开他!"幸好他身强力壮,一下就把他们分开了,不然洪百姓还要来第二下。

洪百姓脸色苍白,两眼通红,放开了揪住高冷的手,整了整衣服,居然还有种禁欲精英的范儿,冷冷地说:"我就要打死他!"

郑州洲圳拦在他和高冷中间:"你在干什么?你和杨牧姐离婚了,她和你已经没关系了,你躲在这里不觉得很变态吗?别人追求她你凭什么管?"

洪百姓大吼一声:"就凭这世界上再没有人比我更爱她!"

郑州洲圳感觉这个人全身都是槽点无从吐起:"我不管你觉得自己怎么样爱她,反正你们离婚了,离婚了就该各回各家各找各妈。你在这里打人,周围邻居都看见了,监控也拍到了,我相信法律一定会给高冷一个公道!"

鹿彬把高冷扶起来:"高冷?"

高冷的意识有点模糊:"嗯?"

"你有动手吗?"鹿彬虽然是个小文职,却也是专业的,特别关心谁先动手和高冷有没有打不还手骂不还口的职业素质。

"没有。"高冷被撞那一下可能有点脑震荡,"他……他带了刀。"

鹿彬倏地回头,拉住了郑州洲圳:"他带了刀!"

"真疯了啊?"郑州洲圳连退三步,离洪百姓远远的,"你到底想干什么?就凭你这样还全世界最爱她,我杨牧姐上辈子要造多少孽才能让你爱上?你拿刀过来干什么?难道你还要杀人吗?"

洪百姓口袋里的确有一把折叠刀,但他没有握在手上,闻言把折叠刀打开,横在了自己脖子上:"我没要干什么!我只想要她回来!她不回来,我活着也没什么意思了!我们十九岁就在一起,二十五岁生的小米,我们家庭幸福,事业成功!我们本来应该一辈子都这样……我知道我妈对不起她,我已经把我妈赶走了她还想怎么样?我已经把我妈送回农村了!她还是不肯回来!"洪百姓没哭,他只是歇斯底里,"我去单位找她,她不见我,我去海南找她,她骗我说去了,结果没去!我给她打电话她拉黑我!我去找小米,她叫小米不认我这个爸!我……我……人生就做错过一件事!"洪百姓的折叠刀在脖子上划出一条血痕,一滴血渗了出来,"我妈让我生个儿子!我,我就被逼做错过那么一件事!难道我做错过那么一件事,我们人生中在一起的十几年就都不算数了吗?她怎么能这么绝情?"

郑州洲圳和鹿彬张口结舌,不知道怎么和一个深陷在自己悲情戏里的戏精对骂。

"我打了110报警,还报了小区物业、社区居委会和社区妇联。"一个平静的声音传来,杨牧穿着居家服和拖鞋推开了一楼的安全门,"很快就来人了,你还要点颜面的话,快走吧。"她平静地说,"早点把你妈妈接回来吧,你把她送回村里,才是真的绝情。"

一把刀横在脖子上的洪百姓气焰突然熄灭,他本来没哭,现在却突然泪流满面:"杨牧……我们……我们……我妈……我妈……"

"我没有叫小米不认你当爸爸。"杨牧轻声说,"还有,你今天打伤高冷,回去联系一下你的律师吧。"

她没有说"把刀放下",也没怎么看洪百姓的那把刀。

她穿着睡衣和拖鞋,素颜乱发,衣服上全是燃气灶的油污。

然而她站在那里,仿佛一座高山,不可逾越。

洪百姓轰轰烈烈地来,狼狈不堪走了。

郑州洲圳和鹿彬看着杨牧,仿佛看见了神,同时感觉高冷要追杨牧,除了作死,大概就是自虐。

这是对自己的认知产生了多大的偏差,才有胆量追这样的女强人?

这是真高岭之花啊!

难怪高冷今天晚上要来点蜡。

他不是给杨牧点的,估计是给他自己点的吧?

Chapter 19
狗血淋漓

　　慕云山辗转赶到现场的时候，大战早就结束了。
　　高冷进了医院，正在检查脑部有没有受伤，杨牧送他去的医院。她只赶上了听郑州洲圳讲杨牧的雄姿英发，以及洪百姓究竟有多变态。郑州洲圳在楼下安全门口等她，两个人一起往杨牧住的八楼走去。
　　"要不是赶上了高冷在杨牧姐楼下点蜡，'全世界只有我最爱你'就要冲到楼上去用自杀威胁杨牧姐复婚了。"郑州洲圳感慨，"嫁错人好可怕，我看我还是和二次元过一辈子算了。"
　　"洪百姓居然也不考虑杨小米还在家里，他做这种事会给小朋友造成多大心理阴影啊！"慕云山觉得不可思议，"他心里根本就没有他女儿吧？"
　　"他心里要是有女儿，还想什么生儿子？"郑州洲圳耸耸肩，"还'整个人生只做错过一件事'，我听到他说这句的时候整个人都惊呆了。"
　　"幸好我的人生做错过无数件事……"慕云山心有余悸，"鹿彬人呢？听说陪你来了？"
　　"他回派出所给他们所长报告高冷被人打了。"郑州洲圳说，"听说他们所长很生气，说一定要严肃处理。"

"鹿彬人不错啊。"慕云山说,"晚上表现得太好了。"

"可惜我是个颜控。"郑州洲圳感慨,"他虽然人好,可惜没有颜。"

慕云山想了想鹿彬那张毫无存在感的脸,笑了出来:"杨小米呢?杨牧姐让你帮她带娃,娃呢?"

郑州洲圳说:"她在楼上把她爸和高冷整个打架的过程都拍了,现在那手机成了物证,鹿彬说一会儿有人会来提物证,拷贝视频。杨小米以为等下警察叔叔要抢她手机,躲在房间里哭,还把我反锁在门外面。"她耸耸肩,"小孩子真是太可怕了。"

杨牧一时哄不来杨小米,赶着要送高冷去医院,就请郑州洲圳留下帮忙看一下孩子,等她想通了再带去医院。

"她不是因为她爸和人打架哭,就因为她的手机啊?"慕云山感慨,"真是令人敬畏的生物。"

两个人上了八楼,令人敬畏的杨小米已经打开了门,坐在门口抱着她珍贵的手机。

慕云山蹲下来的时候正好看见令人敬畏的杨小米把她爸爸和高冷打架的视频兴高采烈地发给了一个叫"舒芙蕾999"的人,再仔细一看头像,这不就是钟昆仑吗?

杨小米给钟昆仑发了一大堆语音,好像是对高冷大战她爸爸的点评。钟昆仑显然惊慌失措,还问杨小米家在哪里,他要过来帮忙。

慕云山看见钟昆仑和杨小米的对话,对钟昆仑说他要过来帮忙竟没有太意外。钟昆仑和杨小米这两个生物虽然年纪相差很大,但内涵估计差不多,所以可以平等对话,还可以相互理解,真是难能可贵。

她就不知道和杨小米聊什么,看到杨小米就想起"小甜甜的幸福"家里那个上了一串补习班上知天文下知地理的一胎,这都是些令人敬畏的存在。

微信那头换成任何一个明星,就算是徐稚之,也不可能和杨小米这样聊天。慕云山的心里突然有点软,自从"脑残"治好了以后,钟昆仑的美好形象在她心里分崩离析,但不知不觉……他好像从一个梦,变成了一个人。

一个丰富的人。

他只挑自己喜欢的角色,故步自封,原地倒退,演技一般,唱歌差劲,没有读书,不认识辛弃疾,可能也搞不清楚荆轲是男是女。

但他同意了"脑残"的求婚,认真准备婚礼,还帮她治好了"脑残";他租给她便宜的房子,自己摔进了冰湖,然后爬起来继续演戏;他答应徐稚之的邀约,背了《唐诗三百首》去参加徐稚之感兴趣的节目;他被李云子痛斥,被全网谩骂;他追着离家出走的小孩们;他殴打埋伏在草丛里的林帅;他和杨小米认真地聊天……

哦,他还一厢情愿地相信自己到处都优秀得要命,是个万人迷。

也许是继承了"可以在喜马拉雅山顶上盖宫殿的遗产",钟昆仑对自己的利益得失不敏感,甚至说有点……蠢。

她搞不懂钟昆仑,不知道他做决定的标准是什么。大多数人做事的标准是有利于自己,不伤害别人,而这个"利"百分之八九十就是指钱了,有时候也可能是名。

但钟昆仑好像不是。

"手机可以给我看看吗?"慕云山轻声对杨小米说。

杨小米大方地把杨牧的手机给她,杨牧有两台手机,一台苹果一台安卓,苹果的已经过时了,杨牧把它放在家里,下载了家用监控APP,本来是当作监控用的,杨小米却经常把它拿来玩。

慕云山只是轻轻地划了一下,就这么一两天,杨小米和钟昆仑的聊天记录有好长一串。

她把手机还给了杨小米。

郑州洲圳在旁边看见了那聊天记录,表示稀奇:"他和幼儿园小朋友也能聊这么久?"

慕云山叹了口气:"走吧,我们带着小米去找杨牧姐。"

尽管全世界人民都认为高冷抱着玫瑰花点蜡去给杨牧告白了,但事实上并不是这么回事。高冷虽然想起杨牧有那么一点不自在,也有一点"她有点惨,想要照顾她"的想法,但并没有升华到要做人家男朋友的程度。

他其实做梦也没想过要追求杨牧。

作为一个凭实力单身二十几年的纯种单身狗,十三岁至今被各种类型的少女追求过——从家财万贯的豌豆公主到落魄的白雪公主到城管局柜台妹妹,高冷唯一主动追求过的女孩就是慕云山。

然后被高茶实力镇压,卒。

当然最主要的是,慕云山对他一点意思也没有,还对他的种种追求不屑一顾——那也是挺好玩的。

高冷去孔雀鱼咖啡馆喝咖啡的路上,经过杨牧家小区,然后走进去看了一眼杨牧住的那栋楼。事后据高冷自己称,他只是去看杨小米还会不会离家出走,谁知道一走进去,就看见一个明显未成年的瘦小男孩在地上点火。

高冷喊了一声:"你干什么?"

那小男孩被吓了一大跳，扔下东西就跑了。

高冷过去一看，发现原来人家点了个心形的蜡烛阵，估计正鼓起人生最大的勇气要向楼上的谁告白，结果被他吓破了胆。

蜡烛阵中间还有一堆黑乎乎的东西，高冷走进去拿起来一看，是一捧红玫瑰。

红玫瑰下面还包裹着别的东西，是几个小型烟花和告白贺卡。

在禁放区放烟花是违法的，不管小朋友原来计划得多么浪漫，他都要感谢高冷撞破了他的浪漫计划。于是高冷耸了耸肩，抱着那束红玫瑰，抬起头看了楼上一眼。

然后他就看见杨小米高兴地在阳台上向他挥手。

高冷："……"

随后过了不到五秒，一个黑影突然从草丛里扑了上来，抓住他就往墙上撞去。

洪百姓扑上来就打，随着他扑上来，一个东西从他口袋里飞起，掉在了草地上。高冷一眼认出那是把折叠刀，大吃一惊，他不知道洪百姓躲在绿化带里干什么，只知道不能让他拿到刀。于是两个人彻底扭在一起，洪百姓拳拳到肉要痛殴高冷，高冷只想抢到那把刀，两个人在地上滚了好一会儿，高冷毕竟不能真的殴打人民群众，出手充满了顾忌，最后那把折叠刀还是被洪百姓抢到了手里。

洪百姓本就不是来杀人的，折叠刀到手，很自然地收进了口袋。他这个举动让高冷松了口气，也降低了警惕，于是就出现了郑州洲圳和鹿彬来时看见的那幕——洪百姓抓住了他，把他的头撞在了防盗网上。

这是一个冷峻青年不敌中年大叔的悲惨故事。

高冷在医院醒来的时候，杨牧正在整理那束来历不明的红玫瑰。她换了一身闲适的森系长裙，麻色的棉布上印着淡紫色的薰衣草图案，领口有一圈并不精细的麻色蕾丝，裙子上还有两个波浪边的口袋。这裙子并不精致，估计是居家穿的衣服，但见惯了穿着西装裙的杨牧，突然看见她穿得这么休闲自然，高冷觉得她好像年轻了很多。

好像还有点可爱。

她其实也不是泰山崩于前面不改色的，只要杨小米有一点点事，就能让她内心崩溃。

她千锤百炼，她也不堪一击。

"高冷，"杨牧放好了红玫瑰，对着他微笑，"今天谢谢你。"

高冷被撞得脑震荡，反应有点慢，他面无表情地看着杨牧，听杨牧说："头晕吗？医生说有点脑震荡。"

高冷说:"不要紧。"

医院的病房门外。

慕云山和郑州洲圳带着杨小米挤在门缝里偷看杨牧和高冷。

慕云山悄声说:"你猜杨牧姐会说什么?"

郑州洲圳也悄声说:"像杨牧姐这种可以自攻自受的类型,不可能接受小奶狗。"

慕云山说:"高冷不是小奶狗,是二哈吧?"

杨小米蹲在一旁,突然嘴巴一扁,号啕大哭起来:"我不要高冷哥哥当爸爸!妈妈是我一个人的!哇啊啊啊!"

慕云山和郑州洲圳一起回头,才想起来地上还有个杨小米,顿时尴尬——偷看杨牧和高冷也就算了,还带着人家女儿一起偷看,她们俩这神经粗得可以笼罩地球了。

病房里的人也吃了一惊,只见杨小米推开房门冲进去,扑到杨牧怀里,眼泪汪汪地说:"妈妈是我一个人的。"

高冷:"……"

杨牧:"……"

杨小米:"呜呜呜……妈妈你不要不要我……"

杨牧心疼了,紧紧地抱着她:"妈妈永远不会不要你,你才是妈妈最重要的,别怕,妈妈永远和你在一起。"

高冷一张脸毫无表情:"我没有喜欢你妈妈。"

杨小米:"呜呜呜……妈妈是我一个人的。"

高冷冷冷地说:"我向你保证,绝对不会喜欢你妈妈。"

杨小米说:"呜呜呜……你骗人!我妈妈那么漂亮,你凭什么不喜欢我妈妈?每个人都喜欢我妈妈,我以前的爸爸也喜欢我妈妈,小郑阿姨也喜欢我妈妈,小慕阿姨更喜欢我妈妈,林爷爷也喜欢我妈妈,王奶奶也喜欢我妈妈,你凭什么不喜欢?"

高冷不耐烦地说:"我发誓,如果喜欢你妈妈,我就是佩奇猪。"他抬起头来,看着杨牧,本来一脸冰霜,但不知道想到了什么,气势突然低迷了一点,"蜡烛和玫瑰都不是我带来的,我只是在绿化带里看见一个玩火的小男孩,他看到我就跑了。"

杨牧点了点头,摸了摸杨小米的头,微笑说:"这些花和礼物是送给三楼的心怡姐姐的,不是给妈妈的,是胡宝宝送的,红玫瑰上有贺卡。"她一直没提蜡烛和玫瑰的事,高冷本来以为她会和他一样尴尬,现在才知道她是智珠在握,根本没有在意过"被点蜡烛告白"这件事,心里突然就很不高兴了。

哭得稀里哗啦的杨小米一呆，愤愤不平地抬起头来："心怡姐姐才十二岁，为什么胡宝宝就可以给她送花？"

杨牧搂着她，亲吻她头顶上的旋儿："电视剧看太多了吧？"

杨小米转向高冷："你凭什么不喜欢我妈妈？胡宝宝十三岁都会给心怡姐姐送花了，你为什么不送？"

高冷心里不爽，冷笑了一声："你妈妈全知全能，刀枪不入，怎么会在乎谁送她什么东西？"

"我妈妈就是全世界的人都喜欢！"杨小米不高兴了，眼圈立刻又红了，"我妈妈又聪明又漂亮，又会玩乐高，还会画画，还会玩黏土，连跳舞都跳最好……"

高冷板着一张脸："那又怎么样？"

杨小米勃然大怒："你这个坏人！"她扑上去就要咬人，杨牧赶快把她拉开，抱到一边去教育。

"你觉得妈妈最好，妈妈好高兴，但是没有谁会是'全世界的人都喜欢'的。"杨牧说，"妈妈只在乎你有没有喜欢我，高冷哥哥有高冷哥哥的想法，我们不能勉强别人喜欢我们啊。"

"不行！全世界都要喜欢我妈妈，然后我妈妈谁都不喜欢，只喜欢我！"杨小米宣布，不到六岁的女娃怀着一颗霸道总裁只爱我的心，坚定不移地觉得高冷就是要走她的虐恋套路，不走就不行。

站在一旁假装隐形人的慕云山和郑州洲圳相视一眼，慕云山在郑州洲圳耳朵边悄声说："我怎么有种狗血淋漓的感觉……"

郑州洲圳同感："感觉好复杂……"

之后高冷住了三天院，杨牧给他送了三天饭，听说高冷还指定要吃冷卤鸭翅和海蛎饼。这种风马牛不相及的不健康饮食搭配被护士发现后，高冷和杨牧都挨了一顿骂，然而高冷还是要吃，杨牧也还是给他送。

三天后高冷顺利出院，听说还预约了一个星期的冷卤鸭翅。

慕云山对杨牧这种纵容高冷的行为万分不解。

"杨牧姐，你应该不会喜欢高冷吧？"慕云山非常迷惑，"虽然说他帮你打了洪百姓，但是也没必要伺候他到这种地步吧？虽然我不会做饭，但是也知道冷卤鸭翅和海蛎饼都很麻烦啊，又不是随便做做就能做好的。"

杨牧倒不是很介意。她上班的时候穿着制服，墨蓝色的西装裙显得她腰细腿长，一头黑发在后脑盘了一个优雅的发髻，脸上虽然没有化妆，但皮肤白皙柔美，比洗脸只是泼把水的慕云山精致了好几倍。这么个精致优雅的女王，真是难以想象她做冷卤鸭翅和海蛎饼时的样子。

"高冷就是一个被宠坏了的小孩子。"杨牧说，"看他偷偷高兴又忍住假装镇定的样子，也挺有趣的。"

慕云山瞬间想起高冷经常点评她"你真是挺有趣的"，随即看了杨牧一眼，又多看了一眼。

杨牧一脸微笑："怎么啦？"

慕云山小声说："没……没有……"

就是有一种……你们物以类聚的感觉，不过很可能是错觉。

高冷被打的事最终把洪百姓送进了派出所，洪百姓很快叫秘书写了致歉信，并向高冷赔偿了医药费和误工费，高冷勉为其难地接受了，没有坚持送他去看守所几日游。

这件事过后，杨牧明显心情变好了，站台微笑的时候都多了几分神采飞扬的感觉。所以说虽然暴打渣渣犯法，但是渣渣真的被现实暴打了，大家还是很愉悦的。

大概是因为最近听电话的这伙人心情都很愉悦，回答问题的时候特别温柔，还被咨询人夸奖了几次，张主任开例会时也多了一些笑脸。

和谐社会，人人有责。

愉悦的一个星期过去了，差点被慕云山遗忘的李白装饰装修公司又找上门来。漆少带着需要维修的清单过来给慕云山过目。

"定制楠木木门3扇，高280，宽80，厚度5；檀木窗框5副，宽150，长150；装饰花纹10副；复古门锁3套；替换木材3吨；涂料、配件、石材、玻璃……"

慕云山看得目瞪口呆，看到最后一行"人工费558839.33……总计10778876.55"，她已经彻底呆滞了："为什么这么贵？"

"维修这么一套三百多年历史的古宅，比拆掉盖一套新的困难得多。"漆少微笑说，"类似的材料很难找，工艺更是千金难求，单单是复原这扇窗户……"他指着慕云山睡觉的那个房间的那扇破窗户，"虽然现在看不清楚了，但是这一扇窗棂上原本雕刻着一整套四季风景和四只蝙蝠，并且这里每扇窗户上雕刻的图案都不相同，单单是定制这些窗户，就花费巨大。"

"这要我付钱吗？"慕云山数着那些数字总共有几位，数来数去总觉得自己是不是眼花数错了一两位，怎么可能这么多钱？"我付不起。"

"当然不可能要您付钱。"漆少说，"钟先生会付全款，我们签了合同。"

慕云山怀疑地看着漆少，就钟昆仑那个傻崽，他知道修理这套破房子要多少钱吗？她犹豫了一会儿："钟先生看过这个清单吗？"

漆少很诚实地说："没有。"

慕云山皱了皱眉头："那猪哥看过吗？"

漆少依然很诚实："也没有。"

慕云山说："那么，我觉得这个清单应该拿给钟昆仑看，不是给我看。"她板起脸，"可能是我眼界比较小，但这是一个千万级的工程，你们公司应该派个人专门给钟昆仑解释清楚，这些项目都是干什么的，为什么这么贵，还有没有别的方案，都是哪里的工匠，买的是哪里的材料……诸如此类的。"

漆少微笑起来："我们已经事先跟钟先生沟通过了，钟先生说他不看，叫我们拿给你看。"

慕云山说："哦，那我觉得这套方案不行，太贵了，你们再回去想想，弄一套便宜一点的再来找我吧！"

漆少的微笑露出了一丝裂痕，他仿佛有点蒙："可是……"

慕云山说："没办法，我们穷人看到这些几百万几千万的数字非常害怕，我大概只看得懂总价几十万的清单。"

漆少若有所思，手指轻轻敲了敲桌面："我明白了。"他将长长的清单卷成一卷，"那我过几天再来。"

慕云山目送他远去，仿佛看见了一只深不见底的吞金怪兽。

等漆少走了，她才重新看了看自己住了几个月的鬼屋。

就这么套半塌的鬼屋，维修起来需要上千万？钟昆仑妥妥地被这家装修公司骗了吧？不要说别的，这房子又不是古董，也不是文物，为什么维修一个窗户需要动用什么有祖传手艺的工匠手工雕刻大半年？为什么几扇门要用几百年的楠木？你怎么不在房顶上镶宝石？她相信老钟家几百年前盖这套祖屋的时候，目的也不是盖一套文物，只是为了住人而已。

而且这个院子其实也没有漆少的清单里列的那么不堪，她摸摸手下那些年岁久远、坑坑洼洼却依然醇厚的木头，这间破房子比群租房漂亮、温暖、宽敞。

还自由。

她想着在城市中心喧闹、焦虑的，和她相似又不同的芸芸众生，有几个人有这样的运气，能住在这种漂亮、温暖、宽敞还自由的地方？还有人会关心在意这栋房子的安全问题，聘请了昂贵的装修公司来维修房子！

她的脑瘤能治愈，能好好地生活，说是洗心革面，与过去一刀两断，却依然没有摆脱过"钟昆仑"。他远远没有她少女时代想的那么美好，却也没有她幡然悔悟的那一刻所想的那么不堪。

她突然想给他打个电话。

听碧居，微泫。

钟昆仑正在做网红焦糖脆脆，锅里熬着白糖，手边放着小苏打正准备往里加。

手机突然响了。

"喂？"

最近很少有人给他打电话，"微泫"这间房子仿佛突然间成为被世界遗忘的一角。猪哥没有声音，公司也没有安排新的工作，听碧居的安保更加严格，进出要持有业主卡和身份证，开车进出还要检查车后厢是否藏人？

慕云山的声音从手机里传来："喂？你叫人来修理房子了？"

钟昆仑手里的小苏打撒入熬开的糖汁中，焦糖色的浓稠泡沫立刻翻滚起来，他搅拌均匀以后关掉灶火，一边熟练地把焦糖泡泡倒入模具里，一边回答："是啊，我有个朋友新开了装修公司，我让他去做的。"

钟昆仑的声音听起来很正常，慕云山不可思议地问："你的什么朋友这么坑你？他开的清单你看见了吗？维修费一千多万呢！一千多万！不是十万，也不是一百万！什么木门一扇好几十万，还说打了三点九折！你有没有问清楚这对不对啊？"

"啊？"钟昆仑的声音一片迷茫，"一千多万？我没问啊！"

"你有这么多钱吗？"慕云山差点吐血。

"我不知道啊，"钟昆仑说，"我的卡在猪哥那儿，我问问。"

慕云山："……"

早知道这傻崽是傻的，没想到能傻成这样。

听到慕云山没了声音，钟昆仑解释说："我让猪哥帮我做投资去啦。"

慕云山一肚子的一言难尽，突然没经过大脑地问："你是不是真的继承了很多遗产？"

不然怎么会这么不食人间烟火？

"遗产？"钟昆仑莫名其妙，"我妈妈只给我留了两套房子。"

我妈妈？慕云山心里咯噔一声，仿佛整颗心都凉了——这傻崽不但老爸死了，老妈也死了吗？

他是个孤儿？

"你问我家遗产干什么？"钟昆仑警觉起来，"我和你离婚是不会分遗产给你的！"

我的天！慕云山一口老血喷了出来，刚刚产生的一丝怜悯瞬间蒸发。谁要分你家遗产？我要分也分夫妻共同财产吧？不对！谁和你有什么共同财产？谁要分你的财产啊？

"我、没、有、要、分、你、家、遗、产！"慕云山咬牙切齿，"我只是提醒你对自己的财产走心一点，既然没有皇位要继承，就勤俭节约一点，人的一辈子很长，什么事都可能发生，不要几千万几千万地乱花。"

"我已经安排好了。"钟昆仑哼了一声，"反正我是不会分遗产给你的。"

"谁要你家的遗产了？我说的是老钟家维修房子的事，什么遗产？你有没有好好听别人说话？"慕云山简直要疯，为什么说来说去都在说分遗产？她看起来是这种仿佛分分钟要杀人骗保的人吗？

"是你先问的遗产！"钟昆仑又疑神疑鬼地哼了一声，"你到底想干什么？"

"我什么也没想，就是后悔为什么要给你打电话！"慕云山挂了电话，气得快炸了，钟昆仑活该被全网黑到出圈！好心提醒他不要被人骗，他却说什么"反正我是不会分遗产给你的"，她是有哪里长得像要骗婚分钱的骗子？还是有哪里像要杀人骗保的疯子？她一个为了真爱跳海的"脑残"，凭什么被怀疑成图谋他家遗产的人？他对得起她那么多年的真爱吗？"脑残"的真爱也是真爱，他可以怀疑她蠢，但是怎么能怀疑她图谋不轨？有人图谋不轨到自己去跳海吗？他有没有大脑？

没有大脑的钟昆仑也没有继承很多遗产，他爸爸在他六岁的时候自杀了，他妈妈在他十五岁的时候被路人入室抢劫杀死了。

他的爷爷、奶奶、大伯、二伯早就死了。

他妈妈是一个中美混血，外公也去世了，唯一在世的美国人外婆不知道为什么从来没有管过他，他甚至不知道他外婆的名字。

秦如月被抢劫杀害的案件，案情非常简单，就是一个美国穷人觉得这位中国女人可能挺有钱，入室盗窃被发现后演变成杀人抢劫。美国警方抓到的凶手不过十七岁，家里穷困潦倒，于是赔偿什么的是没有的。

秦如月给钟昆仑留下了两套房子，一套是惠林村老钟家的古宅，一套是她在美国的故居。

呃……简称一套鬼屋，一套凶宅。

但作为当年比较少见的海归党，钟书叁和秦如月夫妇给钟昆仑留下的两套房产的遗产也算丰厚。

不过十五岁的钟昆仑在秦如月死后参加了"薄荷与茉莉"那个小清新奶油组合，很快以少年偶像C位出道，好像也没怎么用上爸妈留下的遗产。

他不太会说起这些，但也不是刻意不说。他妈妈和爸爸是很相爱的，他的妈妈也一直很爱他，但是如果之前没有那么爱，失去了之后可能也不会那么可怕。他是一个娇生惯养的小孩子，爸爸发疯的时候妈妈保护他，妈妈在的时候要什么有什么，他小时候在中国和美国之间飞来飞去，那时候的小孩子很少有能这样飞的，他一直很引以为豪。

直到有一天，什么都没有了。

他把自己顺顺利利地养大，让自己每天都高兴，并觉得自己干得挺好的。

他这么帅，不管干什么都有人喜欢，多好啊！

再后来有一天，好像又什么都没有了。

《你问他知道》第二集播出以后，他被骂出了天际，也许应该感到难过，但钟昆仑却没有想象的那么难过。

有什么值得难过的？说他不好的人都不认识他，他也不认识那些人。何况别人说他什么都不重要，以前他不知道钟书叁会发疯是遗传病，现在知道了，就应该早早把自己安排好。

猪哥来告诉他公司很不高兴，他可能很快要没有工作的那天下午，他一个人偷偷摸摸地去律师事务所立了一张遗嘱。

结果没过几天慕云山就打电话来问遗产，所以他才很紧张啊！他真的没有分遗产给她，他都没想过要给她留遗产，婚都离了，为什么还要给她分遗产？他还没来得及委屈，女魔头倒是暴跳如雷，一如既往地疯狂、神经又莫名其妙。

Chapter 20
薛定谔的猫

钟昆仑放下电话,把凝固了的焦糖脆脆倒出来,用刀背把它们敲碎成渣渣,放进了玻璃密封罐里。打开烤箱,把刚才烤好的小蛋糕拿出来,浇上软白软白的奶油,撒上焦糖脆脆,先给小蛋糕拍了照片,再坐下来开始吃。

身后的开水壶叮了一声,热水烧好了。钟昆仑给自己泡了一杯红茶,茶叶是贺慧春送来的今年惠林村老茶树出产的本地红茶。整个惠林村在晚清时期都是茶园,到现在只剩下十几棵老茶树,也只有几个本村的老人还在做老红茶。

这没有名字的老红茶在热水下散发出醇厚温暖的香气,淡淡的水雾飘起来,钟昆仑闻了闻茶香,又闻了闻自己做的焦糖脆脆小蛋糕的奶香,坐在厨房的椅子上,长长吐出一口气。

他在缥缈的香气中走神。

长大了一倍的世界第二帅从抽屉里一跃而出,被踩得破破烂烂的诊断材料从抽屉里掉了一张出来,落在了地上。秃毛橘猫轻轻地走过来,蹲在盛世美颜的主人身前,凝视着他。

猫科动物宝石般的眼睛熠熠生辉,清澈透明,仿佛眼睛里有一个宇宙。

宇宙凝视着钟昆仑。

仿佛宇宙大意志在拷问他究竟在做什么。

"秃小二，"钟昆仑说，"你说我怎么办呢？我想每一天都过得好好的，该做的事都做好，但是有点怕……"他长长叹了口气，如丧考妣地趴在了桌上，"我梦见我爸了……"

世界第二帅凝视着钟昆仑，一动不动。

"不想变成我爸那样。"钟昆仑喃喃说，"遗传是怎么回事呢？我买了好多书，但还是看不懂。不过以前我没发现我好恨我爸，现在发现我又原谅了他……我以后，大概也会自杀吧？"他不是很确定地说，"我是不是要先想一个办法，当我变成我爸那样以后，能早点把自己杀死？但没有变之前，我还是要好好过的。我可能要在这里造一个自杀用的机关或者陷阱之类的……就像柯南一样。"钟昆仑显然也没有好好看过《名侦探柯南》，对柯南怀有某种误解。

世界第二帅眯了眯眼睛，对着死到临头依然在犯蠢的主人伸了一个懒腰，冷艳地扭头就走。

思维莫名歪到要在家里挖陷阱坑自己的钟昆仑唉声叹气了好一会儿，把焦糖脆脆小蛋糕吃完了，戴上耳机继续听各种小百科。

明天就是《你问他知道》生活百科赛场的录制日了，上次录古典文学的时候，钟昆仑以为抽考背《唐诗三百首》呢——他以为背《唐诗三百首》已经很难了，谁知道题目他连听也没听懂。

所以为了这一次录制，他认真地听了好多天的各种生活小百科。

《你问他知道》百科知识竞赛的生活百科分赛场设在Y市。那里有一个全国最大的科普基地叫中国少年儿童科技馆。当然，里面的科普项目和设备也可以应用于成年人科普，现在的成年人其实并不比未成年人懂得多。

钟昆仑在四大名助的陪同下去了Y市。他的四大名助现在处境有点尴尬，公司有意收回两个，只给钟昆仑留两个，但她们四个人对钟昆仑都有深厚的感情，都不愿意在这种时候离开他。他虽然自以为是，有时候也盛气凌人，但只要不唱他"老子天下第一帅"的反调，一直都挺好相处的。

通向Y城的高铁上。

"别伤心啦，做我的助理也只是你们积累经验的过程。"钟昆仑很大度，拍拍小文的背，"听说公司以后会让你们做职业经纪人的，说不定以后还会做制片，一步一步高升的。"他说，"你们都这么聪明，高升以后要记得我哦！"

小文都哭了，她是公司有意收回的那一个："我不想跟着别人。"

钟昆仑拿出一张照片，翻过来："给你签个名，想我的时候看看我。听说我的签名很灵的，你想要写什么？"

小文用纸巾捂住脸："减肥成功。"

钟昆仑一边用金色的签字笔在自己的照片背面运笔如飞，一边问："小君你呢？"

过了一会儿，钟昆仑面前的翻板小桌子上放着四张照片，照片背后都写着金灿灿的字。

"To文兰小姐：祝减肥成功，身体健康。"

"To君子仪小姐：祝一夜暴富，身体健康。"

"To秋秋小姐：祝前程似锦，身体健康。"

"To戴敏小姐：祝前任和小三分手，身体健康。"

这些照片都是私照，不是写真，照片里的钟昆仑没有化妆，是他自己非常自豪的盛世美颜不加滤镜的样子。

高铁很快在Y市停靠，钟昆仑照常戴着墨镜和帽子下了车。车站外照样有许多粉丝守候，随着他经过，不少少女尖叫起来，应援牌和鲜花摇晃着。就在他对着少女们点头示意的时候，一瓶矿泉水对着他砸了过来，有人在粉丝团后面大叫："钟昆仑，滚出娱乐圈！"

随即有一大帮人跟着呐喊："滚出娱乐圈！"

前面砸矿泉水瓶的人大叫："水货不配当爱豆！"

后面乱七八糟的人跟着喊："水货不配当爱豆！"

前面的应援团明显吓到了，议论纷纷，乱了起来，有些激进的妹子转过身要和后面的人理论。

小文挡住钟昆仑，保镖将人群隔离在外，高铁站的保安很快把乱七八糟的应援团和聚集的黑粉拉开。钟昆仑一边走一边回头看，这是他第一次看到，有很多人并不在意他的盛世美颜。他不知道他们为什么要聚集起来辱骂他，还事先练习了口号，他们大部分都是很年轻的男孩子，并不是他的粉丝。

正义总有很多种，他想也许这些人相信自己在做一件有意义的事。

身旁有娱乐记者在拍照。

小文有些恼火，这有组织的攻击背后很可能是谁在推波助澜，小戴和小君低声商量怎么办,小秋开始联系猪哥。

但不管怎么处理,几个小时后,又是一条新闻。

钟昆仑从高铁站离开,节目组派车把他接到了分赛场,虽然李云子在上一赛场对钟昆仑颇有不满,但××台泱泱气度,自然不会因此为难钟昆仑。节目组派来的助理依然对钟昆仑十分尊敬,满口的"钟老师如何如何""您如何如何"。

本来钟昆仑习以为常,没觉得什么,但这一次他突然觉得有点羞耻,不由得压低了帽檐。

他可能配不上"老师"这个词。

他是真的没有读过多少书,十五岁以后他就一直在训练、拍戏和唱歌,最忙的时候一个星期都没睡上一两个完整的觉,空闲时间全在打游戏。人生中看过的字几乎全是剧本和台本,还都是不完整的。

他不配做一个爱豆吗?

《你问他知道》生活百科分赛场搭建在科技馆的主馆内,一个六边形的台子,非常朴素。风度翩翩的林翰再度出场,这一次他不穿汉服了,仍旧是一派含蓄稳重的台柱风范。

"我国是世界四大文明古国之一,中国的科技发明在世界科技史上占有重要地位……"林翰带着微笑开始开场白,说了一大堆之后,他说,"这一次《你问他知道》生活百科分赛场的上半场名为'梦溪',主题是科技,下半场名为'百业',主题是生活。"

现场被古典诗词虐过的甲乙丙丁戊组都睁大了眼睛看着他——在节目中出丑,后果很难预料。

"现在进入'梦溪'主题,属于抢答环节。"林翰看了一下题卡,显然他对这道题也不熟悉,"第一道题、第一道题……请听题,'北斗七星'是我国古代人们用于判断方向、季节和时间的标尺,也是中华民族探索宇宙的启蒙之一。我们知道,'北斗七星'分别被称作天枢、天璇、天玑、天权、玉衡、开阳和摇光。"他还开了个玩笑,"在金庸大侠的小说里,全真七子脚踩天罡北斗七星阵,非常厉害。第一道题的题目是'北斗七星'一共是多少颗星?"

镜头在众嘉宾脸上逐一扫过,最终停在了钟昆仑脸上。

钟昆仑不负众望,望着屏幕上的题目,一脸的茫然和呆滞。

慕云山不知道钟昆仑又去了考场,并被重新"烤"得表皮酥脆,焦香可口。她对钟昆仑怀疑她要图谋什么遗产的事余怒未消,但这人脑子有坑归有坑,她依然不能坐视漆少坑他的钱。过了几天,漆少带着新的设计方案过来,被她一顿讨价还价,材料从三百年老檀木到平凡的强化板材,技术从几代单传的纯手工雕刻到激光流水线雕刻,品质从可以流芳百世的精品到没有灵魂的窝棚,终于成功地谈到不欢而散。

漆少为这么一栋百年老宅不能修补如初痛心疾首。

慕云山为老钟家不被搞成博物馆奋斗到底。

漆少第二次铩羽而归。慕云山想来想去,如果房子始终没有修好,这件事恐怕没完没了,几百年的老檀木她还是拒绝不了的,因为钟昆仑那个付钱的主根本不在乎。然而她在乎,她还是心疼,她就是没法面不改色地花出去一千多万,即使那不是她的钱。

既然谈不拢,那就自己修吧!遇到问题的时候,别人都是靠不住的,只能靠自己。

也只有靠自己会比较轻松。

不用讨价还价,也不用指望谁谁谁或者谁谁谁体谅或配合,更不用等谁谁谁来帮忙。

也不需要相互理解。

只需要说服自己,然后尽力去做,也许身体累了,但心不累。

她就不信自己修不了这个危房!

慕云山的思路是这样的:先找到一大堆木头,然后把老钟家危房的全部窟窿都钉上,这样就修好了。

然而她的计划在第一步"得到一大堆木头"上就遭遇了悲剧。就算不是三百年的老檀木,原木材料也不便宜。何况切割和拼装原木需要切割机、射钉枪、打磨机、涂料甚至吊车等等,这完全超出了她目前的经济能力范围。

她买不起其中任何一种材料。

那天漆少是怎么说的?他说他理解她认为这里是一个家,而不是博物馆,所以固守着那点私人领地。但是希望她能把目光放长远一点,这里不仅仅可以是老钟家,也可以是她的花园或菜地,也可以是钟昆仑的退路,比如一栋民宿。

漆少说钟昆仑既然愿意把他的私房钱花在这里,作为朋友,自己应该为他设想一个最好的方案。

然后漆少就被慕云山从三百年老檀木砍价到强化复合板的无耻所震惊，最后不欢而散。

那时慕云山觉得这人就是个骗子。

然而现在她却在反复思考漆少所说的每一句话，她甚至不知道自己居然把他的话全部听进去了，而且每一句都记得很清楚。

这里是钟昆仑的房子，虽然它现在看起来像她的花园或菜地，但事实上不是。

她不想让漆少过多地介入她的花园或菜地，想让它保持她亲手照顾的样子，但其实这里并不是她的花园或菜地。就算它的主人要斥资千万把它修理成一个和现在截然不同的样子，她也无法阻止——她既阻止不了钟昆仑闭着眼睛瞎花钱，也阻止不了漆少要为朋友设计一个"最好的退路"。

她不知道自己在坚持什么。

也不知道自己在保护什么。

她只是觉得，让别人进入这里，改造这里，就像在践踏她的心，让她非常难受。她觉得无论这里要怎么改变都应该自己来，然而现实告诉她，这是不可能的。

她宁愿住在危房里。

可是派出所告诉她，住在危房里的话，他们要算钟昆仑违法，所以她连住危房的坚持都不能有。

她茫然失措。她在老钟家划地盘，把这栋房子和这个院子牢牢地划在了自己这里，不肯让别人染指，可这里不是她的家。

这里是钟昆仑的家。

她……她自己没有家。

想通的瞬间，她想流泪，然而眼泪不知道去了哪里，她等了很久，都没有流下来。

Y市。

《你问他知道》百科知识竞赛生活百科分赛赛场。

第一道抢答题的题目仿佛是个弱智题——"北斗七星"究竟有几颗星？

叮咚一声，丙组的垂耳兔按了抢答铃。

全场目光都转到科普达人兔子谷的垂耳兔身上——这位科普达人日常是做古生物向的，什么古怪做什么，比如塔利怪物、海扁果、旋齿鲨啊……没听说过他还懂和星象相关的知识。但也许科普大佬就是上知天文下知地理，长得圆圆胖胖浓眉大眼的垂耳兔笑眯眯地说："这个题目肯定有争议，我先回答其中一种答案，'北斗七星'一共是十四颗星。"

"哇！"观众席上一片议论纷纷，很多人都在抒发意见。

垂耳兔说："从常规来说，'北斗七星'当然是七颗星，但是'开阳'是一颗聚星。也就是说'开阳'本身是一个七合星系统，它由七颗星组成。"

林翰面带微笑，若有所思："请继续。"

垂耳兔又说："又因为'天枢'也是一个双星系统，所以'北斗七星'是十四颗星。"

林翰看着手中的答案："回答正确，给丙组加十分！"他也很惊奇，"知识的力量是无穷的，作为一个古生物学的博士后，您是怎样兼顾天体物理知识的？能向我们介绍一下，平时您是怎样获得这些知识的吗？"

垂耳兔缩了缩脖子，笑得露出了白白的牙："这些在天体物理界都是非常粗浅的常识，你要问我怎样获得这些知识的，是因为我儿子。我儿子五岁，有一天他画了一张图，图上几个圈圈，不同颜色的圈圈套在一起，非常得意地拿给我看。我说，小子这是什么呀？我儿子给我说那是北落师门三合星系统的轨道。我想，那是啥玩意儿？作为爸爸绝不能够不会啊，于是就读了他那本儿童科普书，结果发现那本书还是我小时候看过的。"他笑得眼睛都快挤没了，"我们在成长的过程中失去了很多不被鼓励的东西，包括对未来的幻想、对世界的好奇、对自己本身的好奇。我们忙于生计，每天晕头转向地在大boss、小boss、老婆和吞金兽之间疯狂走位，慢慢就变得贫瘠、狭隘又荒芜……其实有很多东西小时候我们都会，只是长大以后我们失去了。"

林翰若有所思，面带微笑："这可能是您家学渊源，至少我家里绝对没有关于北落师门的儿童科普书。"

"哈哈哈……"嘉宾区和观众区都笑了起来。

垂耳兔抓了抓头上的短毛，也跟着憨憨地笑了起来。

"给丙组加十分。"

钟昆仑和徐稚之齐刷刷看向垂耳兔，眼睛里都是羡慕和好奇。董慧的目光却在钟昆仑和徐稚之身上打转，他没看出钟昆仑的失意或颓废，也没看出徐稚之有什么意气风发或趾高气扬，不免在这两人身上默默地贴了一对"傻×"的标签。

他已经从别的地方知道，钟昆仑接下来的很多戏都黄了，有些广告和影视剧正在接触和钟昆仑类型相似的演员，他就是其中之一，其实徐稚之也是。所以董慧不知道钟昆仑毫无芥蒂地在和徐稚之好什么，他觉得徐稚之拉钟昆仑来上节目就是充满心机要整他，借此上位。

"第二道题。"林翰拿出了第二张卡片，与第一道题涉及的茫茫宇宙内容不同，屏幕上出现的是一只猫，"这是一只猫，一只非常普通的猫。"

接着屏幕上出现了一个画有毒药标识的瓶子，两张图片并列在一起。

林翰指着上面的瓶子："这是一个装有剧毒气体的瓶子。"

屏幕上又出现了第三张照片，一块金属，元素符号为U。

"这是一块放射性金属铀。"林翰指着图片，"有没有人现在就知道这些图片描述了什么？"

"叮、叮、叮、叮。"一连四个人按下了抢答按钮。

林翰有些惊奇："这个问题是我临时加的，这不是抢答题的第二道题。"他看了一下抢答的顺序，"丁组的黄柚同学，请回答这几张图描绘了什么内容。"

黄柚毫不犹豫地回答："第四张图肯定是一个盒子，这几张图描述了薛定谔提出的著名悖论——猫悖论，也就是我们常说的'薛定谔的猫'。"

第四张图片出现，果然是一个盒子。

林翰看着题卡："回答正确，但这个问题是我临时加的，不能得分。第二道题的题目非常简单，并不会要求嘉宾求得'薛定谔的猫'的解，第二道题的题目是——'薛定谔是谁？'"林翰微笑，"他是不是姓薛，名叫定谔？"

叮的一声，抢到这道题的人——

林翰的目光惊奇地掠过，其实全场都很惊奇。

抢到这道题的人居然不是黄柚。

抢到这道题的人在乙组。

乙组是百科生活赛场最不被人看好的娱乐圈小鲜肉组合。

抢到这道题的人是钟昆仑。

徐稚之迷惑地看着钟昆仑，董慧的眼神都变了。

全场都在看着他。

钟昆仑站了起来，他没看别的，就盯着屏幕上的猫。

猫……秃小二……

他突然想到出门前没给秃小二留猫粮，他不记得自动喂食机有没有打开，也不记得有没有给斑点鸡放小米。他仿佛看见了秃毛的世界第二帅奄奄一息躺在空空的喂食机旁边悲惨地死掉，斑点鸡在旁边啄它。他的家里到处都是灰尘，沙发上盖着白布，很久很久没有人来过，秃小二变成了骷髅……突然间，钟书叁跳了出来，他端着鲜红的颜料，在白布上作画，他画了一个红红的小孩子……

"钟昆仑，请回答，薛定谔是谁？"林翰看他站了起来，对他报以鼓励的微笑，"他到底是不是姓薛、名叫定谔的一个爱猫人士？"

钟昆仑迷惑地看着他，眼神是涣散的，仿佛不知道他在说什么。

林翰慢慢走近他，作为台里经验最为丰富的主持人，他敏锐地察觉到了异常。

镜头聚焦在钟昆仑脸上。

摄影和导演都在注视着他。

钟昆仑眨了眨眼睛，又眨了眨眼睛。

林翰已经走到他面前："看来乙组的嘉宾还没有准备好……"

钟昆仑的表情在一瞬间活了过来，那双眼睛仿佛突然有了光彩，满脸写着"我要死了我要死了但我觉得我还可以抢救一下"，皱起了眉头："薛定谔啊……薛定谔……的猫……薛定谔是一个外国人。"

林翰非常认真地看着他："不错，薛定谔是一个外国人。"

红红的小孩子在钟昆仑的眼前蹦跳，他那么红，因为身上是钟书叁割腕时溅上去的血……钟昆仑眨着眼睛，他知道这是幻觉，因为钟书叁已经死了很多年了。他看见了秃小二的尸体，秃小二的尸体一会儿在盒子里，一会儿不在盒子里，喂食器始终是空的，仿佛空了很久。但他又知道这些都不是真的，他不该看见这些。

他居然没有惊慌失措，也没有像钟书叁那样歇斯底里——大概是他总觉得这天迟早要来的——就是好像来得早了那么一点。

他不应该看见这些，他应该回答问题。

过了几秒钟，在林翰觉得钟昆仑真的有问题之前，他很沮丧地说："我刚才不小心按到了铃……"

林翰一愣。董慧转过头去，过了一会儿，他忍不住笑了出来。

全场发出了此起彼伏的笑声，林翰请他坐下："虽然我很能理解，但是依然要扣分，按照规则，给乙组扣十分。"

徐稚之没有笑，他低声问："你怎么了？"

钟昆仑说："就是不小心按到的。"

徐稚之低声说："你的脸色不太好。"

钟昆仑拿出一个小镜子，趁镜头不在这里赶紧看了看自己的脸色，随即沉迷进去，在自己的脸上东摸西摸："我今天的粉底液是不是颜色白了一号？"

徐稚之挤过来："可能是掉妆？"

钟昆仑自信满满："我从来不掉妆的。"

董慧轻轻动了动嘴提醒他们俩："镜头。"

两个沉迷美妆的傻子一起抬头，正好看到摄影的摇臂无情地从他们俩面前转过去，钟昆仑还没怎么样，徐稚之却满脸通红，感觉非常羞耻。

这个问题最后还是被黄柚抢到，黄柚回答："埃尔温·薛定谔，出生于1887年，是奥地利物理学家，量子力学的奠基人。1933年和狄拉克一起获得诺贝尔物理学奖。"

林翰为他鼓掌。当然，埃尔温·薛定谔是著名的科学家，知道他的人和不知道他的人可能一样多，这道题黄柚获得的掌声并没有刚才"垂耳兔"那道题获得的多。

"第三道题，请看屏幕。"林翰指引嘉宾和观众看向大屏幕，"这是一种享誉世界的植物，它的历史源远流长，有过荣耀光辉的岁月，也伴随着战争和阴谋，它就是茶树。"

屏幕上徐徐出现一片青山，古老的茶园苍翠厚重，茶园的顶端浮动着云雾，让人心胸为之一畅。

"这是某省一处老茶园，最古老的茶树年龄有三百多年，因为历史的原因，过去人们保护意识不强，措施不到位，现在的茶园面积不足当年的十分之一。"林翰说，"大家都听过阿萨姆奶茶，但不知道大家有没有了解过阿萨姆奶茶的历史？一百多年前植物猎人从中国盗取茶种，运送到印度阿萨姆山区，并与阿萨姆山区本地的野茶进行杂交，培育出了阿萨姆红茶。这片茶园的老茶树据传就是用当年的茶种培育。"

嘉宾席和观众席里都开始了轻声议论，显然大多数人都不知道所谓"醇正""进口""高级"的阿萨姆奶茶是起源于此。

"历史的是是非非，本节目不做评论。"林翰微笑，"茶树除了出产茶叶，也出产茶花粉。茶花粉是一种新型的茶树附加产品，富含蛋白质和氨基酸。《你问他知道》生活百科分赛场第三道题的题目是：源于茶树的茶花粉，是怎么来的？"

随着题目放出，屏幕上开始展现茶树、茶花、茶叶、茶籽等与茶相关的图片和视频。无人机将那片充满历史感的老茶园反复拍摄，想着粉底液发呆的钟昆仑突然睁大了眼睛——这片老茶园，看起来有点眼熟。

他呆呆地看着那片被拍得仙气萦绕的茶山，这不就是他老钟家的后山吗？就是他家后面那片下大雨还怕山体滑坡的荒山啊！秃小二从后山衔回来一只斑点鸡，结果是一只鹧鸪，就是那儿！

他狐疑地看着屏幕上简短的介绍，这次的抢答非常快速，居然是李云子抢到了，李云子在说什么钟昆仑也没听。

他在关于茶园的介绍里看见了自己种出来的那个芽，图片上的东西和他花盆里的几乎长得一模一样。

老钟家埋在地底、装在"藏宝箱"里的祖传宝贝，是一堆茶籽。

他和慕云山种出来的，是茶树苗。

瞬息之间，钟昆仑仿佛想到了一些什么，又好像什么都没想到。他眼前陡然出现了那张全家死光的全家福，阴森森的钟书壹和钟书贰，奇怪的钟鼎石和弗兰，他们动了起来，钟鼎石、钟书壹、钟书贰和钟书叁都向他走了过来，他们围着他，不知道在说什么。

他的奶奶弗兰坐在原地，正在阴森森地笑。

钟昆仑说："你们别过来……别过来……我不知道怎么回事……我什么也不知道……"

徐稚之和董慧猛然看向他，钟昆仑脸色苍白，两眼无神地望着虚空，不知道在看什么东西，就像得了癔症一样喃喃自语，随即站起来，仿佛要把什么东西推开。

林翰和李云子看了过来，导演也很惊诧。

钟昆仑站起来，在分赛场里瞎转了一圈，找了个角落蹲下来，捂住自己的眼睛鼻子，随即一动不动。

节目录制停止了。

小文和小戴冲向钟昆仑，大家都面带惊恐，谁也不知道发生了什么事。

观众席上许多人举起手机，拍摄了钟昆仑满场乱转的画面，上传到了各种自媒体。

几乎是同时，钟昆仑疑似"中邪""吸毒"的传闻爆炸式地传播了出去，还快速成为灵异事件网站上的热门话题。

Chapter 21
黑魔术

钟昆仑疑似"吸毒""中邪""见鬼"的传闻在网上爆炸性传播，钟昆仑粉丝的怒火终于被引爆了。之前她们正在集资起诉李云子毁谤爱豆，事情进展到一半起了变化，钟昆仑的公司出面制止了那次行动。正感到无比憋屈，不能为爱豆出头的庞大粉丝群看见又有人诽谤钟昆仑，立刻掀起了新一轮战役。

一时间与"李云子""你问他知道""你问他知道嘉宾"等有关的话题下充满了钟昆仑粉丝的控诉，诸如"我哥哥是无辜的，绝不容许垃圾节目欺负我哥哥""为了爱与正义，保护我哥哥""现在哥哥只有我们了，我们相信哥哥是清白的"……

半天以后，钟昆仑全球粉丝会发布了一篇檄文，对所有视频发布者宣战。一时间各种自媒体下腥风血雨，语文、数学、英语全上，在论战的同时充分表现了战斗双方的学习成绩、文化素质和个人潜能。

《你问他知道》节目组关闭了所有官方媒体下的评论功能，并提示节目录制因故中断，将延期一期，但节目不会中止，对任何人不存在偏见，也不会更换嘉宾。

饭圈风云变幻的同时，慕云山正在和漆少进行第三轮睦邻友好会晤。经过了第一轮相看两相厌、第二轮不欢而散之后，第三轮会晤时双方都对彼此了解得更多，心气也比较平和。漆少再次调整了维修方案，把价格降到了千万以下，而慕云山也做了比较潦草的构想图，和漆少开始交流想法。

他们还没在三百年的老檀木门上达成一致意见，就双双接到了电话。慕云山接到了猪哥的电话，漆少接到了不知道谁的电话，双方各自听了没几句，表情同时一变——

猪哥说："再过十五分钟，我把钟昆仑送到你那里，注意保密！事情见面再说。"

慕云山目瞪口呆："喂？喂喂！发生什么……"

漆少站了起来，走到花园里听了一会儿，随即回来。他的表情也不如以往镇定，走回来站在慕云山面前，定定地看着她。

慕云山正因为猪哥的电话心惊肉跳，又被漆少这样盯着，一股极其不妙的感觉浮上心头："发生了什么事？"

"钟昆仑在节目现场行为失常，节目录制中断。"漆少说，"只有严重的失常，才会导致录制中断，大众的消息是因为上次节目表现不好，钟昆仑得了焦虑症。"

"焦虑症？"慕云山愣了一下，并没有啊，她没感觉钟昆仑有什么焦虑症的迹象，反而感觉他过得挺好的，还做起烘焙来了。

"他的粉丝暴动了，开始攻击李云子老师，说他对钟昆仑的苛刻评价导致钟昆仑压力过大，精神崩溃。"漆少叹了口气，"还顺带攻击了好多人，不过这些都不重要。我听说钟昆仑并不是得了什么焦虑症，他可能是真的出了问题。"

"什么问题？"慕云山睁大眼睛看着他。

"我不知道。"漆少说，"不过他委托我修缮这套老房子本来就有点奇怪，当时我觉得就算他不被看好，也不至于做退圈的准备……但他是真的做了退圈的打算。"

"什么意思？"慕云山机械地问道。她觉得有哪里不太对，她见过一次钟昆仑，给他打过一次电话，知道他准备花大价钱"修理"老钟家的宅院，可她却一直没觉得有什么问题。大概是钟昆仑留给她的印象太过无知，所以她从来不觉得他会有秘密。

他没有假象和表面，只有个里子。

可是她从来没有发现，他就算只有个里子，大家也只看见了里子的一部分。

"他是个拥有直觉的艺人。"漆少说，"有一身花花绿绿的伤痕，但是他觉得只要在戏里他的皮肤是无瑕的就是无瑕的，他不用美肤，因为他有粉底液。"他看着慕云山，"你明白吗？他自己可能不明白那是什么，但我认为那意味着艺术。"

漆少是一个俊雅的商人，当用他慢条斯理的语气说出"我认为那意味着艺术"

时,让慕云山为之一愣。漆少说:"即使他现在并没有表现出这种艺术的技艺,但他有趋光的直觉。我们表演一只狐狸,并不需要把自己变成一只狐狸,只需要在戏剧里让大众和自己相信自己是一只真诚的狐狸。一旦把自己变成了一只狐狸,你就失去了作为一只真诚的鸡、真诚的老虎、真诚的大熊猫等其他机会,你将永远只是一只狐狸,且不能再变回自己。

"而怎样把并不是狐狸的鬼东西变成狐狸,怎样让自己和大众相信这鬼东西真的就是狐狸,那就是艺术。一旦走进了那扇门,他就不是爱豆,而是演员。"

慕云山目光炯炯地看着漆少,仿佛听见了什么不可思议的东西,听起来匪夷所思,却又好像并不奇怪。

"他还差得很远,缺少得很多,他不应该在这个时候退圈。"漆少摇了摇头,"太可惜了,这年头不想整容而想演戏的人不多,我本来很期待。"他轻声说,"你看过《春江花月夜》吗?那里面有一个跳古典舞的舞姬,出现的时间不过十八秒,长袖善舞,风华绝代。《春江花月夜》是一部烂片,可是当年有多少人在问那跳舞的美人是谁。我小时候,也是其中之一。"

《春江花月夜》是一部古装电影,距今已经有十年了,慕云山依稀记得自己看过,对在男女主角背后跳舞的舞姬依然有印象。

"我看过,是个穿着金黑交错的裙子,在船上跳舞的美人!但电影在说什么我已经忘了。"

"是的。"漆少说,"后来我找到了那位跳舞的美人。"他说,"她今年七十三岁,当年跳舞的时候,她已经六十三岁了。"

慕云山目瞪口呆:"七……七十三岁?"

漆少动了动嘴角:"你肯定也看过她最近的戏,《街道办刘大妈》里那个流浪汉。"

慕云山:"!!!"电视剧里那个流浪汉是个男的!男的!骨瘦如柴,半死不活,将自己搞得仿佛一条瘦长的破抹布,还有百分之八十的戏是断腿在地上爬来爬去。

"她叫施丽华,在需要她美的时候,她风华绝代,在需要她丑的时候,她奇丑无比。"漆少说,"无关年龄、性别、相貌……她其实长得很一般,就算七十三了,也绝对不会像个老男人。但是没有人质疑秦淮河上舞姬的倾城绝世,也没有人不嫌弃老汪街上的流浪汉怎么还不去死——那就是艺术。"漆少耸了耸肩,"你要看得见光,才能飞翔。"

你说话太艺术了,我很不喜欢!

慕云山说："你要看得见光，才能飞翔。可是会飞的那么多，麻雀是飞，大雁是飞，天鹅是飞，蝙蝠和鼯鼠也是飞……钟昆仑一直是靠脸飞的，你却要他趋光，凭什么啊？"

漆少大笑起来："你真有意思。"他抬头向远处看去，"有车的声音，猪哥可能来了。"他说，"你猜他为什么要退圈？"

"我不知道，我什么都不知道。"慕云山说，"我只是个平凡的租客。"

"你不是。"漆少说，"你是他的朋友，他对朋友很好。"

慕云山顿了顿，看向大门口，不再接话了。

她想她真的只是个平凡的租客，根本算不上朋友，她不知道钟昆仑身上的所有事，不知道他的任何想法，她只是接受了钟昆仑的恩惠，却既没有感激也没有感恩。她还暗自觉得这里是她的房子，还愤愤不平地觉得自己的地盘被侵犯了，还觉得钟昆仑是个傻×和脑残。

她面无表情地站在那里，宛如一座丰碑。

石化的时候，她突然觉得曾经用来谩骂她的词语都那样精妙绝伦。

一辆不起眼的小车在院门口停下，四大名助小文、小戴、小君、小秋下车，和猪哥一起把一辆轮椅抬了下来。慕云山吓了一跳，从石化状态里解除，跑了过去："怎么了？"

猪哥的表情非常不好，基本可以说是狰狞可怖。钟昆仑坐在轮椅里，一脸的心虚，但看起来还是四肢健全，并没有残废的迹象。

漆少也跟了过去："怎么了？"

猪哥看了他一眼："没事，你过几天再来吧，房子的事我和你对接。"

漆少点了点头，也知道猪哥不想他旁听，干净利落地走了。

慕云山看着钟昆仑，疑惑地伸出手去摸了一把他的头："怎么了？这不好好的吗？摔断腿了吗？"

钟昆仑被她摸得吓了一跳："你干吗？你变态啊？你想怎么样？"

慕云山闪电般收回了手，她也不知道为什么突然去顺了一把毛，茫然地看着猪哥："发生什么了？"

猪哥让四大名助去车上拿东西，说："他在你这里住一阵子。"

"又来？"慕云山震惊，"他家里又进人了？"

猪哥一脸暴躁，快要忍无可忍，指着钟昆仑："他……"看着钟昆仑一脸委屈，终是没有骂出口，揉了一把自己的脸，"他这次可能要在你这里住挺长一段时间。"

"为什么？他得了绝症吗？"慕云山本能地问，随即咳了一声，"到底发生了什么事？"

猪哥说："发生了什么事？我也不知道发生了什么事！我在J市出差，节目组给我打电话，我临时从J市飞回来的！公司也在等我报告发生了什么事！"他瞪着钟昆仑，钟昆仑噤若寒蝉，乖巧地缩在轮椅里。

"所以？"慕云山皱眉，"你能不能说重点？"

猪哥揉着太阳穴："我飞了两个小时回来，以为他只是病了或者压力太大，结果这位祖宗给我说他出现了幻觉。"他狰狞地瞪着钟昆仑，"他半个月前就知道了自己有遗传性精神病，到现在才告诉我！"

什么？慕云山觉得她自己才出现了幻觉，狐疑地看着猪哥："你说什么？"

"这位祖宗，"猪哥咬牙切齿，"有家族性的遗传病！如果他早告诉我，我们可以想办法，不管是找医生还是妥善处理手头上的工作，甚至是逐步退圈，都有办法。结果他自己去立了个遗嘱，说如果他死了一定是自杀，死后所有遗产都捐给红十字会……我去！"猪哥的愤怒简直无以言表，杀了钟昆仑的心都有了，"现在弄得满城风雨，全世界都会知道他不正常！他之前的代言和合同违约的问题，我们本来正在谈，还可以挽救，一旦曝出他有精神病，一切就都完了！"

"什么，什、什么……"慕云山感觉自己每个字都没听懂，"什么遗嘱，什么遗传病？"她头晕目眩，整个世界都玄幻了，"什么东西？"

"他在你这里待着！"猪哥说，"在他手头上的工作完成之前，不许他有什么'神经病'！"他凌厉地盯着慕云山，"你就负责这一件事！"

我？慕云山张口结舌，我怎么负责得了？我怎么负责了责？我要怎么样"不许"他有"神经病"？难道因为我"神经病"过我就比较有经验吗？

猪哥狠狠地瞪了他们俩一眼，搞得好像慕云山和钟昆仑是同谋："好好待着！明天我会预约一个医生来看诊，确认一下是什么情况。"

"是是是……"慕云山连连点头，没有确诊的事都不是真的。

钟昆仑缩在轮椅里，乖巧得不敢说话。

四大名助等猪哥训完话，才将钟昆仑的家当又搬了过来，包括但不限于世界第二帅和斑点鸡。

等大家都走了，慕云山小心翼翼地看着钟昆仑："到底是怎么回事？"

钟昆仑小声说："就是……像我爸爸一样。"他垂下头，非常安静，"我看到他了。"

慕云山在他的轮椅边蹲了下来，心情难以言喻，小声问："所以你就不能走路了吗？"

钟昆仑一愣："没有。"他从轮椅上跳起来，原地蹦了几下，"谁告诉你我不能走路了？"

默认钟昆仑被他爸吓到腿软不能走路的慕云山一呆，疑惑地抬头："既然你可以走路，为什么要坐轮椅？"

"每个人生病都坐轮椅的。"钟昆仑说，"上次我拍戏撞破了眼皮也坐轮椅，董慧被蚂蚁咬了起了个包也坐轮椅呢！大家都坐啊！"

慕云山："……"

她深吸了口气，念了几句清心咒："现在能告诉我具体发生了什么吗？遗嘱是怎么回事？是什么让你发现自己'可能'得了遗传性精神病？又是什么让你'看见了你爸爸'？"她站起身来，顺手又撸了一把钟昆仑的毛，没烫过的毛手感还不错，"从我这里搬走以后，发生了什么？"

钟昆仑嘀咕了一声："我收到了我妈妈留给我的诊断记录，你也见过的，就在寒暑影视的那个文件袋里。"

慕云山："……"我也见过的？

钟昆仑看她一脸怀疑人生的表情，认真地说："真的，就是你看不懂，上面全是英文。"

说到全是英文，慕云山终于有了点印象："那份每个词我都不认识的……材料？"

钟昆仑点头。

"你看懂了？"慕云山越发怀疑人生。她看不懂，没道理钟昆仑看得懂。

"我拿翻译软件翻译了。"钟昆仑说。

慕云山呆滞了："然后呢？"

钟昆仑说："它上面写着家族遗传性的精神病，发病原因不明。"

慕云山一脸不可置信："这么严重的事，你就……你就用翻译软件随便看了一下，就确定了？还去立了遗嘱？你就没有找个医生正式看一下？"

钟昆仑呆了一下："那是我妈妈留给我的。"他说，"我妈妈总是去美国，我以前不知道她在忙什么，她可能就是在想办法，但是她死了。"他轻声说，"她就再也不能想办法救我了。"

"不不不，我们的重点是……你没有确诊。"慕云山说，"就算你爸爸是有这个问题，可是你妈妈没有啊，你怎么知道你遗传了你爸爸还是你妈妈？"

钟昆仑呆住了，他看着慕云山的眼睛闪闪发光，过了一会儿，那光彩又暗淡下去："可是我看到他们了……"他嘀咕了一声，"在现场，我突然看到他们都在动。"

慕云山也愣了一下："动？"

"他们都向我走过来。"钟昆仑嘀咕，"把我围在中间。"

"这个世界是没有鬼的，我们要相信科学，反对迷信。"慕云山说，"你看到的都会有科学的解释，也许明天你问问来的医生就知道了。"没有点亮"啊！那里好可怕，要抱抱"技能的单身女汉子今天也很耿直。

"啊？"钟昆仑呆滞了。

慕云山说："在你看到这些幻觉之前，你想到了什么？为什么你会想起，不，你会突然看见你爷爷？"

钟昆仑真的想了起来，他猛地扬眉，振奋起来："发芽！茶树！"他突然伸出手来，抓住了慕云山的肩膀，用力摇了摇，"老钟家的宝藏，是茶籽，我们种出来的东西，是茶树苗！"

慕云山被他晃得头晕，越发莫名其妙："茶……茶树苗？"

你看见了茶树苗，就看见了你爷爷的幻象？

难道你老钟家是茶树成精？

当天晚上，钟昆仑带着世界第二帅和斑点鸡住回了惠林村老宅。

听说听碧居重新被狗仔占领，不知道多少人正试图拍摄他"吸毒"或"作法"的证据。

第二次入住钟家老宅的钟昆仑待遇比上一次好多了，他住的小房间里有了一张小木床，还有个临时衣柜。秃小二的喂食器和猫窝、猫砂也都带来了，斑点鸡的草窝也带来了，都放在钟昆仑床旁边。

他傍晚的时候戴着帽子去院子里溜达了一圈。

院子的篱笆上缠绕着绿色的叶子，有大有小，有黄绿、深绿、嫩绿，居然还有红绿红绿的，他从来没注意过绿叶子有这么多种颜色。这些藤蔓攀爬上篱笆，有的是生着长长的卷须，有的是枝条就这么细长细长的，搭哪儿长哪儿，还有些居然是靠着长刺随便扎上点什么就爬上去了……钟昆仑看得啧啧称奇，上次回来的时候只顾着吃了，也没看清楚院子变了样。

篱笆靠近房子的地方长着几棵小小的植物，不知道是什么，叶子奇形怪状。

院子中间的泥地上隆起了四条垄，不知道是干什么用的。

厨房旁边原来种生菜的泥地上倒是长了一些他认识的东西，一排葱、一排西红柿、一排辣椒，西红柿和辣椒都开花了。他最近沉迷烘焙和厨艺，所以居然认得这些蔬菜苗。这些菜苗是隔壁禚大爷送给慕云山的，和隔壁院子里种的蔬菜长势一样，都刚刚到开花的程度，还没有结果。

慕云山在院子的一角堆了许多从后山捡回来的烂木头和树叶，足有半人高，不知道有什么用途。

在那堆半人高的烂木头和烂树叶旁边，种着几棵小植物。一棵种在木质的糖果盒里，一棵种在酸奶杯里，还有一棵种在咖啡杯里。三棵小苗整整齐齐，新叶油亮，有一种难以描绘的生机。钟昆仑轻轻伸出手摸了摸它们，挺拔、柔软、光滑、沁凉，就像摸到了一把冰凉又好看的青春。

这就是老钟家的宝藏。

为什么他的爷爷，或者是爷爷的爷爷会把茶籽藏在华德植物箱里埋在地下？钟昆仑很迷惑。这一片地方过去是茶园，茶树无处不在，钟家在几百年前就是茶园的主人，自己家里的茶籽，还需要收藏在华德植物箱里吗？

难道说这几棵茶树苗和别的茶树苗有什么不同？钟昆仑不是很懂，他又没有继承到种茶的家业。连他爸都不会种茶只会画画，可见就算有什么高端的技艺也早就失传了。

然而他爷爷会不会种茶呢？钟昆仑瞎琢磨。但他爷爷是从英国回来的海归，和本土茶园能有什么关系？

他心里隐隐约约觉得应该是有关系的，但是想不出来。

秃小二在他脚下转悠，轻轻地蹭他的腿。钟昆仑把猫抱在怀里，坐在烂木堆上面，仰望着天边的火烧云。

青山再染不是绿，浓黛欲倾满天星。

他看着天慢慢变蓝变暗淡，山慢慢变黑变虚无，看着天上生出新的星星，想着听说"北斗七星"其实是十四颗星星，可惜怎么看也看不出那十四颗在哪里……

一股热茶的香气飘了过来，慕云山递给他一杯茶："吃饭了。"

钟昆仑喝了一口，正是惠林村那种没有名字的老红茶，口感醇厚馥郁，一斤二十块钱。他摸着秃小二的头，肚子里暖暖的，也就又高兴起来，回头看慕云山："你还会做饭？"

看着钟昆仑在院子里坐了一个小时，估摸不出他是不是在发疯的慕云山瞬间黑脸："我为什么不会做饭？"

"你不是只会两种技能——开水泡泡面和从食堂带饭回来?"钟昆仑稀奇地看着她,"我今天不想吃泡面。"

"我会做饭。"慕云山哼了一声,骄傲地带着钟昆仑进厨房,展示她一小时的劳动成果。

钟昆仑惊奇地看着慕云山做的菜。

一盘蒜末炒不知道什么。

一盘蒜末炒另外一种不知道什么。

一盘蒜末炒还有一种不知道什么。

两碗白米饭。

"这都是什么东西?"钟昆仑震惊了,"你在哪儿买的菜?原料是什么?"

慕云山说:"在村里买的,去得晚了,就剩下这些了。"她可不觉得这些有什么奇怪的,"这是蒜蓉炒虾仁、蒜蓉炒芋艿和蒜蓉炒紫薯。"

钟昆仑瞪着那碗蒜蓉炒虾仁:"为什么我看不出这是虾?"

"因为它是冰冻虾仁,快到期了。"慕云山说,"就是超市里剥好了以后冰起来的半成品,我也不知道为什么倒出来放锅里炒,它就变成了一团团的,还煳掉了。"

"因为它不新鲜,"钟昆仑说,"它不新鲜肉质就不会弹牙,就会变成这样一团糊糊,这不能吃了,吃了肯定拉肚子。"说完他又瞪着第二碗蒜蓉炒芋艿,这道菜字面上看起来挺正常的,但慕云山把芋艿炒成了糊,与焦黑的蒜末拌在一起,仿佛一碗发霉的灰白色糨糊,实在让人看不出是食物。

第三碗就更别提了,紫薯一团黑,蒜末点点黑,就是一碗真诚的黑暗料理。

"你平时也吃这些?"钟昆仑充分怀疑慕云山就是专门来整他的——她真的不爱他了,一点点也不爱,否则怎么会这样?

"没有。"慕云山说,"我平时就吃食堂,很少做饭,但也不是从来不做饭。"她说,"平时周末我也这样吃啊,虽然不好看,但还是挺好吃的。"

钟昆仑用筷子在理论上能吃的蒜末炒芋艿和蒜末炒紫薯盘子里蘸了一下,各尝了一口,看着慕云山:"以后我做饭吧!"他认真地看着她,"你肠胃真好。"

慕云山苦着脸看着桌上的三盘菜:"真的有那么难吃吗?"

"除了有毒的那盘,这两盘味道还行。"钟昆仑的眼睛闪着光,非常认真,"但是一盘菜,除了味道还要有颜值,除了主菜还要有装饰,吃饭要有仪式感,然后你就会感觉到加倍的幸福。"他指着那两盘糊糊,"这盘你要是用勺子挖成球形,旁边放一点薄荷,再放几条红黄萝卜丝和绿豆芽,肯定会好吃很多!"他又指着那盘黑漆漆的蒜末炒紫薯，"这个，如果上面撒一点金箔，盘子里用酱料画几个星星，说不定就是一盘特别厉害的菜！"

慕云山目瞪口呆地看着他——这是技能点全部歪了吧？漆少指望他成长为一个演员，说他能看到正确的方向，可这人正确的方向是做一个厨师吧？

"你有红萝卜或者黄萝卜吗？"钟昆仑兴致盎然，改造黑暗料理大作战开始！

"我没有。"慕云山机械地看着他，"我有几个草莓，刚熟，还没舍得摘，在窗台上。"她震惊得连话都不会说了。

钟昆仑高兴地蹦到窗口去看。窗口那一排牛奶盒里种的草莓开着白白的小花，有三个草莓红了，其他未红的小草莓还有十几个。他摘了草莓，回头问："还有什么？"

"我没有绿豆芽也没有金箔。"慕云山呆滞地说，"无花果还有两个，五角星形的饼干有一桶。"

钟昆仑高兴地说："太棒了！"

于是一晚上慕云山灵魂出窍地坐在餐桌边，看钟昆仑把她舍不得吃也舍不得摘的草莓切成了片片，把无花果对半切开，再用两个不锈钢勺子把"蒜蓉炒芋艿"那碗糊糊搞成了七个圆球，重新放进一个白盘子。

他居然还能把七个圆球叠起来，仿佛一盘冰激凌球。"冰激凌球"顶端放着一个完整的草莓，其他的片片随意丢在盘子里，堆成一堆草莓色的小小山，和芋艿球山对照。"小甜心"无花果橙黄色半透明的果心切开后好看极了，胖胖的无花果依偎着胖胖的芋艿球，灰白带黑点的芋艿球、粉色的草莓山加上橙黄色的无花果……钟昆仑没找到薄荷，就在院子里拔了几根绿色的酢浆草嫩芽撒在上面。

慕云山看呆了。

她看见了奇迹。

钟昆仑又开始折腾第二盘。

他把紫黑紫黑的紫薯糊抹平铺在盘子底下，将星星饼干撒了一点在上面，最后也摆了一个无花果在正中心。

"这盘菜叫'装满星星的梦'。"钟昆仑说。

黑的、柔软的紫薯泥里有炸焦了的蒜末，仿佛黑夜的裂隙。

麦黄色的儿童星星饼干停留在紫薯泥上，它们干净、酥脆、好吃。

圆圆的无花果坐镇盘子的正中间，像一个做梦的胖子。

"可以吃了！"钟昆仑把盘子推向慕云山，慕云山看着他，眼睛闪闪发光。

Chapter 22
玛姬婶婶

娱乐圈是个造星的地方,就像一条银河,这里有成千上万颗星星,只要你想,就能在其中找到自己喜欢的那颗。

但我们眼睛看见的就是真实的吗?

每颗星星都像钻石,它们都可以美得五光十色,但最终将它们与彼此区别的,能被评选出最美和更美的,不是它们自身的美,而是它们的不同。

那就是灵魂。

一个爱豆,维持着娱乐公司为他精心描绘的人设,满足着粉丝对自己无穷无尽的幻想,他可以在深夜恸哭人生艰难,但不能变成公司和粉丝的提线木偶。他首先要是他自己,做自己想做的事,说自己想说的话,然后才是他的美和他的梦。

人生艰难,不只是普通人很艰难,哥哥们也很艰难。

我们是灵长类,首先要有灵,而后还得是灵中之长,所以才能在动物界独孤求败。

有所为有所不为,有所爱有所憎,有所求有所求不得,有所幸有所不幸……兹之一切,皆与他人不同,故而"我"之为"我",非神非鬼非他,因我之灵与他人不同。

慕云山觉得自己聪明极了,在脑残的时候看上的是钟昆仑。

将她煳了的两道菜折腾成童话的钟昆仑，比舞台上唱歌跳舞的钟昆仑要闪耀得多，他的"真的自我"，或者说"灵魂"，远比"衔着金汤匙出生的小王子"有趣，也坚强。

谁能在得知自己有遗传性精神病，事业和前途一塌糊涂的情况下，依然感到快乐？

"感到快乐"是一种能力，可是很多人，包括她自己，好像在很久以前就失去了这种能力。也就是最近，她仿佛捡起来了一点，但总体上依然不快乐。

不快乐和疲倦是成年人的标准情绪，我们长大，我们承压，我们失去。

无法解压的人，终会土崩瓦解，化为流沙。

但生活真的有这么多不好，不好到我们长大以后都那么疲倦和失望吗？

并不是。

生活的美好一直都在，一朵花、一顿饭、一碗菜、一个晴天、一个午后、一只猫或者一只狗、一件衣服或者一杯茶、一盘游戏或者一局麻将……

坐拥千万的快乐和负债累累的快乐并没有什么不同，赚很多钱，增加的是经济自由度，而不是幸福感。

快乐这种东西，你要找得到，看得见，珍惜它，才能摸得到它。

就像钟昆仑一样。

她看着钟昆仑，看着他得意扬扬地推出那两盘整容后的菜品，突然伸出手去，撸了一把他的狗头。

"你干吗？"钟昆仑瞪眼，"快吃啊，要凉了！"

"你不怕吗？"慕云山挖了一勺蒜蓉炒芋艿，依然是那么难吃，没有因为颜值的改变有什么差别，但至少心情好了很多。

"怕什么？"钟昆仑莫名其妙。

"明天会有医生来，"慕云山嗯了一声，含蓄地比画了一下，看钟昆仑完全没有理解，只好直说，"万一确诊了，怎么办？"

"那就只好打游戏了。"钟昆仑说，"打一打就忘记了，再吃点蛋糕，就会高兴点。"

"哈？"慕云山愣了一下，"所以你最近都在做烘焙，是因为你想高兴点？"

钟昆仑皱了皱眉头，他那眉头生得真好看，皱眉的时候生出一股精致的小忧伤来："不然呢？去横穿马路被车撞等穿越或者重生吗？我觉得我可能没有那种运气。"

"呃……"说得好像也是。慕云山咬着勺子，她想她一头雾水地在玛利亚疗养院里醒来，身无分文欠下巨款，还发现自己脑子有坑跳了海，好像也没有痛哭流涕寻死觅活。

噗的一声,慕云山笑了出来。

钟昆仑在芋艿里面挑蒜蓉,听她笑了:"有什么好笑的?好多书都是这样写的。"

"不是……我在想我从医院醒来的时候,都已经那么惨了,为什么没有寻死觅活。"她咬着勺子笑,"大概是因为都已经跳过了,再跳就太矫情了,只好不跳。哈哈哈……"

"你有什么惨的?"钟昆仑嗤之以鼻,"是你自己要跳海的,差点把我吓死,你这个神经病!"

"你那时候是真心要娶我的吗?"慕云山挑起眉头惊奇地看着他,"我跳海你不高兴?你不觉得'这个神经病终于可以从我生命中消失了吗'?"

"谁会因为一个人自杀高兴啊?"钟昆仑说,"你再讨厌也是人好吗?谁会真心要娶你?你这么野蛮,还不会做饭。"他顿了一顿,"还越长越丑。"

"喂!"慕云山说,"你这是人身攻击!我只是不化妆而已,以前我见你都是精心打扮的,现在没有。"

"为什么不化?"钟昆仑说,"不够钱买美妆吗?我有好多,要不要分你一点?"

"除了上节目,平时你自己有化过吗?"慕云山一头黑线,"你还不是一样懒!"

"我是男人,你是女人。"钟昆仑说,"现在你就已经没人要了,这么丑再过几年更加没人要。"

"要你管?"慕云山耸耸肩,"和你有关系吗?"

"有啊。"钟昆仑说,"想到以后你又要和别人离婚,感觉还真是奇怪哦。"

"什么鬼?"慕云山勃然大怒,"我为什么'又要'和别人离婚?我就不能和别人天长地久白头偕老吗?什么叫'又要'离婚?"和你离婚是因为老娘对不起你,不然,不然……

她还没想出来一个"不然"什么,钟昆仑突然冒出一句:"不管怎么想都觉得你和别人最后是要离婚的。"

"你!"慕云山用汤匙指着他,差点气死,"你最好没有病,一旦明天确诊了你没病,我一定要收拾你!"

钟昆仑用幽怨的小眼神看了她两眼,他真心实意地觉得,像慕云山这样又凶又丑又暴躁的女人,谁会愿意和她在一起?除了……

除了……

他看了一眼慕云山,又多看了一眼。

这么凶!

还丑！

算了！

第二天一早，果然有一位专家如约而来，是个五十来岁的胖大妈，穿着花花绿绿的衣服，笑眯眯的，看起来就十分和善，没有侵略性。

她来的时候只有一个人，也没有开车，就从村道慢悠悠地走过来，人胖脚小，走路摇摇晃晃的，感觉下一秒说不定就要吧唧摔倒。然而她就是不摔，莫名其妙地吸引了慕云山的注意力。

这位专家姓马，叫马吉，来自帝都，是昨天晚上坐动车到的B市。慕云山对一切专家都充满怀疑，目送专家与钟昆仑一起进了钟昆仑的小房间密谈，自己在外面转来转去，心里十分不安。

她搞不清这位不知道是专家还是"砖家"的胖大妈会带来什么。

过了一会儿，她蹑手蹑脚地在房间门口偷听，钟昆仑在做题，只听到中性水笔在纸张上点来点去的声音，翻卷子的声音，一切都很安详。

在她聚精会神偷听的时候，身后突然有人拍了她一下，差点把她吓死。回头一看，只见那位马吉专家笑眯眯地端着一杯茶正在喝，敢情她根本没有待在里面。

"小慕吗？"马吉说，"我想单独和你谈一谈。"

慕云山非常紧张："我……我，我很荣幸，可是我什么也不知道……"

她因为说了这句蠢话越发惊慌失措，马吉笑了，拍了拍她的肩，甚至按摩了下她的双肩和脖子，仿佛提溜着一只猫，将她拎出了房间。

她们来到花园里。

马吉说："我不是很了解钟昆仑，你能不能向我简单介绍一下，他是个什么样的人？"

慕云山的视线在院子里那些乱七八糟的花卉和绿植上移动，心情仿佛放松了一些："一个傻兮兮的孩子？蠢货？文盲？"

马吉若有所思地看着她："其他呢？"

"他是一个好人。"慕云山说，"对一切都没有恶意，不计较得失，对朋友……很好……"她觉得自己把钟昆仑描绘成了一朵白莲花，然而没有说出钟昆仑的精髓，十分失败。

马吉耸了耸肩："还有呢？"

慕云山想了很久："还有可能，是一个……很坚强的人。"她说，"他的父母都过世了，他很坚强。"继白莲花之后，她又把钟昆仑形容成了一只小强，感觉也并不是很对。

"听起来是一个承压能力很强的人。"马吉说，"根据我手头上拿到的资料，他父母双亡，母亲死于他杀，父亲死于自杀，但是这些似乎都没有影响到他。他的事业很成功，受到许多人的爱慕，也遭到许多人的谩骂，可是这些也没有影响到他。他在大家眼里是一个天真烂漫，基本上算是无忧无虑活泼开朗的人，是吗？"

慕云山犹豫着点头，她并不知道马吉是怎么把"白莲花""小强"分析成一个承压能力很强的人，但总感觉有哪里不太对。

"好的。"马吉并没有多说什么，转而开始欣赏她的花园，"哦！这里有一棵'朦胧的朱蒂'，看这可爱的小黄花！我最喜欢它的香味，纯正的水果味！"

慕云山无心和她讨论花卉，说："您觉得他这样是不正常的吗？"

"一般来说，幼年期和青春期遭遇的重大挫折，都会在当事人身上留下痕迹。"马吉说。

慕云山沉默了，她想到她的十五岁……除了自己，谁能真的理解你遭遇了什么？谁也不会知道你曾经多幼稚，就像谁也不会知道你曾经有多勇敢，又怎么会不留下痕迹。

"他的表现很奇怪。"马吉说，"看起来很正常，那就是最奇怪的地方。我不了解他，不知道他平时是不是也是这样。"

"您是个心理学家吗？"慕云山问。

"不是。"马吉笑了一下，"我就是有点好奇，我是个普通的脑外科医生。"

"哦……"慕云山不知道要怎么接话，在心里吐槽：既然你不是心理学家，你在这里瞎说什么？

"他主要是说有幻觉，看见了去世的亲人，爷爷奶奶大伯二伯什么的……"慕云山也不喜欢听马吉说钟昆仑有问题，不喜欢她评价他"很奇怪"，因此失去了对她的敬意。

"产生幻觉有多种可能，除了精神疾病，滥用药物也是一种可能。"马吉说。

她是在怀疑钟昆仑吸毒吗？慕云山震惊了："他没有滥用药物，怎么可能？他一个沉迷甜点的人，怎么可能滥用药物？"

"你很相信他。"马吉说。

"我当然相信他。"慕云山震惊地看着这个专家。在她心里这个专家已经糊了，俨然变成了"砖家"，"他不是那种人。"

"他沉迷甜点？可能是基于自我催眠。吃甜点会让人感到高兴，心里会有愉悦感。"马吉说，"这也许说明他平时并不快乐，有些抑郁症患者并不会表现得悲观厌世，反而乐观积极，可一旦情绪失控，很容易走向极端。"

"您好像说您是一位普通的脑外科医生？"慕云山皱起眉头，盯着马吉，"您并不是心理医生？"

马吉说："我听说你是他的前妻，目前看来你们的关系依然很好？"

慕云山面无表情地说："哦，是啊，我们的关系依然好得可以穿一条裤子，既然您不是心理医生，我也不是心理医生，我们俩在这里讨论我前夫有没有抑郁好像没有什么意义。"

马吉笑了："对，说得也是。"她大概也是第一次听见有人把自己和前夫的关系形容得仿佛那睡在我上铺的兄弟，看向慕云山的目光也越来越有兴趣了。"我的确给他留了一份心理测试的题目，我虽然不是心理医生，但是针对钟昆仑先生的情况，我们成立了一个诊疗小组，心理测评也是其中的一部分。"

"我听出来了。"慕云山依然面无表情，"你们既怀疑他吸毒，又怀疑他抑郁，还怀疑他神经病。"

马吉一年四季笑眯眯，难得被人噎了一下，差点破功，脸上的表情僵硬了一瞬："……我们要对诊断结果负责，并不是我们本身对钟先生有成见。"

"他没有吸毒，也没有抑郁。"慕云山说，"他是一个勇于面对现实的人，既敢面对，也敢逃避，他知道自己在做什么，他是一个……看得见生活的人。"

她面无表情地说出"看得见生活的人"，内心深处为自己居然说出了这么文艺矫情的话感到深深的震惊和羞耻，可见人一旦生起气来，什么事都做得出，这就是冲动性犯罪的前兆了。

马吉看着她，并没有生气，胖胖的脸上充满了赞叹："你们感情真好。"

哦，是哦……感情好得我每天都想打爆他的狗头！慕云山想，居然连累老娘说出这么羞耻的话！

那天下午，钟昆仑被马吉召唤来的小铃木载去了市里医院做全身检查，还取了他的DNA样本，据说要做很高级的分析。郑州洲圳在饭圈里旁观钟昆仑的瓜，这天惊闻钟昆仑又搬回了惠林村，她主动把年假借给了慕云山，好让她在家伺候快要被饭圈黑出银河系的正主，内心深处虽然无限八卦，然而暂时还不敢问。

当天晚上，猥琐的小铃木偷偷摸摸把钟昆仑送了回来，慕云山没有跟去，马吉说检查的结果两周后出来。

仿佛要在头顶挂一把铡刀,两个星期才能落下来,慕云山不寒而栗,钟昆仑一张脸惨白惨白的,也很紧张,两个人在家里你看我我看你,都无心吃饭。过了好一会儿,钟昆仑说:"不如我们来打游戏吧?"

慕云山一头黑线:"我不会打。"钟昆仑这个游戏渣的水平尽人皆知,她又不自虐,为什么要陪输?

"我教你!"钟昆仑说,紧接着他说,"这个月免房租!"

"不要。"慕云山拒绝得冷漠无情,"让高冷陪你打。"

"高大神最近沉迷网聊,都不打游戏了。"钟昆仑长吁短叹,"好想他带我上王者。"

"沉迷网聊?"慕云山稀奇了,"你怎么知道他沉迷网聊?他和谁聊天?"

"他在和杨牧聊郑州洲圳和鹿彬的八卦。"钟昆仑说,"他们俩在搞暧昧。"

慕云山:"……"她觉得高冷和杨牧才是在搞暧昧。

"他们怎么搞暧昧?"慕云山觉得以高冷为首的这些八卦怪真是很无聊,一天到晚关心别人家的事,真是闲得慌。

钟昆仑的心情立刻好了——他真是个凡人,除了那张脸,由内涵到层次都和普通人一模一样:"杨小米说,鹿彬正在疯狂追求郑州洲圳。"

"我怎么没看出来?"慕云山震惊。她每天上班都在那儿,虽然不一定和郑州洲圳或者杨牧一个班,但怎么也不可能还没钟昆仑熟啊!结果现在是钟昆仑说八卦给她听?

不对!是杨小米把八卦说给钟昆仑听,钟昆仑再说给她听!杨小米才刚刚六岁!她怎么跟着聊这种话题?杨牧姐怎么教的?

慕云山不明觉厉,细思恐极:"杨小米说的?"

"杨小米不认识字啊。"钟昆仑说,"她把她妈和高冷的聊天记录截屏发给我看,让我告诉她在说什么,我不就知道他们沉迷八卦了吗?杨小米只想知道她妈是不是最爱她,还想知道高冷是不是也爱她妈,重点就是她妈一定要狠狠地拒绝高冷,选择她。可是他们根本没有聊这些,都在聊郑州洲圳和鹿彬。看不出来,杨牧也是观察入微,就像侦探似的,非常神奇……"

"怎么神奇?"慕云山好奇。

"好像郑州洲圳和鹿彬熟了以后,她的微信朋友圈就把服务中心的同事包括领导几乎都屏蔽了,只留下你们几个和鹿彬。"钟昆仑说,"这就很奇怪了,她留下你们几个那是肯定的,你们是好朋友,可是她还留了鹿彬,就很暧昧啦。"

"你们怎么知道她屏蔽了服务中心的其他同事和领导?"慕云山震惊,"你们偷看了她手机?"

"没有没有。"钟昆仑说,"杨牧发现她发了个朋友圈,下面点赞的人数锐减。原来会机械点赞的一大堆人都不见了,只有你和她各自点了个赞,再就是鹿彬给她回了一句,没了。于是她推测郑州洲圳突然把单位的同事和领导屏蔽了,后来鹿彬问了她,她承认了。"

这也行?慕云山呆滞了,这果然像侦探似的:"她屏蔽这些人干吗?"

"就为了和鹿彬聊天啊!"钟昆仑说,"她发朋友圈,鹿彬在下面回复,她不想让人看见,也不想服务中心的其他人看见有关鹿彬的动态。所以说态度就很暧昧啊!高冷和杨牧都觉得他们可能能成,两个人沉迷于乱出主意,挺好玩的。"

你沉迷于偷看别人的聊天记录!慕云山捂脸,觉得这届闺密都不行,可以换一届吗?都是些什么鬼啊!

"你手机拿出来和我打一盘嘛!打完就忘记今天都干什么了,挺好的。"钟昆仑说,"和我打两个星期游戏,两个星期一眨眼就过去了。"

"你打了这么久游戏,没有加游戏里的好友吗?"慕云山莫名其妙,"为什么一定要和我打?"

钟昆仑反应可快了:"你怎么知道游戏里有好友?你肯定打过!你打过对不对?你其实会打对不对?"

慕云山坚定地说:"没有!不会!"

钟昆仑说:"把手机拿出来!"

慕云山跳起来,飞快跑到花园里去:"我要去浇花了!你快去做饭!饿了!"

"刚才你说你吃不下的……"

"现在又吃得下了!"慕云山的声音遥遥从院子里传来。

钟昆仑看见她提着一个铁皮花洒,真的在往院子里浇水。

她浇的是院子里的那几条长垄,垄得好高,慕云山走在垄间,提起花洒往垄上浇。钟昆仑本以为她特地拢成这样,肯定有什么特殊效果,却见水一浇上去,稀泥堆成的高垄瞬间坍塌,化为泥石流流下来,直接淹没了慕云山的脚,把她埋在泥里。

钟昆仑在厨房里捶桌,笑得眼泪都要流出来了:"哎哟!你弄这个就是来搞笑的吧?亏我还以为你这下面埋着什么厉害的东西,哎呀,我要笑死了……"

慕云山恼羞成怒:"都是你!我本来做得好好的,都是你弄坏的!"

"和我有什么关系……"钟昆仑笑得喘了几口气,"我的妈呀,你在我家院子里搞什么鬼?这是在起坟吗?我,我还没死呢……"

"什么死不死的?我在种菜!种菜!"慕云山说,"我这是科学种菜方法!这是朴门农业!"

"什么朴门农业?"钟昆仑说,"你不要以为我不知道你种的那些菜苗都是襟爷爷送你的,我看见和他院子里的一模一样!"

"朴门农业就是可持续性种菜啊!人与自然和谐发展的那种,不用费时费力的那种!"慕云山说,"我看了好多书才做成了一点点,你一来就被你破坏了!"

"我明明什么也没做,是你自己洒水把泥洒塌了的……"钟昆仑一说到这个就要笑,"哎呀刚才那个画面真是太好笑了,你玩土以后是不是都没浇过水?"

"我没有玩土!"慕云山快要生气了,"都说了那是科学!"

"你先从泥里面出来吧。"钟昆仑走过去,一把把她从泥里面拔了出来,递给她一条毛巾,"擦一擦。"

慕云山擦完鞋子和裤腿,仔细一看:"这是我的毛巾!"

"这条扔了,我给你买一条新的!"钟昆仑哄她,"快点告诉我,你挖这四堆土是干什么?"

他就是想听笑话,慕云山瞪了他一眼。

原来慕云山反反复复思考那片前院要种什么,想来想去,什么都想种一点,这院子地方又不大,种不了她想要种的一切。于是慕云山鬼迷心窍,查阅了大量园艺科普资料,终于发现有一种号称工作量最小又能获得永续发展的农业理念,就是朴门农业。

她在书里学到了一种种菜的方法——把土地堆高成为垄,垄的底部放置枯树和杂草,垄的表面覆盖泥土,再把菜种子播在泥土表面。这样一来,土地的表面积就被拉伸了,垄的两侧都可以种菜,枯树和杂草在泥土中慢慢发酵,高垄不至于不透气,也不至于缺乏腐殖质,是一种看似很妙的方法。

慕云山费了好大劲才从后山捡来一大堆枯枝,埋在垄里面,再堆土上去,覆盖在枯枝表面,这才做好了四个高垄。谁知道一浇水就塌了,说好的朴门农业呢?

她以为钟昆仑听完她这个美妙的主意一定会继续笑她,却不想他没有笑,认真地想了半天:"原来真的是科学啊。"

慕云山:"……"

慕云山的朴门农业以土垄化为泥石流而告终，但是钟昆仑却沉迷进去，看了慕云山下载的那些书和视频，最终推断出慕云山看书根本不认真。人家书里描述的那个高垄，表面有一层翻过来的草皮扣住土壤，所以不会出现泥石流这种情况。

于是钟昆仑准备斥巨资买许多草皮来反扣在慕云山的垄上，最终被慕云山制止了。

她觉得草皮这东西太脱离我国实际了，对外国人来说草皮很常见，但在我国肯定不是。除了星级酒店、社区花园或政府绿化，有几个人在家里种草皮啊？推个高垄种菜也就罢了，还要在垄上堆草皮，这不是属于慕云山的菜地花园。

她总觉得她的花园应该和她一样，至少气质上像她，而不是像钟昆仑。

钟昆仑见她坚决反对买草皮，觉得非常遗憾，既然不能买草皮，于是他就买点别的——总之钱是一定要花的。

沉迷朴门农业的钟昆仑一挥手，买了葡萄苗、苹果苗、砂糖橘苗等一大堆果树苗，以及无数种月季、一大堆多肉、一大堆草花、一大堆菜种子。如果不是院子明显装不下，他可能连奶牛和野猪都要买回来。

当慕云山蹲在地里研究她的土要怎么重新倒腾的时候，浑然不知载蔬菜瓜果花的卡车已经在去揽件的路上，而漆少将他的最新方案发给钟昆仑后，钟昆仑连看也没看，欣然同意了他的第三种方案。

Chapter 23
蓝色风暴

这是郑州洲圳将年假借给慕云山的第三天，郑州洲圳的年假一共只有五天。

这也是钟昆仑回到钟家老宅的第三天，距离他的诊断结果出来还有十天。

这还是那堆蔬菜瓜果花发货的第一天，快递还显示"包裹正在等待揽收"。

就在这天，网上曝出了一件大事——有个自媒体大号发了一篇《某综艺节目录制中断真相揭秘》的文章，里面详细描绘了小鲜肉Z患有遗传性精神疾病，在录制现场当场发疯，导致节目中断的过程。该营销号还提到了小鲜肉Z早就知道自己有病，却隐瞒真相，欺骗经纪公司和广大粉丝，现在病情发作，已无法见人，所以躲了起来。

这篇"揭秘"虽然不长，也没有指名道姓，但谁都知道它说的就是已经被黑出银河系的钟昆仑。此文章一出，顿时引起轩然大波，毕竟捕风捉影的"吸毒"和"中邪"都没有证据，这篇通稿却直指钟昆仑有精神疾病，还描绘得非常具体，仿佛神医附体，推测钟昆仑得了一种病名非常长、任谁看完也记不住的精神分裂症，病发以后可能人不人鬼不鬼，见谁咬谁，目前已经被猪哥用铁链锁在地下室，估计再也无法见人。

慕云山看到这篇口吻仿佛神棍般的通稿的时候，已经是它上热搜的三十分钟后了，下面已经有几万的转发和十几万的评论，外加十几万的点赞！她真不能理解点赞的那些人心理到底是有多扭曲！不要说这篇鬼东西通篇捕风捉影胡说八道，就算它说的是真的，有人不幸得了一种严重的疾病，难道不应该为他难过几秒钟吗？大家兴高采烈地欢呼是什么意思？

这是谁写的？慕云山非常奇怪，钟昆仑自以为得了遗传性精神病的事非常隐秘，没有几个人知道，不可能有这么巧，有神棍瞎写通稿正好赶上了这个点？何况这种事这么罕见，瞎编他吸毒都比瞎编他得病要正常得多。

这是一个真的知道点什么的人写的，或者说消息是从一个真的知道点什么的人那里泄露出去的。慕云山毛骨悚然，这是钟昆仑身边的人，他一定很信任他，否则他也不可能知道一点什么。

但会是谁？

这是存心陷害，还是落井下石？

猪哥的电话从刚才起就一直在忙线中，慕云山打了一次不敢再打，她知道猪哥最近恐怕都没有睡上一个好觉。她不知道钟昆仑看见那篇"揭秘"没有，从早上起，钟昆仑就在厨房里折腾，已经两个小时了还不出来。

厨房里并没有传出饭菜的香味。

慕云山搬了个凳子，从院子外扒住窗户往里看，心里琢磨钟昆仑不会看到新闻，气出什么毛病了吧？

只见钟昆仑也搬了个凳子，站在橱柜前面，他个子高，站在凳子上能直接看见橱柜的顶。慕云山看见他似乎是从橱柜的顶上拿到了一个什么东西，正在颠来倒去地看。

厨房的橱柜是原来就有的，是个老式的实木碗柜，很高。根据漆少的评估，这也是三百年的老檀木做的，使用了某种慕云山记不住的传统工艺，所以质量极好，历经百年而没有大的损坏。慕云山曾经把它彻底打扫了一遍，清理了里面所有的角落，可以确认柜子里没有什么奇怪的东西。

但她看不到柜顶。

钟昆仑是怎么想到要去翻碗柜柜顶的？慕云山想到了莫名埋进地底的华德植物箱和茶树种子，老钟家的祖先又把什么东西藏在了老宅里？

钟昆仑从凳子上下来了，他手里拿着一幅画。

那是一幅油画，画的是一栋房子，房子前一片繁花似锦。

钟昆仑擦去了画框上浓重的灰尘，油画早已干裂，色彩斑驳，模糊不清，但依稀可以看出原图画的就是老钟家的房屋和院子。院子里花草嫣然，星星点点，一株蓬松的爬藤花卉从后院爬上了屋顶,在屋顶开出一片黄白色的小花。

彼时日光,如丝如缕。

画布上有一个签名——钟书叁,后面有个日期,但看不清楚写了什么。

他目不转睛地看着这幅画,这或许就是秦如月一辈子也没有忘记的那幅画,钟书叁画的。

岁月曾静好。

慕云山在窗外偷看他折腾那幅画。钟昆仑先看了看画,随后又把画框摇了摇,侧耳去听里面的声音,仿佛怀疑它里面是不是有藏宝。在她震惊的目光中,钟昆仑徒手撬开了画框和画——

轻微的啪的一声,一个薄薄的本子从画框和画中间掉出来,掉在了厨房地上。

慕云山目瞪口呆,真的有东西!

她已经忘记自己是在偷看,也忘记原本是来干吗的,脖子伸得老长,看着钟昆仑从凳子上跳下来,捡起了那个薄薄的本子。

那"本子"只有四张纸,还都是碎片,它本来是一张大图,是有人愤怒之下把它撕碎,又把碎片钉在了一起。

碎片上画的是一幅世界地图,地图上有几条黑线。如果不是从钟书叁的油画里翻出来,钟昆仑可能要惊呼这是张藏宝图。但这是钟书叁藏在油画里的,他直觉他爸还清醒的时候,应该并不想有人看见这个。

除了简略版的世界地图,纸上还写着几行字。

字是毛笔字,写得极小,笔画纤细,却顾盼生姿,可见写字的人书法水平极高。

吾为茶师,受其诱,遂逐异地,授其制茶……终成国贼……毕生之力育一新茶曰"惭",浓香殊色,后人返之……

"慕云山!慕云山!"钟昆仑突然大叫起来。

咚的一声,伸长脖子偷看的慕云山一抬头撞到窗棂,捂着头痛苦地看着钟昆仑,咬牙切齿:"你是不是早就发现我在偷看故意害我?"

钟昆仑回头一看,才发现慕云山就在窗户外面,也吓了一跳:"你为什么老是要偷看我?鬼鬼祟祟的……"

"我才没有……"慕云山本能地想说"谁要偷看你",结果蓦然发现自己真的就是在偷看，老脸要红，急忙改口，"你叫我干什么？"

"来帮我看一下，这些写的什么啊？"钟昆仑拿着他从画里拆出来的碎片，"繁体字看不懂，不知道说什么。"

"你老钟家祖先真的是……"慕云山啧啧称奇，"又不是《四十二章经》，还搞碎片夹在画的夹层里，难道真的有龙脉？"她拿过钟昆仑手里的小册子，看了一下，微微一愣。

"《四十二章经》是什么？"钟昆仑显然连金老爷子的经典也没看过，"什么龙脉？你看这签名，这是我爷爷的爷爷写的。"他懒得看繁体字写的什么，但是落款他还是认得的，写这些小字的人叫钟器，是钟鼎石的爷爷，正是他的祖宗。

慕云山凝视着那断断续续的文字，目光在四片碎片之间移动，拼接那些支离破碎的文字，过了好一会儿，她低声说："这里……居然就是故事的起源地之一。"

"什么？"钟昆仑茫然。

"很久很久以前，有一个英国的植物猎人，叫福琼。"慕云山说，"他是一个非常有名的植物猎人，因为他从中国偷偷采集了茶种运送到印度、斯里兰卡甚至美国，打破了中国对茶叶的垄断。"她轻声说，"你爷爷的爷爷说，他是种茶的茶工，被诱骗去教别人制茶，很可能他就是被福琼带走的茶工之一。你爷爷后来明白过来发生了什么，非常后悔，他用毕生之力培育了一种新茶叫作'惭'，让他的后人带回来。"

钟昆仑想起录制节目的时候林翰说起的故事背景，他有点迷茫，又有点低落："帮外国人偷走茶种……是不是犯罪啊？"

"那是一百多年前的事，和现在不一样。"慕云山说，"你爷爷的爷爷当时又不知道……"

钟昆仑低声说："所以我就是卖国贼的后代了？"

慕云山悚然一惊："不……别那样想，不是那样的。"她觉得钟昆仑的状态不对，他非常沮丧，脸色苍白，双眼无神。

钟昆仑倒退了一步，他好像看见钟书叁从慕云山背后走过，钟书叁走过以后，钟书贰和钟书壹接着走过……

他们都看过钟器写的信，钟鼎石和弗兰阴森森地坐在那里，他们从英国回来了，但是他们谁也没有把"惭"种出来，茶苗烂在了华德箱里，茶籽被埋进地下。谁都没有赎罪，所以他们都不得好死。

"钟昆仑？"慕云山一把抓住他的手，他的手异常冰凉，"不要乱想，你在看什么？你看着我，我在这里，我在这里，看我！"她心里其实很惊恐，她看见钟昆仑的眼神飘忽不定，情绪非常低落，突然就想起马吉说的"这也许说明他平时并不快乐，有些抑郁症患者并不会表现得悲观厌世，反而乐观积极，可一旦情绪失控，很容易走向极端"。

钟昆仑缓慢地将视线的焦点转移到她脸上："你最好也不要在这里。"他轻声说，"你看我大伯死了，二伯死了，爸爸死了，妈妈也死了……"他说，"我以前想不通，现在我想通了。"

你想通什么了？慕云山简直要疯。你原来想得好好的，你今天才没想通好不好？

"你想通什么了？我觉得你以前那样比较好，大家都喜欢你以前那样，不需要你额外想通什么……"

钟昆仑竖起一根手指，轻轻地嘘了一声："不要说话。"

慕云山呆住了，他那样子有点妖异的艳，却又瘆得慌，仿佛一只神志被抽离的艳鬼。

"钟家可能是有原罪的。"钟昆仑说，"就像《月白》里的白如月，就像《醉残霞》里的施锦绣……他们再努力都不得好死，因为他们一开始就是坏人。"

他面青唇白，却粲然一笑。

慕云山捂住心口，被他一笑笑得心脏狂跳，又是怜惜，又是苦笑，还被颜值暴击，简直不知道该拿这位祖宗怎么办。

"不是这样的！"她只能强调这句没什么存在感的口号，"'人之初，性本善'，我大中华几千年的文化都是这么说的，虽然你遭遇了好多不幸，但那不是因为你家有诅咒或者什么原罪。封建迷信要不得，你家，你家最多就是比别人家多了一点先祖传说罢了！"

"哦。"钟昆仑说。他没有笑，眼睛里也没有星星。

慕云山不寒而栗，钟昆仑的眼睛里有一片黑暗，他用他那个被脑残片教育长大的大脑脑补着钟家的故事，为自己这么多年的挣扎找一个放弃的理由。

她绝望地仰望着他的眼睛——她曾经那样疯狂地迷恋他，那样巨细无遗地研究过他，可是她居然没有发现——这位可以让她快乐的少年，自己是那样努力地在挣扎求生，在那努力地让自己快乐，那样努力地去开心，做一切会让自己开心的事，以至于别人都跟着开心起来。他奋勇向前，不在意名利得失，她曾以为那是他傻。她是有多傻和多瞎？钟昆仑做选择的标准从来不是钱，他选择的只是让自己高兴一点，因为他不快乐。

他在负重前行，而自己茫然不觉。

今天他走到悬崖边上，他没有翅膀，所以掉了下去。

250

慕云山看着他,浅薄的劝解都已经用尽,她张开了嘴,嘴唇干裂出血丝。她看着钟昆仑伸出手,擦了一下她嘴唇上的血,他说:"对不起,没有把遗产分给你。"

慕云山的眼泪夺眶而出,她抓住他,但好像只抓住了一个躯壳,钟昆仑的灵魂正从躯壳中飘散出去:"我是那种……想要杀人骗保分遗产的女人吗?"她哽咽着问,"我从来没有想过要分你遗产。"

"你不是。"钟昆仑第一次摸了摸她的头,安慰她,"你是好人。"

慕云山摇头,她不想要好人卡,还没有说话,钟昆仑的手机响了。

他接了起来,电话那边猪哥的声音很大,慕云山离得近,听得一清二楚。

猪哥说:"你和徐稚之不是好朋友吗?他为什么要向营销号曝你的消息?"猪哥的声音听起来很生气,"我都不知道你们两个中间还有什么我不知道的事,你到底还有多少事瞒着我?"

慕云山蓦然抬头,钟昆仑眨了眨眼睛,他非常茫然:"吱吱?"

"徐稚之把你生病的消息卖给了营销号!他到底是有多缺钱?他是疯了吧?"猪哥的声音都变调了,"你知道从现在开始你要负担多少违约金吗?"

深渊是没有底的。

慕云山从前以为自己跳过海,有脱出深渊的经验,但她不知道那是因为有人把她捞了起来。

真正的深渊是没有底的。

她眼睁睁地看着钟昆仑像一只自信满满的气球,在被扎满了刺后逐渐漏气,然后变得干瘪。他以前不怎么看微博和评论,自以为盛世美颜之下圣光普照,他这么美,不喜欢他也只是暂时的,反正不管喜不喜欢他,他都是这么美。

然而现在他心里多了一个概念——他虽然美,但是他不好。

这种自我否认是多方面的,来自钟家那一片黑暗的历史所带来的阴影;来自钟书叁的血和秦如月的死;也来自四面八方的负面评论——有些人抨击他的文化水平,有些人怀疑他的智商,有些人嘲笑他的作品,还有些人讽刺他的人格。

钟昆仑一条一条看着评论,他还看自己的热搜和话题,看了也没说什么。他穿着睡衣抱着手机,手边还放着一杯热茶,就这么认真看着。

他还在等下个星期的诊断结果,但慕云山正在眼睁睁地看着钟昆仑慢慢死掉。她看见的钟昆仑是这样的:难过……我不难过……难过……我不难过……我长大,有很多人爱我,我美,所以我不难过……我不难过我不难过……但是你不知道辛弃疾……

你不会唱歌……不会表演……对历史和文化一无所知……不能引人向学引人向善……是卖国贼的后代……钟家快死完了……只剩你了……你帮助过的朋友也没有变好……

他出卖了你。

你不难过吗？

在慕云山眼里，钟昆仑挣扎着挣扎着，慢慢地就挣扎不动了，像一只被树脂黏住的小虫子，弱小、无助，又无可奈何。

她和猪哥都没有想过，钟昆仑和徐稚之之间，的确有些其他的事别人不知道，但不是什么青梅竹马的小秘密，那居然是一件大事。

钟昆仑的房子"微泫"是从徐稚之那儿买来的，徐稚之卖"微泫"就是因为他缺钱。而同为"薄荷与茉莉"组合出身，一路虽然不是大红大紫，但也顺风顺水的徐稚之为什么会缺钱？这一直是个未解之谜。

徐稚之不只是卖"微泫"的时候缺钱，他一直在缺钱。

徐稚之的父母都是博士，他自己从小成绩优异，长得乖巧可爱，一直是那个"别人家的孩子"。他长到十三四岁到了叛逆期，乖巧可爱的小少年突然开始逃学打架夜不归宿，聚众喝酒，与一大堆陌生男女畅谈青春的泪与痛。这让徐爸爸和徐妈妈担忧不已，天天尾随跟踪，刺探徐稚之到底和哪些人交了朋友、到底聊了什么，最终导致徐稚之与父母彻底决裂，他离家出走，去寻找自我与自由去了。

如果仅仅是青春期短暂的叛逆和离家出走，那还算不上大事。徐稚之身上的大事发生在他离家出走之后，他那时只有十四岁，还是个未成年，正处于以为自己什么都懂其实什么都不懂的年纪，而他偏偏又很聪明。

于是徐稚之策划了一场堪称完美的离家出走，完美到徐爸爸一时半会儿真的找不到儿子。而在那短暂的几天时间里，徐稚之偶然间学会了一件事，那就是赌博。

一开始是因为没有路费和生活费，他只有十四岁，奔向自我与自由的道路太昂贵，他没钱住宿，于是被网站上的广告诱惑，进入了一个赌博网站。

他用两百块钱赢了一千八百块。

自此，深渊向他张开了口。

徐稚之并没有因为赢了一千八百块钱而多自由一天，因为隔天他就把一千八百块钱输掉了，输得彻彻底底，包括他之前剩下的三百五十二块七毛钱，一分不剩。

他还欠了别人五十块钱。

试图寻找自我与自由的少年，终于主动打电话给他爸爸。

徐稚之回来了，但可能只回来了一半。

自此之后，徐稚之的生活回归正轨，好好读书天天向上，仿佛又变回了那个别人家的孩子。但徐爸爸发现，在夜深人静的时候，徐稚之的银行卡有交易记录，而他的卡里总是没有什么钱。

赌博已经悄然变成徐稚之排解压力的一种方法，徐爸爸痛心疾首，这也是后来他允许徐稚之去"薄荷与茉莉"当奶油小生的原因之一。他希望环境和生活方式的改变能让徐稚之成熟，希望他能改。

徐稚之也的确改了，他在团队中兢兢业业，有很长一段时间没有再沾染与赌博有关的任何事，认真练习的同时刻苦读书，在成为团队学霸的道路上奋勇前进。

就在"薄荷与茉莉"冉冉升起的时候，徐稚之买下了"微泫"，那可能是他新生的开始，充满着他对未来的期待和梦想。

然而有一天，徐稚之的妈妈病了，徐爸爸一生教书育人两袖清风，还资助了两个困难学生，并没有存下多少钱，而徐稚之也刚刚买下"微泫"。

医药费不够，不过那时无论是徐爸爸或徐妈妈甚至徐稚之自己，并不觉得到了穷途末路，只是缺一点点，也不是很多。

直到徐爸爸向他表弟借钱，他表弟婉拒了。

徐妈妈向自己的亲妹妹借钱，她妹妹说自己同时还着房贷和车贷。

那些婉拒刺痛了徐稚之，那天晚上他鬼使神差地登上了很久没上去过的网站。

他以为自己能赚回家里差的那一点点。

然而一个晚上过去……

他并不是一直输，他有赢有输，好像每次都有机会，但天亮的时候，他终于输光了所有的医药费。所有的。并欠下了几十万的巨款。

催款电话随之而来。

深渊一直在看着他，而他却自以为早已战胜了恶魔。

那天早晨徐稚之在房间里大哭，钟昆仑恰好在这时给他打了个电话。

下午，钟昆仑买下了"微泫"。

而徐稚之的爸爸妈妈从始至终都不知道关于那笔医药费发生的一切，他们只知道儿子卖了房子给妈妈治病，并且从此之后，徐稚之彻底与赌博划清了界限，他真的再也不赌了。

可是深渊里不仅有诱惑，它还养育着恶魔。

赌博网站的人从交易记录里发现徐稚之参与赌博，他们便缠上了徐稚之。

徐稚之一直缺钱，因为他赚的大部分钱都被那些人敲诈走了。

他是流量明星，是娱乐圈学霸，是书香门第，是冰清玉洁的一股清流。他的粉丝们以爱豆如松如鹤、卓尔不群为荣耀，他的父母以他迷途知返为骄傲。

他不敢让任何人知道他是个赌鬼。

他隐藏得这么深，除了钟昆仑，谁也不知道。

他一直缺钱，可是他也很坚强。

他并不是一个坏人。

直到这一次，通过《你问他知道》的知识竞赛，徐稚之大红大紫，那些人又找上门来，开口向他索要了一个天文数字。徐稚之没有这么多钱，那些人狞笑着说那就写一张欠条来，签字画押。他知道这欠条绝对不能写，情急之下，脱口而出让他们去找钟昆仑。

他把钟昆仑可能得了精神病的消息告诉了那些人，这个消息足以让他们抓住把柄，向钟昆仑敲诈勒索。

他痛苦了太久，下意识地想要寻求一个同伴，于是他将钟昆仑拖下了水。

他已经忘记在很久很久以前的那个早上，在钟昆仑说出买下"微泫"的时候，他是怎样的痛哭流涕，相信自己遇见了上帝。

这就是钟昆仑和徐稚之之间的秘密。

慕云山知道这件事的时候，难过得无法言语，她甚至说不出什么劝解的话。

钟昆仑可能真的有一点抑郁了，有些在别人看来无关紧要的东西成了他崩溃的裂口，他一直在"卖国贼的后代就是应该不得好死"那里过不去，因为这是解释他所有不幸的最好理由。

而徐稚之……是在钟昆仑的背后再插了一刀。

钟昆仑可能也没有明白为什么他帮助了徐稚之，徐稚之最终却想要将他一起拉下水。

明明徐稚之是那样好的人。

他长得好看，读很多书，什么都懂。

他的爸爸妈妈都活着，很爱他。

××台夸奖他。

李老师也夸奖他。

钟昆仑不觉得徐稚之过去赌了点钱有什么了不起的，他从前就觉得徐稚之应该报警。

但徐稚之不报警。

他不但不报警，还把钟昆仑推荐给了那些人。

所以……所以……

钟昆仑安静地坐在那里，一条一条看着评论，他想不出"所以"了。

辛弃疾说："万言千句，自不能忘堪笑。朝来梅雨霁，青青好。一壑一丘，轻衫短帽。白发多时故人少。"

他后来看了一点辛弃疾，只不过没有看懂。

Chapter 24
柠檬马鞭草

　　五天借来的年假用完，慕云山心事重重地回去上班。猪哥让她把工作辞了专心照顾钟昆仑，她不肯。

　　钟昆仑并不需要一个老妈子无微不至地照顾（跟踪）和伺候（监视），比起时时刻刻有一个人担忧不已地盯着他，他可能更希望有一点私人空间。他也没有再出现任何幻觉，仿佛老钟家的诅咒已经达到了目的，那些祖先和亲戚都不再出现了。

　　他有生活自理能力，慕云山相信他，也不想在最坏的时候连这最后一点信任都不给他。

　　当然，去上班的时候她在家里放了一部钟昆仑的旧手机，下载了监控软件，放在角落里。她打算早上看一次钟昆仑有没有照顾好自己，下午再看一次他有没有心情好点。

　　五天加一个周末不见，服务中心一切如常，连她桌子上几根笔的位置都和她请假前一模一样。慕云山把包放在桌上，还没坐下先叹了口气，觉得一切真是糟透了。

　　今天和她同班的是阮英，阮大妈正在更年期，刚接了一个电话就开口把咨询人骂了一顿，慕云山听了一会儿也没觉得对方有多可恶，感觉阮大妈一会儿就要被投诉……这人生真是暗无天日。

三秒钟后她面前的电话响起，慕云山接起电话，一个有点耳熟的女声说："我要投诉你们！你们态度不好，不负责任……"慕云山半死不活地打开笔记本，一边听一边记："请问您对我们哪方面的工作不满意？"

"上周三接电话的那个接线员！我要投诉她！"

上周三？慕云山机械地打开排班表，哦，上周三接线的是杨牧和郑州洲圳："您要投诉的内容是？"

对方卡壳了一下："态度不好。"

"业务方面呢？"慕云山一边记录，一边给郑州洲圳发微信，上书，"你要死了，有人投诉你。"

"业务也不好！"对方立刻活了起来，"没有解决我的问题，让我等了很长时间！"

嗯？慕云山感觉不对，既然你打的是咨询电话，又怎么能"等了很长时间"？

她问："您等了多长时间？"

"办个业务等了两个多小时呢！"对方抱怨，"就是你们解释得不清楚，说了可以办让我排队等，结果等了两个多小时也没办成！"

"您投诉的内容是上周三因为咨询台的误导，导致您等候了两个多小时，最终业务没有办成，是吗？"慕云山轻声细语地问，"可以告诉我您的姓名和联系电话吗？"

对方说她叫王溇，电话133××××××××。

哎？这个名字很眼熟。

慕云山的目光犀利起来，王溇，电话133××××××××，某奢侈品公司的业务员，上次投诉自己破坏家庭感情的就是她。

"王小姐，我查询了一下您的办理记录，上周三当天没有您的预约信息和业务信息，未登记您的咨询电话。我们早晨八点上班，十二点下班，您打完咨询电话后还等候了两个多小时，应当是十点之前打的咨询电话，但上周三十点之前服务中心只接到了一个咨询业务相关的电话，且咨询人为男士。并且……"慕云山顿了一顿，越发态度亲切地说，"服务中心实行'容缺受理'，只要您办理的是正常业务，即使材料不全，本服务中心也会先行受理，等候您补齐材料，不会出现长时间等候以后没有办成的情况。"她慢慢地说，"您本年度在服务中心登记投诉七起，均为不实投诉，您有没有什么需要解释的？"

王溇啪的一声挂断了电话。

慕云山冷笑一声。

上次她觉得这个女的有病，现在她觉得这里面肯定有问题。

"小撒！"她给郑州洲圳发信息，"你是不是趁我不在的时候得罪了那个叫王渼的女人？她又来投诉你，发生了什么？"

郑州洲圳简直秒回："哎呀我的妈呀，她不是来投诉我，她是来投诉牧牧姐的！"她连字都来不及打，发了语音过来，"这女人就是一台专业投诉机，她已经投诉杨牧姐两次了。"

慕云山震惊："为什么？"

"不知道啊。"郑州洲圳说，"你注意一点，她好像对高冷有什么企图。"

"她是已婚人士啊，她有老公的。"慕云山还去过她家呢，"太奇怪了，她认识高冷吗？她投诉的那几次，高冷基本上都不在啊！"

"这个女人跟踪高冷和牧牧姐。"郑州洲圳说，"总之非常奇怪。"

慕云山瞪着手机，这可能还出现了一个女变态……

"钟昆仑怎么样了？"郑州洲圳问，"前几天我都不敢问，听……听说他发疯了？"

"没有。"慕云山说，"他好好的。"

郑州洲圳松了口气："那就好，唉……我家吱吱不知道为什么退出了《你问他知道》的竞赛录制，最近真是太奇怪了，什么事都很不顺的样子。"

你家吱吱害惨了钟昆仑。

慕云山不知道从何说起，也不想因为粉籍和闺密撕，只好问："你和鹿彬怎么样了？"

郑州洲圳有好几分钟没回。

慕云山等了一会儿，又接了几个正常的电话，才看见她回了一句："分了。"

"……"

我还没问你们开始了没有，你就回答我分了？

年轻人的爱情果然来是空言去绝踪……

"所以我不在的这五个工作日发生了什么？"她感觉自己更丧了，最近就没有发生一点好事。

"就在我答应他的第二天早上，好心给他倒了杯菊花茶。"郑州洲圳愤愤不平地说，"那傻×说菊花茶是寒的喝了对身体不好，不喝。他奶奶的又不是坐月子，一米八五的汉子每天喝红枣花生，吃饭不吃葱姜蒜，水果不吃榴梿，海鲜不吃生蚝，保温杯里放黄芪，我一想到这辈子吃饭喝水都要听这傻×算是寒的热的、清热解毒的还是补气安神的，就觉得朕要驾崩了，于是立马和他分了手。"

"喀……喀喀喀……"慕云山呛了一口水，阮英奇怪地看了她一眼。

"鹿彬什么反应？"慕云山觉得郑州洲圳果然也是人才，凭实力单身，"我觉得他是在关心你，你这反应好像……"

"牧牧姐说有一点不合适就早点分手，勉强将就是没有用的，都是二十几岁的人了，生活习惯是没办法改的。"郑州洲圳很坦然，"我已经和他说清楚了，他不能接受我一大早喝凉水，我也不能接受他喝红枣花生，既然不能磨合，那就早点分手省得浪费人生。"

"他没有意见？"慕云山很诧异。

"鹿彬人是很好的。"郑州洲圳说，"他没有意见，他同意……反正我们也没有爱到非谁不可。"

一杯菊花茶也会导致分手……菊花茶可以说很无辜了。

"你和钟昆仑呢？"郑州洲圳问，"他怎么样了？"

慕云山没有回答这个问题。

她打开软件，看了一眼钟昆仑在做什么。

钟家古宅。

早晨的阳光照耀在院子里。

世界第二帅躺在院子中间，斑点鸡跟在它的尾巴后面。

世界第二帅的尾巴懒洋洋地甩过来，斑点鸡就跟过来，甩过去，斑点鸡就跟过去。

慕云山到处找钟昆仑——她那手机放的角度大都是在拍钟昆仑的房间，只能从窗口远远地看见院子中间。她看见世界第二帅和斑点鸡在院子里，这俩货一般都跟在钟昆仑身后，所以他在院子里？

她似乎在监控的边缘看见了一大堆快递的影子……

钟昆仑站在一大堆快递纸箱中间，她只能看见他的腿，却能感受到他是那样的弱小、可怜又无助。

谁买的那一大堆快递啊！

慕云山去上班的第一天，钟昆仑躺在床上不想动。

他没有吃早饭，也不想吃午饭，脑子里空空荡荡，仿佛什么也没有。

他很难过，但不知道自己具体在难过什么，他在慕云山面前表现得很正常，他想让她赶快走，因为他是这么累，累得好像一点也不想呼吸。

他不想她担心，她用那种担忧的目光看着他，看得他更累了。

人迟早都是要死的，而他又是这么不好，不如早点死吧。

反正……大家都不喜欢他。

也没人在乎。

他决定再写一份遗嘱，把钟家老宅送给慕云山。

正在构思内容的时候，门口一阵呼啸，听声音就知道是一辆超级大车停在了院子门口。钟昆仑不动，他不想听也不想起来，累。

但那辆大车不放过他，嘟嘟嘟——嘟嘟嘟——，狂按喇叭。

钟昆仑与喇叭僵持了三分钟，那声音吵得他头晕目眩，终于他爬起来，气息奄奄地去看大门口发生了什么事。

院子门口一个脸黑成锅底的快递员正要踹门，看见他出来了，急忙收回那只脚，大吼：“惠林村303号！快递！谁买了这么多东西？我胳膊都扭伤了！快来帮个忙！"

钟昆仑呆滞地看着那辆物流货车，货车的车厢打开，露出里面十几个巨大的包裹和几十个中等包裹，上面贴满了白色标签。

"蓝手指葡萄十年苗砂糖橘八年苗买一送一""黑色车厘子六年苗""粉色柠檬水蓝莓2加仑""软枣猕猴桃库库瓦""丰花紫藤5捆""重瓣大滨菊名媛""木槿蓝莓冰沙""卷叶昙花"……

大部分快递都打着防撞木框，里面的植物体形巨大，比人还高。

黑脸快递员把一个中等包裹塞进了钟昆仑手里："帮忙拿一下，你买太多了。"

钟昆仑懵懂地接过包裹，这个包裹因为运输时挤压，透明胶带已经裂开，露出了里面的绿色。

一股清冷又舒适的草木香扑面而来，他的大脑为之清醒了一下，似乎在某个瞬间与这个世界再次连接在了一起。他端起包裹，仔细看上面的标签——柠檬马鞭草苗6棵、齿叶薰衣草苗6棵。

那好闻的冷香从包裹的裂缝中连绵不绝地散发出来，钟昆仑抱着它，有点不知所措。

在这一瞬间，他想到了曾经在他厨房桌子上的三棵生菜，想到了慕云山潜入他的

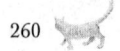

厨房给他拍了三张照片，想到了几天之前他从慕云山的窗台上摘下了几个草莓。

它们都会让人的心情变得舒服。

他转过头去，慕云山放在窗口的牛奶盒子依然在那里。

种在牛奶盒子里的草莓开着许多白花，小白花在微风中摇晃，几个还没有成熟的小草莓随之摇摆。

钟昆仑抱着包裹走过去，揪下那几个还没有成熟的小草莓，快速放进了嘴里。

这天晚上，慕云山很早就到家了。她担心那些来历不明的快递，也不是很放心钟昆仑。

她打了一百块钱的车，提前一个小时到家。

一到家门口就惊呆了——门口横七竖八地放着一大堆快递盒子，那些纸箱拿去卖废品都能发财了……

院子前面放着一大堆植物，应该说满院都是植物。钟昆仑在那些植物中间走来走去，一会儿摸摸这个一会儿看看那个，完全不知道在干什么。

"这谁买的？"慕云山先认出了一棵葡萄树，那葡萄大得好像都快老死了吧？"都是些什么……漆少买的？我记得他做的设计图是要把这里做成五星级文化民宿，不是这种画风的啊……"

这乡下农家乐其乐无穷的画风是哪里来的？

"我买的。"钟昆仑弱弱的声音传来，"如果你不喜欢，就把它们都退回去吧。"

"啊？"慕云山看他情绪低落，脸色苍白，"你今天吃饭了没有？"

钟昆仑有点心虚："吃过了。"

"吃了什么？"慕云山眯起了眼睛，她直觉不对。

"吃了……吃了草莓。"钟昆仑沮丧地低头，"对不起。"

吃了草莓？慕云山呆了一下，想了好一会儿不知道家里哪里还有草莓，不是吃完了吗？

"就吃了草莓？你不饿吗？我带了盒饭回来。"她看他还站在那些植物中间，一脸的心虚，手里拿着一张白纸，不知道在鬼鬼祟祟地写些什么，不由得叹了口气。

谁知正当她叹气的时候，却发现钟昆仑仿佛毛都耷起来了，全身散发出一种"我又错了，又做了坏事，没有人喜欢我，我果然还是应该去死"的幽暗气息。她立刻将叹的那口气吞了下去，非常浮夸地一拍手："干得太好了！你不知道我多想把院子种成一片花园……呃……种成一片森林！"她看了一下钟昆仑买回来的那些东西，"想象一下我们在森林里摘水果，铺着野餐毯子喝下午茶，叫高冷过来带你上王者，那日子真是太美妙了！"

钟昆仑身上的丧气减少了一点，但还是不开心，于是慕云山又说："我们再在院子里打一口井，夏天在井里冰西瓜，秋天用井水酿酒，冬天……冬天用井水煮火锅，你做菜，我……"她挖空心思想要给自己摆个位置，还没想出来，只听钟昆仑说："你吃。"

"就这么决定了！"慕云山觉得钟昆仑这个想法很优秀，十分的激励人心，他看起来也没有那么丧了，"现在我们先吃饭，吃完饭马上把这些东西种起来，快点快点，不然晚点要是它们死了，那就太罪孽了，都是生命。"

钟昆仑把他手里的纸藏在身后，假装没有那东西的存在。慕云山假装没看见，浮夸地快步冲进厨房，把盒饭摆在桌上，眼角的余光看见钟昆仑将那东西塞进了口袋——鉴于老钟家祖宗就有在地下埋宝箱、在橱柜顶上藏《四十二章经》的传统，她怀疑钟昆仑会在家里挖个洞把那东西藏得无影无踪。

那必然不是什么好东西。

她总有机会找出来看看他又搞了什么鬼。

钟昆仑把东西藏进了口袋，松了口气，跟着慕云山进了厨房。

慕云山带回来的盒饭是酱排骨炒黑木耳、鱼豆腐炒腐竹——这种明明应该交换一下配菜然而坚决不换的做法，充分证明了这是服务中心食堂嫡传的盒饭。中午慕云山还吃到了油炸鸡爪，于是她对晚上的菜已经很满意了。

钟昆仑一天没吃什么，晚上也没有胃口，扒了几口盒饭，又开始发呆。

他刚才在写的东西是新一版的遗嘱。

新遗嘱的思路还没有理好，他觉得有很多东西都要送给慕云山，但是猪哥说他要付很多赔偿金，他又不确定哪些东西最终还能是他的。

"吃饭！"慕云山看他又在发呆，本来要发火，突然看到他整个人又灰暗下去，一个激灵临时改口，"你知道吗？小撒和鹿彬分手了！"

钟昆仑睁大了眼睛："啊？"

"真的，我听说的时候也惊呆了。"慕云山说，"你知道他们为什么分手吗？"

钟昆仑吃了一口米饭："为什么？"

慕云山瞄着他碗里的饭，果然何以解忧，唯有八卦："因为一杯菊花茶。"

"啊？"钟昆仑疑惑地问，"他们已经在一起了？他们什么时候在一起的？"一边说，他又吃下去一口饭。

"吃口菜。"慕云山机灵地给他夹了一块排骨，接着说，"小撇说他们上周三在一起的，周四早上就分手了。"

"为什么？和菊花茶有什么关系？"钟昆仑十分迷惑，这显然超出了他的认知范围，"他们怎么能这么快在一起？"

"小撇是个重度颜控，她喜欢的是徐稚之那种清秀文弱美少年，呃……"慕云山不带大脑地把"徐稚之"三个字说了出来，想再吞回去已经来不及了，提心吊胆地看了钟昆仑一眼。

钟昆仑却没有很在意，催她："然后呢？"

"然后她本来是不喜欢鹿彬的，鹿彬一直和她聊天，嘘寒问暖，终于温热了她那颗寂寞的心。当你对某个人有好感的时候，就会觉得他越来越顺眼，所以小撇后来就不计较鹿彬长得毫无存在感了。"慕云山说。

这个"嘘寒问暖"的全过程也不过四五天，撑死了也没有一个星期。钟昆仑不是很懂，这样也算"终于温暖了她那颗寂寞的心"？当初慕云山疯狂追星，也是追了好几年他才知道有这么个人，才知道她为了爱他付出了很多——可是至今他还是觉得她丑，可见他对慕云山仍然没有什么好感。

但他还是想把遗产给她。

"但是小撇不计较鹿彬没有颜，鹿彬却计较小撇不懂得养生啊！"慕云山说，"鹿彬是喝水要喝黄芪，锻炼要打太极，出门保温杯和雨伞必带的男人——他和小撇就不是一个品种。他要把小撇管成他那样子，小撇不肯，那不就分手了？"她说，"这世上总有人相信大姨妈来的时候喝凉水吃冰棍会死，也总有人不信，不幸的是小撇就属于要在哈尔滨的冬天吃冰棍，大姨妈来的时候喝冰可乐的那种……"她看着钟昆仑一脸不可思议地看着她，顺手又给他夹了一块排骨，"看我干吗？"

"你……和你的闺密……"钟昆仑有点被惊吓到，"都不是正常的女人。"

"正常的女人是什么样的？"慕云山想敲他的头，鉴于这个人在抑郁，只能勉强摆出一脸虚心求教的样子，"你眼里，你的心里，正常的女人应该是什么样子的？"

"要长得好看。"钟昆仑又把排骨啃了，因为太咸，他在慢慢扒饭，一边扒饭一边思考，"要脖子长的，头发长的，皮肤白的，嘴唇颜色要淡的，不要有痣，要会喝咖啡，喜欢甜点，说话温柔体贴，不要大冬天吃冰棍，会上班的……"

慕云山一开始听他的要求觉得匪夷所思——这幻想得也太具体了。要脖子长的？你怎么不去找一头母长颈鹿？头发长的？你是绒毛控吗？哦你是，你养猫。皮肤白的就算了,你还要求嘴唇颜色要淡?这是什么鬼嗜好?难道是要尝试"激吻到将她的嘴唇咬破,苍白的嘴唇染上血色显得分外娇艳"那种画风?随后她就听到了更加奇怪的要求,忍不住脱口而出:"会上班的是什么鬼?"

"很多人的女朋友都不上班,"钟昆仑很认真地说,"我喜欢会上班的。"

"这人间百分之九十的女人都会上班,这算什么条件?"慕云山吐槽,"要做你眼里的女人真难。嘴唇颜色要淡是什么意思?"

"嘴唇颜色深不好涂口红啊,会变色。"钟昆仑说,"嘴唇颜色淡的,想涂什么就涂什么,也可以涂很可爱的粉红色或者裸色、豆沙红,就会很可爱啊。"

"哦。"慕云山面无表情,失敬了,你除了喜欢长颈鹿,还喜欢萌系长颈鹿。她看钟昆仑身上的丧气也褪得差不多了,饭也吃得差不多了。"我们……去种你的'森林'吧。"她露出一个浮夸的微笑,"等你好了,遇到了你的女神,森林也长大了,你就可以带她来这里野餐了。"

钟昆仑疑惑地回过头来:"带谁来?"

慕云山说:"你的长……你的梦中情人。"

钟昆仑说:"那不行,你还住在这里,我会尴尬的。"

"到那时候我早就搬走了,我总不能一辈子住在这里。"慕云山说,"我以后也是要找男朋友,然后买房子过新生活的。我以后会换新的工作,等工资慢慢高了,就搬走了。"

啊?钟昆仑慢慢地啊了一声,她要搬走的?可是他还想把院子送给她……

没有什么梦中情人,他觉得找不到梦中情人,他早晚要自杀的——他不想连累一个那么好的女孩过像他妈妈那样的生活。

不会有梦中情人。

永远也不会有。

那院子里的花和森林怎么办?

慕云山不知道为什么他突然又丧气了,她也不是特别有耐心,一口气叹到嘴边,突然看见钟昆仑又在黑化,浑身散发出"我再也不会好了"的气场,急忙收住,熟练地转移话题:"你看那里有一只什么!"她指着钟昆仑堆在院子里和门口的包装箱,"那里有东西!"

"啊?"钟昆仑转头去看,只见纸箱堆里果然有动静。

两点荧光眼睛在纸箱里摇曳,慕云山说:"原来是秃小二……"话还没说完,纸箱里优雅地走出一只猫——毛长尾长,居然还是一只黑白双色的波斯猫,就是脏兮兮的,估计是一只走失的波斯猫。跟在波斯猫后面钻出来的还有几只东倒西歪、小小软软的绒毛球,它们在纸箱里钻来钻去,不知道在追什么,玩得不亦乐乎。

"哇……"钟昆仑的眼睛亮了,慕云山捂住他的嘴,悄声说:"猫的听力是人的好几倍,别叫。"钟昆仑的嘴唇在她的手心里,他不可思议地扬眉看慕云山。

慕云山正聚精会神地看着那窝小猫,对自己的行为浑然不觉有什么不妥。

她的手又凉又热,手指是凉的,手心是热的。

像她这种认同大冬天吃冰棍和来大姨妈喝冰可乐的女人……果然手就是冰凉的。钟昆仑忍不住想,真应该给她喝红枣炖鸡汤或者热巧克力,都很好吃的。

"喂!明天我们拿那些纸箱做猫爬架怎么样?"慕云山悄声说,"叠一个超级高的,说不定这窝猫就会留下来。我看猫妈妈脏兮兮的,可能是跟着渣猫离家出走了,好想养它们。"

"没问题。"钟昆仑嘴唇一动,慕云山收回手,她终于发现自己刚才干了什么,大眼瞪了钟昆仑一会儿,假装什么也没发生,演技十分生硬。

她的耳朵红了。

钟昆仑莫名地十分得意,仿佛获得了什么厉害的成就。

"我们先种那棵最高的板栗树吧!"他说。

Chapter 25
继承高氏的男人

　　那天晚上慕云山和钟昆仑都没有睡着，他们先在慕云山计划要种黄瓜的那条垄边上挖了一个大坑，把板栗树种了进去，又把葡萄种在了板栗树边上。因为钟昆仑说没有葡萄架，没办法就把板栗树当成架子，将就一下。

　　由于葡萄树也很大，他们又摸黑在葡萄树下种了软枣猕猴桃，依据是反正它们都爬藤，那就爬在一起好了。

　　又在树根部分种了卷叶昙花，理由同上。

　　疑似抑郁症的人说了算，反正慕云山也不懂，就跟着挖坑埋土，把自己搞成了挖坑机器人。脱离板栗树的阴影，钟昆仑在另外一条垄的外面种了一排花灌木——蓝莓冰沙、某月季、小木槿、某月季、杜鹃、某月季……这条花灌木和院子的一侧篱笆衔接，老钟家小小的院子只剩下中间一小片地。

　　钟昆仑留下了那片小空地，说要挖井。

　　慕云山就没听说过在院子正中间挖井的。不过坑是自己开的，哭着也要挖下去，她只好十分虚伪地表示赞赏。

　　丰花紫藤就种在了后院，和金银花一左一右，仿佛未来的两大魔头，要将老钟家彻底淹没。其他零零碎碎的小花，包括柠檬马鞭草和薰衣草，都被种在了篱笆的正下方,目前委屈地挤在木香和百香果的藤蔓下。

但它们终有一天会长出来的。

两棵砂糖橘和一棵车厘子暂时种在无花果隔壁——实在是没地方种了。

等一大堆乱七八糟的东西种完,天也快亮了。

慕云山不得不换身衣服去上班。钟昆仑突然有了一丝愧疚感,他局促地看着慕云山背着包要出门,试探着开口:"你,你今天要不要请假?"

"不要。"慕云山说,"一个晚上不睡不会死的,我还年轻。"

钟昆仑愣了一下,想了半天:"那,那你晚上回来吃饭。"

慕云山也愣了一下,随即她笑了起来:"我要吃咖喱鸡腿。"

"没问题。"钟昆仑露出笑容,"我还没做过,但是我很快就能学会。"

"相信你,你是天才厨师。"慕云山大笑起来,"我上班去了。"

"早点回来。"钟昆仑说,"你的打车费我全包了。"

钟昆仑难得如此威武霸气,但慕云山也舍不得打车费,依然挤着公交去上班。

她急着去听郑州洲圳和鹿彬的新八卦,不知道菊花茶事件后还有没有什么新进展。虽然郑州洲圳分手的理由似乎十分哲学,但慕云山总觉得错过了一个真心对自己好的男生,也是很遗憾的事。

鹿彬人不错。

她似乎也默默进入了给郑州洲圳和鹿彬瞎出主意的高冷一党,一想到高冷和杨牧,她就想起昨天投诉杨牧未遂的那个女变态,想来想去,给杨牧打了个电话。

"牧牧姐。"

杨牧接了电话,刚刚"喂"了一声,电话那边就发出了一声巨大的声响,有人在尖叫,随即噼里啪啦仿佛遭遇了天崩地裂,之后杨牧就再也没有声音了。

"喂?喂喂?"慕云山上车才十五分钟,她在下一个车站下了车,立刻打了个出租车直奔服务中心。

洪百姓又来找她了吗?

慕云山非常担心,杨牧受了委屈是不说的,她也并不以别人眼里的委屈为委屈,但她毕竟只是一个单薄的女人,有时候就是会被欺负,内心再强大也不能化为黄金圣衣,何况她还有一个杨小米。

慕云山出门的时候还不到早高峰,打车很快就到了服务中心。

她跳下车就看见一大群人围着杨牧,杨牧的手机被打落在十几米外的草地上,领着那十几个人围着杨牧的女人蹬着恨天高,穿着紧身红色T恤和皮革窄裙,前凸后翘的身材暴露无遗，不知道是要表示什么。

那浓妆艳抹波涛汹涌的女人不就是王渼吗？

"王渼！"慕云山大喊，"你干什么？"

她飞快地冲了过去，拦在杨牧面前。

杨牧身上脸上还算正常，她的表情也很惊讶："小慕？你怎么来了？"

"我夜观星象，掐指一算，就觉得今天上班要赶早。"慕云山看着王渼，冷笑一声，"王小姐，我们单位还没开门呢，你是组团来办证吗？"

王渼就是专门来堵杨牧的，她跟踪了杨牧一段时间，知道幼儿园今天早上排练，杨牧把杨小米送去幼儿园后就会提早来服务中心上班，所以特地带了人来堵她，谁知道半路杀出一个慕云山。

"和你有什么关系？冤有头债有主，我找的是姓杨的女人，其他人让开！"

慕云山当然不走，她皱眉看着王渼："你到底是见人就投诉的变态，还是和我们咨询台有仇？到底是发生了什么事让你这么恨我们？"

"恨你们？你们这群不要脸的心机婊有什么值得我恨的？"王渼冷笑，"你们不配！连个人造水晶戒指都买不起的女人也配让我多看一眼？我是为了我们家少爷不被你们这些贱人蒙蔽！我家少爷身家过亿，以后是要继承高氏珠宝的人！你们这些低三下四不入流的女人也配和他在一起？尤其是你，尤其是你……"她指着杨牧，"就你这种离过婚还带着孩子的女人，我绝对不会让你们在一起的！"

杨牧一脸惊讶，慕云山一脸蒙，两人面面相觑，慕云山悄声问："她在说谁？"

杨牧低声回答："不知道。"

那个"身家过亿，要继承高氏珠宝的男人"在哪里？

慕云山和杨牧都茫然不觉得自己认识过一个这种能令王渼发狂的高大上男神，正恍惚中，又听王渼指挥围住杨牧的十几个男人："把慕云山拉走，我不想看见她的脸。"

这女人以为自己在干什么？慕云山警觉地往后退，杨牧皱起眉头，却听那十几个人里面有一个人说："王小姐，我们不是打手，这件事您还是要请示一下董事长。"

王渼冷笑："董事长听说少爷突然看上了这个女人，气得高血压进了医院，他让我马上把姓杨的女人赶走，我可是百分之百执行董事长的命令，今天，这个女人，必须从这里滚！我不会给她接近少爷的机会！"

？？？

杨牧素来镇定的脸上难得露出一丝真正的茫然，她有点怀疑人生——眼前这个王渼难道是"霸道总裁爱上我"看多了，被降智黑化了？你听她说的都是什么……

那群黑衣人非常勉强地往前走了一步，慕云山说："我报警了。"

那群黑衣人立刻往后退了三步，刚才开口的那个人说："王小姐，我们还是把少爷带回去，不要在政府单位门口闹事了吧？"

王渼非常猖狂，指着杨牧："怕什么？警察来了我顶着，你们把杨牧给我抓起来！"

不远处一个声音冷冷地传来："警察来了你顶着？"

王渼和一群黑衣人蓦然回头。

只见高冷穿着破了口子的卫衣外套，双手插在口袋里，冷冷地看着大门口的这场闹剧："喏，警察已经来了。"

一辆警车停在服务中心大门口，高冷今天有班，李玉华刚好有事顺路送他过来，就看见一群人在服务中心门口聚集闹事。

王渼看见他欣喜若狂："少……"

"你谁？"高冷淡淡地说，"在行政单位门口聚众闹事，有话通通到派出所里说。"他一眼也不看王渼，拿起公务手机呼叫增援，"张哥，服务中心门口有十几个人围堵示威，请求增援。"

黑衣人面面相觑，带头的那人说："我们不是在聚众闹事，我们是高氏集团的安保人员，董事长生病了，让我们来'请'少爷回家。"

高冷说："哦。"他面无表情地指着王渼，"那为什么这个女人要把杨牧抓起来？她是谁？"

"少爷！"王渼快步奔了过来，"少爷！少爷！我是阿渼啊！在董事长家里我见过你，你，你十六岁环游世界回来，说要带人去爬珠穆朗玛峰的时候，我答应过你！我答应过你的！可是后来你……"

"你谁？"高冷冷冷地看了她一眼，非常高冷地说，"去派出所再说。"

李玉华在旁边听，眯着眼笑。

慕云山和杨牧张口结舌。

少爷？敢情那个身家过亿要继承高氏珠宝的高富帅就是高冷？所以骑着"小绵羊"拿着税后两千块工资，住着群租房，一天到晚聊别人家八卦过日子的高冷就是姓王的变态口中的"少爷"？

虽……虽然高冷的确顶着一张"服务中心是我开的"的脸，时时刻刻仿佛要承包别人家全家，但他也是真的穷，慕云山每天晚上去食堂打饭，知道高冷也经常去。

高冷除了送花那项宏伟大业外，基本没有什么开销，他打游戏也不花钱，既不抽烟也不喝酒，还不吃小龙虾和田鸡，是人间少有的每月花呗待还账单在三位数以下的好男人。

这太败坏"身家过亿"和"要继承家产"这两个词的气质了。

你说你拿着过亿的身家和你的家产有什么用?

服务中心还没有上班,派出所来了一辆警车将这十几个黑衣人加王渼一起运去所里做笔录,高冷居然没有回去,面无表情地准备继续进服务中心上班。

杨牧转过身去刷门卡,高冷跟在她后面。

杨牧没有说话,高冷突然开口:"我叫高余寒。"

杨牧也没有理他。

慕云山噗的一声,差点笑了出来,高冷沉下脸看了她一眼,她赶快装没看见。

高冷跟在杨牧身后:"我叫高余寒,很高兴认识你。"

杨牧说:"行了,时间要到了,去你的岗位吧。"她脸上淡淡的,没什么笑容。

高冷不走,皱着眉头:"明天的冷卤鸭翅还有吗?"

杨牧说:"没有了。"

她走进咨询台里,不再看他。

高冷一脸冷漠,转身去了他的柜台。慕云山追了上去:"高冷!"

高冷停住,一脸"看在是你的分上我勉强忍受"的表情:"我是……"

"我知道你叫高余寒。"慕云山打断他,"我就想问下鹿彬呢?鹿彬怎么没有来?"自从高冷对城管妹妹"冷冻然拒"之后,最近来坐咨询台的一直是鹿彬,为什么今天又是高冷来了?

"鹿彬辞职了。"高冷说,"派出所基层太辛苦,他爸让他回家做生意。"

"啊?"慕云山傻眼了,"这也是回家继承家业的?难道那位是鹿氏集团的少爷吗?"

"他们家是养猪的。"高冷面无表情地说,"现在猪肉很贵,他们家的生态猪价格很高,所以鹿彬回家养猪去了。"

慕云山说:"你说真的吗?不是开玩笑?鹿彬真的不回来了?"

"这里又没有他想要的,为什么要留下来?"高冷说,"他也是会伤心的。"

慕云山不说话了,高冷走进了他的柜台。

她想,郑州洲圳是不是错过了什么?

然后她又想,高冷居然是个身家过亿的少爷,家里还出了个和他相约爬珠穆朗玛峰的女人。他不回家非要留在派出所,是因为这里有他想要的东西吗?

是冷卤鸭翅?

还是杨牧?

她能感觉到,高冷对杨牧的态度,和从前对她不同。

他从来没对杨牧说过"你真是挺有趣的"。

钟家老宅。

钟昆仑在金银花的树根下挖洞,把新修改的遗书暂时藏在里面。他知道慕云山现在对屋子的每个角落都很熟,不敢把遗书藏在屋里,怕她一下子就发现了。

钟家花园里的土又湿又黏,表层泥土之下的红土却又很硬,钟昆仑费了九牛二虎之力才挖了个拳头大小的洞。他马上把装着遗书的茶叶罐塞了进去,又重新填好了土,这才松了一口气。

世界第二帅在旁边看他,仿佛看见了一个傻子。

太阳初起的时候,钟昆仑看清了昨天晚上和慕云山的劳动成果。

花园里一片泥泞,将近两米的板栗树叶子半死不活地耷拉着,它下面有一棵没有叶子仅是光杆的老葡萄棍子,老葡萄棍子底下是一棵细小的软枣猕猴桃棍子。

在它的一侧,各种品种的花灌木挤在一起,枝丫凌乱,叶子掉了一地,而有些种在篱笆下的小草花已经惨遭清晨鸟儿的毒手——凡是长得和浆果形状差不多或颜色有点像的,都被鸟啄断,拔了出来扔在一边。

钟昆仑:……

这和他想象的一点也不一样!

他觉得已经种出了一片森林,只要等一等就能等到新鲜的水果,看到美丽的鲜花,余生的最后一点梦想就可以满足,他就能安心去世了……

可为什么种出来是这样的?

为什么这么丑?!为什么鸟要来拔他的花?!啊啊啊啊!

他抓住自己的头发,感觉人生全是不可思议,就没有一件好事,每天每天都只有一团糟!

他揪着自己的头发,把头往自己房间的墙上撞去,砰的一声,头顶一阵剧痛。

随着砰的一声,老钟家的白灰墙面破了一个洞。

灰尘散落,紧接着那破洞口掉下许多张花花绿绿的纸片来,纷纷扬扬落了一地。

钟昆仑捡起来一看——人民币?

"你说你在墙上撞了一个洞，洞里就掉出一大堆一块和五毛来？"

慕云山回到家，还没来得及聊八卦怪身上最大的八卦，就看到钟昆仑正拿着锤子哐当哐当地敲墙，他睡觉的那个房间其中一面墙被砸开了一个半人高的大洞。

墙里面居然真的有东西！

钟昆仑睡觉的那个房间墙里有夹层，夹层里依稀能看出是个书柜，空间很小，书柜上满是尘土，堆满了东西。

有一个小盒子翻在了钟昆仑用头撞出来的裂口上，那好像是一个老式的铁皮盒子。

从它能掉出很多五毛来看，可能是很久以前的东西了。

真的是一个藏宝洞？

老钟家果然是祖传的到处藏东西，可能先祖是兔子成的精。

书柜上是满满的东西，积满了灰尘，大部分是画。

放不下画框的地方全是书。

他刚才摸到一摞画框，最上面一张虽然被灰尘覆盖，但钟昆仑依然认得出画的是什么。

那幅画画的是他的妈妈。

年轻时的秦如月，长发及腰，浅笑嫣然。

画画的人笔触轻灵，少女甜美的气质跃然其中，即使相隔了漫长的时光也不减分毫。

签名是钟书叁。

钟昆仑拿起第二幅，第二幅画的是一只野鸡，那只野鸡褐色的翅膀黑色的背，也不知道是什么品种，钟书叁画它在老茶树上空飞过，他把它的黑背画得闪闪发光。

钟昆仑一幅画一幅画看着，钟书叁并没有画过什么名山大川，他画来画去都是小小的事物，一束月季、一个花瓶、一簇青苔、一只野鸡，还有秦如月……都是这个院子的光影和春秋。

在这扇密门之后的钟书叁和钟昆仑记忆中的全然不同。

看完了画，钟昆仑拿起了钟书叁的书。

第一本书叫《蔬菜种植栽培与施肥技术》，钟昆仑愣了一下，翻开第二本，第二本叫《猫的春天》，第三本叫《鱼把式》，第四本叫《金瓶梅》，第五本叫《高术莫用》，第六本叫《海底两万里》……

钟昆仑看得云里雾里，翻了一下，发现这些东西彼此完全不相干，钟书叁的兴趣爱好真是包罗万象。这一整个书柜的书都是这样，仿佛能讲完这个世界上所有稀奇古怪的事，什么都有，就是与工作无关。

而那个翻倒的铁皮盒子上贴着一张陈旧的儿童贴纸，上面有奇丑无比的字："仑仑的钱"。

慕云山凑过来看那是什么，看完后默默扭过头去，假装自己没看见。

钟昆仑僵住了，他好一会儿才捡起那个铁盒子，里面的一块和五毛撒了一地。

仑仑……

好像在他很小很小的时候，有人这样叫他，后来钟书叁死了，秦如月总是连名带姓地叫他，于是他早就忘记了自己还有个小名。

所以这是他小时候存的钱？

好失落，本来以为找到了祖传的宝藏。

这里面封住的是一个鲜活的钟书叁，是钟昆仑的爸爸。

"这是你爸的东西。"慕云山说，"你爸和你真像。"

"哪里像了？"钟昆仑莫名其妙，"我爸，我爸有这么多书……"他底气有点不足，"我也不会画画。"他本来不觉得读了很多书有什么了不起，但是上了《你问他知道》后，他发现的确读过书的人看见的东西和他看见的不太一样，比如说有些人眼里天上星星的数量就和他看见的不一样，有些人知道的故事远比他知道的多得多。

知识令人敬畏。

不管是哪方面的知识，知道得多的人总比知道得少的人看得到更多的东西。

"你爸到处藏东西，你也到处藏东西。"慕云山感慨，"你们家就像俄罗斯套娃一样……"

钟昆仑："……"

"不过你爸到底为什么要把这些东西藏起来？"慕云山摸了摸钟书叁的画，"都是些很好看的画，你爸是不是怕自己发病以后，会损坏他这些珍贵的东西？"她摸着布满灰尘的画和书，顺手用沾满灰尘的手摸了一下钟昆仑的狗头，顺利地摸到了一个大包，"所以为什么要撞墙？你爸爸也很爱你，生病他也是不愿意的，他在控制不了自己之前，先把他的珍宝藏在了这里。他很爱你，也很爱你妈妈，他是这样好的人。"

钟昆仑的眼圈和鼻子尖都红了，他萎靡不振地说："昨天种的果树都死了。"

慕云山啊了一声，震惊地看着他："你就为了昨天种的果树去撞墙？"

钟昆仑眼睛里含着眼泪，他在被全网黑出天际的时候也没哭，但这个时候眼睛里的血丝都出来了："都……都东倒西歪的，都和想的不一样……我……我……"他的眼泪转来转去，还是没有滚下来，慕云山那么铁石心肠的"钢铁直男"都不忍心了，又想去揉他的狗头，就听他说，"我想在变成我爸爸那样之前，让自己高兴点，可总是不高兴……"他哽咽了一下，"我也知道这样不好，可是就是不开心……"

慕云山本来觉得自己心如铁石，视红颜如枯骨，已经不会再被钟昆仑的美色迷惑了，却被他哽咽的这一下深深打动了慈母般的少女心，这真是要了亲命了。她忍不住将声音放柔和了："不高兴就不高兴，人为什么时时刻刻都要高兴？有时候高兴，有时候不高兴，有时候想通，有时候想不通，那才是普通的人生啊。我们都是普通人，是非常一般的人，没有什么与众不同的地方，所以不高兴你就发泄一下，随便想干什么都可以，我陪你。"她终于又揉了揉他的狗头，"我可以陪你喝酒。"

钟昆仑一双眼睛亮晶晶的，嗯了一声："我想一边喝酒一边看书。"

慕云山蒙了一下："哦，可以，你想干什么都行。"

"你念书给我听。"钟昆仑又提了一个要求。

"呃……也行。"慕云山服气了，她就不应该说"我们都是普通人"，她才是普通人，钟昆仑怎么可能是普通人呢？人家发泄情绪的方法都如此清新脱俗！她都不知道该说什么好了。

这真的不是故意装疯卖傻来折磨她吗？

钟昆仑还真不是。慕云山这里没有酒，她溜出去在村里买了两瓶啤酒，倒在马克杯里，两个人在厨房里坐着，各自端着一马克杯啤酒，桌子上空空如也。钟昆仑抱着马克杯坐在昏黄的吊灯下，慕云山抱着一本钟书叁的藏书，没有感情地念着：

我独自在海边徘徊，遥望着无边的霞彩，
我想起了我的爱，不知道她这时候何在？
我在这儿等待，她为什么不来？
……

哦，这本珍贵的藏书叫《徐志摩全集》。

钟昆仑专心地听着，仿佛刚才一切的纷繁烦恼都沉入了昏黄的夜灯之下，他的灵魂曾经飘荡了出去，如今又幽幽地飘荡回来，这里是他灵魂的家，是他可以为所欲为的地方，他可以高兴，也可以不高兴。

还可以无理取闹。

你不能忘我，爱，除了在你心里，我再没有命！

是，我听你的话，我等，等铁树开花我也耐心等。

　　爱，你永远是我头顶的一颗明星……

　　慕云山毫无感情，半死不活地念着。

　　叮咚一声，厨房里的电高压锅发出了烹饪结束的声音。

　　钟昆仑和慕云山猛地抬头。

　　高压锅的蒸汽孔飘散着缕缕白烟，整个厨房都充满了咖喱的香气，切菜板上还残留着土豆的碎屑，钟昆仑煮的咖喱土豆鸡腿熟了，他揉了揉自己的头。

　　"我饿了。"钟昆仑说，"不要念徐志摩了，不好听。"

　　慕云山刚松了口气，又听钟昆仑说："我要听那本施肥技术。"

　　慕云山："！！！"

　　现在把"随便想干什么都可以，我陪你"那句话收回还来得及吗？

　　慕云山打开那本施肥技术，只觉得人生是如此惨淡痛苦，她碗里的鸡腿是如此香滑诱人。然而咖喱土豆鸡腿饭虽然香甜美味，她却没空吃，因为要给巨婴念书。

　　"蔬菜种植要分类施肥，蔬菜分为卷心菜类、叶菜类、根茎类、豌豆和豆类、沙拉蔬菜类、果类蔬菜、黄瓜与南瓜属蔬菜等……种植蔬菜的有机肥料分为人粪尿、堆肥、绿肥、饼肥、生物菌肥等……有机肥料是指由动物的排泄物或动植物残体等富含有机质的副产品资源为主要原料，经发酵腐熟后的肥料……"

　　这个夜晚，在钟昆仑一边吃咖喱土豆鸡腿饭，一边听慕云山念施肥技术中祥和地度过了。

　　第二天，就是马吉来宣布诊断结果的日子。

Chapter 26
"前夫"和"前妻"

马吉下午才来。

这天早晨慕云山睡过了头，只好请假不去上班。她前一天晚上通宵种树，第二天紧接着念了半个小时的徐志摩和一个多小时的施肥技术，损血百分之八十，直接睡到了第二天上午十点多。

钟昆仑看她六点多没起来，还乖巧地给郑州洲圳打电话说慕云山请假。郑州洲圳在来自慕云山的电话里听到钟昆仑的声音，觉得整个世界都玄幻了——这可能是她人生中接到的最金贵的电话了。

十点多的阳光暖暖的，照在慕云山的薄被上，老棉布薄被上印着许多模糊不清的球兰花簇，在阳光下居然显得恬静温柔，仿佛某种艺术。她瘫在被子里，看了看时间，知道大势已去，觉得自己被床黏住，一动也不能动。

窗外有窸窸窣窣的声音，仿佛老鼠在偷吃。慕云山不想动，就在那里听。

有人轻手轻脚地靠近，端着盘子或类似的东西，手仿佛在抖，听着杯子或碗细微的叮叮作响，然后放在了她房门口，随即悄悄地走掉。她听到嗒的一声，似乎是放在了地上。

难道钟昆仑给她做早饭了？

慕云山有一种养了这么久的逆子终于孝顺了的幸福感，又躺了十分钟，欣慰地爬起来准备去门口找钟昆仑敬上的早饭。

她打开房门，一只秃猫舔着嘴唇抬起头来，慕云山低头一看，地上放着个碟子，碟子里放了一撮猫粮。

刚才叮叮当当的是猫粮和碟子轻微相撞的声音。

慕云山：……

就不应该对逆子有任何的幻想。

钟昆仑在哪里？

她在屋子里找了一圈，在厨房找到了钟昆仑为她准备的早饭——一份馒头三明治，白馒头切开，里面放了煎蛋和生西红柿片。逆子勉强还有点良心，她咬着三明治，到院子里找人。

钟昆仑蹲在前天晚上种好的草花前，拨弄里面的某一棵倒霉鬼。

"睡过头了。"慕云山在他后面出现，"你怎么不叫我起来？"

钟昆仑站起来："我看你太累了。"他的神态看起来正常多了，没有"应该不得好死"的绝望，也没有"可以安心去世"的诡异，居然看起来有些肤白貌美。

"如果昨天不用念那本施肥技术，我还是可以起来的。"慕云山耸了耸肩，"今天有没有高兴些？"

"有一点高兴。"钟昆仑说，他没有笑，表情很是认真，"有一棵活了。"

慕云山凑过去看，他们前天种的一棵小菊花颤巍巍地开了一朵小粉花，钟昆仑蹲在前面，专心致志地摸它。

"这是什么？"他问。

"你自己买的不知道是什么？"慕云山奇怪地问，"这是玛格丽特，不知道是玛格丽特的哪一种？就是小菊花。"

"我买太多了。"钟昆仑说，"哪个图漂亮我就买哪个，不知道哪个是哪个，它们都没有图漂亮。"

"卖家秀当然是最漂亮的。"慕云山说，"但是玛格丽特很好活的，不要担心，应该都能活，等它长大，会开出很多花，能开成一个球。"她自己没有种过玛格丽特，但是她妈妈种过，每一种都能在她妈妈手上开成花球。

"那别的能活吗？"钟昆仑小声问。

"别的？"慕云山根本没看清楚别的有些什么，那天晚上黑咕隆咚，她只管挖坑钟昆仑只管埋，鬼知道埋的都是些什么。

"我看下别的是什么……"她审阅了一圈前天晚上到底摸黑种了些什么鬼，一圈下来，有点发愁，"玛格丽特、玛格丽特、鳟鱼秋海棠、葱兰、露薇花、风车茉莉、月见草、堇菜、矮牵牛、樱草、金鱼草、龟背竹……"

"玛格丽特很好养，但是它开花要晒太阳，怕积水。把它种在篱笆下面会被百香果挡住，开不了多少花的。"慕云山沉吟，"这种花我妈妈以前种过很多，我们可能要把它挪到篱笆外面去，向着太阳的那面，然后在土里拌一点泥炭或者沙。花园里的土太扎实了，我怕它要烂根。"

钟昆仑毫无意见，他摸着秋海棠的叶子："这个点点好看。"

"鳟鱼秋海棠不能晒太多太阳，一会儿把它挖出来放屋子里去。"慕云山看着那棵倒霉的鳟鱼秋海棠——这玩意儿贼贵，被种在地里可能根也受伤了，也晒到了点大太阳，呈现一种死鱼状态，基本要挂了。

她也没有把握这条死鱼还能不能活，勉强说："听说这东西很好种，就算母株不行了，我们剪枝条下来扦插，也很好活。"

她说什么钟昆仑信什么，其实慕云山也没种过秋海棠，一切只来源于刚才紧急手机百度。

葱兰种在篱笆下没什么问题，钟昆仑买了很多葱兰，种成一小圈还挺好看的，活不活这两天看不出来，估计也要等个五六天。但葱兰很好活，不成活的概率不高。

"露薇花还是种花盆里摆桌上吧，它也怕积水，这里的土不行。"慕云山看着那两棵露薇花淹没在湿乎乎的泥水里，虽然它们还是绿的，但她总觉得可能灵魂已经仙去。这种岩石花卉和多肉类似，长时间泡泥里很容易烂。

"风车茉莉比较强健，你买的这棵比较大。"慕云山考虑了半天，"这个我以前种过，可能也可以在土里种一下……"

"这是个粉红色的。"钟昆仑难得记起来一个，"能开一栋楼的花，很漂亮。"

"等它开一栋楼可能是十年后的事了。"慕云山望天无语，"今年能开一百朵不错了，还是看在这棵这么大的分上……粉红色的风车茉莉也很贵，你真是个土豪。"

"它们都没有死吗？"钟昆仑问。

"没有。"慕云山说，"植物都比你想象的顽强，也不能总信园艺书上写的，种什么都要自己试试看才知道。我妈妈以前在学校里种芍药，这里是南方，天气总是很热，芍药据说要春化才能开花，要在零度以下四十天它的芽点才能萌发。但我妈妈种的芍药每年都开，这里可是南方！冬天平均温度都有十几二十度呢！所以说，什么都要自己试试看，植物和人一样，总有一些品种适应能力特别强，因为不能适应的都死啦。"她说，"它们用生命适应环境，不会那么容易死的。"

钟昆仑说："可是板栗树死了……"

慕云山转头去看那棵板栗树，歪头看了半天，很是迷惑："才种了两天，你怎么知道它死了？"

钟昆仑说："它都没有叶子。"

慕云山说："这么大棵运过来，叶子都被剪掉了，怕它水分蒸发得太多，这种大树……应该不会那么容易死吧？"她看着那光秃秃的树干，也不是很确定，"我也没见过这么大的……"

一般人都不会买一米八的大树种在家里吧？这棵算是不太粗了，如果再粗一点，两个钟昆仑和两个慕云山也种不下去啊！

"我希望它能活。"钟昆仑十分诚心地想给它拜拜，"我喜欢吃板栗，如果它活了结了板栗，我想做板栗炖鸡。"他一脸想要给板栗树跪下的表情，慕云山没眼看，立刻施展出对付钟昆仑的绝技之一声东击西："你看……"

钟昆仑转过头来，一脸紧张："什么？"

呃……其实慕云山还没有想好"你看"什么，她急中生智，指着那棵龟背竹："你看那棵……天哪……"她说，"这棵你花了多少钱？"

钟昆仑迷惑地翻看了一下手机："七十八。"

那是一棵一米左右的龟背竹，叶子舒展开来，翠绿漂亮。慕云山奔过去，惊奇地看着它的叶心："你真的七十八买的？它出锦了！"

钟昆仑跟过去，只见那棵龟背竹的叶心一片新叶是绿白相间的，半绿半白，卷成一个尖角，十分新潮好看。

"这是在快递路上长出来的吧？你发财了！"慕云山惊叹，"出锦的龟背竹比普通的贵多了，你发财了发财了……"

"真的？"钟昆仑问，"锦是什么？"

"锦是植物的一种遗传病变，对植物来说不好，但是会出锦的植物与众不同，格调比较高，所以都很贵。"慕云山说，"还不确定你这棵龟背竹是不是接下来的叶子都会半白半绿，如果是的话，那就漂亮极了。快快快，给它换个好盆，搬到房间里去供起来。"她开始在后院堆积的花盆里翻找，那些盆有些是原来就有的，大部分是她买苗脱盆剩下来的。

"你就是因为它比较贵才对它好的吧？"钟昆仑哼了一声，"虚荣、幼稚。"

"是是是，你不幼稚，你不虚荣，你英明神武，战无不胜，我们都爱你爱得要死，可以了吧？帮我搬花盆。"慕云山毫无诚意地说，"这个可是你家的老花盆了，好大一个陶罐。"

慕云山看中的好花盆是一个三十厘米高、二十厘米宽的褐色陶罐，下面有开孔。钟昆仑买的龟背竹有八十多厘米高，算是一棵大苗，根须也很多，放进这个陶罐里刚好。她往盆底的洞上撒了一把枯叶，把洞挡住，然后装了三分之一的土进去，拌了一点有机颗粒肥，再撒了一层土，然后放龟背竹。

"帮我扶着。"她随口使唤钟昆仑，"放正中间。"

钟昆仑扶着那棵据说身价百倍的龟背竹锦，看慕云山双手捧着泥土一捧一捧地往陶罐里填："为什么不用铲子啊？"

"用铲子摸不出土是不是干湿刚好，也摸不出有没有结块。"慕云山说，"我习惯用手摸，摸到结块的就顺手捏散了，现在这些土是我以前混过椰砖的，刚刚好，如果是其他地方的黑泥，那就没那么好种了。"三十厘米乘以二十厘米的陶罐也不是很大，她很快就填好了，最后用黑漆漆的泥手抓了一把什么东西，撒在盆土的表面。

"那是什么？"钟昆仑有点好奇。

"松鳞，就是松树皮，发酵过的松树皮。"慕云山说，"老板娘送的……在土上面盖一点东西浇水的时候泥不会溅起来，会让植物比较干净。"她把那小袋松树皮藏在另外一个陶罐里，"别打它的主意，松树皮可贵了！"

哼！不是身价百倍的你就不会拿那玩意儿出来铺土！钟昆仑很不高兴，他觉得他买的每一棵植物都该有这个待遇，这个拜金小气的女人！

"今天先整理草花，明天再来整理灌木，吃个午饭休息一下，三点钟马吉就要来了。"慕云山按顺序整理着篱笆下面的小草花，"别想太多，中午你最好能睡一觉。"

"我……"钟昆仑说，"可能睡不着。"

"那就打游戏吧。"慕云山耸了耸肩。

"你陪我打！"钟昆仑立刻说，眼睛瞪得超大。

"不要！"慕云山冷酷地拒绝，"找高余寒陪你打。哦……人家现在是身家过亿的豪门富二代，他还忙着和杨牧姐搞暧昧，不会有空陪你打的。"

"我陪你打我给你打辅助！"

"不要、不会、不可能。"慕云山残忍地回答，"找高余寒。"

她蹲下身，继续倒腾土和小草花，倒腾肥料和铺面。钟昆仑在她后面看了一会儿，实在无聊，终于登上游戏去找高冷了！

奇怪的是，高冷居然在线！

钟昆仑大喜过望，立刻拉了大神打排位去了。

下午三点，马吉准点到达惠林村。

她依旧胖胖的，走路摇摇晃晃，手里拿着一个文件夹。慕云山站在门口等她，看着她手里的文件夹提心吊胆，不知道是期待还是恐惧。她虽然不谈论这件事，但心里总是放不下。而钟昆仑闹了一次拿头撞墙，哽咽了几声之后，好像顺利发泄了情绪，反而没那么害怕了。他虽然还是说睡不着，但慕云山觉得那是正常反应，有谁拿体检报告之前不忐忑呢？

慕云山不知道是什么让他恢复了平静。

他不再刻意地想让自己高兴，也就因此平和了起来。也许是钟书叁的宝藏让他看到了事情不一样的角度，他是那么害怕变成钟书叁，而钟书叁却逐渐在他心里变得没有那么可怕了。当然，也可能是高冷……高余寒还没有带他上王者，也可能是他觉得板栗树还没有死。

无论是什么都好，人生瞬息万变，不可预测，我们无法让财富一定越来越多，身体一定越来越健康，意外一定不会降临，但总有一些人和事永远不会辜负你。比如说爸爸和妈妈永远爱你，比如说总有一天游戏会打赢，比如说你好好地种下一朵花一棵菜，时间到了，它就会盛开，它就会结果，它就会变得美味。

总有一些人和事永远不会辜负你，所以不要辜负自己，我们都是普通人，从来无须战无不胜。

"嗨！"马吉走到门口，一脸笑眯眯的，还扬了扬手里的文件袋，"你的前夫……那个小伙子在哪里？"

"他在打排位。"慕云山老实地说，"其实十二点的时候他还很紧张，但后来打游戏打忘了。"她非常紧张，"马医生，我们先去大厅坐吧，他在房间里。"随即狗腿地给马吉倒了一杯水。

马吉一进门就看到钟昆仑的房间一地的白灰和碎片，显然是发生过什么，很是惊讶："哦……他是不是还有点暴力倾向？"

"暴力倾向？"慕云山茫然，"没有啊。"

"他殴打过你吗？"马吉严肃起来。

"啊？"慕云山觉得她殴打钟昆仑还差不多，钟昆仑殴打她？他敢！"没有啊。"

"如果有发生过暴力事件，务必在第一时间告诉我，毕竟你前夫虽然没有遗传疾病，但是有抑郁倾向。"马吉说，"也有抑郁狂躁症的可能。"

"哦，没有，我觉得他的抑郁可能都治好了……"慕云山突然醒悟过来，尖叫一声，"你说他没有得遗传病？他没有遗传性的'神经病'？他是好好的？不会像他爸爸一样发疯吗？"

"No，没有。"马吉露出慈祥的笑容，"做了全套的基因检测，没有找到与已知类似遗传疾病相似的特征。"她微微一顿，又说道，"当然，不能排除有某种全新的疾病没有进入我们的研究范围，但是可能性非常小。"

"可能性非常小就是没有！我不管！"慕云山简直欣喜若狂。钟昆仑没有得病，也就是说困扰他的所有问题都不是问题，他没有欺骗粉丝欺骗合作商，他将继续好好地当他的流量明星，一切都将恢复原状！他不必再为"卖国贼的后代就是不得好死"而纠结，哈哈哈哈，太好了！

"我马上去告诉他！"

马吉坐在钟家老宅的大厅里，微笑地看着旁边桌子上摆放着一对泡面碗，成对的马克杯，古老的碗柜顶放着一盆绿萝，绿萝的藤蔓弯弯曲曲地垂挂下来，映衬着斑驳的墙面和带着防蚊网纱的木质碗柜，有一种温暖的生活质感。

她的研究团队是国内顶尖的，从来不接商业项目。这次接受了猪哥的委托，是因为秦如月早年的研究材料引起了她的兴趣，如果有一个家族连续几代都出现了精神分裂患者，那很可能是产生了一种新的基因病，她想对此进行研究。但钟昆仑的基因里并没有出现她猜测中的那几种罕见特征。她对年轻的流量明星的确很有成见，并且和李云子是朋友，因此对钟昆仑也没有什么好感。

但钟昆仑养病的地方却不是高级疗养院或国外的什么富人区，他留在B市远郊的村庄里，用最简陋普通的碗筷杯子，住着几乎空无一物的房间，和他的"前妻"一起，却过得仿佛比其他人都有声有色的样子。

至少这个男孩子不是一个用物质将自己填满的空壳，他正在用别的东西将自己填满。

他会有更好的未来。

马吉欣赏着这间老房子，大厅的一角有一张从旧货市场买回来的小木桌，木桌上放着一个很小的陶瓷花盆，花盆里有一撮小绿植。她认得这种草，这是天胡荽，是一种常见的小杂草。他们把外面常见的小杂草种在小花盆里，摆在大厅的木桌上。

于是旧旧的小木桌就显得与众不同了。

她突然有点喜欢这对"前夫"和"前妻"了。

"钟昆仑！"慕云山激动地冲进钟昆仑的房间里。

钟昆仑正在和高冷一起推水晶，紧张得两手发抖："点塔点塔点塔……"他碎碎念，"啊……"

团灭的敌人从泉水复活，一拥而上，暴打钟昆仑的鲁班。

钟昆仑那脆皮鲁班一秒就死了，敌人的水晶还差一丝血没灭。

"啊啊啊啊！"钟昆仑抓住自己的头，"我都干了什么？为什么会死？啊啊啊啊，这局都三十八分钟了！啊啊啊啊！"

慕云山探头过去一看："哇！"

屏幕上打出一个灿烂的"VICTORY（胜利）"，高冷的王昭君优雅地冻住暴打鲁班的那五个人，再下了一场暴风雪，暴风雪中被冷冻的敌人受到成吨的伤害加成——王昭君五连绝世，然后打爆了敌方水晶。

钟昆仑毫无"我为什么这么菜"的愧疚感，欣喜若狂地把手机往上一扔："封号了封号了！上王者了！再也不打了！哦耶！"

慕云山："……"你真有出息！

"你看见了没有？刚才高冷五杀了！太厉害了，他出了辅助装辅助我！"钟昆仑往后一仰躺在床上，"我差一点就打爆水晶了。"

"哦，他一定是心情不好想自虐才辅助你。"慕云山一腔热血都被钟昆仑的蠢浇灭了，"喏！你的报告，你没有得遗传性神经病，你的肉体健康、优秀，还会长命百岁，所以有问题的就是你的灵魂——做作、矫情、病娇、不负责任、无理取闹……恭喜你五连绝世，可以从我这里滚了！"

钟昆仑呆住了。他已经很久没有看过慕云山对他板着脸，一时间居然非常委屈："我没有得病？"

"没有。"慕云山说，"你最好想清楚，因为你的这场闹剧而折腾出来的种种事情的后果，你们公司因为你遭受的损失，你流失的人气……你要怎么收拾？"她欣喜若狂之后，紧接着就是怒不可遏，怎么有人对自己和别人这么不负责任，就因为一个未经证实的想法，就轻易决定要放弃一切，甚至……想要自杀。

钟昆仑呆了好一会儿："可是我在节目现场看见爷爷和爸爸了……"

慕云山愣了一下。

马吉在大厅转悠了一圈，又转悠到厨房里去，慕云山收拾的厨房很小，厨房里的老式灶台还在，但是她不会用，所以在老式灶台的一角放了一个电磁炉。厨房里并没有碗柜，她把仅有的几个大大小小的碗都放在了大厅那个有防虫网的橱柜里。

厨房那么简陋，窗外却有郁郁葱葱的植物探进来。

几根金银花的枝条从窗口伸了进来，在微风中摇曳。

一只长出了一层小短毛的猫躺在窗口，正在睡觉。

它的尾巴在微风中动来动去。

它和金银花的叶子一样毛茸茸的。

马吉伸手过去摸了摸橘猫的头，这真是个漂亮的家。

"马医生，"慕云山揪着钟昆仑从房间里出来问诊，"您说他没有病，可是为什么他有幻视？他看见了他爷爷和爸爸。"

马吉有些诧异："经常看见？还是只看见一次？"

"只看见过一次。"钟昆仑说，"在我录制节目的时候，我看到了飞机航拍这座山。节目组在说茶树，我就突然看见了我们全家向我走过来。"他说，"我非常害怕，可是他们还是向我走了过来。"

"哦，只看见过一次，不是反复出现。"马吉说，"我的老朋友李云子也在现场，我向他要一点资料看看是怎么回事，不要太担心。"她说，"你没有遗传疾病，但是心理测评不太好，放松心情……这盆小草是谁种的？"

她突然换了话题，慕云山一呆："我种的。"

马吉满意地点头："多向你前妻学习学习，人不能单单只向自己施加压力，要求自己这样那样，还要学会释放压力、释放自己，做你现在最想做的，让自己和世界和解！"她指着那盆天胡荽，"这盆能不能送给我？"

"当然可以。"慕云山说，"院子里还有很多，还要吗？我可以马上再种一盆。"

"我就喜欢这个，"马吉笑眯眯地说，"拿回去放在我们科研室里，累的时候就看看它，放松身心，亲近自然。"

马吉走了。

钟昆仑拿着诊断报告翻看了一下，慕云山不知道他在看什么，就看他乱翻了一下,然后高兴地欢呼一声,把那本诊断报告往天花板上扔:"哟呵!哦耶!"

倒霉的诊断报告在空中此起彼伏。

慕云山长长地吐出一口气,回到自己的房间。

她重重地躺在自己的床上。

这几天似乎没有做什么,但事情终于有了一个结果,真的好累。她仿佛背着偌大的石头爬过了千山万水,只为祈求一个好的结果。

苍天回应了她的祈求。

她得偿所愿,只是粉身碎骨。

而那个得救的人在大厅里乱扔东西,像一只小狗一样撒欢,根本没有来看她。

Chapter 27
芳草满花园

当天晚上，钟昆仑试图用那个熄灭了几十年的柴火大灶给她做一个煎饼，结果火还没点起来，猪哥和四大名助就到了。

他们接到了马吉的诊断结果，马上把钟昆仑带了回去。

慕云山听说——她从漆少那里听说，钟昆仑因为这场闹剧赔了公司好多钱，几乎倾家荡产。但是还好，公司仍然决定支持他复出。

因为钟昆仑生病、徐稚之退出而暂停录制的《你问他知道》，节目组听说钟昆仑病愈，非常大度地邀请他继续参加节目。

这其中有一段插曲——马吉从钟昆仑抵达节目现场的时间开始，检查了他接触过的所有东西，最后认为，钟昆仑的精神异常可能与节目组提供的午餐有关。

录制节目当天，节目组给嘉宾提供的盒饭共有两种，一种是蟹子鱼排饭，一种是芝士猪排饭。其他嘉宾考虑到健康、减肥等因素，都选择了鱼排饭，只有钟昆仑一个人吃了猪排饭。猪排饭的配菜里有野生菌，而鱼排饭没有。可能是混入的某种野生菌里有毒素，导致钟昆仑食用后出现了幻觉。不过这只是马吉的推测，餐厅的食材早已更换，究竟是不是午餐里的蘑菇所致，谁也无法给出确切的答案。

这背后不知道猪哥做了多少工作，而后还给钟昆仑接了一个电影叫作《愚》，是林路则导演准备了好几年的作品，钟昆仑在电影里演一个富二代智力残疾，简称弱智。

公司出了公告，声明钟昆仑只是因为压力过大生病，现在已经病愈复出，希望广大网友不要以讹传讹。

正在广大网友为钟昆仑公司的公告冷笑的时候，一条新闻在网上快速传播。

"徐稚之报警称遭敲诈勒索"快速成了当日热搜第一。

像徐稚之这样的人居然也会被人敲诈勒索，他是被拍了裸照还是被碰了瓷？谁也不相信他能有什么事被人敲诈勒索。

但新闻的内容令人震惊。不仅仅是徐稚之的粉丝惊呆了，连对娱乐圈不熟悉的路人们也很震惊。当红明星因参与网络赌博，被非法赌博网站掌握了参赌的证据，遭受长期敲诈勒索。

国家对有污点的明星采取零容忍政策，一旦徐稚之被曝参与赌博，他将被永久封杀，他所参与的节目将下档下架。所以徐稚之多年以来才会忍气吞声，几乎成了非法赌博网站一只随时被撸毛的绵羊。

但不知道为什么，徐稚之突然下了决心报警。

他不但报警称自己遭受敲诈勒索，还自首自己参与赌博。

这就是永远退圈的意思了。

徐稚之亲手斩断了自己的路，之前他被李云子和林翰交口称赞，前途一片大好，谁能想到一步登天和跌落神坛不过一瞬。

据说徐稚之的父母从来不知道这些事，他的母亲听闻之后当场晕倒，他的父亲还好，表示支持他报警。

徐稚之的微博下面说什么的都有，沉寂了几天之后，他更新了一条微博。

他写道："对不起。"然后@了钟昆仑。

钟昆仑秒回："早就说你应该报警，拳头拳头拳头，强壮强壮强壮。"

钟昆仑并不知道，在收到他这条微博回复后，徐稚之哭了。

他去自首之后才知道，虽然他参赌的赌资巨大，但不以赌博为业，这也只是行政案件，并且他参赌的时间在五年前，已经过了追诉时效，警察并没有处罚他。但是警方要求他积极配合调查敲诈勒索他的那些人。

那些人是一定会被抓的。

折磨了他这么多年的事原来面对起来并没有那么困难，他鼓起了勇气下定决心去坐牢，却发现事情没有那么糟糕。

糟糕的只是他处理问题的方法。

他以为钟昆仑要恨他一辈子，和他绝交，后悔认识他这个"朋友"。

但钟昆仑居然没有，就像什么事也没有发生过一样，还给他回了很多个"拳头"和很多条"胳膊"，好像真的能给他力量一样。

徐稚之发微信问钟昆仑，还当他是朋友吗？

钟昆仑说："变好了就是朋友。"

徐稚之紧握着手机，他想，只有钟昆仑关心的是他变好还是没有变好，大部分人都关心的是他赌了多少钱，为什么要去赌，他会被封杀，他没有前途了，他是怎样的衣冠禽兽和多么令人作呕……

只有钟昆仑，像那天他知道他输光了所有的钱之后，一口答应买下他的"微泫"一样，一口承诺"变好了就是朋友"。

徐稚之泪流满面。

那么多人喜欢钟昆仑，是因为他好看的容颜。

还有那么多人不喜欢他，是因为他没有常识和学识。

可是学识和常识是可以填补的，他其实还有更好看的东西在，只是大家没有看见。

他鼓起远胜于自首的勇气，给钟昆仑发了一条信息："下一场分赛，你请老师了吗？"

他准备好钟昆仑回答一个"没有"，就毛遂自荐给钟昆仑补习，他做好了大纲和知识分类，覆盖了天文地理，希望能给钟昆仑帮上忙。

然而钟昆仑不是普通人，他回答了一句："我去慕云山那里读书，她爸爸是语文老师。"

徐稚之茫然，慕云山的爸爸是语文老师和慕云山有什么关系？何况钟昆仑是不是没搞清楚，下一次还是科技与生活常识分赛，不是古典文化啊！

他琢磨着要和慕云山见一面，谈谈如何拯救钟昆仑的比赛。

但他不知道怎么找慕云山。

娱乐圈里估计没有人不知道钟昆仑和慕云山的结婚闹剧，但是徐稚之也不知道钟昆仑居然一直和慕云山有联系，并且看起来似乎关系还不错？

后来一个星期，据说《你问他知道》调整了选拔策略，从严对嘉宾进行背景审查，那一对大学学霸双胞胎不知道是干过什么不为人知的坏事，居然被刷了下去，换上来一对年轻貌美的姐妹,是去年下半年热度超高的选秀组合"六翼天使"里面的杨云和杨岚。

杨云十九岁,杨岚二十岁,因为一对极其相似的精致巴掌小脸圈粉无数。据说她们是素人出身,靠对音乐的梦想和不懈的努力成为"六翼天使"里的颜值担当。

空档的这个星期,××台播出了《故乡的诗情和哀愁》纪录片,由于过于矫情,被网友一顿嫌弃,在网上血书要看长满了瓜的《你问他知道》。史上没有哪一档综艺节目是如此严肃又如此狗血淋漓。

钟昆仑离开钟家老宅,慕云山就又失去了他的消息。漆少姗姗而来,开始着手对钟家老宅进行"维修"。当然,当他一脚踩进院子的时候,那一脸的表情难以言喻。

慕云山估计他又要回去改第四稿了,虽然她不知道钟昆仑同意的第三稿的全貌,但显然不能安排在一个混种着蔬菜、花卉和果树的院子里。

漆少站在一地泥浆、插满了光棍枝条、到处撒满折断的草花叶子的花园里,仰头思索了很久,回过头来看着慕云山,一脸深思的表情:"我本来认为这是一栋历史悠久的晚清古宅,它和茶文化息息相关,我们应该闻得到这栋房子的茶香,触摸到它的历史,能在它这里荡涤心灵,能透过它的窗户看到云的痕迹……"

慕云山十分反感这种聊天方式,感觉漆少再排比下去,她就要摸鼻子走人了。

然后漆少话锋一转:"但现在它种满了……这么多我不知道是什么的东西,慕小姐你有什么比较好的建议,既不用拔掉这些东西,又能契合这栋房子的气质……"

"我觉得大家就不要再在这栋房子的历史里执迷不悟了,"慕云山心想这又不是什么文明古迹,"这里是一个家,根据我住在这里的经验,这栋房子那两个破了洞的屋顶要补起来,用来修补的材料和工艺要好,这关系到老房子的寿命。"

她指着金银花压住的地方:"房屋有些砖缝有破损要修补,使用木材的地方腐朽的很多,也需要替换。有几个窗户变形了,就换成格子形状的老窗户,和它的风格一样就行,有雕花的地方给它上油维护好,新维修的地方就不用雕花了,保持维修过的样子就行。重点是院子……钟昆仑种了很多东西,我希望在板栗树后修建一个园艺小屋,可以放铁铲、耙子、尖面铲、宽面铲、拔草器和水桶之类的东西。小屋里最好有一张桌子,桌子上可以做播种和扦插。"她说,"他一直努力热爱生活,虽然有时候用力过猛,但他是真的热爱生活……我相信比起恢复钟家古宅昔日的荣光,他更喜欢一个能够休憩和放松的地方,就是一个做什么都可以、没人管的地方,也可以不打扫卫生、不叠被子、乱扔东西的地方,他可以在花园里找吃的,可以躺在厨房的地板上……"

"我明白了。"漆少若有所思，"他会做饭，需要增加一个土灶或者烤架吗？"

"柴火大灶厨房里已经有了，"慕云山说，"给他在院子中间打一口井吧！"

"院子中间？"漆少挑了挑眉，笑了一下，"可以。"

第四版维修方案出奇顺利地通过了，漆少放弃了对前花园的规划，慕云山让他在前花园的地上，凡是没有花和蔬果的地方铺上十厘米厚的松鳞——这样不管下面是烂泥还是杂草就都看不见了，脚踩上去也不会沾到泥巴，下雨的时候也不会溅起泥点。房顶的两个破洞，漆少简易安装了两个带透明玻璃的天窗，还可以打开和闭合。房子里所有的砖木都检查了一遍，有损坏的都换过了，也不刻意修复成百年前的样子，只是涂上了漆。

板栗树后面的空间只有一米多宽，园艺小屋的屋顶顶着板栗树的树干，去里面操作的人要从板栗树后面钻过去。不过进去之后，园艺小屋虽然窄但是比较狭长，左边是挂园艺工具的地方，右边是一个一平方米左右的小平台。

整个小屋是厚松木做的，相当结实，目前还是全新的，散发着松树的味道。

院子中间那口井是个大工程，漆少找来惠林村资历最老的工匠挖井。现在打井一般都不再打老式井了，都是机器打洞，放抽水泵下去直接抽水，但钟家老宅是要挖井。慕云山说有水就行，不用多深。

鉴于钟家老宅就在茶山下，本来就是积水层，所以挖下去没二十米就有水了。老工匠在井里贴上红砖块固定，又在井口砌了一个八角形，之后乐呵呵地走了。

镇宅八卦井修好，里面的水还是一片浑浊，要等沉淀。漆少来盯工人修理前门走廊的时候，看见慕云山正端着个喷壶往井口喷东西，刚修好的红砖被喷上一片抹茶色。漆少很是惊奇："你在喷什么？喷漆？"

把井口喷成抹茶色似乎有点脱离了这个杂货小院的定义——好端端的文创名居就变成家庭杂货小院了，漆少还是有点遗憾。

"我在喷酸奶青苔。"慕云山一本正经地说，"有人说往石头上喷酸奶很快就会长青苔，也有人说直接把青苔用榨汁机打碎，把青苔糊糊喷在石头上也很快就会长青苔，所以我综合了一下，打了一罐酸奶青苔试试，看井口会不会很快长青苔。"

她手里拿的是一升的喷壶，将井口喷完了以后还剩一大半，于是漆少就看着她拿着那罐可疑的东西到处乱喷，新修好的石条上也喷，房屋和地面的边缘也喷，篱笆也喷……到最后实在没啥可喷的了，她居然把金银花和板栗树的树干喷了一遍。

"我觉得青苔还没长出来，你这里可能要到处长虫了。"漆少苦笑。

"不要紧，我院子里喷了苏云金芽孢杆菌和白僵菌，一般不怎么长虫。"慕云山得意扬扬，"钟昆仑走了以后，为了他这些乱七八糟的花草和蔬果不死，我想了好多办法，真的是上穷碧落下黄泉，能找的办法我都找了。"

你真有文化。漆少想问"什么是苏云金芽孢杆菌"，又觉得很没有面子，他是这么有格调的整形师和设计师，一般找"李白"做设计的都是坐看云淡风轻的仙府或者金光闪闪的皇宫，做杂货小院没有经验不是他的错。

钟家老宅的维修进行得非常快，而所花费的金钱也少得惊人，比起第一、二稿上千万的预算，第三稿数百万的预算，最终的杂货小院版维修方案只花了几十万。慕云山依然嫌贵，但是漆少已经很服气了。

虽然"李白"是个新开的装修设计公司，但真没有做过预算五十万以下的项目，他目前手上的其他项目预算都在千万以上。

两个星期的时间，钟家老宅维修完毕。

漆少眼睁睁地看着被喷了不明物体的水井和房屋的边角，板栗树和金银花的树干上一天一天长出青苔来，仿佛时光在这些新来的家伙身上施展了魔法，让它们与旧同旧。

青苔原来也是好看的。

漆少收工离开的时候，有了些新的想法，他的设计风格似乎可以再多一种。

经过两个星期的整修和磨合，钟家老宅已经不是慕云山刚住进来时的那个荒屋和鬼宅了。它被一圈紫竹篱笆好好地围着，前院损坏的大门换成了一对半人高的小木门，刚刚到成年人的腰。木腰门上刷着清漆，横着一把原来大门上的插销锁。木腰门上方有铁艺拱门，慕云山用兰花夹把到处乱爬的木香枝条和百香果枝条夹了上去，虽然拱门是新的，看起来也被爬藤爬了一半。前院篱笆的后半段，平阴一号的几根花枝也被夹在了篱笆上，月季枝条被拉平了以后，每个芽点都在往上萌发新枝，每一个新枝都将会开花。篱笆的后段是钟昆仑买的粉色风车茉莉，他当时买来的是一棵枝条杂乱的超大苗，慕云山花了一整晚的工夫才把那些乱七八糟的长枝条理清楚，一条一条地夹在篱笆上。

另一边的篱笆后段是慕云山种的蓝雪花。蓝雪花已经种了一段时间了，还没有开花，但猛长新枝，新生枝条都是极嫩的青绿色，非常柔软可爱。篱笆外侧喜欢阳光的玛格丽特们已经开始开花，它们目前还很矮小，但未来将会长成大花球。玛格丽特中间插种着各种各样的葱兰，慕云山不知道钟昆仑买了什么品种，总之那些葱头有大有小、奇形怪状，被她通通拔起来重新插在篱笆外侧了。葱兰没阳光根本不会开，哪天忘记了以为是韭菜吃下去中毒了怎么办？

后院略为阴暗，因为无耻的金银花占据了绝大多数的阳光，但紫藤的生长速度也非常惊人，虽然晚到了几十年，但不久前的一根扭曲的棍子已经长出了二十几簇新枝，每簇新枝的叶片都有十几厘米长，加起来这棵紫藤在两个星期的时间里长高了十几二十厘米，也是非常惊人了。

两棵凶残的怪兽下生长着生菜和西红柿，它们长得还好，西红柿已经结了很多果子，就是还没有红。慕云山一开始不理解为什么那些西红柿永远都不会红，后来她发现，原来斑点鸡会定时定点地蹲守那些要熟了的果子，西红柿一变红它就吃了，所以慕云山从来没看见过成熟的果子。更可恶的是它还有帮凶！长在高处的西红柿是世界第二帅用爪子勾下去给斑点鸡吃的！所以它俩一天到晚就蹲在西红柿下面，并且世界第二帅居然也偷吃西红柿！

作为一只橘猫，就算剃秃了毛，你也是很奇葩了！

然而它们都不吃生菜。

生菜在半荫庇的环境下长得郁郁葱葱，自从金银花下面有了薄荷之后，蜗牛和蛞蝓不怎么来骚扰生菜了，因此生菜长得特别好。

那些倒霉的薄荷被蜗牛啃得破破烂烂，慕云山也不管它，有时候薄荷丛里还有红蜘蛛和小黑飞，她也不管。反正残得差不多了，她就一剪刀把所有的薄荷都剪了，等它们重新长出来。重新长出来的薄荷又是洗心革面的新一茬，好看极了。

于是号称"地载第一祸害"的薄荷被慕云山一两个星期剃一次头的种法种到现在，还没能成功地侵略到生菜地里，简直是薄荷界的耻辱。

厨房边种下的绿萝沿着墙面蜿蜒上爬，叶子越长越大，十分油润。当绿萝棍子长开之后，慕云山发现这些绿萝还不是光溜溜的初级绿萝，人家还带斑点，疑似一堆银斑绿萝，但它的斑又不是很明显，可能是银斑绿萝的退化版。总之让厨房外面的墙带了点谜之小资情调。

前花园铺满了松鳞也就是老松树皮之后，格调显著上升，乱七八糟的花灌木在阳光下开始萌发新芽。最早开花的是小木槿，它来的时候就带着花苞，目前开着十几朵硬币那么大的草莓色小花，十分可爱。它的左右邻居都是月季，月季芽发得很猛，左右都是红彤彤的新芽，慕云山站在这片花灌木前感觉时间都莫名消失了——找一会儿哪棵开花了，再找一会儿哪棵发新芽发新枝了，再找一会儿哪棵有病虫害，好几个小时就这样过去了。

前院原本仿佛没有路，在慕云山兜兜转转的观察中，渐渐踩出了一条蜿蜒小道。

板栗树和葡萄树发出了新芽。慕云山没种过葡萄，葡萄发芽的时候叶子上一片绒毛，她以为钟昆仑的葡萄树得了白粉病要挂了，非常紧张，给人家喷了一个星期的哈茨木霉菌，等葡萄叶子展开了才知道自己在犯蠢。

软枣猕猴桃以惊人的速度缠绕上了葡萄树，葡萄才发了个芽尖尖，作弊一样的软枣猕猴桃已经长出了几片巴掌大的叶子并顺利地绕着葡萄藤转了两个圈。慕云山非常愁——眼见这东西就要长得比葡萄还大，把它们种在一起绝对是个馊主意，然而已经拆不开了。

都是钟昆仑瞎指挥的错！没有文化就不要乱种树！

那棵身价倍增的白锦龟背竹被慕云山种在钟昆仑曾经的卧室里，那里有点阳光，并且足够空旷。然而龟背竹的情况不怎么好，两个星期了依然半死不活，叶子没长大一点。

杜鹃挂了，不明原因。慕云山不理解，杜鹃花难道不是一种很皮实的植物吗？居然在它左邻右舍都蓬勃生长的时候挂了。于是她购入了一本书，叫《杜鹃花栽培与鉴赏》。

钟昆仑自从被确定没有问题之后，被卷土重来的猪哥带入了疯狂"补课"模式。猪哥估计也有点愧疚，仿佛一个亲爹之前对傻崽过于溺爱，以至于傻崽长大后没有出息。他这次对钟昆仑进行了一对一紧迫盯防，先把他赶去和《愚》的导演谈人设，然后定下了重录的生活百科赛场时间，又给钟昆仑接了几个访谈。

钟昆仑从钟家老宅出来之后，连"微泫"都没有回去过，就一直在外面飞来飞去。他的颜粉和黑粉们欢呼雀跃，奔走相告，一连串钟昆仑机场美颜照流传了出来。

"心疼钟昆仑""钟昆仑加油"加上"钟昆仑滚出娱乐圈"又上了热搜。

钟昆仑全球粉丝后援会集资购买了诸多百货商店的大屏幕，她们压抑太久，突然有了扬眉吐气的机会，准备在广告屏幕上投放钟昆仑的美照，标题都起好了——王者归来。

钟昆仑却非常罕见地在微博上发了句话，居然不是陶醉于自己的盛世美颜。他在微博上晒了张照片，是他王者一星的账号截屏，并得意扬扬地宣布"上王者了"，还圈了一个陌生的账号叫"高冷冷冷的"。

还被"高冷冷冷的"回了一个字："滚。"

于是后援会的"王者归来"就有点蒙——在钟昆仑发了个游戏王者的截图后，

"王者归来"仿佛充满了一种回家打游戏的谜之不务正业气质。她们取消了这次策划，虚心请教了猪哥，给钟昆仑播放点什么做宣传比较好？

猪哥给了一段小视频。

视频中的钟昆仑穿着一套浅灰色卫衣，非常休闲，不是出席什么正式场合的衣服，他正在和一个人谈论什么事情。镜头只拍到钟昆仑的侧脸，没有拍到他对面的人。

钟昆仑是素颜，但是他素颜和化妆素来差别不大，唯一明显的区别就是眼皮上的伤痕了。镜头正好拍摄的是这一侧，把他眼皮上的伤疤拍得特别清楚，顺带连他这一侧的手臂也拍得很清楚。他的手臂放在桌面上，靠近手腕的一截皮肤上有很长的擦伤痕迹。

对面那个人似乎是问了个问题。

钟昆仑回答："我们都是普通人，没有什么能与世界决裂。"

对面那个人似乎是笑了，问："你与世界决裂过吗？"

钟昆仑回答："曾经以为自己是罪孽之子，必须要承担痛苦绝望的一生，我决定与世界决裂，并永远不再回来。"

对面那个人咳嗽了一声，似乎是喝了口茶："后来？"

"后来我失败了。"钟昆仑说，"我们都是普通人……如果你把'罪孽'或'痛苦''绝望'这些词都换成'倒霉'的话，你就会发现自己做的决定是多么傻。何况你与世界决裂，世界又不会理你，也不会赞美你，只有陪伴在你身边的人跟着遭受'罪孽''痛苦''绝望'，哦不，跟着倒霉、倒霉和倒霉……那样太不好了。"

坐在他对面的人大笑起来："你比我想象的有意思多了，说说你对黄俊杰这个人物的想法。"

"黄俊杰是一个普通人。"钟昆仑说，"他好好地在生活，剧本里说到的财富、女人、歧视、陷害什么的，"他说，"他以自己的方式在解决，他并没有觉得自己是个智障。"

对面坐着的人说："你的'普通'概念很广泛。"

钟昆仑说："每个人都是普通人啊，慕……鲁迅说的，每个人都是普通人，没什么与众不同的地方。"

小视频结束了。

这个时候，林路则邀请钟昆仑出演他的文艺片《愚》的消息放了出来，大家都能听得出来，和钟昆仑聊天的就是林路则。

这是《愚》的宣传视频。

但大家对这段小视频里钟昆仑的言谈有点好奇，比如说把"绝望""痛苦"之类的词替换成"倒霉"，这引发了一连串的文艺创作：

比如"你是我最倒霉的选择，为何你从不放弃漂泊……"；

比如"你将倒霉都写在脸上，一点也不隐藏……"；

比如"特别的爱给特别的你，我的倒霉逃不过你的眼睛……"；

比如"倒霉逆流成河……"。

然后就有评论说："为什么突然有一种被治愈的错觉……"然后这条评论被点赞了七千多次。

还有人说："为什么突然有一种钟昆仑大智若愚的错觉。"这条评论被举报了。

还有人在议论："鲁迅又被迫说了什么不该说的话……"

慕云山看了钟昆仑这段红遍全网的小片段，没觉得有什么奇怪，也没有感受到颜粉和黑粉的那种稀奇——大概是之前天天看钟昆仑看到没有什么感觉了。她目前最重要的事就是把钟昆仑的那堆花草树木种活种好，然而就这么一件事就花光了她几乎所有的精力。

然后她的身边又发生了一件特别稀奇的事——郑州洲圳鬼鬼祟祟地给她打电话，说徐稚之在微博上私信了"高冷冷冷的"，问他知不知道慕云山的联系方式。徐稚之不愧是高智商人士，他从"钟昆仑最近又和慕云山在一起了"和"钟昆仑突然和'高冷冷冷的'很熟"中成功推论出"'高冷冷冷的'可能认识慕云山"，然后就抓到了重点。

慕云山震惊了："徐稚之找我？"

郑州洲圳压低声音说："你知道高冷是个八卦鬼……"

"他把我的联系方式给了徐稚之？不会吧？"慕云山真的惊呆了，不会这么过分吧？

"没……"郑州洲圳说，"高冷说他给徐稚之留了你们行政服务中心的咨询电话。"

慕云山："……"算你狠！

"然后今天早上徐稚之就打电话过来了。"郑州洲圳说，"我接的，我吓得整整一分钟都没说话，你知道他找你干什么吗？"

"干吗？"慕云山的思维还在"当红明星想方设法找她的联系方式"和"前涉赌

295

人员想方设法找她的联系方式"之间挣扎横跳。

"他说他要给你《你问他知道》竞赛的大纲和资料。"郑州洲圳说，"让你给钟昆仑补习。"

……

慕云山木然想：这世界果然不对劲，可能是早上起床的姿势不对，让我重新睡一遍吧？

郑州洲圳说："我想他既然不是要找你……聊天之类的，就让他把学习资料寄到服务中心来了。"

"我为什么要给钟昆仑补习？"慕云山气若游丝地说，"我大学都没毕业……"

郑州洲圳说："我也不知道啊，钟昆仑是不是还住你那里？"

"没有。"慕云山断然说，"他早就走了。"

第二天早上慕云山上班的时候，在服务中心保安室见到了徐稚之通过顺丰寄来的有半个人那么高的"学习资料"，害她那天晚上不得不打车把那几十斤的学习资料带回家。

回家的时候她看见一个戴墨镜，背着双肩包，把卫衣帽子拉得紧紧的，形容猥琐的人在她们门口徘徊。不过慕云山已经麻木了："你……又来干什么？"

形容猥琐的钟昆仑有点委屈："我来读书啊。"

"你不回你的大别墅去读书，跑来这里干什么？"

出租车司机帮慕云山把那一大堆学习材料搬下来，钟昆仑惊呆了，指着那堆东西："那是什么？"

慕云山勃然大怒："是你跟徐稚之说你要到我这里来读书的？你们两个约好了整我吗？他要给你补习，他不会自己带材料去你家吗？你要读书不能回自己家读吗？都搞到我这里来干什么？房租交得少还没有人权了？啊？"

钟昆仑一脸蒙："啊？吱吱要给我补习？他没给我说啊！"

"你先进来……"慕云山无力地说，"万一被谁拍到了，又要骂我。你的学习材料自己背上，我才不帮你拿。"

钟昆仑抱着那巨大的纸箱，进了木腰门。一进去他就哇了一声："这么漂亮！"

慕云山的心情突然愉悦了一点点："刚刚整理好的，花了四十一万。"说完微微一顿，花了钟昆仑四十一万，她有点心虚，"我帮你整理好了，以后这里有四个房间可以住人，如果以后你想做民宿，可以上架四个客房。"

"啊？"钟昆仑茫然，"我为什么要做民宿？这里是我家啊……"他把纸箱一扔，快乐地跑去看他的水井，"我要在这里面养鱼！"

随便你……慕云山已经不想管他了："你为什么不去'微泫'读书？"

"你爸爸是语文老师啊，你肯定也特别会念书。"钟昆仑说，"语文老师的孩子肯定是学霸。"

慕云山莫名地羞愧："我……"

"我可以在这里喝酒，你念书给我听。"钟昆仑高兴地说，睁着一双满是星光的眼睛，眼睛里熠熠生辉，仿佛盛满了一个宇宙。

不，一个宇宙的光都要溢出来了。

慕云山顿了一下，错失了拒绝的机会。

于是她就悲催地过了一个星期晚上八点到家、吃过饭后就开始给钟昆仑读书的悲惨生活。

当然也有好处，比如说钟昆仑给她做了一个星期不重样的晚餐，并且包办了前后花园的各种花草树木的养护工作。

钟昆仑背来的双肩包里装的居然不仅仅是换洗衣服，还有一大瓶菠萝味的啤酒。

那瓶甜甜的果啤喝完的时候，钟昆仑就要去参加重新录制的《你问他知道》百科知识比赛了。

Chapter 28
梦中的森林

周六清晨，惠林村后山。

山里的树木枝叶青翠，薄雾从山林中升起，渐渐消失于微白的天空中。

六点，钟昆仑和慕云山背着双肩包走在通向后山老茶园的路上。

他们不是突然有了"生命在于运动"的觉悟，也不是要去祖宗的茶园里挖宝，而是因为钟昆仑背那些小百科的时候，背到了一条"中华鹧鸪属于三有保护动物"。三有保护动物是指国家保护的、有益的或者有重要经济、科学研究价值的陆生野生动物。私自捕捉一只就是违法，捕捉二十只就是犯罪……

钟昆仑和慕云山吓得魂飞魄散，于是一大早就把家里那只"野鸡"背上了后山，准备放生，以证明自己的清白。

"我觉得嘛，放生鹧鸪，也不一定非要放回它原来住的地方。"慕云山对钟昆仑的想法十分迷惑——钟昆仑坚持要把那只和他感情深厚的"小野鸡"原位放生，以便它妈妈回来找它。然而那只"斑点鸡"已经长大，模样变到它妈绝对不可能认得，且钟昆仑根本不知道世界第二帅是从哪个犄角旮旯把这只小鹧鸪叼回来的。

"所以我带了秃小二。"钟昆仑非常自信，"一会儿它往哪里跑我们就往哪里追,它停下来的地方就是小斑的家。"

慕云山打了个哈欠,觉得他这话每个字都是扯淡,好端端的周六早上不睡觉,陪钟昆仑"左手一只鸡,右手一只猫"地瞎胡闹,她果然是为了赎罪鞠躬尽瘁死而后已,实在太仰慕自己了。

"你跑吧。"慕云山既没有精神也没有兴趣,"我跑不动。"

"一起跑,这山上信号不好,万一你丢了或是遇见老虎了怎么办?"钟昆仑的状态就是她的反义词,全身上下充满了兴致,"我要放猫了。"

遇到老虎?华南虎好像都灭绝了,万一发现了,国家可能还要给我颁奖呢……困得神魂离体的慕云山没理他,只想找个地方坐下来睡觉。钟昆仑拉开背猫的双肩包,秃过毛但已经长好的世界第二帅一跃而出,随即向树林深处跑去。

它背部弓起,轻轻一跃就上了树,随即往树叶里一蹿——

钟昆仑一边仰着头看它,一边在树下狂追,世界第二帅在第二棵树那里等了他一会儿,歪着头观察他,仿佛觉得这个主人很奇怪,然后一扭头,消失在了茫茫树林中。

从它熟练的动作来看,整个惠林村老茶园都是它的地盘,平时不知道来巡视过多少次了。

钟昆仑追到第三棵树下就找不见世界第二帅的影子了。

"慕云山,你看没看见猫跑到哪里去了……"他一回头,身后空空如也,并没有慕云山的人影。

"慕云山?"钟昆仑迷惑地皱起眉头,他没跑多远,慕云山怎么会不见了?顺着来时的路径,他回到了放猫的地方,但慕云山不在。四周静悄悄的,她原本背着的"中华鹧鸪"连同背包一起,放在树林正中的落叶上。

"慕云山?"钟昆仑顿时联想起无数关于"后山"的恐怖片。一般来说"后山"不是藏着杀人犯就是食尸鬼,如果你的同伴失踪了,那多半就是见鬼了——此时如非主角,请勿好奇,应迅速报警,然后使用"苟"字诀,待在原地等到警察出现。

钟昆仑愣了一下,大喊:"慕云山?"

他浑身汗毛都竖了起来,脑补出种种慕云山被黑暗吞没、被蒙面人拖走、被乱七八糟的神兽吃掉的悲惨画面,并自动搭配了慕云山凄厉的惨叫。

"慕云山?"

"慕云山?"

钟昆仑满山乱转,声音在山林沟壑之间遥相呼应,回声纷至沓来,都是慕云山的名字。

大概从慕云山出生到现在，从没有人这么用力地呐喊过这三个字这么多次。

然而……她并没有听见。

慕云山睡眼蒙眬地跟着钟昆仑追猫，突然一脚踩空，压塌了树林里不知道积攒了多少年的腐叶土，而后扑通一声掉进了一个黑漆漆的水坑里。

她的神魂差点吓到散架，任谁上一秒还在山林间向着朝阳自由奔跑，下一秒就掉进了神秘地洞——地洞里还灌满了黑漆漆的水，水里也不知道有些什么——都要疯。此时此刻，就算外面有她的梦中情人对她告白她也是听不见的，何况外面喊她的那个还是个过期的梦中情人。

慕云山想：她不会游泳，而黑水坑的深度高过她的头——慕云山，卒。

并没有。

她摔下来的时候连带着一堆乱七八糟的烂叶子和树枝，仗着这些"漂浮物"，她在水面停留了一会儿，并顺利抓住了水坑边的不明物体。

生死存亡的时候，她根本没想起来尖叫，也没想到水里会有蛇、蚂蚁、蜘蛛、老鼠什么的，直到抓住了水坑边一个光秃秃的东西，确认自己不会淹死后，她才发现，自己抓住的好像是一根生锈的水管。

黑水坑里为什么会有水管？慕云山稀里糊涂的大脑一片空白，呆滞了好一会儿也没想清楚是怎么回事。同样的，她也根本没听见外面钟昆仑撕心裂肺地在喊她的名字，只感觉到黑水坑里的水并不是静止的。

水坑底下有涌泉，水坑的水位正在快速上涨。

就是因为有水，腐殖土层被浸湿软化了，才会塌陷，她才会掉下去。

慕云山心里隐隐约约有一种不妙的感觉，哪里来的水？

难道突然间地下生出一个涌泉？

怎么可能？这地方还有个人类安装的生锈水管呢！这地方以前肯定是有用的，那么这个水坑是干吗的？

难道是一口井？

井水上涌……

难道是——地震？

慕云山倒吸一口凉气，突然抓住那根破水管，不顾一切地想要爬回地面："钟昆仑！"她大喊。

她想着钟昆仑什么也不会，什么也不懂，万一地震她出了意外，留钟昆仑一个人在山上，他要怎么办？他岂不是要吓死？

所以她怎么能死呢？她还要……

慕云山还没醒悟她刚才都胡思乱想了些什么，一只手用力把她从水坑里拉了起来，钟昆仑的声音熟悉而有力，带着人间的真实感和温暖一起向她涌来："你跑到哪里去了？怎么掉水里了？冷吗？"

她抬起头来，才发现自己全身湿透，冷得发抖。

钟昆仑脱下外套给她擦了擦头发和脸，不高兴地叨叨："就不听我指挥，叫你跟着我你就是不听，自己到处乱跑……这里怎么会有个坑？哇！坑里还有水！水好清啊！"他发现了腐叶土层下面的水井，立刻趴在地上，兴高采烈地说，"有个古井！"

你家的"伪古井"都不装水管，真的古井又怎么会有水管？慕云山趴在地上，所有的恐惧在傻×面前烟消云散，极其嫌弃地说："什么古井？这是蓄水池，里面好像有抽水管，可能是以前用来浇水的……啊！"

她骤然想起水池里的水位在上涨："底下在涨水，不知道为什么，难道是要地震了？"

"地震？"钟昆仑认真地说，"我们这儿不在地震带上，世界著名的地震带有三个，环太平洋地震带、欧亚地震带……"

"停！我知道你记住了，不用背了，我已经想起来昨天晚上还抽考过你这题。"慕云山头痛道，"不是地震，那它为什么涨水？总要有点道理吧？涨得这么快，一会儿就要满出来了。"

她背后那个黑漆漆的深坑，依稀是个陈旧的蓄水池或抽水井，地下水在翻涌。

"难道是因为前几天一直在下暴雨？"钟昆仑说，"今年天气异常，从好几个月前就一直在乱七八糟地下暴雨，有一次还害得我进了医院。"他上次来老宅捉奸，哦不，捉猫，就遇上了一场强降雨，他淋雨发烧进了医院。

慕云山也想起来："最近是经常下大雨，可是今天没下……"

今天不但没下，天气还异常晴朗。

"难道是周边地区下了？"钟昆仑看了看天气预报，"邻市在下暴雨，可能云都跑到那边去了，所以暴雨让地下水涌上来了？那这座山里就储存了很多地下水，以后动物和植物都能喝得饱饱的，多好啊！"

慕云山一脸怀疑地看着他,感觉完全不是他说的这么回事,但自己也说不出什么道理。

"我要回家换衣服,山里怪怪的,我们还是快走吧。"

钟昆仑居然没有坚持下去探索"古井",而是用力把她从地上拉了起来,还把刚才给她擦头擦脸的外套套在了她身上,拉上了拉链。慕云山心里一暖,刚刚有点感动,就听他说:"你怎么越长越胖还越来越丑了?"

"……"

你粉丝要是知道你这么会说话就好了。

慕云山悻悻地从地上爬起来,钟昆仑就地把斑点鸡放生了,还双手合十念叨了好一会儿,仿佛是在给"储备粮"念往生咒。

从来没飞过几下的中华鹧鸪往草丛里一钻,不见了。

随着它的消失,地面好像微微震动了几下。

钟昆仑抬起头来,慕云山转过头去,只觉得震感越来越明显,某种咆哮声自山林深处传来,正往这里靠近。

刚钻入草丛的"斑点鸡"倏地又钻了出来,一下跳上了钟昆仑的背包。

"是哪位道友在渡劫?"这声势未免太大了。钟昆仑来不及关注那只非要让他坐牢的鹧鸪,自言自语,满脸迷惑。

慕云山脸色大变,一把抓住他:"山洪!山洪暴发了!快跑啊!"

随着她的一声吼,刚才地上的水井已经变成了喷泉,地下水喷射而出,半山腰处的山涧夹带着泥沙往下倾泻,正向着他们的位置冲来——他们来时是从自家后院的缓坡沿着一条干涸的溪道往上爬,此时山洪暴发,泥水沿着旧溪道,正对着他们冲了过来。

不远处移山倒海般的声音越来越近,钟昆仑紧紧抓住慕云山的手,一跃而起,在千钧一发之际带着她往不熟悉的山里狂奔,他还记着背过的各种小百科——横着往山里跑。他不敢顺着山坡跑回惠林村,就怕跑不过山洪和泥石流。吓蒙的慕云山跟在他身后,她跑得始终没有钟昆仑快,爆发了小宇宙的钟昆仑一路拖着她,力气大得惊人。

骤然喷发的山洪摧枯拉朽,将旧溪道拓宽了一倍,被地下水浸透的腐叶土层发生松动,慕云山和钟昆仑一边跑,脚下的土层一边塌陷。两个人连滚带爬,用尽了有生以来所有的智慧和体力,好不容易才离开了山洪暴发的河段。

等那阵轰隆隆的巨响过去，钟昆仑和慕云山已经跑到了不知道什么地方，四下都是生长了多年的杂树，不远处是个悬崖，垂直落差有几十米，杂树林后面还有片竹林，环境倒是清幽，就是不知道身处哪里。

"定位一下，这是哪里？"慕云山浑身是泥，气喘吁吁，只想回家洗澡换衣服。

"不知道啊，手机丢了。"钟昆仑毫无形象地坐在地上，"背包太碍事了，跑到一半我就扔了，忘了手机还在里面……你的手机呢？"

"什么？"慕云山惊呆了，"我刚才掉水里了，身上的手机已经自动关机了啊！"

她猛地坐了起来："你什么意思？你刚才把我们俩唯一的手机扔了？"

"你还把我们俩唯一的手机掉水里了呢！"钟昆仑反驳道，"你如果不满山乱跑，怎么会掉进坑里？不掉进坑里手机就不会坏了……"

"是我先掉坑……是我先不小心摔进井里的，从我掉进井里手机坏掉的那一刻开始，你的手机就变成了我们俩唯一的通信工具。所以，是你蠢得难以置信，把我们俩唯一的手机扔进了山里……现在我们怎么办？我们要怎么回去？这里是哪里？我真要被你蠢哭了。"慕云山咬牙切齿，"你有没有搞清楚，你家祖宗种茶的这座山很大，连着整片山脉，我们要是走错方向，找到天黑都找不到路啊！"

"不会的。"钟昆仑说。

他自信满满地说："我会钻木取火。"

噗的一声，慕云山噎了下，连连咳嗽："你钻，钻一个来看看。"

十分钟后，两个丢了手机身无分文，不知道白天黑夜也不知道身在何处的新时代年轻人百无聊赖地蹲在地上，慕云山抓了两手的枯竹叶，钟昆仑捡了几根干树枝，煞有介事地开始"钻木取火"。

他们之所以试图"钻木取火"，是想烧点烟出来让别人知道这里有人落难了。

钟昆仑把一根尖树枝顶在一根破树枝的虫洞里，在那小小的虫洞里加了一把草屑，仿佛很专业地开始"钻木取火"。慕云山坐在一旁看他："要是真的钻出火来，我就表演一个转体三百六十度给你看。"

"肯定行，我看大家都是这么弄的。"钟昆仑丝毫没听出她的质疑，很认真地说。

"你看了什么？"慕云山诧异地问。就这货还看纪录片？荒野求生？

"《绝代毒医在古代》。"钟昆仑说，他对那本书恋恋不舍，徐稚之不准他看，他也就没有再打赏了，但还是偷偷在看，只是不知道为什么作者坑了，导致钟昆仑非常失落。

"哈？"慕云山说，"那不是本玄幻吗？难道不是捏一个法诀就可以点火了吗？火球术来一个，要什么钻木取火？太落后了。"

"火球术是西方魔法师的，不是东方修真派的技能。"钟昆仑纠正她，喃喃自语，"对哦，何小七会术法，为什么他要在御花园里钻木取火？奇怪……"

"啪"的一声，钟昆仑手里的枯枝断了，钻木取火Round 1……

"噗"的一声，有虫洞的枯枝被钟昆仑戳碎，钻木取火Round 2……

慕云山帮他找回来几根新树枝，钟昆仑双手合十搓树枝，手磨破了皮，流血了，钻木取火Round 3……

树枝太粗糙，慕云山贴心地为他剥去树皮，剩一根光杆让他继续钻。钟昆仑用流血的手继续搓，坚定不移地相信这样就能起火。慕云山看在眼里，既有些佩服，也有些心疼，刚想劝他放弃，突然听他欢呼了一声："起火啦！"她吓了一跳，心想难道真的能钻出火来？不可能的吧？

却见用来"取火"的草屑里露出一截"碎尸万段"的烟头，钟昆仑吹出来一堆烟灰，非常懊恼："乱扔烟头真的太没素质了！"

钻木取火Round 4……

……

钻木取火Round N……

到了正午，太阳灼热，两个往死里折腾、试图"钻木取火"而没有成功的人奄奄一息，又渴又饿。周围是一堆乱七八糟的枯枝和草屑，既像黑魔法作法用的山寨祭坛，又像菜鸡筑就的鸡窝。慕云山把手机"供"在石块上晾干，然而该机已经魂归天外，返魂无术，接受再多的天地灵气也开不了机。

远处的山洪仍在继续，连带着周围的土地也湿润起来，潮湿的空气，无风的正午，虽然坐在树荫下，但依然闷热。钟昆仑的头发被汗打湿黏在额头上，越发像个孩子，慕云山想象了一下自己的形象，估计是越发像少爷身边的女仆了。

周围安全的树林都探索过了，没有水，就算有水他俩也不敢喝——这里不是什么自然保护区，踏青的人也不少，不知道有没有污染。除此之外，也没有认识的水果，那些各种各样五颜六色的小野果，他俩也不敢吃。

山洪摧毁了来时的道路，而他们没走过的远方没有路，到处是比人高的野草和藤蔓，要么是悬崖，要么是密林。那些不认识的树和藤蔓还长着刺，手无寸铁的两个"战五渣"被刺了满手以后瑟瑟发抖，失去了征服大自然的勇气。

"你说猪哥找不到你，会不会到山上来？"慕云山怀着一丝希望，期待地看着钟昆仑。

钟昆仑沮丧地说："他经常找不到我，以前找不到我他会着急，后来他找不到就进庙里去了。"

"庙里？"慕云山皱眉，"什么庙里？"

"他家旁边有个静心寺。"钟昆仑说。

"哦……"慕云山懂了，这就是为什么猪哥到现在还没有被气死——我佛慈悲，阿弥陀佛。

"你不见了，你家没有人会找你吗？"钟昆仑问。他从来没见过慕云山的家人，她跳海没人管，没地方住也没人管。

"我家？"慕云山沉吟，"我家……有一个姨妈，不过她不管我。"

"爷爷奶奶呢？"钟昆仑问，"我有一个奶奶，不过不知道她叫什么，也不知道她在哪里。"

"我妈妈是外公外婆领养的。"慕云山说，"她长大以后，和外公外婆就没有太多来往了。"她抓抓头，"非常复杂，所以我妈和我姨妈的关系也不好，她们没有血缘关系。我听说……"她悄声对钟昆仑说，"我听说我妈本来是被安排嫁给我舅舅的，我妈不肯，就离家出走了。后来我舅舅意外去世，所以外公外婆和姨妈都不喜欢我妈。"她补充了一句，"我妈匆匆忙忙嫁给了我爸，就是为了不嫁给我舅舅。所以后来，她找到了真爱，就和我爸离婚了。"

"你爸呢？"钟昆仑认真地看着慕云山，他听得很专心。这不是一个好故事，可是他沉浸在那几句简单的话语里，曾经的、对故事里的每个人都影响深远的爱恨纠葛里。

"我爸失踪了。"慕云山说，"我爸……也离家出走了。他说他要去静静，想来想去，还是不带我了。"她坐在树下，落叶丛中，斑驳的光影落在她头上，"他给我留了封信，我……"她轻声说，"当时我知道他……可能不会回来了，后来他……果然没有回来。"

两个人一时沉默，过了一会儿，钟昆仑说："说不定哪天他就回来了。"

"是啊，说不定哪天他就回来了。"慕云山说，"世界这么大……"

世界这么大，给予我们无限可能。

一切伤心的、难过的、曾经让自己粉身碎骨的回忆，比之那么大的世界，比之那不知道是十四颗还是十五颗的"北斗七星"，比之南极、北极的冰，比之地球四十五亿年的风霜雨雪，不过是灰尘而已。

疑患忧怖，终焉与光同尘。

爱恨嗔痴，不过井底之蛙。

为了不值得的事葬送一生，为了不值得的人放弃自己，才是最可悲的事。

我们要勇敢，要珍惜自己。

"我妈妈是个伟大的人。"钟昆仑突然说，"我爸爸变成了那样，她都没有放弃过他，她一直想把他治好，一直怀着希望。"他说，"我以前不明白她为什么能坚持那么久，不明白她为什么不害怕，后来我看了爸爸的那些书，他画的那些画。"钟昆仑仰望着树缝里的天空，天空那么蓝，"我爸爸值得她坚持那么久，对不对？"

"是她想坚持那么久，所以就坚持了那么久。"慕云山说，"对你爸爸好，让她感觉到快乐。"她的声音不知不觉地温柔起来。的确，有时候只是单纯地对一个人好，就能让人感到快乐。

这可能是爱。

但这种爱，太容易被消磨了。

一生那么长，一生又那么短，总有许多瞬间会让我们犹豫，认为这可能是爱。

但这可能也不是爱。

慕云山想，高冷说，这叫"玩物丧志"。

活该他是单身狗。

钟昆仑不知道慕云山的思路已经从"可能是爱"歪到了"活该高冷是只单身狗"上，他安静地坐在那里，看着慕云山的影子，好像在想什么，好像也没想什么。

时间极慢极慢地过去，没有任何人经过这里，慕云山和钟昆仑终于开始正视一个问题——真的没有人发现他们遇险了。或者说，有人发现他们不见了，但没有来后山寻找。

天快要黑了，夜晚的百年荒山老茶园，天知道会有些什么？

慕云山开始紧张起来，她看着晚霞越来越红，天色越来越蓝，感觉越来越恐怖。许多昼伏夜出的小动物开始在草丛里动弹起来，包括但不限于癞蛤蟆、壁虎、蜘蛛、蝙蝠、老鼠、甲虫，以及各种没见过的、叫声稀奇古怪的鸟。她亲眼看到、亲耳听到一只小鸟发出了震耳欲聋的类似打桩机一样的声音，也不知道它进化出这种声音是用来干吗的。

紧接着，草丛里发出一阵轻微的窸窣声，一只神奇的生物从草丛中钻了出来。慕云山呆呆地看着它，那是一只……

窸窸窣窣的声音越来越频繁，一只、两只、三只……

那是一只……哦不，那是一群……身披条纹的小野猪……

野猪……

慕云山呆呆地看着它们。

还……还挺可爱的？

"呼噜呼噜……"不远处传来沉重的呼吸声，几只庞然大物跟着小野猪慢慢地向他们在的地方走过来。

慕云山浑身寒毛竖起，钟昆仑猛地站了起来，把她挡在身后，大叫："有野猪！"

随着他一声大喊，小野猪一阵乱蹿，成年野猪发出声音，突然向着钟昆仑和慕云山的方向猛冲过来。

那野猪那么大……

慕云山以为自己在做梦，傻在原地连跑都不会跑了。

这时有人拽住她的手，猛地往后一拖，慕云山踉跄两步，被人紧紧地护在身后。她看见野猪踏过她刚才站的位置，甩过头来，对着钟昆仑低头。

她本能地抬头去看钟昆仑，深沉的暮色之下，钟昆仑眉头紧皱，眼睛眨也不眨地盯着那只野猪，全身绷紧。慕云山感觉到他的手极热，那股热量仿佛要透过皮肤，让空气中都充满钟昆仑的气味与能量。

其他野猪也靠拢了过来，仿佛嗅到了敌人的味道。

钟昆仑右手拉着慕云山，这时轻轻放开，握住了刚才"钻木取火"时找来的一根木棍。

慕云山悄悄退了几步，野猪发出"嗷"的一声，钟昆仑一棍横扫，向着聚集过来的野猪群打了过去。

几百斤的野猪被他吓了一跳，跳开了几步，钟昆仑立棍在地，树林中碎叶飞扬，他硬生生在野猪群面前耍了一套棍法……

这是他演《月白》那部奇葩剧的时候练的，原来他真的学会了，没有用替身。

慕云山木然看着他，野猪群也盯着他。

钟昆仑步走龙蛇，棍影飞舞，虎虎生风。

看了一会儿，可能是野猪群估量这个生物不知道是个什么，看起来有威胁，但威胁不是很大且不能吃，所以它们在钟昆仑一棍落地的时候，掉头往树林深处跑去了。

"呼……呼……"钟昆仑气喘吁吁，十分得意，"野……野猪被我……被我赶走了……"

慕云山扯起T恤给他擦了擦汗，心情十分复杂，不知道要从什么角度赞美他比较合适，勉为其难地说："打得很熟练！打得好！"并噼里啪啦地配合着鼓掌。

钟昆仑瞬间怒了，他回过头来："你这什么态度？我救了你！是我救了你！不然你就被野猪踩死了！你以为我在杂耍啊？"

"我……"慕云山看着他，钟昆仑一头的汗，头上还沾着碎叶，突然忍不住扑哧一声笑了出来。

"哈哈哈……"她边笑边说，"对，你救了我，我谢谢你哦！你的棍子耍得真好！哈哈哈……你怎么能把这么可怕的事搞成这样，你看那群野猪都蒙了，哈哈哈……"她笑得半死，边笑边重重拍着他的头。突然间，钟昆仑带着怒气伸手过来报复式地反拍她的头，捏她的脸，然后手一滑，他就把慕云山搂进了怀里。

慕云山抬头，过期男神的颜依然如此能打，她看到他眼睛上的伤疤，看到他最近才生出来的黑眼圈，看着她好不容易才把他养回来的生机勃勃，心里……有一点点难过。这么好看的、勇敢的、会杂耍的和傻的钟昆仑，好不容易才养好的钟昆仑，以后会是别人的。

"喂。"钟昆仑没有放开，"你头上有一条虫。"他的手在慕云山头发里翻来翻去，瞎折腾，玩她的头发。

她知道她头上没有虫，但还是放任钟昆仑玩她的头发。

玩吧，你好了，日后会变得更好，会遇到更好的人，以后就不会想玩我的头发了。

"喂……"钟昆仑把慕云山的乱发拿起来打结，"你头发的颜色太难看了，一点光泽都没有，我刚发现一种新西兰木柚黑，莫兰迪色系，非常好看，我给你染头发……"

"新西兰木柚是个什么鬼？"慕云山疑惑道，"你确定是'木柚'不是'柚木'吗？新西兰长柚子树吗？莫兰迪色系里有黑色吗？"

钟昆仑一头黑线，慕云山这女魔头总有办法把好好的天聊死。他把她从怀里推开，非常不高兴："你走开！"

是你抓着我不放，好像我很爱被你扯头发一样！慕云山也非常不高兴。两个人怒目而视，各自转头。夜色渐渐降临，山里的雾气不知从哪里涌了出来，天渐渐变冷，两个人瑟缩了一下。

慕云山想：刚才钟昆仑棒打野猪群的样子挺帅的，主要是热乎。

钟昆仑想：要是女魔头那张嘴不说话就好了，抓着她的头发还挺暖和的。

不约而同地，两人都有点后悔。

夜渐渐深了。

野猪没有再回来，慕云山累坏了，靠在山石上渐渐睡去，只剩下钟昆仑还坐在那里，拿着枯树枝拨弄地上"钻木取火"的痕迹。

他的外套盖在慕云山身上，那外套曾经被用来给她擦头发和脸，脏兮兮的，慕云山盖着外套睡得死沉死沉。钟昆仑拨弄着地上的草屑和枯枝，听着周围稀奇古怪的声音，皱着眉头，想来想去，又试了两次"钻木取火"，终于把目光看向了慕云山那坏掉的手机。

他把手机电池拆了出来，拿了块尖锐的石头狠狠地砸向电池。

锂电池破裂，遇到空气开始发热，很快迸出火花。

钟昆仑把草屑丢进火花里引燃。

随后他生起了一团篝火。

温暖、明亮、安全的篝火在深夜里跳动，明明暗暗，光影映在慕云山脸上。

钟昆仑想：以后要多背一点生活小常识，真的有用！

过了一会儿，他去整理了下那件外套，把慕云山盖得更严实一些。又想：我又救了你，除了我，世界上再没有人会对你这么好了，你……你怎么还不感动？你要是像从前一样对我好，说不定我也可以允许你不用和我离婚。

慕云山什么也不知道。

她做了一个挺好的梦，梦里她也和钟昆仑结了婚，之后她没有跳海。钟昆仑总是对她笑，还会给她做蛋糕、做饭、炒菜、洗碗、种花、种菜、养猫、铲猫砂……她从那个奶白色的、阳光明亮的厨房走出来，手里拿着鸡毛掸子勒令钟昆仑背书，钟昆仑就很老实地背着："……你不能忘我，爱，除了在你心里，我再没有命！是，我听你的话，我等，等铁树开花我也耐心等……"

她让钟昆仑唱歌他就唱歌，她让钟昆仑跳舞，钟昆仑就耍了一套棍法。

她很满意，摸着钟昆仑的"狗头"说他乖、她爱他……

钟狗头也很满意地说他也很爱她……

然后……慕云山就被吓醒了。

睁开眼睛的时候还是半夜，和梦里截然相反的阴森夜色中，钟昆仑守着一堆篝火，静静地坐着。

跳动的明暗火光之中，他的眼神清澈而平静，侧颜坚毅好看，乍一看，居然十分可靠的样子。

她不知道钟昆仑是怎么样"取火"成功的，这不是梦里那个奶里奶气的钟狗头拥有的能力。

梦和现实果然是相反的。

慕云山怔怔地想：梦里的和现实的……果然完全……是相反的。

她突然非常伤心。

她想她还是留恋梦里的厨房和花园，留恋那个没有长大的钟狗头，留恋梦里傻的、蠢的、脑残的，却还是她的钟狗头。而这个长大的、变好的……他各种各样的好，以后都是别人的。

她闭着眼睛装睡，眼圈却红了。

钟昆仑不知道为什么察觉了，悄悄地挪过来，给她赶蚊子，还轻轻给她擦了擦眼角。她听到他神神道道地在念："氢氦锂铍硼、碳氮氧氟氖……这科学的世界没有鬼，不怕、不怕……诸邪退散……"

她觉得很好笑，很暖心，但依然非常伤心。

凌晨三点。

钟昆仑和慕云山终于被赶来的警察从山上解救下来——有群众称在山上看到鬼火，故而报警。

而佛系的猪哥从头到尾都不知道钟昆仑遇险了。

当然钟昆仑也不敢讲。

猪哥对钟昆仑在慕云山这里无比的放心，觉得这个世界上再没有人能比慕云山更靠谱了，毕竟她那么爱他。

爱得都愿意和钟昆仑离婚了，还有谁比慕云山更爱钟昆仑？

至于其他人，如果有谁真的和钟昆仑结了婚，那么看脸的绝对不会和他离婚，看钱的更加不会。

只有真爱，才会同意和他离婚，又会在他最困难的时候留下来照顾他。

所以钟昆仑在慕云山这里的时候，猪哥根本不找他。

Chapter 29
如果你也听说

钟昆仑悄悄去参加了《你问他知道》的录制，又悄悄地回来了。

他自称在这次竞赛中表现太好，把李云子都惊呆了，傅信雅还主动加了他微信。

而慕云山根本不信。

距离下一次节目录制还有一个星期，钟昆仑又要慕云山给他念法律知识相关的书。

慕云山断然拒绝，让他自己开电子书听语音去。里面想听男的就有男的声音，想听女的就有女的声音，喜欢听葛优大爷的也可以，干吗非要她念？

钟昆仑又觉得很委屈，晚饭只做了个萝卜咸饭，还把水放多了搞成了萝卜咸稀饭。

喝稀饭的时候，钟昆仑蔫菜般地问："你现在是不是特别讨厌我？"

慕云山不喜欢咸饭，更加不喜欢咸稀饭，拿着筷子挑里面的红萝卜，闻言哼了一声。

"我是不是很麻烦？"钟昆仑问，"是不是和你以前想的一点也不一样？"

慕云山说："我已经忘记了以前想象的你是什么样的了。"

钟昆仑哦了一声，好像更加失落了，过了一会儿，他说："明天……或者后天我有个朋友要在这里住几天。"

慕云山全身的寒毛都竖了起来，她本能地想：这里是我家！谁敢住进来？给我滚出去！

但这里不是她家,这里是钟昆仑的家。

这个钟昆仑,不是茶山梦里的钟昆仑。

她沉默了很久很久,喝了一口咸稀饭:"好。"

"她就住三天,最多一个星期。"钟昆仑说。

"行。"慕云山答应得很干脆,"新房间都收拾好了,随时可以住,漆少连床都买好了,他一直以为你要做民宿。"

"不是做民宿。"钟昆仑说,"是一个朋友。"

"哦。"慕云山说。

不知道为什么,两个人相对无言。

慕云山那碗稀饭没有吃完,九点钟她就回房睡觉去了。

钟昆仑在厨房洗碗,一边洗碗一边想为什么他不想回"微泫"去住。其实他回"微泫"去招待朋友更好,但他就是不想回去。

他想住在这里。

慕云山躺在床上,关着灯,房间里一片漆黑。

她睁着眼睛——

这里是钟昆仑的房子,养着钟昆仑的猫、钟昆仑的鸡,种着钟昆仑的果树。

一切都不是她的。

钟昆仑已经变好了,不再需要她的照顾。

未来他会更好。

所以他想让谁来住,她都无法拒绝。

她不能对这里付出这么多感情。

明天他有一个朋友要来住三天。

后天就有别的朋友来住五天。

她受不了的。

她不能容忍这里还有别人,除了钟昆仑,这里进来任何一个陌生人,她都想拿扫把把他赶出去。

而她交的那一点点"房租",根本没有底气支持她对钟昆仑说"这里是我们的地方,你不要让别人住进来"。

第二天是周六。

慕云山昨天晚上九点就关了灯,所以很早就起床了。

她拿着喷壶，穿着五颜六色的睡衣，套着长筒雨鞋，在前花园给花草树木喷液体海藻肥。

天刚亮，不过六点钟。

远处的村道上走来一个扎马尾的美少女。

美少女脖子纤细，曲线优美，是个天鹅颈，皮肤很白，嘴唇的颜色淡淡的，涂着浅粉色的唇釉，仿佛果冻一般。她穿着卫衣裙，露着纤细的双腿，双肩包上有"美羽动画"的字样。

很好，萌系长颈鹿出现了。

还是一个有工作的萌系长颈鹿。

慕云山木然收起喷壶，这个长颈鹿和钟昆仑很相配，他原来早就认识这样一只长颈鹿了，怪不得描绘起来这么具体。

"白细菌！"钟昆仑居然也这么早就起床了，从窗口对着萌系长颈鹿大喊。

萌系长颈鹿笑了，明亮得犹如一朵小花绽开："白细菊！什么白细菌！"

钟昆仑隔着窗户给慕云山介绍："这是美羽动画的大触，动画界的女神，白细菊。"

慕云山满手是泥，灰头土脸，起床连脸也没洗，只好勉强笑了笑："你好，我是租客。"

"这里好漂亮啊！"白细菊报以可爱的微笑，"种了这么多，都是什么啊？"

"我来介绍我来介绍……"钟昆仑蹦了出来，"这是月季花，这是板栗树，这全部都是我种的……我还有生菜，我还有西红柿！我还有只猫！"

慕云山凝视着那两人的背影，无声无息地叹了口气。

她还是应该……早点走吧。

那天中午钟昆仑做了一顿超级豪华的大餐，这里没有烤箱，做不了他擅长的甜点，于是他做了咖喱鸡腿土豆饭，做了生菜沙拉，炖了红烧排骨，还蒸了个新菜——蘑菇盖蛋。

慕云山识相地飘了出去，去和郑州洲圳和杨牧约会。

郑州洲圳正在考虑辞职，服务中心的工资真的太低了，她听说鹿彬回Q省的雾水市养猪去了，她想去看看雾水市是什么样的。

她们约在奶茶店见面，本来约好了盛装出席，郑州洲圳如约戴了耳环项链，化了妆还穿了条小花裙，穿着细高跟。慕云山却穿着大花裤子，紫色T恤上衣，一脸油光,脚上的运动鞋上还有黑泥的痕迹。郑州洲圳看见她的时候以为自己眼瞎了,稀奇地问:"你这是什么画风?"

慕云山幽怨地说:"出门忘记换裤子……这是我的睡裤。"

"好吧……"郑州洲圳深感尴尬,"你说别人看见我们,是觉得我有病还是你有病?"

慕云山叹了口气:"现在急需牧牧姐给我们俩中和一下,我希望她穿个运动衣过来,显得我不是特别有病。"

"牧牧姐?做梦吧,牧牧姐一直很精致。"郑州洲圳喷笑,"幸好平价奶茶店没有'衣冠不整不准入内'的规定,不然你真的会被赶出去。"

慕云山仰头看着奶茶店——正在调配奶茶的小哥哥化着淡妆,一直在看她,一脸的不可思议。她沉吟:"男人精致起来也是很可怕的,我觉得奶茶小哥正在考虑往我的奶茶里下毒……"

"哈哈哈,你整个人都有毒好不好?我从来没见过紫色T恤加东北大花睡裤出门的……"郑州洲圳笑岔了气,"特别是如果你化个浓妆,我就当你是艺术了,但你还一张油脸……"

"人生要是倒霉起来,真是势不可挡……"慕云山感叹。

正闲聊时,杨牧来了。

出乎意料的,她穿了一套森系长裙。

浅麻色的长裙上绣了淡紫色的薰衣草图案,长裙外面套了一件小背心,显得她休闲而年轻。她还穿了双圆头的褐色皮鞋。

"哇啊!"郑州洲圳捂脸,"我们仨的画风加起来更加不能见人了,不过牧牧姐你这穿得太年轻可爱了,你是要逆生长当学生吗?"

杨牧微笑:"不好看吗?"

"好看!我们仨也只有你穿得来这种。森系大裙子要人瘦才能穿,不然就是一个大布袋啊。"郑州洲圳正在赞美杨牧能把一件破麻裙子穿出公主的气质,突然她后面又走出一个人来。

"哎……高冷?"郑州洲圳震惊了,她们闺密的聚会,高冷冒出来算什么?

高冷一脸冷淡地在她们的圆桌边上坐下来,给自己和杨牧点了两杯喝的。

他自己喝白开水,杨牧喝豆乳乌龙。

"你们这是在一起了吗?"慕云山悄声问杨牧,"真的?"

杨牧说:"没有。"

高冷说："真的。"

"啊？"慕云山扬眉，"什么意思？到底有没有？"

杨牧摇了摇头："他爸爸不会允许他和我在一起的。"她很淡定，"他爸爸正在给他选秀，等着他回家相亲，我祝福他。"

"杨牧！"高冷有些狼狈，"我说过我不会回去的，我又不是叫'高家富二代'，我一个月工资四千，在派出所旁边的降龙小区租房住，和高茶选来的小姐有什么关系？高茶的钱又不是我赚的，我也花不起。"

"那是你爸的钱……"郑州洲圳稀奇了，"你居然说不是你的，你有继承权，你爸就你一个孩子。"

"我十三岁的时候环游世界，就已经把我该继承的那份花完了。"高冷皱眉，"难道高茶很有钱，我就不能做我自己了吗？"

"你爸很有钱，也是'你自己'的一部分。"慕云山说，"见过把爸爸的钱当作自己的全花了的，还没见过你这种的，都一样莫名其妙。"她叹了口气，"你爸妈、你的家庭也是你的一部分，你不可能把你爸妈从你的生命里分割出去，他们做错了什么？他们不过是很有钱，想要一个传统的富二代儿子而已。"

杨牧耸了耸肩："这些我都说过了。"

高冷双手抱胸，背靠在奶茶店的座椅上，一脸冷艳高贵，不向世界妥协。

"所以你们现在是什么情况？"郑州洲圳好奇极了，"心灵上在一起了，却要永远分离？"

"他爸爸不会接受我，我也不会接受他爸爸。"杨牧说，"结婚是两个家庭的结合，不仅是两个人的结合，我从洪百姓那里受到了足够的教育，不想再来一次。但不以结婚为目的的谈恋爱，我觉得都是耍流氓。"她摊了摊手，"所以根本没有在一起。"

"但是你还是认可高冷的，对吧？"慕云山惊叹，"牧牧姐你好理智，你心里是喜欢他的吧？"

杨牧想了想，微微一笑："能坚定不移做自己，就算有点傻，我也觉得挺好的。世界上不缺把爸妈的钱当自己的花的孩子，但可能缺一点愿意自力更生、只靠自己的孩子。"

"我不是孩子！"高冷冷冷地说。

杨牧说："男孩子。"随即眨了眨眼。

郑州洲圳和慕云山笑了出来，杨牧问："你怎么穿睡衣跑出来了？钟昆仑还在你那里吗？"

"哦。"慕云山说,"今天他和一只长颈鹿在家里约会,我当然要很识相地出来了。"

郑州洲圳和杨牧对视一眼:"长颈鹿?"

"很可爱的长颈鹿。"慕云山说,"和钟昆仑很配,配一脸。"

"那你打算怎么办?"杨牧问。

"我也打算辞职了。"慕云山说,"小撇,我想和你一起去雾水市看看。"

"好呀好呀!"郑州洲圳一下子兴奋起来,"有个人陪太好了,我没去过Q省,还有点害怕。不过你租的钟昆仑的房子不要了吗?"

"那是钟昆仑的家,又不是我的。"慕云山说,"我不能住一辈子啊,总是要走的。"她说,"我只是一个租客。"

"你还爱他吗?"杨牧问。

慕云山犹豫了一下,想了一会儿:"我分不清我是爱他的房子,还是爱他的人……说真心话,我很留恋,但总是要走的。"她轻声说,"我们离婚了,他从前不会喜欢我,现在也不会,他成长了,会慢慢变得更好,会离我越来越远。我一直在赎罪……现在有点,赎不下去了。让我休息一段时间,能攒到钱的话,再给他打款吧,以后就不要再相见了。"

郑州洲圳和杨牧一阵沉默,气氛变得有些伤感。郑州洲圳突然说:"我有点后悔那么坚决地和鹿彬分手了。"

"鹿彬其实是个很好的人,会照顾人。"慕云山说,"分手一时爽,追夫火葬场。"她叹了口气,拍拍郑州洲圳的肩,"没关系,我会陪你的。"

杨牧喝了一口奶茶,看了高冷一眼,高冷立刻说:"我不会和你分手的。"

慕云山和郑州洲圳扑哧一声笑了出来,杨牧悠悠地说:"你赶快回家相亲去,小米等着你带公主回来。"

高冷的耳朵突然红了红,他冷冷地说:"你就是公主。"

天哪!慕云山捂住耳朵,这酸腐的人间还能不能好了?

钟昆仑请白细菊在钟家老宅住是有原因的,他投资了,不,猪哥帮他投资了美羽动画,他是股东之一。白细菊是他在"薄荷与茉莉"时期就认识的朋友,那时候她给"薄荷与茉莉"做宣传,后来就自己单干去了。白细菊在动漫界兜兜转转好几年,最近又和钟昆仑合作了,当然很高兴,特地来看他。

钟家的杂货花园非常符合动漫界的审美,白细菊对花园里的花草爱不释手,一会儿摸摸这个,一会儿摸摸那个,左手摘花,右手戳芽。

钟昆仑本来充满了炫耀的心态，他这里这么好看，慕云山把他买回来的几乎都种活了，打理得井井有条，结果白细菊一伸手就掐了一朵玛格丽特，放在杯子里拍照，一转身她又折了根树枝，插在花瓶里拍照。

渐渐的，画风就从"这是我种的那是我种的"变成了"喂！这还没长大不能掐""喂！那个刚喷了肥料""不要踩月季下的土""这里有葱兰不要踩"……

白细菊特别自来熟，前院这不让摸那不让摘的，没意思，她绕到后院去，一伸手拔了两棵生菜，兴致勃勃地说："晚上我要吃这个。"

"这还没长大呢。"钟昆仑一脸郁闷，"喂！你干什么……"

白细菊又一伸手摘了两个青色的西红柿，继续拍照。

钟昆仑的脸已经从郁闷变成了满头黑线，那西红柿他都还没吃到，白细菊居然一下给他摘了两个！两个！

她在院子里转一圈，毁灭了不知道多少带芽带花的枝条，那些本来可以开很多的花，长很多新叶子的！那都是慕云山一根一根整理，用兰花夹夹好，按天计算施肥浇水捉虫，分门别类处理土壤才能长这么好的！他隐隐约约感到惶恐——晚上慕云山回来了他怎么交代？她肯定会发现自己种的花木被弄坏了好多。

他开始后悔让白细菊住进来——他不知道白细菊是这样的人。

"猫猫！"白细菊看见了躺在窗口的世界第二帅，伸手过去，一把把它抱在怀里。世界第二帅丝毫不给面子，一爪子在她手腕上抓出条血痕来。

"哎呀！"白细菊尖叫一声，"好痛！"

钟昆仑突然有点高兴，准备晚上给秃小二开个罐头，他在一边兴高采烈地说："那晚上我们去医院打狂犬疫苗吧？"

白细菊惊恐地看着他："你这猫没有打疫苗吗？"

钟昆仑说："还是打了比较放心，打完疫苗我在医院旁边给你开个房间休息，不然你跑来跑去太累了。"

白细菊犹豫了一下："好吧，你家猫也太凶了。"

钟昆仑成功把白细菊弄去了酒店，心里十分得意，隐隐约约还有向慕云山邀功的心理。

但晚上慕云山没有回来。

或者说，她再也没有回来。

她给钟昆仑发了条信息："换了工作，房子不租了，欠你的钱，攒够了还你。"

一年之后。

钟昆仑参与演出的《愚》成功杀青，林路则对他赞不绝口，认为他即将摘掉流量小生的帽子，成为新一代天王巨星。

杀青宴后，钟昆仑戴上帽子，准备自己开车回家。

林路则关心地问他："回惠林村的老房子吗？最近出门都没带助理啊？那里路远不好走，注意安全。"

钟昆仑笑笑，乖巧地说："谢谢林导。"

那是他已经走了半年的路，一开始不会开车，有时候喝醉了大半夜他都能走回去，何况现在学会了开车？

那里是他的家。

虽然有时候睡在里面有点害怕，会梦到钟书叁割腕的样子，但是清醒过来，他又会想到钟书叁那些有意思的书，画过的每一幅画。他认真看完了钟书叁的每一本书，认真照顾着整个花园，他会梦到慕云山，梦到她回来，看见他把花园打理得好好的，会说他好。

但每次梦到这里就醒了，自从她的脑瘤治好以后，她从来没有说过他好。

好像他在她眼里到处都是缺点，没有一点点可取之处。

所以她毫不留恋地走了，他还以为她会永远住在这里。

有多傻啊……她只是一个租客，说不租就不租了，就算他不收房租，她也随时可以走。

她能把一栋鬼屋打理成他梦想中的家的样子，让他有勇气住在这里，还能在这里感觉到幸福。

然后她就走了。

走的时候，连说也没说一声，让他等了好久，好久……

他等了三个月才相信，她真的不会再回来了。

她什么也没带走，他给郑州洲圳打电话问慕云山在哪里，郑州洲圳说让他放心，慕云山没有被害，没有失踪，也没有负债潜逃，她们俩在雾水市好好地打工，目前在一家香薰工厂上班。

钟昆仑怅然若失，他并不想听这些，他不知道为什么慕云山总是觉得欠他钱，要还债。

他只是想她回家。

如果没有离婚多好啊，他就可以理所当然地要求她回家。

可以躺在椅子里喝啤酒，听慕云山念书。

他可以给她做很多很多菜，买一台新的烤箱。

再下载很多个美食App。

钟昆仑胡思乱想着开车回了家，院子里一片黑暗，并没有任何人回来。他的心仍然冰凉了一瞬，像窒息了一样，过了好一会儿才缓过来，给屋子开灯。

今天晚上八点，他有一个直播。

现在已经差不多八点了。

回到家，打开厨房的灯。他依然喜欢待在厨房里，好像有灶火的地方会温暖一些。厨房的灯光昏暗，直播软件拍不清他的脸，但钟昆仑也不在乎。

今晚直播的内容是唱一首你最喜欢的老歌，钟昆仑快要出新专辑了，所以最近在参加一些音乐类的节目进行预热。

八点不到，直播软件的弹幕上一片喧哗，很多颜粉在议论看不见钟昆仑的脸。

钟昆仑的手机扔在桌面上，镜头甚至不是对准他自己的脸，而是聚焦在他身后的墙上。厨房的墙壁上挂着一棵绿萝，那绿萝是钟昆仑新买的，叫作"云母绿蔓绒"，叶片有一层天鹅般的绒毛，闪烁着暗红色的光泽。昏暗的灯光打在云母绿蔓绒上，直播软件里只看得见它的叶片在闪闪发光，一个整个身体沉浸在黑暗中的男人抱着吉他，开始唱歌。

他弹吉他的手法非常生疏，基本只会打节奏，但是歌声响起，屏幕上乱七八糟议论看不见脸的弹幕突然就消失了。只听他在唱：

突然发现站了好久，不知道要往哪走。
还不想回家的我，再多人陪只会更寂寞。
许多话题关于我，就连我也有听过，
我的快乐要被认可，委屈却没有人诉说。
夜半信仰苍白剥落，拿掉防卫剩下什么？
为什么脆弱时候想你更多？

一条弹幕凌空划过："只有我听得起了鸡皮疙瘩吗？想哭……"

它后面跟着："想哭！""想哭！""谁欺负你了宝宝？"

钟昆仑微微一顿，继续唱：

如果你也听说，有没有想起我？
像普通交朋友，还是你依然会心疼我？
好多好多的话想对你说，悬着一颗心没着落，
要怎么附和，舍不得又无可奈何。
如果你也听说，会不会相信我？
对流言会附和，还是你知道我还是我？
跌跌撞撞才明白了许多，冷漠的人就你一个，
想到你想起我，胸口依然温热。

弹幕顿时炸了："这是谁欺负了我死死？""死死，这种悲情戏不适合你，真的！""为什么唱得这么真？想哭！"
钟昆仑轻轻拨着吉他：

许多话题关于我，就连我也有听过。
我想我宁可都沉默，其实反而显得做作。
夜半信仰苍白剥落，拿掉防备剩下什么？
为什么脆弱时候想你更多？

如果你也听说，有没有想过我？
像普通交朋友，还是你依然会心疼我？
好多好多的话想对你说，悬着一颗心没着落，
要怎么附和，舍不得又无可奈何。
如果你也听说，会不会相信我？
对流言会附和，还是你知道我还是我？
跌跌撞撞才明白了许多，冷漠的人就你一个，
想到你想起我，胸口依然温热。

如果你也听说，有没有想过我？
像普通交朋友，还是你依然会心疼我？
跌跌撞撞才明白了许多，冷漠的人就你一个，
想到你想起我，胸口依然温热。

如果你想起我，你会想到什么……

直播时长是一个小时，钟昆仑就唱了几分钟的老歌，接着就安静地坐在那里。

他没有说话，也没怎么动，就一个人安静地坐在那里。

弹幕里开始一片群魔乱舞，有说钟昆仑唱歌技术突飞猛进的，有问是谁欺负了小哥哥的，有说这吉他弹得烂出天际的……

后来有人问了一句："他是不是哭了？"

弹幕里一片"……"。

经过围观群众求真去伪、心细如发、明察秋毫的观察和推论，以及技术帝对视频的反复处理后，发现钟昆仑真的哭了。

他坐在那里不动，很慢很慢地掉眼泪，掉了眼泪自己擦掉，他也不是故意不说话，只是可能怕有哽咽，所以没说。

最后他抱了只橘猫过来滥竽充数地混掉了剩下的几十分钟，其间一句话也没说过。

慕云山看了这期直播，郑州洲圳也看了。

她们相对无言，钟昆仑沉默了五十分钟，她们也沉默了五十分钟。

"我要不要给你买张机票……"郑州洲圳突然问。

慕云山摇了摇头，轻声说："他下个月开演唱会……不，两个星期后。我从现在办辞职的手续，两个星期后去听他的演唱会。他现在唱得挺好的。"

"祝福你。"郑州洲圳轻声说。

"谢谢。"慕云山突然哽咽了一下。

她们抱在了一起。

两个星期后，钟昆仑的演唱会盛况空前，去年一整年他在《你问他知道》的赛场表现越来越好，甚至拿下了生活百科季度赛的名额，年终他将参加生活百科的年终决赛，而之前直播时唱的歌又获得了一致好评。

徐稚之作为他的嘉宾出场，两个人合唱了"薄荷与茉莉"的经典曲目，随后钟昆仑唱了一首没有发布过的新歌，叫作《新生的翅膀》。

每天醒来好几遍，说不清是不是失眠。

我在等待你回家，你还愿不愿意回家。

清晨鲜花开了很多，夜里星星闪烁沉默，

我数不清，因为你给得太多。
谢谢你带着我飞越那么多沧桑，
你的爱像太阳，
让生命重新生长，让花园绽放芬芳。

我从不知道你的气味是那么香，
满足我所有梦想，
我想和你一起走，
离开所有悲伤，放开一切束缚，
朝着未知的远方，背叛所有过往……

我从来不知道命运的声音那么长，
穿过所有的胸膛，
我想看未来的方向，
离开所有悲伤，让太阳的光芒，
照耀不远的天堂，那里有万物的翅膀……

他没有唱下去，因为已经潸然泪下，他抬起手背挡住脸，不知道该怎么办。

台下的猪哥叹了口气，揉了揉眉心。

这时一个观众站了起来，她突然从观众席跑出来，越过猝不及防的保安，翻身跳上了舞台。观众都惊呆了——那舞台有两米五高，她居然就……就跳上去了？

跳上舞台的绝世高手穿着非常朴素的运动衣裤，一张素颜，把含泪的钟昆仑拉过来，说："别哭了，我回来了。"

慕云山擦掉他的眼泪："我回来了。"她深吸一口气，轻声问："这次我没有得绝症，你还愿意……娶我吗？"

钟昆仑双手抱住她，抓得紧紧的："不唱了，我们马上去结婚！"

慕云山一笑，她看见猪哥在台下跳了起来。

【正文完】

番　外

高冷冷冷的

01

高冷玩《王者荣耀》这款游戏是个全才，什么位置都能胜任，基本属于"你们先选我补位"且擅长一打九的大佬。但人外有人天外有天，在这个世界上，杨牧大概就是天生克他的。他一个王者段位一百多星的大佬，在"青铜"王昭君的法杖下横死了十几次，连套路都一模一样——他走位，杨牧轻描淡写地预判他要跳哪里，冻住，然后秒杀。

但在孽缘发生之前，他从没想过要和这个"老女人"谈恋爱，毕竟自己刚刚被这个"老女人"的前夫洪百姓打了头。

在医院等伤痊愈的过程无聊至极，高冷拿出他的破手机打游戏度日，目的是和高茶作对，展现自己就算在医院，日子也过得很好，还有人送菜送饭，嘘寒问暖，精心伺候。

没错，他安排的那个人就是杨牧，一个用来和他老爸作对的"工具人"。

高茶果然被他气得七窍生烟，父子俩平均每天要在微信上厮杀十几个来回，也因此为王渼的再次出现埋下了伏笔。

在这种两人都表面冷酷无比、内心戏细腻无比的日子里，一天杨牧下班来送冷卤鸭翅，正赶上高冷要被医生拉去做检查，于是匆忙中把手机扔给了杨牧，让她代打，要求只要不被举报挂机就好。

杨牧从来没打过游戏，等高冷回来的时候，发现那局果然输了，但仔细一看，高冷差点以为自己眼花了——其中一位对方选手是正在直播的职业玩家，因此他们这局游戏上了直播——而高冷那只打了两下的王昭君高居败方MVP，战绩13-2-15。

高冷一脸怀疑地看着杨牧。

杨牧十分淡定，把手机还给了高冷。

当天晚上，高冷回看了那场直播。

对方擅长使用刺客英雄，横跳、竖跳、前跳、后跳、转圈跳、不科学跳……是脆皮英雄的克星。这位开直播的玩家虽然不是赛场上的职业选手，也绝不是普通路人的水平。但高冷看杨牧的操作，才是各种神奇和不科学——她大概开了预知，反正不管对方怎么跳，跳一个冻一个，死的那两次是刺客算准了她技能冷却还没好，抢时间强杀了她，不过之后她就没再给过敌人机会。

第二天高冷强迫杨牧注册了一个号，两个人在线打了一晚上，杨牧把高冷虐成了狗。

从此之后，"女人"在高冷眼中被分为了三种——一种是"哼"，第二种是"挺好玩的慕云山"，第三种是"杨牧"。

出院后的几天，杨牧依然给他送冷卤鸭翅和海蛎饼，高冷终于起了一点愧疚之心，约杨牧在孔雀鱼咖啡厅喝咖啡。他们聊了一晚上郑州洲圳和鹿彬的八卦，杨牧的真知灼见征服了高冷，一直到杨牧去接杨小米回家，高冷还恋恋不舍。

他从来没有想过，会和一个人聊天聊到深夜，他甚至想和她待到天亮，想日日夜夜和她在一起，就算不说话，只是离她很近也感觉很好。

高荼和龙云纱那对金童玉女，世家公子和小公主的完美组合让高冷厌烦，他们的世界太小太狭隘，连龙云纱对他诉的苦他都没有耐心听——他对高荼多少天不回家，有几个小时没有给龙云纱发信息或打电话，怎样罔顾她的精神需求，她有多空虚、寂寞、恐惧、痛苦这种话题毫无兴趣。事实上，如果说这些话的不是他妈妈，他大概只会觉得都是因为闲得慌，不是作业太少就是加班不够，才有空闲长吁短叹装神弄鬼。

他从没感觉到那对金童玉女待在一起的时候有多少满足感和幸福感，他们大部分时间都在互相埋怨，尤其是要把"儿子为什么这么奇怪"的责任推到对方身上，好像生不出一个听话懂事挥金如土的传统富家子都是对方的错。

他不能理解像龙云纱这样无所事事，不要说工作，连个兴趣爱好都没有的人生，活过了几十年有什么意义，她一辈子的意义就是在家里数高茶什么时候回来吗？什么时候回来吃她做的豪华晚餐，什么时候回来看她布置的童话城堡，然后坐等花样百出的赞美和示爱。高冷想：难怪那个被她等的男人不回来，她做的这些给人多大的心理压力啊，况且要想出那么多中心思想相似而表达方式不同的赞美也很难。这么一想，高茶到现在还没有小三，对龙云纱绝对是真爱。

如果最美好的婚姻内核是这样，那他才不要结婚。

但杨牧不是这样的。

他没有从杨牧身上感觉到什么压力，她并不期待他成为一个什么样的人，只是十分寻常地表现她和他在一起的时候，她也是开心的。在聊洪百姓被打的时候，在聊郑州洲圳和鹿彬的时候，在打游戏的时候，她都是开心的。

一个人，和你在一起的时候，不需要你精心地哄她，她就可以自然而然地因为你开心。

这样你也会很满足。

如果爱情是这样的，那就不是互相绑架和控制，不会让人疲惫和厌倦，那就……挺好的。

而洪百姓居然觉得杨牧不好？

高冷考虑着，还是应该去把他打一顿。

02

杨牧从来没有想过要和高冷在一起，尤其是在他变成"高余寒"之后。

她以为她永远只会是杨小米的妈妈。

杨小米从幼儿园升入了小学。学校不开设食堂，又规定小学生中午不准留在学校，因此杨牧一天要接送四次，来回八趟。

B市地处亚热带，九月依然艳阳高照，中午最高气温可达38℃~39℃。杨牧不会骑车，也不会开车，杨小米的小学在幼儿园旁边没多远，没有公交车直达，走路过去要二十多分钟，一天走八趟。这不在修炼中渡劫成仙，就是在修炼中走火入魔。

不幸的是，杨牧显然没有渡劫成仙的体魄，九月初开学，杨牧撑到九月十三号就中暑住院了——她中暑的症状还挺严重，差一点就热射病休克了。

她进医院的两三天里，和她决裂的父母终于来帮她带了杨小米几天，然而每次到医院照顾杨牧时，老两口说话都是不冷不热的，依然在责怪她当年不听老人言嫁错了人，现在落得没有人照顾的地步，而这次她累倒中暑，就是对他们当年的话无比正确的证明。

杨牧本来快好了，被父母照顾了两天，各种身体指标一路狂跌，结果又多住了一天才出院。

而在她出院之后，中午顶着烈日去接杨小米的，就变成了骑着小绵羊的高冷。

高冷不爱说话，所以他只是把杨小米接出来，送到杨牧手里，然后就走了。有时候他回派出所，有时候轮到他在服务中心的前台，就直接回柜台了。二十多分钟的路程，骑电动车的话，真的算不了什么。

不过杨牧并没有被感动，她只是马上学会了骑电动车，然后自己去接杨小米。

电动车是高冷帮她选的，骑车这项技能高冷只教了她一天——杨牧学什么都很快。

这本来是非常平凡的人生，可能未来的十几年，杨牧都要这样一直走下去——接杨小米上下学，送她去培训班，争分夺秒地买菜煮饭，争取让杨小米多吃几口有营养的家常菜。而高冷大概就是她人生的背景板，只会在"杨牧无所不能"buff（加成）偶尔掉线的时候出现，强行插入为自己创造存在感，却依然不能成为杨牧人生计划的一部分。

然而，人生总是和自己想象的完全不一样。

在杨小米上了几个月小学，杨牧刚刚适应家有小学生的生活之后，高冷突然告诉她一件事——有一个游戏职业战队，对她玩的法师王昭君非常感兴趣。

杨牧已经三十多岁了，早就过了职业电竞选手的黄金年龄，她总共就没打过几场游戏，而最有名的一场就是她在啥也不会的情况下替高冷打的那场，还拿了MVP。

那场神奇的直播录像，在电竞圈内被研究了数遍。终于，有个职业联赛吊车尾的战队"不肖子孙"，想要试图了解一下这位游戏ID叫"高冷冷冷的"的玩家。

然而经过了解，大吃一惊——

这位是第一次打游戏；

这位性别女；

这位是个单亲妈妈。

最重要的是，这位高龄玩家，带娃的"大妈"，长得青春貌美，在轻熟女界几乎是女神级！

战绩奇烂无比，缺人缺得快倒闭的"不肖子孙"战队向杨牧发出了邀请，请她作为特别队员参加训练和比赛。

然后不知道为什么，可能是运气，也可能是杨牧那无所不能的buff，也可能是"不肖子孙"的其他队员见到美女被打了鸡血，总而言之，他们在选拔赛里打出了战队史上最好成绩，还一路打进了联赛前八强。

"不肖子孙"的战队经理大喜过望，邀请了著名摄影师对这位电竞圈绝无仅有的高龄美女拍摄了数十张海报，并添油加醋胡编乱造了她出道的背景故事，杨牧就此一夜爆红。

她前三十年的人生即使是荒唐的梦，也没有一秒钟想过自己会和电竞圈有什么关系。

而后三十二岁的这年，她加入了"不肖子孙"战队，并花费几个月时间，和一群其实并不认识的年轻人从一无所有，打到了国内冠军。

在第二年的秋天，她进入了国家队，并拿到了世界冠军。

那年的秋天，她接到了高茶的电话。

高茶的口气十分生硬，说是听说她拿到了一个体育类的世界冠军，勉强匹配得上他那必将继承亿万家产的儿子，所以他非常勉强地同意他们交往。

他再三强调自己同意得"非常勉强"，随时可能反悔。

杨牧哑然失笑。

在电竞圈征战的日子如昙花一现，在此之后，她依然在服务中心上班，杨小米依然在上小学。

高冷依然每天骑着他的小绵羊，像一根固执得有点可爱的野草，非要扎根在他看中的派出所里。杨牧相信他没有拿过高茶一分钱，也真的对那亿万家产毫无兴趣，于是忽然有一天，她释然了。

没有什么是绝对不可改变的，改变了，难道就一定比现在差吗？

不一定。

真的。

有一天她和慕云山打电话，听慕云山说起她和钟昆仑正在家里搞什么精油蜡烛，那精油还是从她种的花里面蒸馏的——那个出主意瞎折腾的人一定是钟昆仑，否则以慕云山的懒和毫无追求，肯定不会买什么一辈子都不会用几次的精油蒸馏器。

他们的生活仿佛非常有趣，杨牧突然想：如果此时此刻，高冷来找她喝咖啡……

她可以……陪他打一盘游戏。

结果高冷真的来了。

他从慕云山的院子过来，载了一大盒慕云山和钟昆仑折腾出来的精油蜡烛送给她，里面有玫瑰味的、香蕉味的、苹果味的、薄荷味的、百里香味的……居然还有风油精味的、芝麻油味和花椒油味的。

杨牧震惊了。

高冷试点了那个风油精味的奇葩蜡烛，面无表情地说："慕云山说，她要做蜡烛的时候，发现网购的森林精油忘带回家了，刚好看见了风油精……做完了风油精的，发现厨房里还有芝麻油和花椒油。"

风油精味的蜡烛真的有风油精的味道，闻起来居然还挺清新的。

杨牧微微笑了笑，给高冷倒了一杯黑咖啡。

高冷熟练地往里面放了淡奶油，没有加糖，随后拿起手机，他说："打一盘？"

杨牧同意。

高冷选了后羿。

杨牧想了一会儿，在角色选择结束前的最后一秒，选了嫦娥。

高冷一开始没反应过来，直到嫦娥靠近后羿，两个角色头顶上都飘起了月亮，那是夫妻加成buff。他突然"啊"了一声，眼神清亮地看着杨牧。

杨牧微笑着，嘴角边有两个梨涡。

她肤白貌美，一直都那么好看。

而高冷的后羿一直站在原地不动，被系统警告挂机，被队友投诉扣分，获得了禁赛一小时的伟大成就。

03

杨牧和高冷用嫦娥后羿这对怨偶打了几天游戏，杨牧什么也没表示，而高冷面上冷冷的，在游戏中却各种神游天外，在河道入定思考人生，在敌方塔下圆寂涅槃……

以平均3.5分的KD值频频被系统警告故意送人头。杨牧虽然嘴上不说，实际上在家里笑得不行，觉得这人真是太好玩了。

杨牧虽然游戏玩得好但并不沉迷。其实她本身不是游戏迷，只不过有一点天分，又极其偶然地被发扬光大了。和从小立志成为电竞选手又刻苦训练、卧薪尝胆最终拿到冠军的那种选手完全不同，她的工作在综合管理服务中心。杨牧很清楚，自己的电竞职业生涯不过是昙花一现，是一段美好的插曲，那不是她真实的人生。

她的人生，永远围绕在杨小米身边。

给杨小米做好了晚饭，杨小米做作业的时候，杨牧坐在一旁陪她，但并不去看杨小米在写什么，偶尔杨小米偷偷给同学发微信或者偷看课外书她也不管。她在柜子里选了一个喜欢的描金咖啡杯，给自己泡了一杯红茶，躺在杨小米学生桌后面的躺椅沙发里，十分舒服地叹了一口气。

咖啡杯上印着几只松果，景德镇匠人今年的新款，均价五十，红茶是最普通的大红袍，但随着茶香一起氤氲而出的，是杨牧恬静安然的心情。

微信微微一震，是高冷发了条信息过来。

他说："猜。"

如果是慕云山，一定会吐槽他有病，她与高冷毫无灵犀，根本不知道他想说什么。

然而杨牧微微一笑，回了一句："在做什么？"

她知道高冷肯定有什么八卦要分享。

高冷说："刚刚接了一个警，有个男人报警说……他家厕所里有鬼。"

杨牧："啊？真的？"

高冷说："李哥给他科普了世界上没有鬼，他不相信，抱着李哥的腿哭，说我们如果走了他就继续打110，没有警察在家他不敢上厕所。"

杨牧扑哧一声笑了："然后？"

高冷淡淡地说："李哥给他写了张字条，折成五角星，让他放在厕所里辟邪，之后我们就回来了，报警人很满意。"

杨牧嘴角露出两个梨涡："他写了什么？"

高冷说："为人民服务！"又补充道，"报警人不敢看，怕看了法术就不灵了。"

杨牧笑了好一会儿："那你现在在干什么呢？"

高冷说："我在看气球。"

杨牧诧异了："气球？你不是在值班吗，大晚上的哪里有气球？"

"麦德肯派出所和我们辖区交界的那片荒地上，飘着一个很大的氢气球。"高冷说，"报警人说他已经看了两个小时，怕氢气球没气掉下来会砸到他家，所以报警。"

"他住在荒地里？"

"他是拆迁的钉子户，目前荒地里只有他一家，氢气球可能是商户做广告的时候定做的，的确很大。"高冷说，"目前……还飘在空中。"他补充了一下，"李哥去处理其他警情了，这里只有我。"

"所以你就在那里等它掉下来？"杨牧实在不能理解，"就算它很大，氢气球掉下来也不会怎么样吧？你为什么要在那里等？而且……就算你在那里等，它该掉下来还是会掉下来的，有什么用？"

"是啊。"高冷说，他一个人站在荒地里，抬头看着月光下的氢气球和夜空中明亮的月亮，身姿挺拔，眼神清澈，"可能人有些时候只是需要精神慰藉，我站在这里，报警人就可以睡觉了。"他淡淡地说，"所长也怕氢气球掉下来，万一引起火灾什么的，所以让我在这里看着。"

"现在很少有真的打氢气的气球了。"杨牧轻声说，"应该是氦气球。"

"所以我站在这里，"高冷说，"大家都可以睡得着觉。"他的嘴边露出一点浅浅的笑。

杨牧轻声说："今天晚上的月亮大吗？"

高冷说："今天十六，月亮很圆。"

"和你以前环游世界看到的，有什么不同？"杨牧问，"十三岁的时候，为什么想要环游世界？"

"世界很大。"高冷说，"十三岁的时候，看了一本书叫《八十天环游地球》，我觉得也可以试试，反正家里有游艇。"

"你看到了什么？"杨牧坐起身来，看向窗外的月亮，那月亮很大，像个挺漂亮的盘子。

"我没看到红海岸边的古堡，来自大游轮的美女，光看到了我们东海海岸线的一片海，海里什么也没有。"高冷说，"我戴了潜水装备下海去玩，和几个家庭教师一起，海底都是珊瑚礁的残片，没有什么鱼，也没有什么景色，听说几年前被拖网拖过，现在什么也没有了。"

杨牧微微一愣，高冷又说："后来我跟着渔船的航道去公海，看他们在海上捕鱼，那趟他们没捕到什么鱼，船长每天都在亏钱。他们也不是什么坏人，家里也有小孩子在读书，赚不到钱……不知道他们要怎么办。"他安静了一会儿，"我的船跟了他们几天，有一天晚上海上有风浪，虽然风浪不是很大，但是清晨……那艘渔船不见了。我看到海面上漂浮着一些水手的私人物品，但是船和人都不见了，那天整个海面是绿色的，特别漂亮，显得非常平静，我到现在还记得很清楚。"

杨牧震惊了一下："他们开走了？"

"据说是船锚断了，船和人都失踪了。"高冷很少说这么多话，他没有做什么总结，沉默了一会儿，他说，"我十三岁之前，看过的所有故事里，正义必然战胜邪恶，主角永远不会死，爱情总比鲜花灿烂，远方一定会有奇遇。但其实，每个人都不是故事，每个人都……"他顿了一顿，"可歌可泣。"

杨牧听着，不知道为什么，眼圈微红："高冷。"

高冷淡淡地"嗯"了一声。

"高余寒。"杨牧说。

高冷似乎愣了一下，很少有人喊他这个名字，除了他爸要骂他。

"我决定嫁给洪百姓的时候，我妈说我自命清高，目中无人，自以为是，不识人间烟火。我妈是语文老师，我很生气，嫁给洪百姓的时候，故意对他说：'这世界很大，每个人都是一座孤岛，有些孤岛很大，有些孤岛很小，有些孤岛有灯，有些孤岛没有。'"杨牧慢慢说，"我说'正好你有灯，而我没有，所以你就是我在人间所识的那点烟火，愿烟火人间，黄昏眷侣，执子之手，与子偕老'。"她轻声说，"然而他……"

"上一次不算。"高冷迅速地说，"我听见了！"

杨牧嘴角微微上扬，是一个满足的微笑："上一次，我二十四岁，刚刚大学毕业，什么也不懂。"

"我就是你的人间烟火。"高冷迅速抓住了重点，"你不懂的人间我都懂，你没见过的人我都见过……"顿了一顿，他慎重地说，"你没见过的钱，我也都见过。"

杨牧笑了出来："高余寒，我三十二岁了，如果你有灯，而我没有……"

不，不……你有灯，你一直都是灯，你住在高山上，皎如明月。高冷心里想，但是他说："我有，我什么都有。"

杨牧说："愿烟火人间，黄昏眷侣，执子之手，与子偕老。"

高冷说："嗯。"

【全书完】

图书在版编目（CIP）数据

我的花园 / 藤萍著 . — 杭州：浙江文艺出版社，2020.12

ISBN 978-7-5339-6281-4

Ⅰ.①我… Ⅱ.①藤… Ⅲ.①长篇小说—中国—当代 Ⅳ.① I247.5

中国版本图书馆 CIP 数据核字（2020）第 207940 号

我的花园
藤萍 著

责任编辑	瞿昌林
特约策划	林 璧
特约编辑	林 璧
装帧设计	小呆桃
封面绘图	六十五便士
赠品绘图	三 乖

出版发行	浙江文艺出版社
网　　址	www.zjwycbs.cn
联系电话	0571-85152727（发行部）
经　　销	浙江省新华书店集团有限公司
印　　刷	北京盛通印刷股份有限公司
开　　本	710 毫米 × 1000 毫米　1/16
字　　数	392 千字
印　　张	21
版　　次	2020 年 12 月第 1 版
印　　次	2020 年 12 月第 1 次印刷
书　　号	ISBN 978-7-5339-6281-4
定　　价	49.80 元

版权所有　侵权必究

（如有印刷质量问题，请寄承印单位调换）